Edition Paashaas Verlag

W0473273

EPV

Autor: Dieter Kleffner
Covermotive: Pixabay
Cover designed by Michael Frädrich
Lektorat: Nina Sock/Manuela Klumpjan
Originalausgabe September 2021
ISBN: 978-3-96174-091-8
© Copyright Edition Paashaas Verlag
www.verlag-epv.de

Die Handlung dieses Romans ist frei erfunden. Sollten Ereignisse oder Namen im Buch erscheinen, welche auf jemanden zutreffen, so ist das ungewollter Zufall.
Die Haftung jeglicher Art wird abgelehnt.

Die Deutsche Nationalbibliothek verzeichnet diese Publikation in der Deutschen Nationalbibliografie;
detaillierte bibliografische Daten sind im Internet über http://dnb.d-nb.de abrufbar.

Hochmut, Hass und Liebe – die 2. Generation

Eine moderne Familiensaga
zwischen Waterkant und Alpenrand

Gesellschaftsroman

Im Jahr 1989

Die alte Kirmesschiffschaukel schwenkte den tapferen Kapitän Tom weit hin und her. Er fühlte sich wie Klaus Störtebeker auf hoher See. Zwischen knochigen Bäumen senkte sich rasch die Abendsonne. Direkt über dem Meer wurde der Feuerball glutrot. Am Horizont breiteten sich Flammenzungen aus. Unzählige Wellen spiegelten das zauberhafte Licht. Ein Supertanker bewegte sich auf die versinkende Sonne zu. Die romantische Szene wechselte viel zu schnell und erinnerte nur noch an ein verblasstes Schwarz-Weiß-Foto.
Opa Kuddels Kate lag günstig auf einer Anhöhe hinter dem Deich, sodass die bildschönen Sonnenuntergänge zu seinem begehrten Besucherprogramm gehörten.
Der sechsjährige Tom schaukelte fleißig weiter, obwohl Uroma Heidemarie ihn schon das zweite Mal ins Haus gerufen hatte: „Komm, meen Jung, das Badewasser wird kalt!“ Dieses Mal versuchte sie betont Hochdeutsch zu sprechen.
Der mit Strandsand gepuderte Tom war für sein Alter schon recht groß, hatte blonde, lockige Haare und verschmitzte blaue Augen. In seiner Badehose sah der schnell wachsende Junge viel zu dünn aus.
Wenn er abends ins Haus sollte, wurde er natürlich so schwerhörig, wie es sich für einen Jungen seines Alters gehörte.
Sein zwei Jahre älterer Bruder Tim war einen halben Kopf größer als Tom. Er hatte auch blaue Augen, aber dunkles Haar. Tim saß vor dem Haus und zupfte talentiert auf seiner kleinen Wandergitarre. Daneben saß ein steinalter Seemann mit einem dünnen, weißen Bart im Rollstuhl. Das kahle Haupt wurde von einer alten Kapitänsmütze bedeckt. „Komm, meen Jung“, legte der alte Mann Tim seine Hand herzlich aufs Knie, „spiel dem Uropa noch einmal datt Lied, wo die Nordseewellen schlagen an den Strand. So, zwei, drei …“, und er brummte fröhlich los.
Tim versuchte ihn zu begleiten. Plötzlich bekam der alte Herr einen kräftigen Hustenanfall.
Eine blonde Frau in Jeans und Bluse trat aus dem Haus und fragte: „Opa Kuddel, hast du wieder heimlich geraucht?“

„Nee, Svenja, ich wollte dem Jung ein Seemannslied beibringen."
Die Blonde klopfte ihm vorsichtig auf den knochigen Rücken und rief dabei zu ihrem schaukelnden Sohn Tom hinüber: „Mein lieber Freund, die Oma Heideblümchen hat dich schon mehrere Male gerufen. Los, geh jetzt rein, sonst ziehe ich dir die Ohren lang."
Hüpfend sprang Svenjas Jüngster an ihr vorbei und lief in die alte Kate.
„Ist wirklich alles mit dir in Ordnung, Opa?" Sie schaute dem Alten prüfend in die verschmitzten Augen.
„Du siehst, meen Dirn, datt ik nich mol mehr singen kann. Die ollen Beene wollen nich mehr und miene Muskeln an den Armen sinn wech." Kuddel zupfte die schlaffe Haut mit dem Meerjungfrau-Tattoo zwischen den Fingern hoch. „Kiek, kiek, bei der schlackern nu sogoor schon die Brüste."
„Kuddel Petersen, du bist und bleibst unverbesserlich!"
Tim strich dem alten Herrn über den weißen Bart und sagte: „Uropa, dafür kannst du die besten Geschichten erzählen."
Die routinierte Krankenschwester schaute sich den alten Mann noch einmal prüfend an, nickte beruhigt und ging ins Haus. Kuddel sah seiner Enkelin nach und dachte: Sie is eene attraktive Fru un warmherzige Mudder worn. Svenja het mit Sekerheit aus den Fehlern ihrer Mudder Carmen gelernt un dot heute aal, dormit ehr Kinners in Liebe upwachsen.
Svenja stopfte ihren Sohn Tom mitsamt seinem geliebten Playmobil-Boot in die Wanne und begann den kleinen Kapitän mit dem Waschlappen abzureiben.
Der beschwerte sich: „Ich bin überhaupt nicht schmutzig!"
„Nö, nur das Badewasser sieht jetzt schon schwarz wie eine Wattlandschaft aus."

Die achtzigjährige Heidemarie, von ihren Liebsten auch Heideblümchen genannt, schaffte wie gewohnt in der Küche. Sie war für ihr Alter noch erstaunlich mobil und regelte ganz alleine den Haushalt. Natürlich klapperten bei ihren zittrigen

Händen die Teller ein bisschen, doch ihre Philosophie hieß: Watt mutt, datt mutt!

Svenja ließ Tom noch ein bisschen in der Wanne mit seinem Boot spielen und ging in die Küche.
„Ach, Oma, ich habe doch gesagt, du sollst nicht alleine arbeiten. Solange ich in Bornsiel bin, sollst du dich ausruhen!"
„Och, Kind, du hest doch Urlaub un muss dich schonen. Du hest als Krankenschwester eenen schweren Beroop. Ehr hebbt mit euren Familien, Huushalt un Beroop eene ganz annere Belastung as wir fröher."
„Oma, dafür habt ihr zwei Kriege durchgemacht und damit möchte ich nicht tauschen."
„Jo, jo", lachte das Heideblümchen, „die Tiden mit Kuddel weer'n mennigmal een Krieg. Eure Mannslüd sinn hüt ganz anners. Sie sinn verständnisvoller unn vielliecht ooch zärtlicher? Du büst tofreeden mit deinem Max?"
Svenja nickte nur nachdenklich. Dann sagte sie: „Ich hol die Männer mal ins Haus."
Mit der Abenddämmerung verblasste das Grün der Sträucher und Hecken, die Opa Kuddels Grund und Boden begrenzten. Die alten, knochigen Obstbäume trugen immer noch fleißig. Hoch über dem Fischteich kreiste eine Möwe, um sich für den nächsten Tag den Speiseplan zusammenzustellen.
Der alte Kater "Captain Black", der Urenkel von Kater "Captain Cook" schlich auf leisen Pfoten zu seinem Nachtwächterrundgang. Er kontrollierte die löchrigen Wohnungseingänge der diebischen Kleinsiedler, die sich hier schon vor Jahrzehnten niedergelassen hatten.
Mit der Dämmerung kamen die ersten Mückengeschwader, um sich ihre Abendmahlzeit zu holen.
„Diese Mücken gibt es auch in Bayern auf dem Bauernhof bei Onkel Sepp und Tante Anna", meinte Tim zum alten Kuddel und klatschte abwehrend auf seinen nackten Armen herum.
„Klar, meen Jung. Daarum hann die ooch ehrn Schuhplattler un Watschentanz erfunden", lachte Kuddel in seinem

friesischen Dialekt.
„Du musst dem Uropa nicht alles glauben“, stand Svenja in der Tür und sah ihren Ältesten an, „den Unsinn hat er mir früher auch erzählt, wenn wir hier auf der Bank gesessen haben.“ Ein kalter Windstoß wehte ihre blonden Locken hoch. „So, mein Sohn, bringe deine Gitarre vorsichtig rein. Es gibt Abendbrot.“ Zu Kuddel gewandt, meinte sie: „Dir helfe ich mit dem Rollstuhl.“
„Ik hett man leber noch ne Piepe gesmokt“, knurrte der alte Seebär. „Denn lichte ik mal den Anker.“ Er löste die Bremse seines Gefährts.

Nach dem Abendessen mussten die Jungs ins Bett. Sie gaben Oma und Opa Gute-Nacht-Küsse und stapften die Holztreppe hinauf. Tom sagte: „Ich hör noch eine Kassette.“
Tim erwiderte: „Nö, ich spiele lieber mit dem Game-Boy.“
Oben im Dachzimmer angekommen, entfachte sogleich eine gigantische Kissenschlacht.
„Nicht so wild“, rief die Mutter hinterher. „Ich komme in einer halben Stunde und mache dann das Licht aus.“

Kuddel und Heidemarie hatten es sich in der guten Stube in den Ohrensesseln bequem gemacht und legten sich Decken über die rheumatischen Knie. Im alten Ofen knisterten Holzscheite und verbreiteten einen angenehmen Duft. Auf dem Dualplattenspieler drehte sich eine Platte mit Seemannsliedern. Svenja räumte währenddessen die Küche auf.
„Mach mol drei Möwenschiet for uns ferdig!“, rief Kuddel zu seiner Enkelin.
Bald darauf brachte Svenja ein Tablett mit drei Schnapsgläsern Korn. Auf jedem lag eine Scheibe Wurst. In deren Mitte häufte sich ein Klecks Meerrettich, der tatsächlich wie ein Vogelschiss wirkte.
Kuddel erhob sein Glas. „Denn man prost!“
Auch die Frauen hoben ihre Gläser.
Heidemarie fragte: „Svenja, wie lange blifft ehr bi uns?“

„Wenn es euch recht ist, dann bleiben wir zwei Wochen."
Kuddel fragte seine Enkelin: „Un wie seid ehr von Düsselduorp hierher komen?"
Bevor Svenja antworten konnte, rief Heidemarie: „Och, Kuddel, du brings doch all wedder in Tüddel. Du Döspaddel! Max und Svenja wohnen dicht ran an Reit im Winkl. Max het door eene Autowarksteed övernommen."
„Die Kinder und ich sind mit dem Zug bis Wilhelmshaven gefahren. Dort hat Hauke uns abgeholt."
„Datt is ja een Ding", klopfte Kuddel auf den Tisch, „Da is der Jong extra von Düsselduorp hierher komen, um di avzuholen?"
„Och, Kuddel", warf Heidemarie ihrem Mann ein kleines Kissen an den Kopf, „nu reicht et aver man! Hauke wohnt nu schon twee Johren in Bornsiel. Er het doch datt olle Huus vom ollen Ohle Ohlsen köfft un een Sportladen opmakt." Sie sah ihre Enkeltochter hilfesuchend an. „Kind sech du doch ooch man watt! Der verheddert anduern allet. Bloos sinn ollen Kamellen, die vergeet er nich."
„Da bin ich auch froh drum." Svenja strich dem alten Mann liebevoll über die Wange. „Meine Jungs hören Opas Geschichten heute genauso gerne wie Hauke und ich damals. Außer euch erzählt heute niemand mehr so schöne Anekdoten. Oma Carmen kennt die Kinder gar nicht. Opa Carl macht aus jeder Story einen Geschichtsunterricht und Opa Knall-Bumm erzählt höchstens von seinen Bundeswehraufgaben."
„Wer is denn Opa Knall-Bumm?", fragte Kuddel.
„Opa, kannst du dich nicht an den pensionierten Major Hermann Auberle erinnern? Das ist doch der Vater von Max. Er erzählt den Jungs von seinen großen Manövern und hat ihnen trotz meines Protestes ein Luftgewehr geschenkt. Tom hat ihm den Namen Opa Knall-Bumm gegeben."
„Het der nich so eene rode Hex os Fru?"
„Oh, du meinst seine Frau Herta? Die war Frisöse und heißt bei den Jungs nur Oma-Schwebehaube."
Es klopfte an der Tür. Ein großer schlanker Mann trat herein.

Er war blond und trug einen Oberlippenbart. „Moin, es ist frisch geworden“, sagte Hauke Petersen.
Svenja fragte: „Bruderherz, magst du auch einen Möwenschiet?“
Der Blonde nickte und sie ging in die Küche, um ein Glas vorzubereiten.
„Opa, ich habe mir ein neues Boot gekauft“, erzählte Hauke dem alten Kapitän. „Das hat einen 100 PS-Außenbordmotor. Damit kann ich Feriengästen künftig Wasserskifahren anbieten.“
„Ne, meen Jung, datt het mit der christlichen Seefohrt nix mehr zu ton! Wie kann man sich op Bretter stellen un hinner een Boot hertrekken laten? Mit so watt het man fröher besoppen Seemänner bestroft, hah.“
„Opa, darüber kannst du ruhig lachen. Dafür geben die Touristen viel Geld aus. Besser noch, ich gründe gerade eine Surfschule.“
„Ne, watt hest du?“ Der Kapitän hielt sich eine Hand hinter sein Ohr und das Hörgerät begann zu piepen.
„Ein Surfbrett ist ein Kunststoffbrett, auf dem der Segler steht und sein Segel in den Wind hält. So etwas muss man aber erst lernen. Ich bringe es den Touristen für gutes Geld bei.“
„Als unser Schipp domaals am Skagerrak dorch een Torpedo versenkt wör, da hev ik ooch nur noch een Brett, um dormit an Land to swimmen“, erinnerte sich der alte Seemann, „hev ik datt schon vertellt?“
„Jo, jo, immer die ollen Kamellen“, winkte Heidemarie ab.
Svenja gab Hauke ein Schnapsglas und die beiden prosteten sich zu. Der Blonde war fast einen Kopf größer als seine Schwester. Er nahm sie in den Arm und sagte: „Morgen zeige ich dir und den Jungs mein neues Boot. Sollen wir wie damals auf Schatzsuche gehen? Svenja, das waren noch Zeiten, nicht wahr?“
Sie lächelte nachdenklich …

∞

In Hippelank saß Josefine Wieland in der alten Hollywood-Schaukel und betrachtete ihren Garten. Die Sonne war heute unerträglich heiß. Seitdem Fritz, der alte Schmied, im letzten Jahr von ihr gegangen war, fühlte sie sich oft überflüssig. Wer freute sich über ihren leckeren Grünkohl? Wer freute sich über ihren einst so begehrten Pflaumenkuchen? Wer nahm ihr noch ein Glas Marmelade ab? Der alte Pflaumenbaum trug dieses Jahr wieder schwer. Seine Konkurrenz war der Apfelbaum, dessen Früchte nun auch leuchtend rot gereift waren. Als Svenja und Hauke noch Kinder waren, da hatte die Obsternte riesigen Spaß gemacht. Beide hatten die selbst gepflückten Früchte genossen, die man ja sonst nur für teures Geld kaufen konnte. Und wie war das heutzutage? Die alte Dame hatte in der Nachbarschaft gefragt, ob sich jemand die Pflaumen und Äpfel pflücken wollte. Doch niemand zeigte bis jetzt Interesse. Um nicht selbst auf die Leiter steigen zu müssen, kaufte die neue Konsumgesellschaft lieber das Obst im Supermarkt. In der schlechten Zeit hatte der Garten des Wieland-Kotten das Überleben der Familie gesichert. Aber das betraf eine andere Generation, Josefines Generation. Die ehemaligen Freunde und Nachbarn wohnten mittlerweile im Altenheim oder ruhten auf dem Friedhof. Früher hatten Fritz und Fine mit ihnen hier abends zusammengesessen, Geschichten erzählt, Heimatlieder aus der Mundorgel gesungen und viel gelacht. Heute saßen die meisten Alten alleine. Nur das Radio und die Flimmerkiste sorgten für etwas Ablenkung.
Hin und wieder kamen Carmen und Adelbert zu Besuch. Aber nur kurz. Die anspruchsvolle Tochter ließ sich lieber von ihrem Grafen ins Theater oder zum Essen ausführen.
Und wo steckten Josefines Enkel? Svenja lebte seit einigen Jahren mit ihrer Familie in der Nähe von Reit im Winkl. Nachdem Max und Svenja sich dort ein Haus gekauft und niedergelassen hatten, war Josefine nur noch einmal auf die endlos lange Reise nach Bayern gegangen. Zwei Wochen lang hatte die Enkelin der Oma die Sehenswürdigkeiten im

Chiemgau und Berchtesgadener Land gezeigt. Der Höhepunkt war für Josefine ein Besuch im Restaurant "Kuhstall" gewesen, denn dort waren die berühmten Sängerinnen Maria und Margot Hellwig persönlich mit ihrem "Servus, grüezi und hallo" aufgetreten. Ein Foto samt den Autogrammen dieser Sängerinnen hatte noch heute in Josefines Wohnzimmer einen Ehrenplatz.
Hauke war vor zwei Jahren nach Bornsiel in die Nähe von Kuddel und Heidemarie gezogen und hatte sich in der Touristenbranche selbstständig gemacht. Diese vielen Kilometer bis zur Waterkant oder dem Alpenrand, die zwischen ihr und den Enkelkindern lagen, ermöglichten kein geregeltes Familienleben mehr. In der guten alten Zeit hatten drei Generationen unter einem Dach gelebt. Da war kein Mensch einsam gewesen. Vor allem war immer jemand zur Stelle, wenn ein junges oder altes Familienmitglied in Not war.
Josefine musste über diesen letzten Gedanken lachen. Ihre eigene Mutter hatte einmal gesagt: „Die schlechten Zeiten von heute sind morgen die guten Zeiten von gestern."
Plötzlich bekam die alte Dame furchtbare Kopfschmerzen. Ihr linker Arm zitterte. Es fühlte sich an, als würde sich die Hollywood-Schaukel wie ein Karussell bewegen. Dann wurde es vor ihren Augen scheinbar dunkel.

Ganz fern piepte etwas. Josefine hörte genauer hin. Also die Vögel piepten ganz anders. Sie öffnete zögernd ein Auge. Das grelle Licht einer Deckenlampe zwang sie, das Lied zu schließen. Eine fremde Stimme sagte: „Schauen Sie, Ihre Mutter wacht auf."
Gräfin Rheineck trat an das Krankenbett und beugte sich zu dem Gesicht ihrer Mutter. Josefines Mund stand schräg. Ein Auge hatte sie geöffnet.
„Mutter, hörst du mich?", fragte die Gräfin.
Josefine versuchte zu sprechen. Ihre Zunge war schwer. Nur mit Mühe sagte sie: „Svenja … mein Kind … gut, dass du gekommen bist …"

„Mutter, hier ist Carmen. Ich bin es. Svenja ist in Bayern. Verstehst du mich? Du hattest einen Schlaganfall. Der Nachbar hat dich neben der Schaukel liegen gesehen."
Josefine versuchte erneut zu sprechen: „Svenja … mein Kind … dass du da bist …"
„Nein, Mutter, ich bin Carmen!", rief die Gräfin nun lauter und blickte sich hilfesuchend zur Ärztin um.
„Ihre Mutter ist verwirrt. Haben Sie bitte Geduld." Die Internistin blickte zu den piependen Überwachungsgeräten.
Josefine bewegte zitternd ihren schiefen Mund. Kaum hörbar sagte sie: „Svenja, die Oma geht jetzt zum Opa." Dann schloss sie erschöpft ihr geöffnetes Auge.
Gräfin Rheineck schüttelte den Kopf. „Das darf doch nicht wahr sein. Wieso sagt sie immer Svenja? Ich habe mich immer um Mutter gekümmert. Meine Tochter Svenja ist schon seit Jahren über alle Berge und kümmert sich um nichts."
„Ihre Mutter ist in einem kritischen Zustand und verwirrt. Am besten gönnen wir ihr jetzt etwas Ruhe."

∞

Kuddel Petersen litt unter leichter Demenz. Das hieß, nur sein Kurzzeitgedächtnis hatte manchmal Aussetzer. Meistens konnte er das geschickt überspielen. Alte Geschichten gab er perfekt wieder. Eine solche alte Geschichte war auch vor zwanzig Jahren die Mondlandung gewesen. Kuddel und Mehnert, der Herr habe ihn selig, hatten stundenlang über die Zukunft der Raumfahrt diskutiert und geschwärmt. Gern würde Kuddel noch die erste bemannte Landung auf dem Mars im Fernseher sehen, aber mit verschmitztem Blick sagte er sich: „Bit datt so wiet is, smieten die Urenkel mit menen Knochen die Äppel von de Bööhm!"
Im Jahr 1977 war die Voyager 1 Sonde von Cape Canaveral mit einer Titan-Rakete gestartet, um das äußere Planetensystem zu erforschen. Kuddel hatte alle Berichte darüber verfolgt und sich begeistert, dass dieses Ding bereits den Jupiter und

Saturn umrundet hatte. Atemberaubende Bilder von diesen neuen Ufern wurden nun im Fernseher gezeigt.
„Moin, meen Jung“, begrüßte der alte Seebär seinen Urenkel Tim am Frühstückstisch, „haste goot geschloapen?“
„Ich habe geträumt, ich wäre mit einem Raumschiff in eine andere Galaxie geflogen. Das war spannend. Ich werde später Astronaut.“
„Kannst du vielleicht erst mal “Guten Morgen“ sagen?“ Svenja klapste ihrem Ältesten auf den Po und fragte: „Wo steckt Tom?“
„Der hört noch Kassette.“
Schon machte sich die Mutter kopfschüttelnd auf den Weg ins Dachgeschoss.
„Datt find ik doll, datt du Astronaut wirs“, nahm Kuddel das Thema wieder auf. „Die Voyager 1 Sonde verlässt dit Johr na knapp twölf Johrn Flugtied uns Sünnsystem. Dat is en Tempo, dat is unbegriepelik.“
„Quatsch!“, erwiderte Tim. „Für die Strecke braucht Captain Kirk mit der Enterprise keine Stunde!“
„Moin, moin“, stand Hauke plötzlich in der Tür.
„Du kommst gerade richtig“, strahlte Heidemarie, „setz dich und frühstücke mit uns.“
„Das lass ich mir nicht zweimal sagen“, setzte sich der Schnurbärtige gleich hungrig an den Tisch und griff in den Brotkorb.
„Onkel Hauke“, fragte Tim mit vollem Mund, „spielst du wieder Fußball mit mir und zeigst mir ein paar Tricks?“
„Bevor Hauke dir ein paar Tricks beibringt, übst du erst einmal richtig zu frühstücken“, klapste Svenja ihrem Sohn hinter die Ohren. „Heb’ zuerst deine Krümel vom Boden auf, damit nicht alles festgetreten wird.“
„Och, leet den Jung doch“, lachte Heidemarie und lächelte Tim zu, „Hauke het hier fröher veel mehr rümgesaut!“
Der Schnurbärtige winkte ab und sagte zu seinem Neffen: „Klar zeige ich dir weitere Tricks. Aber nicht heute. Wir machen einen tollen Bootsausflug.“ Zur Oma gewandt sagte er:

„Svenja und ich haben beschlossen, dich mitzunehmen.“
„Och nee, Kinners, ik bin doch al veel to old un stür euch bloots.“ Sie machte eine kleine nachdenkliche Pause und fragte mit verschmitztem Grinsen: „Wo soll et denn hengahn?“
„Wir haben vor, nach Langeoog rüberzufahren. Das geht mit dem Sportboot jetzt ruckzuck. Dort steigen wir auf die MS Frasier 3. Die ist hochseetauglich.“
„Jo, un denn?“, wurde Heidemarie ganz neugierig.
„Ja, Oma, dann geht es nach Helgoland, wo du als Kind schon mal warst.“
„Un wer macht hie datt Middageeten?“, schlug Kuddel ärgerlich auf den Tisch. Die Teller sprangen hoch und Heidemarie zuckte zusammen.
„Für dich ist gesorgt, Opa.“ Svenja strich dem Alten besänftigend über die Wange. „Im Kühlschrank stehen Kartoffelsalat und Fischfrikadellen. Ich habe auch mit eurer Nachbarin Frauke Hansen gesprochen. Die schaut zwischendurch ein paar Mal nach dir. Tue der Oma den Gefallen, noch ist sie so fit, dass sie eine Tagestour verkraftet.“
Kuddel machte ein beleidigtes Gesicht und zog seine Kapitänsmütze in die Stirn. Er klappte seine Zeitung grob zusammen und steuerte seinen Rollstuhl nach draußen vor das Haus. Ungeduldig zog der alte Mann eine Pfeife aus der Tasche, stopfte sie hastig und gab sich Feuer. Es dauerte nicht lange, bis sich kleine Wölkchen vom Vanilletabak in das offene Küchenfenster schlichen und der Krankenschwester das verbotene Rauchen meldeten. Sie wollte gerade vom Frühstückstisch aufstehen, da legte ihr die alte Dame die Hand auf den Unterarm: „Let ihm man hüüt tominnst sin Piepe, er het doch sünst nix moer“, und sah ihrer Enkelin tief in die Augen, „ik weet, Svenja, dat du dir Sörgen mokst. Aver er ist 85 Johr olt. Wer weet, wie lang Gott en mir noch lett.“
„Das ist es ja. Ich möchte, dass er noch ganz lange bei uns bleibt.“
Während der Flut war der Wattschlamm völlig unter Wasser

und die Inseln sahen tatsächlich wie Inseln aus. Die Sonne ließ die vom Wind geblähten Tücher der Segelboote leuchten. Hauke Petersens großes Motorboot kam bei schneller Fahrt mit seinem Bug ein Stück aus dem Wasser heraus. Heidemarie saß backbord auf einem gepolsterten Sitz und hielt sich an einem Griff fest. Die Spitzen ihres fest verschnürten Kopftuchs flatterten wild im Fahrtwind. Svenja hatte es sich auf der Rückbank zwischen ihren Jungs bequem gemacht und hielt sie links und rechts in den Armen. Ihr blonder Zopf wehte und das Gesicht war feucht von der Gischt. Über ihnen kreischten Möwen. Nachdem sie sich ein Stück vom Hafen entfernt hatten, verließ Hauke die mit Bojen gekennzeichnete Fahrrinne, in der die Küsten- und Fischerboote gemächlich tuckerten. Jetzt konnte er richtig Gas geben und der Bug hob sich noch weiter aus dem Wasser.
„Ist das geil!“, riefen Tim und Tom und konnten den Lärm des Außenbordmotors kaum übertönen.
Hauke saß stolz hinter seinem Steuer und erklärte kaum hörbar die Details zu seinem neuen Boot. Hin und wieder hüpfte das Boot so durch die Wellen, dass sich die Wasseroberfläche hart und holprig anfühlte. Der Hafen von Bornsiel wurde hinter ihnen scheinbar kleiner und die Fischerhäuschen waren kaum noch zu erkennen. Svenja fiel auf, dass sich das Bild des Ortes aus dieser Perspektive in den letzten beiden Jahrzehnten deutlich geändert hatte. Die einst romantische Postkartenansicht wurde heute von klotzigen Hotelgebäuden gestört.
Genauso schnell, wie Bornsiel scheinbar kleiner wurde, so wurde die angesteuerte Insel Langeoog nun größer. Hauke nahm Fahrt zurück und steuerte zu einem Anlegeplatz für private Yachten. Die Jungen kletterten heraus und vertäuten das Boot stolz mit Seemannsknoten, so wie Opa Kuddel ihnen das geduldig beigebracht hatte. Sie halfen der alten Dame aus dem Boot.
Besorgt fragte Svenja: „Oma, war es schlimm für dich, dass Hauke so gerast ist?“ Sie blickte ihren Bruder vorwurfsvoll

an.
„Ob dat schlimm wor?“ Heidemarie schüttelte lachend den Kopf. „Nö, et wor doll! So flink bin ik noch nich hier west. Dat ik dat noch beleven dürt …“
Hauke klatschte begeistert in die Hände. „Das freut mich, Oma. Und morgen bringe ich dir auch noch das Surfen bei!“
Svenja meinte amüsiert: „Bruderherz, bei dir schlagen voll die Gene von Kuddel durch.“

In dem Hochseeschiff MS Frasier 3 tobten zwischen den Touristen auch Kindergruppen herum. Sie stopften sich mit Süßigkeiten und Cola voll. Auch Tom und Tim bettelten nun nach Naschereien. Svenja winkte ab und sagte: „Ich möchte nicht, dass ihr jetzt euren Magen belastet. Ich denke, die See wird bald unruhig. Auf Helgoland reden wir dann noch mal darüber.“
„Manno, die anderen Kinder dürfen aber alle naschen!“
Svenja stellte ihre Ohren auf Durchzug, und auch die Oma ließ sich nicht erweichen. Draußen begann es stark zu regnen. Die Auberles und Petersens machten es sich an einem Tisch hinter einem Aussichtsfenster gemütlich. Hauke servierte den Damen Kaffee und seinen Neffen heiße Schokolade. Er gönnte sich ein Bier und einen Küstennebel. Regen und Wind wurden stärker – die Wellen höher. Das Schiff begann in der unruhigen See mehr und mehr zu rollen.
„Mama, mir wird schlecht“, meldete sich der kleine Tom. Auch Tim wirkte blass.
Svenja zog eine Wasserflasche aus ihrer großen Handtasche und reichte diese den Jungs. „Ihr beide trinkt jetzt jeder einen Schluck. Dann bleibt ihr hier am Tisch schön ruhig sitzen und atmet langsam und gleichmäßig. Diese Übelkeit nennt man Seekrankheit. Sie geht gleich vorbei – spätestens an Land. Schließt die Augen und stellt euch vor, ihr würdet jetzt in Opa Kuddels Schiffschaukel sitzen. Dort wird euch ja auch nicht schlecht.“ Svenja fragte besorgt die Oma: „Geht es dir wirklich gut? Ich glaube, es war doch keine so gute Idee, dich auf

eine solche Fahrt zu schicken."
„Ach watt", winkte die alte Dame lächelnd ab, „ik bin een Küstenkind. Hol mir man leber en lütten Klaren." Sie legte ihre Hand auf die der Enkelin. „Un du drinkst ooch een Schnaps. Datt is Medizin gegen Seekrankheit."
Außer leichtem Grummeln im Bauch blieb die kleine Familie unbeschwert.
Tim kehrte von der Toilette zurück und rief schon von weitem: „Die Kinder sind im Klo alle am Kotzen!"
„Siehst du", sagte Hauke, „da hatte deine Mama doch recht mit dem Süßigkeitenverbot. Spätestens jetzt wären die alle wieder draußen!"

Die MS Frasier 3 ankerte vor Helgoland und begann mit dem Ausbooten. Inzwischen hatte es aufgehört zu regnen. Am seitlichen Ausgang des Schiffes wurde eine Tür geöffnet. Die Passagiere warteten darauf, in kleinen Gruppen an Bord eines Motorboots umzusteigen. Im Boot standen zwei kräftige Seemänner. Sie trugen Schwimmwesten. Die Wellen hoben das Boot etwa einen Meter hoch bis zum Ausgang der MS Frasier 3 und die Hünen erfassten mit sicheren Griffen den nächsten Touristen. Der Wind pfiff scharf und griff frech in die Frisuren. Das Motorboot sank mit dem Abflachen der Wellen um einen Meter und der neue Gast wurde auf einer Bank abgesetzt. Schon hob das Wasser das Boot erneut zum Ausgang der MS Frasier 3 empor und eine jauchzende Touristin wurde ins Landungsboot gehoben. So füllten sich nach und nach die Sitzbänke des Motorboots. Heidemarie ließ sich mutig ins Boot hieven und ihre Enkel quietschten vor Begeisterung beim Umsteigen. Wer sich in dieser Nussschale nicht festhielt, kam sofort ins Wanken.
Ein schwarzhaariges Modepüppchen stand in der Ausgangstür der MS Frasier 3 und traute sich nicht, sich von den kräftigen Burschen ins Motorboot heben zu lassen. Also senkte die See den Kahn um einen Meter, um ihn nach wenigen Sekunden wieder an die Tür der MS Frasier 3 zu heben. Nächster

Versuch. Die Frau machte ein entsetztes Gesicht. Sie traute sich immer noch nicht in die Obhut der Seemänner. Der Wind zerrte energisch an der schwarzen Lockenpracht. Mehrere Touristen begannen hinter der ängstlichen Frau zu drängeln und meckerten: „Mein Gott, wie dämlich! Nun spring doch endlich!“ Ein frecher Junge rief: „Packt sie einfach und werft sie über Bord! Die paar Meter bis zum Ufer kann man schwimmen.“

Beim nächsten Aufsteigen des Landungsboots sprang die Frau den Seemännern panisch entgegen. Ein Stöckelschuh flog durch die Luft. Er landete mit der geöffneten Seite nach oben im Wasser und schwamm in den hohen Wellen.

„Haha“, rief Tom begeistert, „da ist ja ein kleines rotes Boot im Wasser!“

„Hilfe, mein Schuh, mein Schuh!“, jammerte die Schwarzhaarige.

Svenja reichte der schwankenden Frau eine Hand. Sie zog sie zu sich auf die Sitzbank herunter. „Setzen Sie sich. Hier sind Sie sicher.“

Die Schwarzhaarige nahm zitternd Platz und Svenja legte ihr beruhigend einen Arm um die Schultern.

Hauke rief gegen den Wind: „Schwesterherz, halte mich mal kurz am Hosengürtel!“

Er legte sich weit über den Bootsrand hinaus. Mit spitzen Fingern erreichte er soeben den roten Stöckelschuh, der gerade beschlossen hatte, auf große Fahrt zu gehen.

Die Frau nahm ihren Schuh entgegen und murmelte: „Der ist ja patschnass. So kann ich ihn nicht anziehen. Hoffentlich gibt es auf Helgoland auch ein Schuhgeschäft.“

Im Landungsboot waren endlich alle Plätze besetzt. Der Motor wurde laut und trieb seine neue Fracht der Insel entgegen. Viele Passagiere waren erleichtert, als sie auf dem Landungssteg wieder festen Boden unter den Füßen spürten. Fast augenblicklich ließ bei den Betroffenen die Seekrankheit nach. Nur irgendwie schien selbst der feste Boden unter den Füßen

noch zu schwanken.
Hauke half seiner Großmutter aus dem Boot. Die Jungen waren bereits auf dem Landungssteg. Voller Ungeduld zogen sie Heidemarie mit sich.
Svenja und ihr Bruder reichten auch der Schwarzhaarigen die Hände und halfen ihr beim Aussteigen. Nur widerwillig zog diese hier ihren nassen Schuh an.
Sie sagte: „Mein Name ist Kaufmann, Jenny Kaufmann. Ich komme aus dem Ruhrgebiet. Ich möchte mich für die Rettung meines Schuhes bedanken." Sie lächelte den hoch gewachsenen Mann an und versuchte in der steifen Brise mit den Fingern ihre Frisur zu ordnen. „Darf ich Sie und Ihre Frau zu einem Kaffee einladen?"
Svenja und Hauke stellten sich als Geschwister vor. Dann folgten die drei der alten Dame und ihren Urenkelkindern.
Tim und Tom hüpften auf die Figur eines Denkmals zu und fragten schon von weitem: „Wer ist das denn, Mama?"
„Das ist Heinrich Hoffmann von Fallersleben. Er hat das Deutschlandlied im 19. Jahrhundert auf dieser Insel geschrieben. Damals war Helgoland noch britisch", erklärte Svenja, obwohl die Jungs längst weiterliefen.
Hauke sagte ironisch: „Da hat meine große Schwester bei unserem Pauker Petersen wieder mal brav aufgepasst."
„Oh, ein bisschen kulturelles Wissen würde dir manchmal auch gut stehen, kleiner Bruder."

Nach dem Ausbooten waren die Cafés hoffnungslos überfüllt. So verließ die Bornsieler Sippe den Hafen, um zuerst die Insel zu erkunden. Frau Kaufmann schloss sich an. Mit dem Anstieg zum Oberland endete die Besiedlung. Alles Grün, das hier wuchs, trotzte tapfer dem rauen Klima.
„Ist es noch weit?", fragte Tim.
Tom schloss sich an: „Sind wir bald da?"
Frau Kaufmanns Stöckelschuhe waren für eine Wanderung unbequem. Dankbar genoss sie die Pausen, die von den Jungs immer wieder erbettelt wurden. Unzählige Silbermöwen

kündigten das Wahrzeichen Helgolands an. Neben den Klippen des Oberlandes ragte ein freistehender Felsen aus rotem Buntsandstein majestätisch in die Höhe. Er war für normale Touristen nicht zugänglich und damit ein perfekter Nistplatz für viele Seevögel.
„Dat is die "Lange Anna"", rief Heidemarie gegen den Wind, „hier war ik mol als Kind."

Während der Rückfahrt saß die achtzigjährige Frau Petersen völlig geschafft an einem Kaffeetisch der MS Frasier 3 und sagte: „Kinners, ik freu mich, dat ik dat noch mol sehn dröff. Aver ik bin fix un ferdig."
Hauke unterhielt sich seit dem Nachmittag angeregt mit Jennifer Kaufmann und beide schienen sich sehr sympathisch zu sein. Alle waren nun per du. Svenja saß der Schwarzhaarigen gegenüber und musterte sie nachdenklich.
Jenny unterbrach Haukes Gespräch und sah auch Svenja kritisch an: „Stimmt mit mir irgendetwas nicht? Mir ist aufgefallen, dass du mich mehrmals so kritisch angesehen hast."
„Jenny, ich werde das Gefühl nicht los, dass wir uns vor längerer Zeit begegnet sind."
„Ja, diesen Gedanken hatte ich zu Anfang auch. Mir fällt aber nicht ein, wo wir uns gesehen haben könnten."
Plötzlich hatte Svenja eine Eingebung. „Jenny, warst du schon mal vor etwa zehn Jahren in Achdorf auf einem Bauernhof? Die Bauernfamilie heißt Berger."
„Ja, dort bin ich mehrmals zur Ferienzeit mit meinen Eltern gewesen."
„Kannst du dich an einen Max Auberle erinnern, der damals mit seiner Freundin zu Besuch kam?", forschte Svenja weiter.
Jenny blickte Svenja mit großen Augen an. Ihre Wangen röteten sich. Dann fragte sie: „Diese Freundin warst du?"
Svenja nickte und Jenny fuhr fort: „Jetzt ist mir klar, warum sich Max nie mehr bei mir gemeldet hatte."
Svenjas Gedanken überschlugen sich. Also hatte Max vor ihrer Zeit doch etwas mit dieser Jenny gehabt. Sie fragte: „Ist

Kaufmann dein Mädchenname?“
„Nein, ich habe geheiratet.“
Hauke konnte seinen entsetzten Blick nicht verbergen.
Doch sie lächelte ihn an und sagte: „Ich bin aber auch schon wieder geschieden.“
Er nickte. „Wir machen bald vor Langeoog fest. Wohin geht deine Fahrt?“
„Ich muss nach Bornsiel, zum Hotel Silbermöwe. In einer halben Stunde fährt mein Küstenboot.“
Er reichte ihr eine Visitenkarte mit der Aufschrift “Sport- und Freizeitservice Hauke Petersen in Bornsiel“. „Ich würde mich freuen, wenn wir uns bald wiedersehen, Jenny Kaufmann.“

Kaum hatte Hauke am Montagmorgen sein Sportgeschäft geöffnet, da klingelte auch schon das Telefon. Voller Hoffnung dachte er, dass Jenny Kaufmann ihn jetzt anruft.
„Sport und Freizeit Petersen? Was kann ich für Sie tun?“
„Hauke, Mama ist hier. Hörst du?“
„Hi, das ist ja eine Überraschung. Was kann ich für die liebe Frau Mutter tun? Möchtest du einen Surfkurs bei mir machen? Vielleicht Wasserskifahren lernen? Ich mach dir einen sehr günstigen Freundschaftspreis.“
„Hör mit dem Quatsch auf“, sagte die Gräfin gereizt. „Oma ist tot.“
„Das kann nicht sein. Die saß gestern noch kerngesund in meinem Sportboot. Ich hatte sie mit Svenja und den Kindern nach Helgoland entführt.“
„Verdammt, halte doch mal den Mund! Meine Mutter, Oma Hippelank ist tot. Nicht die Mutter vom Petersen!“
Hauke wurde ernst und suchte nach passenden Worten. „Herzliches Beileid, Mama. Ich gebe Svenja Bescheid, damit wir gemeinsam zur Beisetzung kommen.“
„Was du deiner Schwester sagst, ist mir gleichgültig. Die braucht jetzt auch nicht mehr zu kommen. Ich war bei Oma und habe ihre Hand gehalten, als sie im Sterben lag – nicht Svenja. Ich ganz allein. Wenn es unangenehm wird, war und

bin ich immer allein.“
„Ja, ist ja gut“, stammelte Hauke. „Ich habe doch gar nichts gesagt. Wann soll ich nach Düsseldorf kommen?“
„Donnerstag ist die Beisetzung. Ziehe dir etwas anständiges an!“ Die Gräfin legte den Hörer auf.
Der junge Mann schaute seinen Telefonapparat wie hypnotisiert an. Dieser klingelte erneut.
„Ja, Mama, hast du noch etwas vergessen?“
„Mama was? Ist dort nicht das Sportgeschäft Petersen?“
Hauke hörte eine angenehme Frauenstimme und antwortete: „Ja, Sport- und Freizeitservice Petersen, Hauke am Apparat.“
„Ich bin Jenny Kaufmann und sollte dich doch anrufen.“
„Hi, ich freu mich, dass du dich meldest. Wo bist du jetzt?“
„Ich bin in meinem Hotel in Bornsiel. Sehen wir uns heute?“
„Ja sicher. Ist es dir recht, wenn ich dich um 14:00 Uhr am Hotel abhole? Zu dieser Zeit mach ich Mittagspause.“
„Okay, ich freu mich“, sagte sie und legte auf.

In Bornsiel klingelte das Telefon.
„Svenja Auberle bei Petersen, ja bitte?“
„Hauke ist hier. Schwesterchen, setz dich bitte mal. Ich habe eine traurige Nachricht.“
„So schlimm wird es wohl nicht sein“, sagte Svenja lächelnd. „Wo brennt es denn bei dir? Hat sich mein kleiner Bruder schon wieder verliebt? Lass mich raten: Schwarze Haare, schlank, rote Schuhe – stimmt’s?“
„Svenja, mir ist nicht nach Scherzen. Oma Wieland ist tot. Mama hat mich angerufen. Sie war wohl dabei, als Fine die Augen geschlossen hat.“ Unendlich lange Stille trat in der Leitung ein. „Svenja, bist du noch da?“
„Ja, aber ich kann im Moment nicht sprechen“, entschuldigte sie sich schluchzend.
Hauke sagte leise: „Donnerstag ist die Beisetzung.“
Svenjas Gedanken überschlugen sich. „Ich muss sehen, wie die Zugverbindungen von hier nach Neuss sind. Ich weiß im Moment noch nicht, wie ich das mit den Kindern regeln soll.

Ich kann sie nicht den alten Leuten hier überlassen." Sie überlegte weiter: „Vielleicht frage ich Frau Hansen von nebenan, ob sie sich um die Großeltern und die Kinder kümmert."
„Svenja, warte mal. Ich frage mich, ob es überhaupt sinnvoll ist, wenn du zur Beisetzung nach Neuss fährst."
„Wie meinst du das? Hallo, Oma Fine war immer für mich da. Also werde ich ihr auch die letzte Ehre erweisen."
„Das ist mir völlig klar. Aber es geht um Mama und dich. Ich sage es, wie ich es denke. Besser ihr beide trefft nicht aufeinander. Sie wird dir nur taktlose Vorwürfe machen. Willst du dir das wirklich antun? Oma Fine hat dich geliebt. Sie würde nicht wollen, dass du unter den Sprüchen deiner Mutter leidest. Die Frau Gräfin hat sich ja nicht geändert. Entscheide das nicht heute. Schlaf darüber eine Nacht." Hauke hörte, dass Svenja schluchzte und schwieg eine Zeit lang.
Endlich sagte sie: „Du hast recht. Ich spreche hier mit den Großeltern darüber und frage auch Max dazu. Was machst du heute? Kommst du noch vorbei?"
„Ich treffe mich mit Jenny." Haukes Stimme wirkte sogleich fröhlich. Er bemerkte es selbst und sagte: „Sorry, meine Euphorie ist in dieser Situation nicht angemessen."
„Kleiner Bruder, das Leben geht weiter. Das Treffen mit Jenny tut dir bestimmt gut. Bestelle ihr Grüße."
Svenja ging in die Küche und berichtete Oma Petersen von Josefines Tod in Hippelank.
Heidemarie war über die Todesnachricht von Carls Schwiegermutter betroffen. Sie nahm auf einem Stuhl Platz, schloss die Augen und faltete stumm die Hände.
Svenja setzte sich vor dem Haus neben Kuddels Rollstuhl auf die alte Bank. Mit feuchten Augen erzählte sie dem alten Seebären von Josefines Tod, und dass sie immer noch sehr unter der Zwietracht mit Mutter Carmen litt.
Kuddel nahm seine Enkelin wie in alten Zeiten fest in den Arm. Mit seiner Güte, Herzlichkeit und Sicherheit konnte er immer noch viel Trost spenden. „Is man god, meen Dirn."
Der Alte zog seine Kapitänsmütze wie bei einem Sturm tief

ins Gesicht und ertastete in der Westentasche seine Piepe. Bald darauf zog ein herrlicher Vanilletabakduft um das Haus. Svenja schloss ihre Augen und atmete diesen genüsslich ein …
„Mama, Mama“, rief der kleine Tom, „Papa ist am Telefon. Ich habe ihm schon erzählt, was wir alles gemacht und gesehen haben.“
„Is es dir watt beter, meen Dirn?“, fragte Kuddel und strich seiner Enkelin über die Wange.
Sie nickte stumm, gab Kuddel einen Kuss und ging ins Haus zum Telefon.
„Hallo, Max“, meldete sie sich monoton.
„Hallo, Max? Mehr nicht?“, fragte die Stimme aus Bayern enttäuscht, „Ist das alles? Ich hätte ein begeistertes “Hallo, mein Schatz“ erwartet oder wenn du wenigstens gesagt hättest: “Max, ich vermisse dich, ganz besonders nachts“.“
„Max, Oma Fine ist tot“, sagte sie leise, „und ich wäre wirklich froh, wenn du bei mir wärst.“
„Das tut mir sehr leid für dich. Oma Hippelank habe ich als ganz herzlichen Menschen kennengelernt. Damals, beim Unternehmen “Rapunzel“, erinnerst du dich?“
„Ja, als du wie ein Dieb in Düsseldorf des Nachts in mein Zimmer geklettert bist. Leider hat sich das Verhältnis zwischen Carmen und mir nie mehr verbessert. Hauke hat mir geraten, besser nicht nach Neuss zur Beisetzung zu fahren. Was meinst du dazu?“
„Wie immer du dich entscheidest, ich werde hinter dir stehen.“
„Ich möchte der Gräfin nicht begegnen, also bleibe ich hier in Bornsiel. Für die Kinder ist das auch besser.“
„Okay, ich hole euch am Wochenende ab“, sagte er mit sanfter Stimme. „Ich bin froh, wenn ich euch in die Arme nehmen kann. Sind meine Berglöwen artig?“
„Die Jungs sind völlig okay. Ach, Max, hast du die Blumen gegossen und Tims Fische gefüttert?“
„Die Blumen? Die Fische?“

Max machte eine Gedankenpause. „Ja sicher, das habe ich alles gemacht.“
„Männer! Euch kann man nicht alleine lassen!“, sagte Svenja und ihre Stimmung hellte sich hörbar auf. „Max, denke jetzt bloß nicht wieder praktisch und stelle die Blumen ins Aquarium, hörst du?“
„Nein, sie stehen ja schon drin.“
Im Büro von Max Auberles Werkstatt läutete ein anderes Telefon und er verabschiedete sich rasch von seiner Frau.

Svenja wählte die Telefonnummer ihres Vaters in Winterberg. Der Studiendirektor war mittlerweile Ende fünfzig. Er nahm das Gespräch an.
„Papa, Svenja hier. Ich rufe aus Bornsiel an. Ich muss euch eine traurige Nachricht mitteilen. Oma Wieland ist gestorben.“
„Das tut mir leid. Musste Josefine leiden?“
„Ich weiß es nicht.“ Svenja hatte einen Kloß im Hals. „Alles, was ich weiß, habe ich von Hauke erfahren. Mama rufe ich besser nicht an.“
„Hauke hat sich, wie zu erwarten, bei uns noch nicht gemeldet. Was gedenkst du zu tun?“
„Ich werde einen Kranz bestellen und nach Hippelank schicken. Papa, mehr kann ich nicht für Oma tun, nicht wahr?“
„Svenja, deine Entscheidung ist völlig in Ordnung. Deine liebe Mutter lässt anderen Menschen nicht viele tragbare Optionen. Wie geht es deinen Kindern und meinen Eltern?“
„Tom und Tim fühlen sich bei Kuddel und Oma Heideblümchen wie immer sehr wohl. Den alten Leuten geht es recht gut.“
„Dann bestell allen Grüße von mir“, sagte Carl Petersen und beendete das Gespräch.
Heidemarie schaute ihre Enkelin erwartungsvoll an: „Watt hat er seggt?“
„Der Herr Lehrer lässt Grüße an euch ausrichten.“ Svenja hob genervt die Arme. „Noch kürzer kann man ein Gespräch nicht

führen. Immer seine blöde Sachlichkeit. Der tut ja gerade so, als wenn er für jedes Wort zehn Mark bezahlen müsste!"
„Och, meen Deern, der Carl war als Lütter nich anners. Immer, wenn die Spannung stieg, dann wurde er ganz still un sachlich."
„Aber Opa Kuddel ist doch ganz anders."
„Ach watt! Wenn Kuddel watt nich passt, denn treckt der sich ümmer die Kapp ins Gesich. Musste ma drop achten! Der eene versteckt sich bi Storm hinner sinn Sachlichkeit, der annere eben hinner sinn Kapp. Et sinn even Mannslütt, meen Dirn." Beide Frauen lachten …

Die Bornsieler Turmuhr hatte gerade Mitternacht geschlagen und damit den Samstag eingeläutet. Im Haus war alles still. Die Kinder und die alten Leute schliefen. Die Geräusche des Tages waren verstummt. Dadurch hörte sich das Meeresrauschen besonders nah an. Svenja saß allein auf der Bank vor der alten Kate ihrer Großeltern. Sie hatte sich eine Jacke übergezogen, da auch die Sommernächte an der Küste sehr frisch sein konnten. Der Nachthimmel war sternenklar. Hinter dem Nachbarhaus stieg der Mond auf. Früher hatte Max sie beim Anblick des Mondes in den Arm genommen und leise gesagt: „Das ist unser Honeymoon. Wenn du einsam bist, schau hinauf und denke an mich."
Zehn Jahre war sie nun mit Max zusammen. Der graue Alltag, die Verpflichtungen in ihrer Klinik, der Haushalt, die Kinder, die neue Werkstatt ihres Mannes und viele andere Pflichten hatten die Zeit ihres Honeymoons weit hinter sich gelassen. Immer öfter erwischte sich Svenja bei dem Gedanken, dass sie nur noch Sklavin ihrer Aufgaben wäre. Und ihre Liebe zu Max? Ja, sie liebte ihn immer noch. Er gab schließlich keinen Anlass, ihn nicht zu lieben. Er war zuverlässig, anständig und versuchte in seiner knapp bemessenen Freizeit ein guter Vater zu sein. Manchmal neigte er zur Überheblichkeit. Doch Fehler hatte jeder Mensch.
Sie blickte mit Sehnsucht zur Milchstraße auf. Sie lauschte

mit Fernweh den rauschenden Wellen. Warum kamen in den letzten Jahren Gedanken der Unzufriedenheit in ihr auf? Sie fröstelte und knöpfte ihre Jacke noch höher zu. Svenja fragte sich, ob Max in diesem Augenblick voller Einsamkeit auch zum Mond, zu ihrer beider Honeymoon, aufschauen würde. In der Zeit, während sie hier in Bornsiel mit den Kindern Urlaub machte und Max fleißig in der neuen Werkstatt in Reit arbeitete, waren die Eheleute Auberle zum ersten Mal für längere Zeit getrennt. Svenja spürte mehr und mehr Sehnsucht nach ihrem Mann. Ja, sie freute sich auf ihn. Da er an diesem Samstag in aller Frühe losfahren wollte, würde er vielleicht schon am späten Nachmittag in Bornsiel eintreffen. Vom Alpenrand bis zur Waterkant waren es fast tausend Kilometer.
Plötzlich zwängte sich etwas durch Svenjas Beine.
„Mein Gott, Captain Black, du hast mich erschreckt!“, flüsterte sie und hob den pechschwarzen Kater auf ihre Knie. Der haarige Grundstückswächter war der Spross einer stolzen Ahnenreihe, die seit eh und je zu dieser Kate gehörte. Svenja konnte sich noch gut an den schlauen Captain Cook erinnern, den sie als Mädchen so geliebt hatte. Obwohl Kuddel und Heideblümchen streng darauf geachtet hatten, dass die Kater nie ins Haus kamen, war Captain Cook bis zum Dachzimmer der Kinder und auf Svenjas Bett geschlichen. Die Oma hatte damals die Spur der Katzenpfoten auf der Treppe bemerkt und danach mächtig geschimpft.
Jetzt schnurrte Blackie zusammengerollt auf Svenjas Schoß genauso zufrieden wie seine Vorfahren. Es war angenehm, dieses warme Wesen zu fühlen und zu streicheln. Nun war sie nicht mehr so alleine in der dunklen Nacht. Sie schaute sich die Bilder der funkelnden Sterne an. Blickte ihre verstorbene Großmutter Josefine in diesem Moment vom Himmel auf sie herab?
Svenja schloss die Augen und bewegte tonlos die Lippen: „Oma, verzeih mir, dass ich in deiner letzten Stunde nicht bei dir war.“ Als sie wieder aufsah, fielen unzählige Sternschnuppen vom Himmel.

Ein Motorgeräusch kam näher. Es verstummte unweit vor dem Haus. Captain Black sprang von Svenjas Schoß und rannte lautlos um die Hausecke. Svenja folgte ihm. Sie traute ihren Augen kaum. Im Licht der Straßenlaterne erkannte sie das Auto von Max. Er stieg aus und die Eheleute fielen sich in die Arme.
„Max, du wolltest doch erst am Nachmittag eintreffen. Du bist doch hoffentlich nicht direkt nach deinem Feierabend losgefahren?"
„Warum nicht? Das waren doch nur tausend Kilometer."
Max ließ sich in der guten Stube in Kuddels Ohrensessel fallen und Svenja fragte: „Hast du Hunger?"
„Ne, nur nach dir. Aber ein Bier wäre jetzt nicht schlecht. Vielleicht auch zwei. Ich muss erst einmal runter kommen."
Svenja goss Max und sich ein Helles ein.
Er trank einen großen Schluck und sagte: „Länger durfte die Strecke aber auch nicht mehr werden. Bei Jever hatte ich auf der Landstraße einen Tiefpunkt und war für den Bruchteil einer Sekunde eingenickt. Ob du das jetzt glaubst oder nicht, ich habe dich neben mir deutlich rufen gehört: Max, pass auf! Da habe ich den Wagen im letzten Augenblick wieder auf die Straße gezogen. Das hat mich so erschreckt, dass ich danach hellwach war und langsamer gefahren bin."
Sie setzte sich auf seine Knie, gab ihm einen Kuss und berichtete, was sie und die Kinder alles erlebt hatten.
Max hörte interessiert zu, blinzelte dabei aber immer mehr mit den Augen. Seine Lider wurden schwerer und die Stimme seiner Frau anscheinend leiser.
Svenja streichelte sein müdes Gesicht. „Trink aus, junger Mann und ab ins Bett!"
Max legte sich im Gästezimmer auf die ausgeklappte Couch. Sie krabbelte nach dem Aufräumen unter seine Decke und kuschelte sich an ihn. Schon lange hatte er ihr nicht mehr so gefehlt. Max schlief längst tief und fest.

Svenja frühstückte mit den Kindern etwas später.

„Ich will jetzt zum Papa“, quengelte Tom und Tim stimmte mit ein.
„Ihr lasst den Papa bis heute Mittag schlafen!“, befahl Mutter Auberle mit Nachdruck „Der ist in der Nacht lange Auto gefahren und hatte davor den ganzen Tag gearbeitet. Seht lieber mal zu, dass ihr euer Brot mit Omas leckerer Marmelade aufesst.“
Kuddel las die Zeitung und Heidemarie schnitt bereits Gemüse für das Mittagessen.

Gegen Mittag kam ein fast ausgeschlafener Papa Auberle die knarrende Treppe herunter und begrüßte in der Küche die alten Leute. Dann fragte er: „Wo sind Svenja und die Jungs?“
Die Oma zeigte am Fenster zum Garten.
Kuddel fragte: „So, meen Jung, watt maakt datt Geschäft mit die Autowarksteed?“
„Ich kann mich vor Aufträgen kaum retten. Vor allem in den Ferienzeiten kommen durch die Touristen noch viele Reparaturen hinzu. Der alte Ferdi Leitner, von dem ich das Geschäft übernommen habe, hilft mir immer noch stundenweise mit. Deshalb konnte ich gestern Nachmittag auch pünktlich Feierabend machen.“
Kuddel griff automatisch in die Westentasche, nahm seine Piepe und entzündete den Tabak.
„Och, Opa, das tut dir nicht gut“, sagte Svenja, die plötzlich in der Küchentür stand. Sie ging auf Max zu und die Eheleute schlossen sich in die Arme.
Heidemarie meinte: „Kuddel, nu hör auf die Krankenschwester.“
Kuddel winkte ab und nickte zu Max. „Wat hest noch vor mit de Autowarksteed?“
„Ich würde neben den Reparaturen gerne Fahrräder und Motorräder verkaufen und reparieren. Aber dann benötige ich Personal. Ich kann nicht überall gleichzeitig sein. Ich kann nicht unter einem Auto liegen und gleichzeitig an der Kasse im Geschäft stehen.“ Er blickte zu seiner Frau. „Ja, wenn

Svenja Lust hätte, in dem Betrieb mit einzusteigen, dann wäre das möglich."
„Und wie soll ich das alles schaffen? Mein Nachtdienst im Krankenhaus, mein Haushalt und die Versorgung der Jungs? Mein Tag hat auch nur vierundzwanzig Stunden."
„Na ja, das sind nur erst einmal Ideen." Max drückte seine Frau an sich.
Die Jungen stürmten in die Küche. Max schloss sie in seine Arme.
Dann sprudelten alle Urlaubsberichte gleichzeitig heraus.
„Hauke hat uns in seinem Boot mitgenommen. Das ist ein Rennboot. Das war obergeil!", sagte Tom.
Timmy ergänzte: „Dann waren wir auf einem großen Dampfer, in dem alle Kinder kotzen mussten. Auf Legoland haben wir die lange Anna und Jenny getroffen. Jennys Schuh war ins Wasser gefallen und Hauke hat ihn herausgefischt."
Max fragte: „Wer ist Jenny?"
„Das ist Haukes neue Freundin", erzählte Tom.
Jemand klopfte an der Haustür und öffnete diese. Dann stand Hauke in der Küchentür und grüßte: „Moin, moin, habt ihr schon gegessen?"
„Nee, et is glick sowied un för di Veelfraß hev ik ooch genoog övrig", sagte Heidemarie.
Die jungen Männer gaben sich kräftig die Hände und Hauke berichtete über die Beisetzung von Josefine Wieland in Neuss. Kauend berichtete Hauke Petersen über Finchens Beisetzung in Hippelank.
„Hat Mama zu meinem Kranz etwas gesagt?", wollte Svenja wissen.
„Ich habe ihn deutlich sichtbar ganz nach vorne gelegt", erzählte der Bruder, „und die Schleife mit euren Namen gut lesbar ausgebreitet. Die Gräfin hat das kommentarlos zur Kenntnis genommen."
Er zog eine Zeitung hervor und reichte diese seiner Schwester. „Aber das hier kann ich dir nicht ersparen!"
Svenja entfaltete eine Seite mit vielen Todesanzeigen. Die

größte betraf ihre Oma. Darin stand:
"Liebe Mutter und Oma, du hinterlässt eine Lücke, die niemand schließen kann. Doch in unseren Herzen lebst du weiter. Es trauern um dich. Carmen Rheineck, geborene Wieland, Adelbert Graf Rheineck, Hauke Petersen und Freunde."
Mit roten Wangen und pochenden Schläfen schaute Svenja von der Zeitung zu ihrem Bruder auf und fragte: „Carmen ist nicht aufgefallen, dass in der Todesanzeige jemand fehlt?", klopfte sie mit dem Finger auf die Zeilen.
„Doch", grinste der Blonde höhnisch, „sie hat sich sofort bei dem Bestatter aufs Peinlichste beschwert, dass dort nicht Gräfin Rheineck stand. Das hätte sie ausdrücklich so angeordnet!"
Der Enkelin schossen die Tränen in die Augen und sie eilte aus der Küche.
„Was hat die Mama denn?", schauten die Jungs ihr nach.
„Die ist traurig wegen Oma Carmen", erklärte Max und verließ die Küche, um nach seiner Frau zu sehen.
„Oma Carmen kenne ich gar nicht. Die habe ich noch nie gesehen", meinte Timmy. „Opa Kuddel, kennst du die denn?"
„Jo, jo, meen Jung. Aver da hest nix versümt." Kuddel zog sich seine Mütze tief ins Gesicht.

Max fand seine Frau im Garten und hielt sie so lange im Arm, bis sie sich wieder beruhigte.
Oma Heidemarie rief zum Essen.
Svenja setzte sich zu den anderen an den Küchentisch und schnitt gedankenverloren an ihrem Braten.
Ein vertrautes, sanftes Kitzeln umschmeichelte ihren nackten Unterschenkel. Sie dachte: Es ist doch erstaunlich, wie feinfühlig der Kater ist. Er spürt ganz genau, wenn der Mensch traurig ist und ein paar Streicheleinheiten benötigt.
Plötzlich wurde ihr Gesicht kreideweiß. Das Streicheln an ihrem Unterschenkel ließ nicht nach, obwohl Kater Blacky erst jetzt von der Diele heimlich und verstohlen in die Küche

guckte. Wer war da an ihrem Bein?
Blitzschnell sprang Svenja auf und sah, wie eine riesige Spinne zu Boden fiel. Mit einem Aufschrei trat sie auf das flüchtende Ungetüm.
„Kind, watt is denn los?“ Kuddel wäre vor Schreck fast die Mütze vom Kopf in seinen Teller gekippt. Dann schauten alle auf den großen unappetitlichen Fleck am Boden …

∞

Hauke rief im Hotel an und ließ sich mit Frau Kaufmann verbinden. „Hi, Jenny, ich möchte dich meinen Großeltern vorstellen. Svenjas Mann ist in der letzten Nacht auch zu Besuch gekommen. Die Auberle fahren morgen nach dem Kaffeetrinken zurück nach Bayern. Heute Abend wollen wir grillen. Ich möchte dich einladen und um 17:00 Uhr abholen.“
„Herr Auberle ist auch da?“
„Ja, Max ist ganz in Ordnung. Du wirst ihn mögen. Komm, traue dich bitte.“
„Also gut, wenn es deiner Familie wirklich recht ist, dann hol mich ab.“
Hauke legte den Telefonhörer auf und rief begeistert in die Küche: „Jenny kommt heute Abend zu uns! Ich habe sie eingeladen. Max, Oma und Kuddel soll sie auch endlich kennenlernen.“
Svenja sah ihren Bruder mit ernster Miene an und schwieg. Max fragte: „Na, Schwager, ist es endlich etwas Ernstes? Willst du dich festlegen und dem verlockenden Markt schöner Frauen den Rücken kehren?“
„Dieses Mal könnte es so sein.“
Die Männer traten aus der Tür in den Garten.
Pfeifend schoss ein Fußball direkt auf Oma Heidemaries Küchenfenster zu. Hauke sah das Geschoss im Augenwinkel, sprang darauf zu und gab dem Ball in der letzten Sekunde eine andere Flugrichtung. Mit einem Knall prallte dieser nur vor die Fensterwange.

„Nu is zappenduester!“, meckerte die Oma aus der Küche. „Spält vörm Huus op de Stroat!“
„Jungs, wir gehen!“, rief der ehemalige Torwart. „Wir bilden jetzt zwei Mannschaften. Tom spielt mit in meiner Mannschaft und Tim ist bei Max. Max und ich gehen jeweils ins Tor. Kuddel wird heute unser Schiedsrichter sein.“
Noch bevor der Seemann seine Zeitung zusammenfalten konnte, setzte sich sein Rollstuhl in Bewegung und fuhr Richtung Straße.
Die Jungs waren begeistert, wie gut Hauke Fußball spielen konnte und Tim fragte: „Hauke, stimmt es, dass du ein Fußballstar warst?“
„Ich habe in der Landesliga als Torwart gespielt und sollte danach in einer Bundesligamannschaft aufgenommen werden. Leider bin ich gefoult worden und stieß mit der Schulter gegen den Torpfosten. Dabei hat es Knack gemacht und ich wurde operiert. Seitdem habe ich in der rechten Schulter eine Bewegungseinschränkung.“
Tom sagte: „Aber davon sieht man nichts.“
„Ich habe damit im normalen Leben auch kein Problem. Aber für den Profisport reicht es nicht mehr.“ Hauke schaute Max an und murmelte: „Schluss mit der Karriere und dem erträumten Reichtum!“

Max bereitete um 18:00 Uhr im Garten den Holzkohlengrill vor. Tim und Tom passten genau auf, wie ihr Papa die Flammen eines getränkten Anzünders entfachte und damit die Holzkohlen zum Glühen brachte.
„Wader un Füer trekken die Görn immer an“, brummelte Kuddel.
Hauke kam völlig aufgedreht mit seiner neuen Freundin um die Hausecke. Max traute seinen Augen kaum, als er Jenny erkannte. Doch beide ließen sich nichts anmerken. Die junge Frau war modisch gekleidet. Sie trug Ohr- und Halsschmuck. Die Nägel waren silbern lackiert und mehrere Ringe funkelten. Das Gesicht war perfekt geschminkt und die schwarzen

Haare voluminös geföhnt.
Kuddel wäre bei ihrem Anblick vor Begeisterung fast aus dem Rollstuhl gesprungen. Er lud sie ein, direkt neben ihm Platz zu nehmen. Doch Jenny ging zuerst ins Haus, um Heidemarie und Svenja zu begrüßen. Die drei Frauen kamen schon bald aus der Küche und deckten den Gartentisch.
Während des Essens fragte Kuddel neugierig: „Wo kamen se her? Watt maken se so ut Beroop un so?"
Jenny schaute etwas nervös in die neuen Gesichter: „Mein Mädchenname ist Kokoschinski. Ich bin im Ruhrgebiet, in der Stadt Essen, aufgewachsen und arbeite heute in einer Sparkasse."
„Unn de Naam Kaufmann?", fragte Heidemarie.
„Ich war schon mal verheiratet. Vor einem Jahr wurde ich endlich geschieden. Mein Mann war nicht gut zu mir."
„Wodat?", fragte Kuddel direkt nach.
„Jetzt reicht es aber!", empörte sich Hauke. „Ist das hier ein Verhör oder was?"
„Nein, ist schon gut", legte sie ihm ihre Hand zart auf den Arm, „warum sollen sie es nicht wissen? Zum anderen habe ich dir ja auch noch nicht alles erzählt …" Sie holte tief Luft. „Manfred, mein Ex-Mann, war bei unserem Kennenlernen ein netter Kerl. Er sah Max ein bisschen ähnlich. Dann wurde ich schwanger. Manfred heiratete mich sofort."
„Datt war doch man nett", meinte Heidemarie.
„Ja, das war nett! Doch als ich feststellte, dass er Alkoholiker war und im Rausch auf mich einprügelte, war es nicht mehr nett."
„Och, miene Tied", hielt sich Heidemarie entsetzt die Hände vor den Mund. „Un wat is mit dem Kind?"
„Ich bin durch seine Schläge gestürzt und habe das Kind im vierten Monat verloren."
Hauke schaute die junge Frau entsetzt an und fand keine Worte.
Jenny fragte leise: „Magst du mich deswegen jetzt nicht mehr?"

„Warum sollte ich dich deswegen nicht mögen? Das alles tut mir nur unheimlich leid für dich."
Sie nahm seine Hand und lächelte ihn erleichtert an.
Max betrachtete Jenny ohne eine Miene zu verziehen und schwieg sonderbar lange.

Die Frauen machten nach dem Essen in der Küche gemeinsam den Abwasch. Heidemarie trug einige Schüsseln ins Wohnzimmer.
Svenja schaute Jenny ernst an und sagte: „Ich will ehrlich sein, die Geschichte in Achdorf liegt mir quer im Magen. Ich hoffe, dass wir wegen Max keine Probleme miteinander haben." Sie beobachtete Frau Kaufmanns Reaktionen sehr genau. „Andererseits weiß ich nicht mal, was zwischen euch vor meiner Zeit gewesen ist."
„Ach, Svenja, mache dir keine Sorgen. Ich habe Max längst vergessen. Es ist doch lange, lange her."
„Das beantwortet nur einen Teil meiner Gedanken. Gab es denn eine richtige Beziehung zwischen euch? Ich meine, habt ihr …?", brach sie die peinliche Frage ab.
Jenny lächelte nur geheimnisvoll und schwieg.
„Och, schöön, ihr seid ja ferdig", stand das alte Mädel erfreut neben der Schwarzen und der Blonden, „denn drinken wir ooch eerstmal en lütten Klaren", und sie griff im Schrank zu den Pinnchen.
Svenja schaute Jenny mit durchbohrendem Blick an und Frau Kaufmann war klar, was Frau Auberle immer noch brennend wissen wollte, was damals wirklich gewesen war. Die Oma hatte die Gläschen trotz zittriger Hand perfekt eingeschenkt.
Jenny hielt Svenja das Glas zum Anstoßen entgegen und flüsterte: „Wie Hauke schon sagte: Das ist hier kein Verhör. Ich habe für heute genug Antworten gegeben."
Svenja stieß mit Jenny an. „Du hast recht, entschuldige bitte!"

∞

Am Sonntagmorgen hatte Familie Auberle mit Kuddel und Heidemarie schon sehr früh Kaffee getrunken, um rechtzeitig die lange Heimfahrt anzutreten.
Max hatte die Route über Bremen, Kassel, Würzburg und München gewählt. Die Nachrichten meldeten extremen Reiseverkehr. Der kleine Tom war dank des monotonen Motorgeräuschs auf der Rückbank eingeschlafen und Tim spielte Gameboy. Diese Spielekonsole hatte sich in diesem Jahr wie ein Virus unter den Kindern und Jugendlichen verbreitet und versprach der japanischen Firma Nintendo Millionenumsätze.
“Ting, ting, ting, ting …“, klang es aus dem kleinen Lautsprecher.
„Tim, du nervst“, beschwerte sich der Papa. „Mach doch bitte den Ton aus.“
„Och nö, dann macht das nicht mehr so viel Spaß!“, sagte der kleine Mann und tippte weiter auf seinen Tasten herum.
Tom wurde kurz wach und fragte: „Wann sind wir denn da?“
„Oh Mann, frage doch nicht jetzt schon.“ Max verdrehte die Augen. „Wir sind gerade erst bei Bremen. Es sind bestimmt noch fast 900 Kilometer.“
Svenja lächelte ihren Mann an und legte ihre Hand auf seinen Oberschenkel. „Tommy kann noch gar nicht erfassen, wie viel 900 Kilometer sind“, und zu Tim gewandt sagte sie: „Schatz, tue dem Papa den Gefallen und schalte den Ton ab.“
Timmy gehorchte nur widerwillig und schob seine Unterlippe enttäuscht nach vorne.
Svenja strich Max mit dem Finger über die welligen Haare und fragte amüsiert: „Weiß du eigentlich, dass du langsam grau wirst?“
„Ich kenne viele Frauen, die das mögen!“
„Papa“, mischte sich Tim nun ein, „wie findest du die Jenny? Findest du, dass die genauso schön ist wie Mama?“
„Mama ist selbstverständlich immer die Schönste.“ Er zeigte nach vorne. „So und jetzt muss der Papa auf den Verkehr achten!“
„Ja, das stimmt“, schaute Svenja ihren Mann von der Seite an.

„Der Papa muss ganz schön aufpassen.“
Max pfiff leise vor sich hin und trieb die Bummler mit Lichthupe vor sich her. Als auch Tim durch das Motorgeräusch eingenickt war, fragte Svenja: „Hast du dich sehr gefreut, Jenny wiedergesehen zu haben?“
„Was möchtest du hören?“
„Eine Antwort auf meine Frage.“
„Oh Mann“, stöhnte er, „ich muss hier konzentriert fahren!“
„Ich kann dich gerne ablösen, wenn dir das Fahren zu anstrengend ist.“
„Kruzifix, was soll ich denn sagen? Sage ich, dass ich mich gefreut habe, Jenny wiederzusehen, dann wirst du mir wohl einen Vorwurf machen. Sage ich, dass ich mich nicht gefreut habe, dann wirst du auch daran etwas auszusetzen haben!“ Er klopfte verärgert auf das Lenkrad.
„Max, da Jenny eventuell bald zur Familie gehört, möchte ich Klarheit haben.“ Sie blickte ihn fordernd von der Seite an. „Hast du mit ihr etwas Ernstes gehabt?“
„Kannst du mir mal sagen, wie du darauf kommst?“
„Du hast mir vor zehn Jahren selbst erzählt, dass du Jenny, wenn sie mit ihren Eltern in Achdorf Urlaub gemacht hat, ein bisschen die Zeit vertrieben hast.“
„Vor zehn Jahren soll ich das gesagt haben?“, wurde Max laut. „Weiß ich doch nicht mehr, ob ich das gesagt habe. Ich bin keine Svenja und habe kein Gedächtnis wie ein Elefant! So etwas können nur Frauen behalten und nach Jahrzehnten wieder hochholen!“
„Du brauchst gar nicht laut zu werden, sonst sind die Kinder gleich wach.“ Ihre Stimme blieb überlegen und ruhig. „So, und nun beantworte bitte meine Frage. Hattest du? Ja oder nein!“
„Kruzifix, wir sind einmal zur Drachenschlucht gewandert. Dort sind wir nackt in den kleinen See gesprungen. Bist du jetzt zufrieden?“ Er setzte grimmig nach: „Warum bin ich Hornvieh nach einer harten Woche tausend Kilometer gefahren? Habe ich das für Jenny oder für dich getan? Außerdem

war das vor unserer Zeit!“ Er verbesserte sich: „Nein, es war, nachdem das stolze Fräulein Petersen mich in Winterberg weggejagt hatte! Das hatte Jenny nicht getan. Sie war einfach nett zu mir. So, und jetzt versuche ich meine Familie gesund nach Hause zu bringen!“
Sie schwiegen eine Zeit lang.
Der kleine Tommy fragte plötzlich: „Habt ihr euch gezankt? Magst du den Papa nicht mehr? Hast du ihn nicht mehr lieb?“
Svenja drehte sich um und blickte ihrem Sohn in die verträumten Augen. „Quatsch, das hast du missverstanden. Tommy, du hast schlecht geträumt.“ Dann schaute sie Max an, der stur geradeaus schaute und beleidigt seine Unterlippe nach vorne schob. „Sicher habe ich den Papa ganz lieb.“ Zum Beweis legte sie ihren Kopf an die Schulter ihres Mannes.
Tim öffnete auch seine Augen und fragte: „Sind wir bald da?“

∞

Die Kfz-Werkstatt von Max Auberle war in einem Haus, das im Erdgeschoss drei große Werksgaragen und drei kleine Büroräume besaß. Im ersten Stock befand sich eine große Vierzimmerwohnung, die an der Rückseite einen großzügigen Balkon hatte. Dessen Ausblick ging in südliche Richtung und zeigte bei gutem Wetter ein herrliches Bergpanorama. Über das schneeweiße Gebäude streckte sich ein weit ausladendes Dach im südbayrischen Baustil. Der Garten bot Platz für Svenjas Gemüse- und Kräuteranbau. Der Rasen diente Tim und Tom zum Fußballspielen und Max hatte sich einen Kamin zum Grillen gebaut.
Die Sommerferien waren längst zu Ende und der Alltag beherrschte wieder das normale Leben. Svenja trat durch das offene Tor in die Halle der Autowerkstatt der Firma Auberle und schaute auf zwei Beine, die unter einem aufgebockten Auto hervorguckten.
„Max, hat sich Tommy bei dir gemeldet? Sein Unterricht müsste längst aus sein. Er wollte heute zum ersten Mal alleine

von der Schule nach Hause kommen. Hallo, hörst du mich?"
Die Beine winkelten sich an und zogen den Oberkörper von Herrn Auberle unter dem Wagen hervor.
„Was hast du gesagt?", fragte er und stand auf. Seine Nase hatte einen schwarzen Ölfleck. Er grinste frech, nahm seine verschmierten Finger und ging damit auf Svenjas blonden Lockenkopf zu.
„Ih, hau bloß ab!" Sie wich zurück und lachte. „Du siehst schlimm aus."
Blitzschnell stieß er mit seiner Nasenspitze auf die ihre und fragte: „Ich sehe schlimm aus? Guck doch erst mal, wie du selbst aussiehst."
Sie bückte sich neben dem Auto und besah sich ihr Gesicht im Außenspiegel. „Och, Max, du bist gemein. Das ist ja ekelig!"
„Ach so, und mich lässt du damit unseren Unterhalt verdienen?" Er nahm am Handwaschbecken die Sandseife und begann seine Hände zu schrubben.
„Ich gehe auch halbtags arbeiten, Meister Auberle, vergessen Sie das nicht. Dann bin ich noch Mutter, Hausfrau und Geliebte."
„Grüß Gott, Frau Auberle", sagte plötzlich ein älterer Nachbar im offenen Werkstatttor, „die schwarze Nasenspitze steht Ihnen wirklich gut." Er grinste über das ganze Gesicht.
„Ja, Herr Ferdinger, so sieht man eben aus, wenn man mit einem Mechaniker verheiratet ist." Erst jetzt entdeckte sie, dass hinter dem Mann ihr kleiner Sohn Tom stand.
Dem kullerten dicke Tränen über die Wangen. Er jammerte: „Mama, ich bin vom dicken Mühlinger Benedikt verhauen worden. Dann haben mich die anderen in die Brennnesseln geschubst! Ich gehe nie wieder zur Schule!"
Frau Auberle bückte sich und nahm ihren Jüngsten tröstend in die Arme. So bekam auch Tom ebenfalls eine schwarze Nasenspitze.
Der sechzigjährige Herr Ferdinger sagte: „Die drei Saubuan haben sich am Feld vom Lindnerbauer über den kleinen Tom

hergemacht. Ich musste erstmal ein paar Watschen verteilen."
Svenja bedankte sich für das couragierte Eingreifen des Nachbarn und ging mit Tom zur Wohnung über der Werkstatt.
Herr Ferdinger gehörte zu den Einheimischen. Mit seiner Kniebundhose, den Trachtenhosenträgern und grünem Hut mit Feder wirkte er wie ein bayrisches Urgestein. Er und Meister Auberle waren per Du. „Max, machst mir oan Termin für die Abgasuntersuchung?"
Die Männer gingen in das Büro der Werkstatt.
Svenja hatte hinter dem Haus mit der Werkstatt und der Wohnung den Tisch auf der Gartenterrasse für das Abendessen gedeckt. Tom und Tim waren längst satt und spielten auf der Wiese Fußball. Max schenkte seiner Frau und sich ein Weizenbier ein.
Svenja sagte leise: „Max, wir müssen etwas unternehmen. Die Kinder müssen auf dem Schulweg und auf dem Schulhof geschützt werden."
„Wir können nicht immer neben den Kindern stehen, mein Schatz. Das Leben ist ein Kampf. Jeder kann immer mal auf böse Menschen treffen. Das Wichtigste ist, dass der Angreifer weiß, dass man bereit ist, sich zu verteidigen. Das erhöht das Risiko des Angreifers, aber wer keine Verteidigung gelernt hat, der hat verständlicherweise Angst, das spüren schlechte Menschen sofort. Deshalb lassen sie ihre Aggressionen an Ungeübten und Schwächeren aus." Er trank von seinem Weißbier. „Wenn du willst, dann melde ich die Jungs beim Judo- oder Karatetraining an. Aber bisher warst du ja gegen alle Kampfsportarten."
„Max, ich kann Gewalt nicht ausstehen."
„Ich weiß, aber wer nicht bereit ist, sich zu verteidigen, wird irgendwann von schlechten Menschen unterdrückt und gepeinigt. Frage deinen Vater, den Geschichtslehrer. Die Völker, die sich nicht verteidigen konnten, sind einfach überrannt und unterdrückt worden. Nur darin bestand für mich der Sinn und die Aufgabe unserer Bundeswehr", erklärte der ehemalige Gebirgsjäger und schaute mit Sehnsucht zu den felsigen

Bergspitzen, die in der Abendsonne rot leuchteten.
„Und ich kann als Krankenschwester meine Jungs nach dem Training dann jedes Mal zusammenflicken, ja? Meinst du das?"
„Falsch gedacht, besorgte Mutter Auberle, die Statistik beweist, dass beim Fußball- und Handballspielen wesentlich mehr Verletzungen auftreten, als bei diesen Kampfsportarten."
„Dein Bruder Xaver hat mir erzählt, dass du dich früher öfter geprügelt hast. Was haben deine Eltern dazu gesagt?"
Max wischte sich den Bierschaum vom Mund. „Der Unterschied zwischen Xaver und mir bestand erstmal darin, dass er immer wieder durch Angeberei und Provokationen in Rangeleien geriet. Wie du siehst, hat es seinem dicken Fell auch nicht geschadet. Ich hingegen habe mich nur verteidigt. Selbstverständlich habe ich einem Provokateur signalisiert, dass ich im Falle des Falles keine Rücksicht nehme. Und zweitens, hast du vergessen, dass mein Vater Soldat war? Wenn ich mich nicht verteidigt hätte, dann hätte der mir zusätzlich den Hosenboden stramm gezogen!"
„Aha, so können auch nur Männer denken." Sie nahm ihr Bierglas und trank den Rest in einem Zug leer. „Und was hat deine leibliche Mutter Liese dazu gesagt?"
Max stand auf, umarmte seine Frau und sagte lächelnd: „Sie hätte mit ihrer Meinung jetzt voll an deiner Seite gestanden und die Jungs lieber in einem Bastelkurs angemeldet."
Svenja schmunzelte zufrieden.
Doch Max nahm das Thema wieder auf: „Nur mit Basteln wird Tom sich künftig nicht die Saubuan vom Hals halten. Kannst du dich an den langen Franz erinnern, der auf unserem Polterabend war?" Sie schüttelte den Kopf und er fuhr fort: „Er war in meiner Einheit. Er war zwölf Jahre beim Bund. Franz hat mich in der Werkstatt angerufen, Xaver hat ihm die Telefonnummer gegeben. Ja, der Franz macht im Nachbarort einen Verein für östliche Kampfsportarten auf. Da ich früher sein Trainingspartner war, möchte er, dass ich als

Übungsleiter helfe, eine Gruppe aufzubauen."
Sie sah ihn verwundert an: „Du kannst so etwas?"
„Ich habe das in den sieben Jahren beim Bund drei- bis viermal wöchentlich trainiert. Es hat riesigen Spaß gemacht."
Dann tippte er auf seinen Bauch: „Vielleicht strafft der sich beim Training auch wieder."
Sie lachte verschmitzt. „Ja, das ist ein Argument, das ich gelten lasse!"
Max ging zu den Jungs: „So, ihr Berglöwen, in der nächsten Woche gehe ich mit euch zum Judotraining, okay?"
Gespannt schaute Svenja von Tom zu Tim.
Plötzlich rissen sie die Arme hoch und zogen ihren Papa auf die Wiese herunter. Unter lauten Gejauchze begann der erste Bodenkampf.
Svenja schüttelte amüsiert den Kopf und sagte: „Ihr Männer seid alle verrückt!" Dann trug sie die leeren Teller ins Haus.

In der Turnhalle riefen Kinderstimmen durcheinander. Franz Fleischhauer, der vierzigjährige Judo- und Karatemeister saß im Lotussitz am Rand der Judomatte und wartete darauf, dass alle Kinder auf der gegenüberliegenden Seite in einer Reihe knieten. Er rief: „Zazen!", und schaute streng von einem Gesicht zum nächsten, bis alle still waren.
Franz trug auf dem weißen Kampfanzug einen schwarzen Gürtel. Sein ehemaliger Bundeswehrkamerad Max Auberle hatte sich bereiterklärt, als Übungsleiter für die Kinder und Jugendlichen mitzumachen. Max trug einen Braungurt.
Die meisten Kinder waren Neulinge in dieser Sportart und mussten üben, ihren weißen Gürtel ordnungsgemäß zu binden und zu knoten.
„So, Leute", klatschte Franz in die Hände, „bevor wir das Kämpfen erlernen, müssen wir dafür sorgen, dass wir uns beim Fallen nicht verletzen. Also beginnt jedes Training grundsätzlich mit der Fallschule. Max, fängst du mal an?"
Der ehemalige Gebirgsjäger zeigte, wie man nach links, rechts, vorne und hinten fallen und vor allem richtig

abklatschen musste. Die Kinder taten es ihm nach und Franz korrigierte die Bewegungen. Dann zeigten Max und Franz einen Übungskampf. Es gab einen klassischen Überkopfwurf. Der Angegriffene ließ sich einfach nach hinten fallen und schleuderte den Angreifer mit Arm- und Beineinsatz über sich hinweg. Die jungen Leute waren begeistert. Sie konnten es kaum erwarten, mit den Kampftechniken zu beginnen. Am ersten Trainingstag wurde der Fußfeger erlernt. Wer fleißig übte, konnte damit rechnen, dass er noch vor dem Jahresende für die Gelbgurt-Prüfung zugelassen wurde.

Tim und Tom waren von diesem Sport so begeistert, dass sie im Garten auf der Wiese weiterübten. Abends wurde selbstverständlich auch der Papa eingespannt. Sie bettelten solange, bis Max ihnen einige Tricks zeigte, die beim Training noch gar nicht an der Reihe waren.
Einige Wochen später kam Tom mit seinem schweren Schulranzen die Treppe zur Wohnung hinauf. Svenja begrüßte ihren Jüngsten mit einem Kuss und wollte sich nach dem Verlauf des Schultages erkundigen.
Doch der kleine Mann meinte nur: „Alles klar!“, und verschwand rasch in seinem Kinderzimmer.
Verwundert sah sie ihm nach. Plötzlich klingelte das Telefon. Svenja meldete sich freundlich.
In der Leitung rief eine Frau völlig aufgelöst: „Mühlinger am Apparat. Ihr Tom, das ist ein Saubua! Der ist gemeingefährlich. Er hat meinen braven Benedikt einfach seinen Fuß weggetreten, sodass er in den Schlamm gefallen ist. Das hat ein Nachspiel, sage ich Ihnen. Ich stelle die Reinigung der Kleidung in Rechnung!“
Frau Auberle erwiderte genauso energisch: „Ihr braver Benedikt hat Tommy vor ein paar Wochen verprügelt und mit zwei anderen Kindern in die Brennnesseln geworfen. Dann sind die beiden ja quitt. Guten Tag, Frau Mühlinger!“
Svenja legte den Hörer auf und lachte verschmitzt. Sie ging zu Tom ins Kinderzimmer und bemühte sich, ein sehr

strenges Gesicht zu machen. Sie sagte: „Frau Mühlinger hat angerufen und sich über dich beschwert. Hast du mir etwas zu sagen?"
Um dem Blick seiner Mama auszuweichen, schaute Tom aus dem Fenster. „Der fette Benedikt hat wieder angefangen zu zanken. Er hat mich am Kragen gepackt und wollte mich nach hinten stoßen. Dabei muss der Dicke wohl über seine eigenen Füße gestolpert sein." Der kleine Mann machte eine Denkpause. „Ja, und dann ist er wohl zufällig in den Schlamm gefallen. Die ganze Klasse hat gelacht. Als er mich wütend noch mal angreifen wollte, habe ich ihm gesagt, dass er beim nächsten Versuch gleich wieder im Schlamm landen würde. Da ist er abgehauen."
„Ach so", meinte die Mama immer noch ernst, „du bist davon überzeugt, dass solche Zufälle zweimal hintereinander passieren können?"
„Ich glaube, künftig könnte das noch öfter sein." Er drehte sich um und grinste seine Mutter neckisch an. „Die Schule macht mir jetzt wieder Spaß!"
Da Svenja ihr Lachen nicht länger unterdrücken konnte, verschwand sie schnell in ihrer Küche …

∞

Graf Rheineck war mittlerweile dreiundsiebzig und genoss seit einigen Jahren den Ruhestand. Sein Bart war ergraut. Um eine ordentliche Tagesstruktur zu erhalten, holte er jeden Morgen um 07:00 Uhr frisch geduscht und angekleidet die Zeitung aus dem Fach neben der Haustür. Während er die Zeitung pedantisch auf dem Wohnzimmertisch glattstrich und las, lief im Hintergrund leise der Radiosender mit klassischer Musik.
Die Gräfin kam allgemein gegen 09:00 Uhr im flauschigen Morgenmantel die Treppe herunter, um in ihrer edlen Küche das Frühstück vorzubereiten.
Der Graf hörte seine Gattin im Flur und rief: „Guten Morgen,

Liebling, hast du gut geschlafen?"
„Ja, wie immer", murmelte sie kaum hörbar und schloss hinter sich die Küchentür.
Die Zeremonien des Tagesablaufs im Hause Rheineck glichen sich mit den Jahren immer mehr, sodass auch selbst die Sonntage und Feiertage zu Alltagen geworden waren. Diese Monotonie staute Emotionen auf, die sich an manchen Tagen unerwartet entluden.
Der Graf fragte: „Liebling, soll ich dir beim Frühstückmachen behilflich sein?"
„Nein, nur das nicht!"
Er zuckte mit den Schultern, strich wieder die Zeitung glatt und las weiter: "Im Osten verändert sich nach und nach die Politik. Trotz dem im kommunistisch geführten China am 3. und 4. Juli 1989 die Demonstrationen auf dem Platz des Himmlischen Friedens vom Militär blutig beendet wurden, gehen in der Deutschen Demokratischen Republik die Montags-Demonstrationen weiter. Die UdSSR zieht nach zehn Jahren Krieg aus Afghanistan ihre Truppen ab. Der im Januar gewählte 41. Präsident der USA, George W. Busch, begrüßte die neue Ostpolitik. Auch der neu gewählte deutsche Bundespräsident Richard von Weizsäcker rief zur weiteren Verständigung zwischen Ost und West auf. Lesen Sie die Stellungnahme unseres Bundeskanzlers Helmut Kohl, zur veränderten Ostpolitik auf Seite 4 ..."
"Vor zehn Jahren zogen "die Grünen" mit 5,1 % in Bremen zum ersten Mal in einen westdeutschen Landtag ein. Sie gründeten sich unter anderem aus der Antiatomkraft-Bewegung. Seitdem im April 1986 in der Ukraine in Tschernobyl ein Reaktorblock des Kernkraftwerks explodierte, werden die Forderungen nach alternativen Energiegewinnungen auch von der breiten Bevölkerung unterstützt

…"
"Die deutsche Fußball-Elf bereitet sich auf die Weltmeisterschaft im kommenden Jahr vor. Laut der Trainerbank sollen die Chancen gut stehen, nach 1954 und 1974 nun zum dritten Mal den Weltmeistertitel zu erkämpfen …"
Der Graf tauchte plötzlich aus seinen Gedanken auf.
„Adelbert, ich rufe dich schon zum zweiten Mal zum Frühstück", sagte die Gräfin und stand ungeduldig in der Tür. „Aber es interessiert ja niemanden, wenn ich etwas sage!"
Das kastanienrote Haar umspielte das Gesicht der Fünfundfünfzigjährigen so günstig, dass die kleinen Fältchen an den Augen nicht zu sehen waren. Dank regelmäßiger Gymnastik hatte sie immer noch eine makellose Figur. Sie sah attraktiv und wesentlich jünger aus. Das war ihr bewusst. Das wollte sie auch permanent bestätigt wissen.
Der Graf legte die Zeitung zusammen und folgte seiner Frau ins Esszimmer. Er begrüßte sie noch mal: „Guten Morgen, Liebling", und gab ihr einen Kuss auf die Wange.
Sie nahm diese Geste reglos hin und setzte sich an den Frühstückstisch. Adelbert schnitt ein Hörnchen auf. Dessen Krümel verteilten sich großzügig um seinen Teller auf die Tischdecke.
Sie fuhr ihn an: „Ist es vielleicht möglich, dass du nur auf deinem Teller frühstückst?"
Er schaute schweigend in ihre angriffslustigen Augen und blickte dann schulterzuckend auf seinen Teller.
„Adelbert, wir müssen reden", fuhr sie fort. „Es wäre schön, wenn du dir eine Aufgabe suchen würdest. Ich komme mir in meinem Haus von dir beobachtet und verfolgt vor. Ich benötige keine Aufsicht. Als du noch regelmäßig in dein Ministerium gingst, warst du ganz anders."
„Ach ja? Ich glaube, ich weiß, was damals anders an mir war!", erwiderte er verärgert. „Damals war ich die meiste Zeit damit beschäftigt, außer Haus mit meiner Arbeit für deinen Wohlstand zu sorgen. Jetzt bin ich im Ruhestand und das stört

dich. Ich störe dich schon alleine mit meiner Anwesenheit!"
„Das ist nicht wahr! Außerdem habe ich solch einen Ton nicht verdient!" Sie machte ein beleidigtes Gesicht.
„Carmen, wenn du dich hier beobachtet fühlst, dann suche dir doch selbst eine Aufgabe. Vielleicht kommst du dann auf andere Gedanken und nimmst Brotkrümel nicht so wichtig."
Sie warf ihre Serviette mitten auf den Tisch und sagte: „Das ist eine bodenlose Frechheit! Nur weil ich hier alles wie eine Magd in Ordnung halte, muss ich mich von dir nicht demütigen lassen. So nicht! Ja, ich werde mir eine Beschäftigung suchen. Da wirst du dich aber wundern!" Sie sprang auf und schlug die Küchentür hinter sich zu.

Am frühen Nachmittag bummelte Gräfin Rheineck in eleganter Kleidung über die Düsseldorfer Königsallee, die allgemein als Kö bekannt ist. Aufgrund der uralten Kastanien in der Mitte der Einkaufsstraße hieß die Kö zu Anfang des 19. Jahrhunderts Kastanienallee. Obgleich des Herbstwetters war die Königsallee gut besucht. Exklusive Geschäfte säumten die fast ein Kilometer lange Prachtstraße. Die meisten Besucher kamen wegen der hohen Warenpreise aber nur zum Schauen. Gräfin Rheineck versank genussvoll mit ihren Blicken in so manchen gut dekorierten Schaufenstern. Plötzlich fiel es ihr auf, dass sie unmittelbar neben dem Hauptgeschäft der Beauty-Boutique-Kette angekommen war.
Ein teuer gekleideter Herr, der in der Nähe des Eingangs stand, schaute die Frau interessiert an. Er zog nervös an einem Zigarillo. Die Gräfin hob stolz ihr Kinn und musterte den neugierigen Mann ebenfalls. Er hob überrascht die Brauen und fragte: „Sind Sie Carmen Petersen? Entschuldigung, ich meine, sind Sie Gräfin Rheineck? Ich bin Siegfried Schön."
Da sie nicht antwortete, fragte er weiter: „Carmen, erkennst du mich nicht? Bin ich so alt geworden?"
Die Gräfin lächelte. „Ja, jetzt erkenne ich dich. Du bist wirklich alt geworden, Siggi!"
Trotz dieser spitzen Bemerkung blieb Herr Schön charmant.

„Carmen, du siehst genauso jung und schön aus wie damals. Nur deine blonden Haare sind heute auf eine wunderbare Weise anders. Der betonte Rotstich ist geschmackvoll. Er steht dir sehr gut."
„Danke", sagte sie knapp, aber sichtbar geschmeichelt.
Also fuhr der erfahrene Frauenheld fort: „Darf ich dich zu einem Kaffee oder einem Glas Sekt einladen?" Er wies auf das sündhaft teure Café Adel, das nicht weit entfernt zu sehen war. Sie nickte zustimmend und Herr Schön reichte ihr seinen Arm.
Im Café setzten sie sich an einen Tisch für zwei Personen. Ein Kellner nahm die Bestellung auf. Die Gräfin betrachtete ihr Gegenüber sehr genau. Der schöne Siggi war nun sechzig und hatte einen gepflegten Haarkranz. Das Gesicht zeigte wenig Falten und seine Hände zeugten von fachlicher Maniküre.
Er hob sein Sektglas und fragte: „Wärst du bereit, unser altes Kriegsbeil zu begraben?"
Sie hob ebenfalls ihr Glas, stieß aber noch nicht mit ihm an. „Das könnte sein. Es kommt darauf an. Adelbert, mein Mann, ist vor ein paar Jahren pensioniert worden und geht mir zuhause nun täglich auf die Nerven. Ich benötige eine anspruchsvolle Beschäftigung. Es geht nicht um Geld. Es geht um eine Aufgabe, bei der ich meine Erfahrungen einbringen kann."
„In der Altstadtfiliale hätte ich vielleicht eine Stelle für dich."
„Siggi, glaube bloß nicht, dass ich als einfache Verkäuferin bei dir anfange. Ich bin schließlich wer!"
„Und wenn du dort Filialleiterin würdest? Würdest du dann bei mir anfangen?" Er lächelte auffordernd.
Sie fragte erstaunt: „Das ginge so ohne weiteres?"
„Erstens bin ich immer noch der Geschäftsführer der gesamten Kette und zweitens ist in der Altstadtfiliale sowieso eine Veränderung in der Leitung notwendig. Es trifft sich gut." Er nahm einen Zigarillo aus einem goldenen Etui und fragte höflich: „Du erlaubst, dass ich rauche?" Er wartete ihr zustimmendes Nicken ab und fuhr fort: „Carmen, zu dir hätte ich

Vertrauen. Ich brauche zuverlässige Leute, die sich für unser Unternehmen einsetzen."
Sie sah ihn lange schweigend an und meinte dann leise: „Und was ist mit deiner Frau? Was wird sie sagen, wenn ich in eurem Unternehmen wieder anfange?"
Herr Schön machte ein nachdenkliches Gesicht und sog genüsslich an seinem Zigarillo.
Dann sagte er lächelnd: „Erstens kennt Franziska dich nur unter dem Namen Petersen. Zweitens habt ihr euch meiner Erinnerung nach nie gesehen, oder?"
Die Gräfin blickte zum Fenster auf die belebte Kö hinaus und machte ebenfalls ein nachdenkliches Gesicht. Bald darauf schüttelte sie den Kopf. „Ich wüsste wirklich nicht, dass ich deiner Frau je begegnet bin. Für euer Personal hat sie sich damals nie interessiert und auch vor Gericht haben wir uns nicht getroffen." Provokant ergänzte sie: „Außerdem sehe ich heute zwanzig Jahre älter aus, nicht wahr?"
„Ich bitte dich, liebste Carmen", schwallerte der schöne Siggi. „Du bist noch fraulicher, noch attraktiver geworden. Wie es auch sei, Franziska ist nur mit ihren Kleiderentwürfen beschäftigt oder sie macht gerade wieder eine Alkoholentzugstherapie."
Die Gräfin tat bei dieser neuen Information angewidert. „Ach, deine Frau trinkt? Wie peinlich für dich!"
„Franziska meint, dass das am Stress und vor allem an mir liege." Herr Schön winkte ab. „Denken wir nicht daran. Denken wir lieber an unsere neue Verbindung", er hüstelte künstlich, „unsere geschäftliche Verbindung!"
Mit geheimnisvollem Schmunzeln meinte die Gräfin: „Die Sache interessiert mich tatsächlich."
Der schöne Siggi zog seine Mundwinkel fast bis an die Ohren und hielt ihr sein Glas zum Anstoßen entgegen. „Auf eine gute geschäftliche Beziehung und den Neubeginn einer alten Freundschaft."
„Auf eine geschäftliche Beziehung!", betonte die Gräfin und prostete ihm dieses Mal zu.

„Carmen, sobald ich die Möglichkeit habe, sende ich dir einen Vertragsentwurf. Es wird noch in diesem Jahr sein. Darf ich dich zu einem Abendessen einladen?"
„Ja, sobald der Vertrag von uns beiden unterzeichnet wurde."
Wieder stießen die Gläser klingend an.

∞

Die Herbstwolken verdeckten die Berggipfel und die Laubbäume verloren ihre bunte Blätterpracht.
Die alte Kastanie passte nicht in das Gartenbild und deshalb hätte Max sie gerne gefällt. Doch dieser Baum erinnerte Svenja an Hippelank und stand damit unter ihrem persönlichen Schutz. Genau wie Opa Wieland damals mit ihr und ihrem Bruder Hauke im Herbst Kastanien gesammelt hatte, so tat sie es mit ihren Kindern heute. Die braunen Kugeln wurden mit einem kleinen Handbohrer gelöchert und mit Streichhölzern bespickt. So entstanden vierbeinige Tierkörper, auf deren Streichholzhals sich schwere Kastanienköpfe nach oben reckten. Diese Köpfe bekamen zusätzlich Hörner. Ganze Herden eroberten im Herbst Mamas Fensterbänke, Papas Schreibtisch und fanden sich sogar in der Werkstatt wieder. Dort klingelte das Telefon.
„Kfz-Service Auberle, Grüß Gott, was kann ich für Sie tun?", meldete sich Max.
„Hier ist auch Auberle, Grüß Gott, mein Sohn", sagte Vater Hermann. „Herta und ich sind in Kitzbühel und wollen heute Nachmittag Richtung München fahren. Wir werden dabei einen Abstecher zu euch machen." Max zögerte mit seiner Antwort einen Moment lang, da fragte der pensionierte Major: „Hallo, ist die Meldung nicht angekommen?"
„Ja, die Meldung ist angekommen", bestätigte der Kfz-Meister.
„Also gut, dann bis später." Hermann Auberle legte auf.
Max rief in der Wohnung an und erklärte seiner Frau: „Hallo, Schatz, Vater und Herta kommen heute Nachmittag vorbei.

Sie sind in Kitzbühel und fahren von hier weiter nach München."
„Ist ja toll!" Svenja verdrehte die Augen.
„Du hörst dich nicht begeistert an. Och, komm, wird schon nicht so schlimm werden."

Svenja ging in Toms Kinderzimmer und sah, dass beide Jungen den gesamten Boden mit Spielzeug bedeckt hatten. Sie sagte: „Opa Auberle kommt heute zu Besuch. Fangt lieber schon mal an aufzuräumen, sonst könnt ihr euch wieder Opas Sprüche zum Thema Ordnung anhören."
„Kommt die Oma Schwebehaube auch mit?", erkundigte sich Timmy, dessen Lockenpracht nach intensiver Züchtung endlich die Schultern erreicht hatte. „Die lasse ich aber nicht wieder an meinen Kopf, dass das klar ist!"
„Nein, ich passe auf dich auf", sagte Svenja lachend und strich dem süßen, langhaarigen Jungen über die Haarpracht.
„Ich will auch lange Haare haben wie Tim", stimmte der kleine Tom mit ein, „und ich will auch Gitarre spielen."
„Du bist doch viel zu doof zum Gitarre spielen. Guck mal hier." Tim zeigte auf einen großen Kratzer auf der Holzdecke seiner Wandergitarre. „Die Macke hast du gemacht. Du spielst gar nicht. Du hältst die Gitarre nur in der Hand und tobst damit herum."
„Na und", erwiderte Tommy, „das machen die im Fernseher auch!"
„Quatsch, die können wohl richtig spielen! Stimmt doch, Mama?"
„Ja,", sagte Svenja, „jetzt streitet euch nicht. Übrigens ist Tom nicht zu doof zum Gitarre spielen, sondern er hat keine Übung. Ich mache euch einen Vorschlag. Tim, du gibst Tom deine Wandergitarre, unter der Bedingung, dass er vorsichtig damit umgeht", und sie schaute ihrem Jüngsten streng in die Augen, „und du Tim, bekommst meine alte Ibanez-Westerngitarre, auf der ich bei Riki gelernt habe."
„Für immer?", fragte Tim erwartungsvoll.

Svenja nickte. „Gut, da du ja schon ordentlich spielst, dann für immer."
Sofort stürmte Tim los, um im Wohnzimmer auf Mamas toller Gitarre zu spielen. Auch der kleine Tom griff sich die Wandergitarre vom Bruder, hielt sie vor sich, schlug wahllos mit dem Daumen über die Saiten und tanzte wild herum.
Svenja kam ins Wohnzimmer und sagte: „Tim, übe bitte in deinem Zimmer. Ich muss hier jetzt Staub saugen."
„Wieso das denn? Du hast doch erst vor drei Tagen alles gesaugt."
„Weil deine Großeltern extrem pingelig sind und ich mir von denen keine Vorwürfe anhören möchte. Also, husch, husch!"
Während in den Kinderzimmern eine Kakophonie von Saitenklängen ertönte, brummte in den restlichen Räumen der Staubsauger seinen tiefen Bass.

Max verließ die Werkstatt schon gegen 16:00 Uhr, da der pensionierte Ferdi Leitner immer noch stundenweise für die Firma Auberle arbeitete. Der Kfz-Meister freute sich schon auf Kaffee und Kuchen. Als er die Wohnung betrat, roch es bereits einladend aus der Küche. Er gab Svenja einen flüchtigen Kuss und ging ins Wohnzimmer. Plötzlich blickte sich Max verwundert um. Er ging zu einem Kiefernschrank und schaute noch genauer hin. Sein Zeigefinger strich ein Stück über die Holzfläche und die Fingerspitze war danach grau.
„Schatz", rief er, „kommst du mal?"
„Och, Max, ich bin in der Küche noch nicht fertig und die Eltern kommen doch gleich schon." Svenja schaute um die Ecke. Ihr Mann zeigte zu dem verstaubten Schrank. Sie kam näher und sah selbst genauer hin. Ihre Wangen liefen rot an.
„Das gibt es doch nicht! Ich habe hier vor einer Stunde alles bis auf das Kleinste sauber gemacht!" Hilfe suchend rief sie:
„Timmy, kommst du mal?"
Der Sohn schaute erstaunt ins Wohnzimmer und sagte: „Hier riecht es irgendwie staubig."
Die Eltern blickten sich fragend an. Dann eilte Svenja zur

Abstellkammer. Einen Augenblick später rief sie: „So eine Scheiße! Max, der Staubsaugerbeutel ist geplatzt!“ Sie stand händeringend im Flur. „Was mache ich denn jetzt?“
Max ging gelassen auf sie zu, gab ihr einen Kuss und meinte: „Wir machen gar nichts. Wenn es hier jemandem zu staubig ist, dann gebe ich ihm einen Lappen zum Putzen in die Hand. Komm, beruhige dich.“
„Aber wie stehe ich jetzt vor deinen Eltern da?“
Im gleichen Moment klingelte es an der Haustür.
Der Besuch stapfte im Hausflur die Treppe hinauf.
„Grüß Gott, mein Sohn.“ Der pensionierte Major trat herein, klopfte Max auf die Schulter und musterte die restliche Familie. „Was hast du denn da für seltsame Sachen an?“, fragte Hermann und zeigte auf Svenjas neues Benetton-Sweatshirt und Jeans. „Wenn du ein Dirndl tragen würdest, schautest du wesentlich fraulicher aus.“ Dann fügte er seinen Standardsatz hinzu: „Aber das muss ja jeder selber wissen.“ Nun kam Tim an die Reihe. „Och, guck mal, Herta, wir haben ja ein neues Mädchen in der Familie“, und er hielt dem Jungen mit den schulterlangen Locken die Hand entgegen. „Wie heißt denn die junge Dame?“
Tim behielt beleidigt seine Hände auf dem Rücken.
Tom sagte: „Das ist kein Mädchen. Das ist mein Bruder und ich lass mir auch lange Haare wachsen.“
Herta reichte Max die Hand ohne ihm in die Augen zu sehen. Zu Svenja sagte sie lächelnd: „Wenn du mal geschmackvolle Beratung für ein Dirndl oder überhaupt für frauliche Kleidung brauchst, dann fragst du Xavers Frau Innozentia. Die trägt traumhaft schöne Kleider.“ Dem langhaarigen Tim fasste sie mit den Worten unter die Locken: „Deine Mama gibt mir gleich die Schere und ich mache dir einen ordentlichen Haarschnitt. Danach siehst du wieder wie ein Junge aus und der Opa freut sich.“
Tim eilte augenblicklich in sein Zimmer und schloss sich ein. Hermann blickte sich im Wohnzimmer um und starrte auf das verstaubte Sideboard. Mit dem Zeigefinger schrieb er in

großen Lettern S A U auf die waagerechte Fläche. Herta hielt sich eine Hand vor die Brust, als würde sie eine Herzattacke bekommen. Sie stammelte: „Jesus, wie sieht es denn hier aus? So hat es in unserer Wohnung nicht ausgesehen, selbst wenn wir sechs Wochen in den Staaten waren! So etwas habe ich auch bei Xavers Frau noch nicht erleben müssen."

Max hatte die Vorwürfe und Kommentare satt und erwiderte: „Ob ihr das nun glauben wollt oder nicht, Svenja hat hier den ganzen Tag geputzt. Bevor ihr gekommen seid, platzte der blöde Staubsaugerbeutel und nun sieht es eben staubig aus. Wenn es euch nicht gefällt, kann ich gern Staubtücher verteilen!"

„Was soll denn dieser Ton?" Der ehemalige Kompaniechef schaute seinen Sohn streng an. „Diesen Ton bin ich nicht gewohnt!"

„Und ich bin es nicht gewohnt, dass meine Frau angegriffen wird", hielt Max den Blick seines Vaters mit funkelnden Augen stand.

Opa Auberle setzte sich neben seinen kleinen Enkel Tommy in einen Sessel und griff auf dem Wohnzimmertisch beherzt zur Schüssel mit Gebäck. „Oh, die schmecken aber köstlich", sagte er mit vollem Mund und sicherte sich bei seinem nächsten Beutezug gleich eine ganze Hand voller Plätzchen.

„Die hat meine Mama gebacken", sagte Tom stolz. „Papa meint, das sind die besten Plätzchen der Welt."

„Als ich zur Schule ging, hatten wir Krieg. Wir hatten es nicht so gut wie ihr heute. Plätzchen gab es gar nicht. Die Erziehung war streng. Wenn Erwachsene sprachen, dann hatten die Kinder den Mund zu halten." Hermann schaute seinen Enkel forschend an. „Hörst du mir überhaupt zu?" Der kleine Tom nickte stumm und Hermann fragte: „Sprichst du jetzt nicht mehr mit mir?" Der Junge schüttelte nur den Kopf. „Und warum sprichst du nicht mit deinem Opa?"

„Weil du gerade selbst gesagt hast, dass Kinder ihren Mund halten sollen, wenn Erwachsene reden." Tom sprang lachend auf und lief in sein Zimmer.

Svenja bat ihre Gäste zum Esstisch. Sie hatte Kaffee und Kuchen serviert.
„Immer muss gegessen werden“, stöhnte Hermann nach einer halben Stunde und ließ sich das dritte Stück Kuchen anreichen.
„Xavers Frau ist beim Backen ja unübertroffen“, bemerkte Herta stolz. „Also, als wir vor kurzem bei Xaver waren und …“
Max unterbrach seine Stiefmutter grob. „Mir schmeckt es hier immer besonders gut. Ich finde, du hast lecker gebacken.“ Er legte Svenja lächelnd seine Hand auf die ihre.
Draußen heulte der Herbstwind um das Haus und Herta meinte: „Hoffentlich bekommen wir nicht so früh Schnee. Es geht jetzt wieder schnell auf Weihnachten zu.“
Tom ging darauf sofort ein: „Ich wünsch mir eine Armbrust vom Christkind.“
Der Veteran zeigte sich von diesem Gedanken begeistert: „Das wünscht du dir wirklich? Das muss ich mir merken. Das ist ja toll. Dann bauen wir hier im Garten einen kleinen Schießstand auf.“
Svenja blickte ihren Sohn streng an. „Das kannst du gleich wieder vergessen, mein Freund. Eine Waffe kommt hier nicht ins Haus.“ Zum pensionierten Kompaniechef gewandt ergänzte sie: „Das Christkind ist bekanntlich kein Waffenhändler.“
Genervt von so viel fraulichem Widerspruch schaute Hermann seinen Sohn Max an. „Und du nimmst die Entscheidungen deiner Frau alle so hin?“
„Jawohl!“, antwortete Max zackig. „Mir ist der Gehorsam schließlich von Hause aus eingetrichtert worden. Wie du siehst, trägt deine Erziehung Früchte.“
Tim meinte: „Ich wünsche mir eine E-Gitarre zu Weihnachten. Ich gründe später eine Band wie die “Toten Hosen“ oder die “Skorpions“.“
„Ach du meine Güte“, meldete sich Herta kauend zu Wort, „du willst grölen wie diese langhaarigen Affen? Nimm dir

lieber mal ein Beispiel an Xavers Sohn, der spielt jetzt im Spielmannszug mit." Sie nickte bedeutungsvoll.
„Haha, Spielmannszug", lachte Timmy, „das passt zu ihm. Der ist ja auch jetzt schon so fett, dass er wie eine Trommel aussieht!"
Auch Tom lachte laut.
„Das lasse ich nicht auf meinem Enkel sitzen", beschwerte sich Herta und zu ihrem Mann Hermann gewandt drängte sie: „Wir müssen jetzt los. Bis wir in München sind, dauert es bestimmt noch zwei Stunden."
Mit einem langen Hupton rollte der schwere Geländewagen des alten Herrn Auberle nur wenige Minuten später davon. Die junge Familie winkte ihnen vom Wohnzimmerfenster aus erleichtert nach.

∞

„Liebling", begrüßte Graf Rheineck seine Frau am Frühstückstisch und gab ihr einen Kuss auf die Wange, „ich habe die Post hereingeholt. Es ist ein großer Brief für dich dabei." Er reichte ihr den Umschlag.
Die Gräfin öffnete ihre Post und blätterte aufmerksam darin. Während Graf Rheineck sein Brötchen schmierte, schaute er immer wieder neugierig zu seiner Frau auf. Als sie wortlos begann, die dritte Seite ganz in Ruhe zu lesen, hielt er es nicht mehr aus. „Liebling, was hast du denn da bekommen? Du bist ja ganz interessiert!" Dabei krümelte er großzügig über seinen Tellerrand hinaus.
Die gnädige Frau schaute über ihre Lesebrille. „Du merkst, dass du schon wieder dein Brot auf meine Tischdecke verteilst? Bin ich hier nur für dich zum Aufräumen da? Das hört demnächst sowieso auf." Dann las sie stumm weiter.
Der Graf schob mit der Hand seine Krümel auf der Tischdecke zusammen, hielt seinen Teller unter die Tischkante und wischte sie sorgsam auf das edle Porzellan. Mit zusammengepressten Lippen belegte er seine Brothälften und biss dann

hinein. „Liebling, willst du mir nicht verraten, wer dir geschrieben hat?“, fragte er wieder nach und schob sein Kinn neugierig vor.
„In diesem Schreiben steht, dass sich hier einiges ändern wird. Das, was ich in den Händen halte, ist ein Arbeitsvertrag. Der Geschäftsführer der Beauty-Boutique-Kette bietet mir an, die Leitung einer seiner Filialen in Düsseldorf zu übernehmen. Ist das nicht erfreulich?“
„Wie kommt der Geschäftsführer dieser Kette überhaupt dazu, dir einen Vertrag anzubieten? Wie heißt dieser Mensch?“
„Er heißt Siegfried Schön.“
„Moment mal“, der Graf schob die Brauen verärgert zusammen, „ist das nicht der Mann, wegen dem sich dein Carl Petersen von dir hat scheiden lassen?“
„Wie bitte? Carl hätte sich von mir scheiden lassen? Da verwechselt du etwas. Ich habe mich von ihm getrennt. Damit das klar ist: Mich lässt man nicht einfach stehen. Wenn jemand geht, dann bin ich das. Ich gehe vor niemandem auf die Knie!“
Der Graf gab nicht nach: „Wer sich wann von wem getrennt hat, spielt hier keine Rolle, lenk nicht vom Thema ab. Wie kommt dieser Schön auf die Idee, dir ein solches Angebot zu machen?“
„Ich habe ihn per Zufall auf der Königsallee getroffen. Wir kamen ins Gespräch. Ich erzählte, dass mir zuhause die Decke auf den Kopf fällt, dass ich wieder eine richtige Aufgabe brauche.“ Sie stieß mit dem Zeigefinger in seine Richtung. „Du sitzt mir den ganzen Tag im Nacken. Ich komme mir nur noch beobachtet vor.“
Graf Rheinecks Gedanken überschlugen sich. Was störte ihn an diesem Angebot? Was alarmierte ihn, wenn Carmen berufstätig sein würde? Wenn sie stundenweise aus dem Haus wäre, dann gäbe es ihrerseits weniger Gemecker, dann wäre sein Ruhestand ein sprichwörtlicher Ruhestand. Wenn Carmen wie gewohnt zum Einkaufen war, konnte er ungestört

seine klassische Musik, seine gewaltigen Opern und die herrliche volkstümliche Musik im Wohnzimmer lauter drehen. Was den Graf störte, war seine Eifersucht. Dieser Siegfried Schön störte ihn. Berti kannte Herrn Schön aus dem elitären Kreis der Opern- und Theatergäste. Dort hatte er Carmen zum ersten Mal gesehen. Sie war damals in der Begleitung von diesem Schön, der sich selbst für einen Schönling und Frauenhelden hielt.

Der Graf holte tief Luft. „Ich lasse mich nicht so leicht hinters Licht führen, wie dieser Carl Petersen." Er klopfte mit den Fingerknöcheln auf den Tisch. „Soll das jetzt der Dank dafür sein, dass ich dich aufgenommen habe?"

Die Gräfin stemmte sich bedrohlich an der Tischkante hoch. Als sie die Knie durchdrückte, kippte der Stuhl hinter ihr um. Seine Lehne schlug mit lautem Knall auf den Parkettfußboden. Mit ihrer Lesebrille auf der Nase, den grün funkelnden Augen und den zornigen Falten im Gesicht war die Schönheit der Fünfundfünfzigjährigen augenblicklich erloschen. „Du wagst es, mir Vorwürfe zu machen?", zischte sie. „Was weißt du denn von Petersen, von Siegfried Schön und mir? Nichts, nichts, nichts!" Bei jedem Wort klatschte sie mit der flachen Hand auf den Tisch, sodass die Kaffeetassen hochsprangen. „Ich soll dir dankbar sein? Du hättest mich aufgenommen? Wer hat denn damals bei mir angerufen, damit ich mir in der Oper deinen langweiligen Schmalz anhöre? Wie oft hatte ich dir gesagt: Hau doch ab und gehe zu deiner alten Schachtel zurück! Aber nein – du bist wiedergekommen. Ich hatte es nicht nötig, hinter dir herzulaufen. Bei meinem Anblick lief dir doch schon der Sabber aus dem Mund! Ich soll dir dankbar sein? So, wie ich aussehe, könnte ich jeden Mann haben."

„Liebling, du meinst sicher, so, wie du vor zwanzig Jahren ausgesehen hast", sagte er zynisch.

Sofort flog ihre Kaffeetasse in seine Richtung. Sie zerschellte auf dem Sideboard direkt neben Aphrodite, Adelbert Lieblingsstatue. Die nackte Göttin der Schönheit schaute auf die Scherben am Boden. Mit einem Knall schlug die Küchentür

zu und die Gräfin war verschwunden.
Adelbert setzte sich stumm und schaute auf dem Frühstückstisch herum. Ihm fiel auf, dass Carmen die Vertragsunterlagen mitgenommen hatte.
Eine Viertelstunde später hörte er die Haustür ins Schloss fallen. Der Motor von Carmens VW-Scirocco sprang an. Reifen quietschten. Es blieb eine unerträgliche Stille. Der Graf konnte keinen klaren Gedanken fassen. Er saß nur da und fühlte sich ausgebrannt und leer …

∞

Im Büro der Altstadtfiliale der Beauty-Boutique-Kette saßen der Geschäftsführer Siegfried Schön, die künftige Filialleiterin Gräfin Rheineck, der fünfundvierzigjährige, gut aussehende Verkäufer Detlev Röhrig und die junge Verkäuferin Susanne Lehmann bei einer Besprechung zusammen. Drei in Teilzeit beschäftigte Damen waren Gräfin Rheineck nur kurz vorgestellt worden und bereits gegangen. Schön öffnete eine Sektflasche und sagte: „So, meine Lieben, dann erwarte ich eine gute Zusammenarbeit.“ Er schenkte vier Gläser ein. Beim Ausstrecken des linken Arms schob sich der Ärmel des Sakkos so hoch, dass seine Rolex und ein Manschettenknopf funkelnd zum Vorschein kamen. Er fuhr fort: „Mein lieber Rolli, liebes Fräulein Susi, ihr müsst wissen, dass Carmen und ich vor vielen Jahren in diesem Unternehmen bereits äußerst eng zusammengearbeitet haben. Als jedoch Mutterpflichten hinzukamen, musste sie beruflich pausieren.“
Alle Blicke richteten sich auf die Gräfin. Sie trug einen Hosenanzug und eine teure Bluse. Die damenhafte Frisur schimmerte elegant. Ihr Schmuck zeugte von Geschmack und Klasse.
Rolli spreizte den kleinen Finger weit vom Sektglas ab. Seine Augen strahlten verschmitzt hinter einer Designerbrille mit runden Gläsern. Das blondierte Haar war im Nacken zu einem Zopf gebunden. Er trug einen Schlips, doch sein Hemd, die

Weste und das Beinkleid sahen eigenwillig aus. Die Schuhe glänzten rötlich. Die Hals- und Armketten wirkten übertrieben auffällig. Er fragte die Gräfin: „Wie lange haben Sie nicht mehr in der Haute Couture gearbeitet?"
„Das interessiert doch jetzt überhaupt nicht", mischte sich der Geschäftsführer sofort ein. „Carmen kennt sich bestens mit namhaften Designern des aktuellen Marktes aus. Vor allem verkehrt sie in höchsten Kreisen und ist damit direkt am Puls der Damenwelt." Schön hob demonstrativ sein Glas. „Ich werde persönlich mit Gräfin Rheineck in der nächsten Woche nach Paris fliegen und sie mit unseren wichtigsten Kontaktleuten zusammenbringen."
Rolli hob verwundert die Brauen. Er schaute zwischen dem Geschäftsführer und der neuen Filialleiterin hin und her. Ein undefinierbares, verschmitztes Lächeln zog auf seinen Mund.
Die Gräfin traute ihren Ohren kaum. Siggi würde mit ihr nach Paris fliegen? Das war nicht abgesprochen. Doch wie sollte sie in dieser Situation etwas dagegen einwenden? In diesem Moment war sie gezwungen, das Spiel mitzuspielen.
„Paris", schwärmte die junge Verkäuferin Lehmann, „dort möchte ich auch einmal hin. Die Stadt der Mode und der Liebe, herrlich."
Der schöne Siggi betrachtete Fräulein Lehmann von Kopf bis Fuß. Sie war für die junge Mode zuständig. Ihr anmutiges Gesicht war dezent geschminkt. Die Edel-Jeans, die handgefertigte Bluse und Pumps betonten ihre tadellose Figur. Passend dazu trug sie Modeschmuck.
Er sagte: „Wer in unserem Unternehmen willig und zuverlässig ist, kann es weit bringen."
Die Gräfin griff auch zu ihrem Glas und sagte lächelnd: „Wie Herr Schön bereits sagte, war ich gerne in diesem Unternehmen tätig und freue mich, jetzt meine ganze Kraft wieder zur Verfügung stellen zu können. Ich hoffe und wünsche, dass Sie mich in meiner verantwortungsvollen Aufgabe unterstützen. Dann werden wir gut miteinander auskommen. Lassen Sie uns darauf die Gläser erheben."

„Zum Wöhlchen", sagte Rolli mit nasaler Betonung und hob sein Glas.

∞

Der Graf hatte Stück für Stück den Frühstückstisch abgeräumt und das Geschirr in die Küche getragen. „Mit Sicherheit habe ich jetzt wieder alles an den falschen Platz gestellt", murmelte er frustriert vor sich hin. Dann legte er sich rücklings auf die Wohnzimmercouch und las die Tageszeitung. Irgendwann wurden seine Augenlider schwer und er schlief ein.
„Berti? Berti?", rief Gräfin Rheineck euphorisch, als sie bei der Heimkehr im Flur ihre Jacke an die Garderobe hängte. „Das gibt es doch nicht. Wo steckst du denn? Berti?"
Der Graf erwachte und hörte mehrmals seinen Namen. Er öffnete die Augen. Es war anscheinend bereits dunkel. War es denn schon Abend?
Gräfin Rheineck hob ihrem Mann die Zeitung vom Kopf und sofort wurde es hell vor Adelberts Augen.
„Sag mal, brauchst du nun ein Hörgerät?", fragte sie auffällig gut gelaunt. „Es gibt etwas zu feiern. Du kannst mir gratulieren. Ich habe die Stelle angenommen. Ich bin jetzt Filialleiterin!" Der Graf nahm auf der Couch eine sitzende Position ein und blickte seine Carmen verwundert an. „Berti, du weißt, dass ich mich nicht gerne profiliere. Ich mag es nicht, im Mittelpunkt zu stehen. Aber Herr Schön hat meine Fähigkeiten vor meinen künftigen Mitarbeitern in höchsten Tönen gelobt. Er will mit mir sehr eng zusammenarbeiten." Sie ging in die Küche und sprach weiter: „Jetzt werden wir beide diesen neuen Schritt mit einem Gläschen Sekt besiegeln."
Der Graf schaute mit zusammengekniffenen Lippen auf die Küchentür und dachte: Unter einer sehr engen Zusammenarbeit kann man alles Mögliche verstehen, aber ihre berufliche Tätigkeit könnte endlich Frieden in unser Haus bringen. Vielleicht bekomme ich dann von ihr auch etwas mehr Zuneigung. Die Hoffnung stirbt zuletzt.

Die Gräfin kam zurück ins Wohnzimmer geschwebt, reichte ihrem Mann ein Glas kühlen Sekt und säuselte: „Prosit, mein Lieber!“ Ihr Glas stieß gegen das seine. „Das Beste habe ich dir noch gar nicht erzählt. Der Geschäftsführer fliegt mit mir nach Paris, damit ich die wichtigen Kontaktleute unseres Unternehmens persönlich kennen lerne.“
Der Graf verschluckte sich bei dieser Nachricht so, dass ihm die Kohlensäure aus der Nase schoss. Er hustete mächtig. Fast wäre ihm das Glas aus der Hand gefallen.
Die Gräfin stand auf und klopfte ihrem Mann mit der Hand behutsam zwischen seine Schulterblätter. Ihre Stimme wirkte einfühlsam: „Och, Berti, trink langsam. Wir haben doch Zeit!“
Der Graf kämpfte gegen seine aufkeimende Eifersucht, sein bohrendes Misstrauen gegenüber Carmen. Seine Gefühle und Gedanken kreisten wie verrückt: Sollte er jetzt gegen eine Reise nach Paris protestieren? Tat er ihr Unrecht, wenn er ihr misstraute? Carmen war älter und reifer geworden. Ihr ging es vielleicht wirklich um eine anspruchsvolle Aufgabe. Durfte er ihr bei einer solchen beruflichen Chance Steine in den Weg legen? Aber musste es – verdammt noch mal – eine Arbeitsstelle bei diesem Schürzenjäger Siegfried Schön sein?
„Berti, Lieber, was machst du denn für ein Gesicht? Freust du dich denn nicht für mich?“, fragte sie mit strahlenden Augen und gab ihm einen Kuss auf die Wange.
Er lächelte schief, nickte leicht und leerte sein Glas in einem Zug.

∞

Ein eiskalter Wind pfiff um das Haus, das Hauke Petersen vom ollen Ohle Ohlsen in Bornsiel für sich gekauft hatte. Die See war sehr unruhig und zerrte mit ihren rauen Wellen an den Stränden. Die Schiffe wurden im Hafen kräftig hin und her bewegt. Im Herbst war es für Touristen in dieser Region ungemütlich. So blieben viele Ferienwohnungen,

Hotelzimmer und Pensionen leer. Nur wenige Asthmatiker suchten in der salzhaltigen Küstenluft Linderung für ihre Atemwege. Leider bereicherten diese Gäste Haukes Sportgeschäft überhaupt nicht. Keine Wasserskiläufer, keine Surfer, keine Taucher, keine Tennisspieler, keine Badegäste betraten seinen Laden. Frustriert trat Hauke vor einen bunten Wasserball und schoss ihn quer durch den Verkaufsraum. Der beleidigte Ball machte einen Bogen und traf die in Reihe und Glied stehenden Angeln. Wie Dominosteine kippten mehr als zwanzig Ruten nacheinander unter lautem Gepolter um.
„Und ich habe mal Fußball gespielt!“, fluchte er. Das Telefon klingelte und Hauke nahm den Hörer ab. „Sport und Freizeit Petersen, ja bitte?“
„Ich bin es, Jenny. Holst du mich um 19:05 Uhr vom Bahnhof ab?“
Jenny und Hauke hatten beschlossen, zusammenzuziehen. Da er sein Geschäft nicht ins Ruhrgebiet verlegen konnte und wollte, suchte die junge Frau nun in Ostfriesland eine Anstellung bei einer Bank. Wenn das geregelt war, sollte sogar geheiratet werden.
Hauke machte nach dem Anruf ein glückliches Gesicht und schaltete neben seiner Kasse das Radio ein. Während er die Angeln wieder aufstellte, kamen die Nachrichten:
„Es ist 14:00 Uhr. Die Nachrichten. Seit Mitternacht ist die Grenze zwischen Ost und West geöffnet. Bereits nach 23:00 Uhr des gestrigen Tages passierten über 20000 DDR-Bürger die Grenze in Ostberlin. Die Westberliner Sparkassen erhalten die Anweisung, ein Begrüßungsgeld von 100 DM pro Person an die Ostbürger auszugeben …“
„Ja, das ist doch klasse“, rief der junge Geschäftsmann. „Die können alle im Sommer hier in Bornsiel Urlaub machen und ihr Geld zu mir bringen. Jetzt geht es aufwärts. Jetzt kommt die Wende!“

∞

Max Auberle und sein Mitarbeiter Ferdi Leitner waren den gesamten Tag und bis spät in den Abend damit beschäftigt, an den Fahrzeugen ihrer Kunden die Winterreifen aufzuziehen oder die Räder zu wechseln. Im Hintergrund dudelte das Radio vor sich hin. Während der Sendungen gab es Meldungen aus Berlin, dass anscheinend die Ausreise für DDR-Bürger erleichtert würde. Doch zum genauen Hinhören hatte Max keine Zeit gehabt.

Endlich war Feierabend und er ließ sich todmüde vor dem Fernseher in einen Sessel fallen. Die Tagesschau begann.

„Kinder, seid doch mal etwas leiser“, beschwerte sich Max, „ich möchte die Nachrichten sehen!“ Er stellte den Fernseher lauter.

Tim und Tom verlegten ihre Rangelei in die Küche, wo die Mutter das Abendessen vorbereitete. Als Svenja zum Fenster sah, wurde der dunkle Garten langsam wieder hell. Es hatte zu schneien begonnen. Im Lichtschein der Wohnungsfenster nahmen die Fichten, die Kastanie und der Garten langsam Gestalt an. Auch der Grillkamin von Max bekam eine weiße Mütze.

„Jungs“, sagte Svenja, „schaut mal aus dem Fenster. Es schneit. Der Garten ist schon ganz weiß.“

Die zappeligen Burschen stürmten an die Fensterbank, auf der gleich einige Kastanientiere umfielen.

„Morgen machen wir eine Schneeballschlacht“, rief Tom, „und dann bauen wir einen Schneemann!“

Tim ergänzte: „Vielleicht fährt der Papa mit uns zur Winklmoos-Alm zum Skifahren.“

Svenja erwiderte: „Ich denke, dass die Lifte noch gar nicht in Betrieb sind.“

„Schatz“, rief Max, „komm mal schnell gucken. Das musst du gesehen haben. Die Mauer ist wirklich gefallen!“

Svenja ging ins Wohnzimmer, setzte sich auf den Schoß ihres Mannes und legte ihm einen Arm um die Schultern. Sie war immer noch sehr schlank und das Gesicht wirkte jugendlich: „Was gibt es denn?“ Sie sah zum Fernseher.

„Pst“, machte Max, „hör zu!“
„Die Menschen von Ost- und Westberlin liegen sich in den Armen“, berichtete der Nachrichtensprecher „Es ist kaum zu glauben. Die Grenzbeamten und Volkspolizisten sehen tatenlos zu, wie die Bürger nach Belieben den Mauerdurchgang passieren. Das Undenkbare ist wahr geworden. Die Abgeordneten des deutschen Bundestages sind aufgestanden und haben die deutsche Nationalhymne gesungen. Hören Sie gleich eine Stellungnahme unseres Bundeskanzlers Helmut Kohl.“
Das Telefon schellte und bald darauf rief Tim: „Onkel Xaver ist am Telefon.“
Der Papa ging in den Flur, um den Hörer zu übernehmen. „Dicker, was gibt's?“, grüßte Max.
„Meister Auberle, hast du die neuesten Nachrichten schon gehört? Bisher hatte die DDR-Flagge die Farben Schwarz, Rot und Gold, so wie unsere in der BRD. Aber zusätzlich zeigte die DDR-Flagge noch Hammer, Zirkel und Ährenkranz. Diese Symbole werden jetzt durch Hut und Koffer ersetzt!“
Xaver lachte schallend über seinen eigenen Witz. Dann ergänzte er: „Ich habe noch eine Überraschung für dich. Ich werde euch mit Zenzi und unseren Kindern am Nikolaus-Abend besuchen. Freust du dich?“
„Ich werde mit Svenja darüber reden und euch anrufen.“
Max legte auf.

∞

Auch im Hochsauerland hingen die Winterwolken schwer über dem Rothaargebirge und ließen die Schneeflocken tanzen. Studienrätin Petersen schaute aus dem Wohnzimmerfenster zur Terrasse hinaus und beobachtete, wie ihre Tannen im Laternenlicht mit dem Schneefall immer weißer wurden. Die Musik- und Englischlehrerin hatte gerade die Fünfzig überschritten. Aufgrund ihres Kurzhaarschnitts und der schlanken Figur wurde sie deutlich jünger geschätzt. Riki arbeitete nur noch stundenweise in der Schule und engagierte

sich mehr für ihren Chor und den Frauenverein.
Studiendirektor Carl Petersen verfolgte aufmerksam die TV-Nachrichten. Er rief seine mittlerweile achtzehnjährige Tochter hinzu und erklärte: „Anna, jetzt werden künftig am 9. November drei Ereignisse Bedeutung haben."
„Wieso drei?", fragte sie den Geschichtslehrer. „Ich weiß von der Pogromnacht und letzte Nacht war der Mauerfall. Welches dritte Datum ist denn noch so wichtig?"
„Am 9. November 1918 wurde Wilhelm II. abgesetzt und das war das Ende des deutschen Kaiserreichs. Wenn du wirklich Geschichte studieren willst, dann sind diese Daten für dich wichtig."
Die Oberprimanerin schaute ihren Vater durch ihre niedliche Brille verschmitzt an. So konnte sie Carl oft in seiner sachlichen Art aus dem Konzept bringen. Sie trug einen sportlichen Haarschnitt und sah ihrer Mutter Riki sehr ähnlich. „Papa, dass ich Geschichte studiere, steht für mich noch gar nicht fest. Aber mit Sicherheit studiere ich Musik."
Riki sagte: „Wenn du Lehrerin werden willst, dann muss du mehr als Musikunterricht anbieten."
„Wer behauptet denn, dass ich Lehrerin werden will?" Anna blickte ihre Mutter an. „Ich weiß überhaupt nicht, ob ich so leben will wie ihr."
„Wieso wie wir?", fragte Carl erstaunt. „Wie leben wir denn deiner Meinung nach?"
Auch Riki schaute ihre Tochter erwartungsvoll an.
„Ihr wirkt oft steif – kein bisschen locker. Alles ist immer nur perfekt. Vor allem Papa bedient das Klischee des absolut korrekten Paukers."
Carl blickte seine Frau fragend an.
Riki fragte Anna: „Und wie würdest du uns lieber haben?"
„Lasst euch doch einfach mal fallen. Wirkt doch einfach mal natürlich."
„Ich fühle mich fast immer natürlich und gebe mich meiner Meinung nach, so wie ich bin", sagte Riki.
Anna rollte mit den Augen. „Ja, ihr seid wie ihr seid. Mama,

noch lieber würde ich Psychologie oder Medizin studieren."
Dann verließ sie das Wohnzimmer.
Carl fragte seine Frau leise: „Muss ich das jetzt verstehen?"
Riki setzte sich ungewohnter Weise auf Carls Schoß, legte einen Arm um seinen Hals und gab ihm einen Kuss auf den Mund. „Na, du korrekter Pauker, sehen wir beide so etwas lockerer aus?"
Carl winkte ohne eine Miene zu verziehen ab und murmelte: „Was weiß Anna denn? Die weiß doch noch nicht mal, was sie selbst will. Psychologie und Medizin kombiniert mit Musik, das soll ja was werden."

∞

„Susi", fragte Detlef Röhrig, der Verkäufer der Altstadtfiliale der Beauty-Boutique-Kette, „was hältst du von unserer neuen Chefin?"
Die junge Kollegin ordnete gerade eine neue Lieferung Sweatshirts akkurat in ein Regal. „Du bist gut. Wie soll ich das beurteilen? Die ist erst seit kurzem hier. Sie scheint freundlich zu sein. Vielleicht ist die Gräfin etwas hochnäsig, aber sie ist ja auch von höherer Geburt. Mit der Ware kennt sie sich anscheinend gut aus."
Röhrig warf sich in die Brust: „Kennt sie sich besser aus als ich?"
„Nö", zuckte die 22-Jährige mit den Schultern, „warum fragst du?"
„Weil ich mir hier seit fast fünfzehn Jahren den Hintern für diesen Laden aufreiße und eine Beförderung zum Filialleiter verdient hätte, oder nicht?"
„Wird denn in diesem Unternehmen grundsätzlich nach Leistung befördert oder gibt es da auch andere Kriterien?"
„Susi, du bist ein kluges Kind. Genau daran bin ich gescheitert. Der Chef steht leider nicht auf so gut aussehende Männer wie mich." Er posierte vor einem Ankleidespiegel. Susanne Lehmann bekam rote Wangen und tat ganz beschäftigt.

Röhrig fragte weiter: „Und warum hast du nicht diesen Posten bekommen?"
„Weil ich nach Meinung des Chefs wohl zu jung bin."
„Falsch – du hättest eine Chance zur Karriere gehabt. Als wir im Sommer unser 40-jähriges Betriebsjubiläum gefeiert haben, hattest du einen sehr süßen Minirock an. Der Chef hatte nicht nur einen Blick darauf geworfen, sondern auch versucht dir heimlich an den Hintern zu fassen. Du bist knallrot geworden und hast dich zu unserer lieben Chefin Franziska Schön gerettet. Die war bis dahin schon wieder reichlich angetrunken."
„Du hast wirklich gesehen, dass er versucht hat, mir an …", brach sie den Satz verschämt ab.
„Mädel, du weißt, Hintern sind meine Spezialität", sagte Röhrig lachend. „Dann wollte der schöne Siggi mit dir das Nachtleben von Düsseldorf erkunden. Du hättest nicht von der Party flüchten, sondern seiner Einladung folgen sollen. Das hätte die Chance deiner beruflichen Karriere in diesem ehrenwerten Haus deutlich verbessert. Aber Siggi fragt prinzipiell nur einmal. Dann geht er eine Tür weiter."
„Was hat das mit Gräfin Rheineck zu tun?"
„Denk mal an die Dienstreise nach Paris, die unsere geschätzte Gräfin und der Chef gerade unternehmen. Als der schöne Siggi von Pariser Kontakten sprach, hätte ich vor Lachen fast meinen Sekt verschüttet. Er hat keine Kontakte in Paris. Wenn dort jemand die Haute Couture kennt, dann bin ich das. Aber ich muss gestehen, Siggi kennt dort gute Restaurants, gemütliche Hotels und natürlich das Nachtleben. Moulin Rouge und so, du weißt schon!"
„Nein, das kenne ich nicht." Fräulein Lehmann zuckte mit den Schultern. „Den Namen habe ich gehört, aber ich war nie in Paris."
„Übrigens kannst du dir deine Ehrfurcht vor dem Titel Gräfin ersparen. Ich habe mich nämlich erkundigt. Die Rheineck war hier zwar mal beschäftigt, aber als kleine Verkäuferin. Und wie sollte es anders sein? Unser lieber Siggi hat die gute

Carmen flachgelegt."
Lehmann schaute ihren Kollegen ungläubig an. Sie lief nervös zwischen den Kleiderständern hin und her, blieb plötzlich stehen und fragte: „Da bist du dir ganz sicher?"
„Mehr als das! Die Sache ging sogar stinkig aus. Carmen hatte sich für den schönen Siggi extra scheiden lassen. Als es ernst wurde, hat er seinen Schwanz eingezogen und sie abblitzen lassen. Siggi wusste genau, dass seine Frau Franziska ihn sonst rausgeschmissen hätte. Ihr gehört schließlich das gesamte Unternehmen."
„Vielleicht war Gräfin Rheineck damals sehr in Herrn Schön verliebt."
„Du brauchst kein Mitleid mit ihr zu haben. Sie hat sich gleich auf den verheirateten Graf Rheineck gestürzt. Der gehört zwar zum verarmten Adel, hat aber eine gehobene Stellung im Ministerium. Der alte Sack ist achtzehn Jahre älter als Carmen. Er war so scharf auf sie, dass er seine Frau sitzen ließ. So wurde die kleine Verkäuferin Carmen durch Heirat eine echte Gräfin."
„Rolli, woher willst du das denn gesichert wissen? Vielleicht sind das alles nur böse Gerüchte, die irgendein Neider in die Welt gesetzt hat."
„Nein, du darfst mir glauben. Rheineck ist Stammgast im Theater und Opernhaus. Ich kenne mehrere Ballett-Tänzer und andere Leute dieser Szene. Die sind immer bestens über die sogenannte Upper Class informiert."
„Lieber Rolli, ob du dich nun über die Bevorzugung dieser Frau ärgerst oder nicht, du wirst es nicht ändern!"
„Da kennst du aber den Rolli nicht. Ich bin eine Kämpfernatur", empörte er sich. „Jeder kämpft mit seinen Waffen. Was glaubst du wohl, was passiert, wenn Siggis Frau erfährt, wer unsere Filialleiterin tatsächlich ist? Bei ihrer Eifersucht wird Franziska überkochen und die liebe Carmen sofort rauswerfen."
Die Ladentürklingel ertönte und zwei Kundinnen traten ein …

∞

Die Stimme des Flugkapitäns meldete sich in den Lautsprechern des Fliegers: „Sehr geehrte Damen und Herren, wir landen in wenigen Minuten auf dem Flughafen Charles de Gaulle. Bitte stellen Sie Ihre Sitze in eine aufrechte Position und schnallen Sie sich an.“ Eine Stewardess kontrollierte hilfsbereit das Anschnallen der Passagiere. Gräfin Rheineck schaute aus ihrem ovalen Fenster, konnte aber wegen der grauen Novemberwolken von der Stadt der Liebe kaum etwas erkennen. Die Landung war sanft.

Herr Schön hielt vor der Flughafenhalle ein Taxi an und orderte eine Fahrt zum Hotel Lafayette. In Paris herrschte wiedermal absolutes Verkehrschaos. Vorne, hinten, links und rechts wurde gestikuliert und gehupt.

„Wir hätten die Bahn nehmen sollen“, stöhnte die Gräfin und blickte zum x-ten Mal auf ihre Uhr.

Nach einer Stunde erreichten sie das Hotel. In der Rezeption wurde Herr Schön vom Hotelmanager persönlich begrüßt und Gräfin Rheineck mit Komplimenten überschüttet. Die Herrschaften ließen sich die Zimmer zeigen. Nachdem die Servicekraft gegangen war, fragte die Gräfin: „Wann treffen wir deine Geschäftspartner?“

„Ich muss telefonieren. Das ist aber auch nicht eilig. Lass uns den Aufenthalt genießen.“ Schön trat in Carmens Zimmer ans Fenster und schaute über die Stadt. „Was kennst du bereits von Paris?“

„Oh, wo waren Adelbert und ich? Ich kenne die Kathedrale Notre Dame, war im Louvre und im Invalidendom.“ Carmen zeigte zur Wolkendecke. „Das Wetter war damals besser. Auf den Treppen vor Sacre Coeur spielten Studenten mit akustischen Instrumenten die Musik der Beatles. Das war eine wunderbare Atmosphäre.“

„Welche Attraktionen interessieren dich noch? Wohin möchtest du dieses Mal?“

„Ich war noch nicht im Centre Pompidou. Daran wurde letztes

Mal gebaut. Adelbert hat sich auch nicht mit mir auf den Basar getraut."
„Ja, dann haben wir für heute doch schon mal zwei Programmpunkte. Ist es dir recht, wenn wir mit der Metro fahren?"
„Warum nicht? Das habe ich auch noch nicht erlebt."

Nach einem belebenden Kaffee im Restaurant verließen sie das Hotel. Bereits die nahegelegene Rolltreppe zur Metro hinab war stark belebt. In der U-Bahn begann jemand mit einer Privatvorführung. Es sollte wohl eine Pantomime darstellen. Anschließend sprach der selbsternannte Künstler die Fahrgäste auffordernd und energisch an. Carmen verstand kein Wort. Der Fremde wurde immer aufdringlicher und beschimpfte Gräfin Rheineck und ihren Begleiter. Herr Schön öffnete endlich sein Portmonee und gab dem Störenfried ein paar Münzen. Gestikulierend zog die Nervensäge weiter.
Carmen atmete erleichtert auf. „Jetzt weiß ich, warum Adelbert damals keine Metro fahren wollte!"
„Meine liebe Carmen, das gehört genauso zu Paris wie der Eiffelturm."
Vor dem Centre Pompidou umringten viele Menschen zwei Künstler, die einen Boxkampf in demonstrierter Zeitlupe darstellten. Sie hatten ein riesiges Koffer-Radio aufgestellt, aus dem zur Darstellung Discomusik dröhnte. Einige Meter weiter spielte eine Indiogruppe mit Panflöte und anderen folkloristischen Instrumenten.
Gräfin Rheineck und Herr Schön besichtigten das Centre und fuhren dann zum Basar. Dort schienen sich Vertreter aller Kulturen versammelt zu haben. Es mischten sich die Sprachen dieser Welt. Man verstand und verstand doch nicht. Es wirkte wie die babylonische Sprachverwirrung.
Siegfried Schön folgte Gräfin Rheineck geduldig von Stand zu Stand. Seine Aufmerksamkeit und sein Mitgefühl für ihre Begeisterung schmeichelte Carmen.

Beim Abendessen fragte der schöne Siggi: „Warst du schon einmal im Varieté? Ich meine in der Moulin Rouge? Die rote Mühle besteht seit 1889 und gehört zum Nachtleben im Pariser Stadtteil Montmartre."
„Nein, dort wollte mein Mann mit mir auch nicht hin."
„Gut, dann bestelle ich Karten für uns."
„Siggi, du überraschst mich immer wieder", sagte sie und lächelte geheimnisvoll.

Gegen Mitternacht verließen Gräfin Rheineck und Herr Schön die Hotelbar und hielten vor Carmens Zimmertür. Siggi schaute der attraktiven Dame fest in die grünen Augen: „Carmen, ich muss dir ein Geständnis machen."
„Da bin ich aber gespannt."
„Ich bin nun in einem Alter, da sage ich, was ich denke. Ich bin sechzig und habe nichts mehr zu verlieren. Es gibt hier für das Unternehmen keine Geschäftspartner. Es gibt in dieser großen, fremden Stadt nur uns beide. Zwei einsame Herzen. Eine traumhaft schöne Frau und einen Mann, der sie sehr begehrt."
Sie blickte ihn nachdenklich an, drehte sich langsam herum und öffnete ihre Zimmertür …

∞

Als der Dezember anbrach, lag das südliche Bayern bereits unter einer dicken Schneedecke. Die weißen Berggipfel leuchteten von Ferne in der Sonne. Der Winterhimmel war königlich blau. Tannenbäume präsentierten stolz ihre weißen Wintermäntel. Hausdächer ächzten unter den Schneelasten, ebenso die Winterdienste. In vielen Fenstern leuchteten ab dem späten Nachmittag Lichterketten und blinkende Sterne in bunten Farben. Der Besuch des Weihnachtsmarktes war für Svenja Auberle ein Muss. Ebenso wurde Max von seiner Frau verpflichtet, mindestens einmal mit ihr und den Kindern die Welt der kunstgewerblichen Marktstände, Bratäpfel,

Süßwaren und Glühweinbuden zu besuchen. Tim und Tom zog es besonders zum Kinderkarussell. Während die Jungs dort im Klang der Weihnachtslieder begeistert ihre Runden drehten, zeigte Svenja ihrem Mann einen Stand mit Kunstwerken aus Glas. Dort gab es Weihnachtskugeln in allen Farben und Größen, ebenso Tiere, Figuren und Engel. Einen großen Kristallengel hatte Svenja ganz besonders in ihr Herz geschlossen. Leider war der Preis extrem hoch.

Sie fragte: „Schatz, ist der Engel nicht zauberhaft?“ In ihren Augen stand nicht die Frage nach seiner Meinung, sondern der Wunsch, diesem himmlischen Geschöpf ein neues Zuhause zu geben. Sie gab ihrem Mann einen liebevollen Kuss auf den Mund.

„Und wofür braucht man so einen Glasengel?“

„Das können auch nur Männer fragen.“ Sie rollte mit den Augen. „Dekor schafft eine angenehme Atmosphäre. Wenn du möchtest, dann können wir Heiligabend auch in deiner Werkstatt feiern. Statt Duftkerzen riecht es dort nach Benzin und Öl. Der Anblick von Werkzeugen, Reifen und Ersatzteilen vermittelt ja bekanntlich eine ganz besonders festliche Stimmung, nicht wahr?“

Max nickte mit dem Kinn zum Glasengel: „Hast du mal auf den Preis geschaut? Das Ding kann nix und kostet trotzdem 120 Mark.“

„Hast du denn schon etwas für mich zu Weihnachten?“

Er schüttelte stumm den Kopf und sie ergänzte lächelnd: „Siehst du, dann hast du nun für mich schon ein Geschenk.“

Während Max zum Kinderkarussell ging, um den Jungs noch eine Fahrt zu spendieren, handelte Svenja mit dem Verkäufer für den Engel einen Preis von 95 Mark aus.

„Hallo, Frau Auberle“, rief eine Frau und hatte mehrere Paare aus der Nachbarschaft in ihrem Gefolge. Die Damen begannen über die diesjährigen Dekorationen für das Fest zu debattieren. Svenja präsentierte stolz ihren erbeuteten Glasengel. Währenddessen ergriffen die Herren der Schöpfung die günstige Gelegenheit und umringten einen Glühweinstand, der auch edle Obstbrände anbot. Die Kinder erhielten wieder ein paar Mark für das Karussell und waren auf diese Weise weiterhin beschäftigt.

Dank der weißen Winterpracht stand im Sportunterricht endlich wieder das Skifahren auf dem Programm. Die Liftanlagen und Pisten füllten sich täglich mehr und mehr mit Touristen aus den bayrischen Großstädten und den ersten Winterurlaubern anderer Bundesländer.
Neben der Zufahrt der Autowerkstatt Auberle standen links und rechts gewaltige Schneemänner Spalier. Augen, Nasen und Münder waren aus Kastanien nachgebildet. Zusätzlich hielten sie zwei alte Besen zum Schneefegen bereit. Nahe der Haustür lehnten ein roter und ein grüner Bob von Tom und Tim an der Wand.
Leider brachte der Winter nicht nur Vergnügen. Aus einem der geöffneten Werkstatttore hörte man jemanden fluchen: „So a Hornvieh! Der Lump hat mir die Vorfahrt genommen! Was heißt denn Blitzeis? So a Schmarrn!“
Der korpulente Kunde stand aufgebracht vor Kfz-Meister Auberle und schilderte seinen Unfall. Er blickte immer wieder voller Pein auf den zerbeulten Kotflügel der edlen Limousine. Max Auberle ging freundlich auf seinen Kunden ein und versprach, dass der Wagen noch vor Weihnachten fahrtüchtig würde. Es sollte nicht das letzte Unfallfahrzeug für heute sein. Aber auch dieser Dienstag hatte endlich einen Feierabend.

Als Max müde die Wohnung betrat, tobten die Jungen aufgedreht herum. „Kruzifix, was ist denn heute los?“, fragte Max seine Frau. „Sind die beiden närrisch?“
„Wir haben Nikolaus-Abend, hast du das vergessen?“ Svenja nahm ihn lächelnd in den Arm.
Er fasste sich nachdenklich an den Kopf und fluchte leise: „So ein verdammter Mist!“
„Och komm, Max, was ist denn mit dir los? Gönne den Kindern den Spaß. Du hast doch früher gerne dabei mitgemacht.“

„Das meine ich doch gar nicht. Ich habe in meinem ganzen Stress völlig vergessen, dir zu sagen, dass Xaver angerufen hatte und mit seiner Familie heute Abend bei uns vorbeikommen will." Er schaute auf die Uhr. „Jetzt ist es zum Absagen zu spät."
Svenja machte ein verärgertes Gesicht. „Wie lange weißt du das schon?"
„Er hat es in einem Telefongespräch vor einiger Zeit beiläufig erwähnt. Ich sagte sofort, dass ich erst mit dir darüber reden müsste. Daifi, ich habe es bei dem ganzen Stress nun mal vergessen."
„Dann ist unsere Gemütlichkeit und Nikolaus-Atmosphäre gleich dahin." Sie stapfte Richtung Küche und sagte trotzig: „Es ist deine Verwandtschaft, also kümmere dich auch selbst darum!"
Max wollte noch etwas erwidern, da klingelte es schon an der Haustür. Er betätigte den elektronischen Öffner.
Sofort stampften in Windeseile ein neunjähriger Junge und ein achtjähriges Mädchen die lange Treppe hinauf. Da sie sehr beleibt waren, blieben beide außer Atem wortlos vor ihrem Onkel stehen. Der Schnee ihrer Schuhe und Kleidung tropfte auf den Fliesenboden.
Mit neuer Energie rannten sie grußlos an Max vorbei und verschwanden kurz darauf in den Kinderzimmern von Tim und Tom. Dort wurde es laut.
Zenzi Kugler kam ebenfalls prustend die Treppe herauf. Sie trug eine zu enge Pelzjacke und einen langen Rock. Max half der Schwägerin aus ihrer Jacke. Sie gab Max einen flüchtigen Kuss auf die Wange, stiefelte in Svenjas Küche und sagte: „Grüß Gott, hast du das Essen schon fertig? Jo mei, haben wir einen riesigen Hunger."
Svenja verschränkte die Arme vor der Brust und antwortete lächelnd: „Nö, wegen des Essens musst du meinen Mann fragen. Der hat für heute die Planung übernommen." Sie schaute erwartungsvoll zum Flur. „Wo ist Xaver?"
„Das wird eine Überraschung. Der kommt gleich als

Nikolaus. Er will den Kindern eine Freude machen und zieht sich im Auto heimlich um."
Beide Frauen und Max gingen ins Wohnzimmer.
„Ihr habt ja einen offenen Kamin!", wunderte sich Frau Kugler. „Den hattet ihr im Frühjahr aber noch nicht."
„Das ist richtig", meinte Max, „dort lag ein toter Kamin in der Wand und wir hatten auch erst jetzt das Geld, den offenen Kamin einrichten zu lassen. Dafür haben wir dieses Jahr auf den Sommerurlaub verzichtet. Na ja, Svenja war mit den Jungs wenigstens in Bornsiel." Er rieb sich vor den brennenden Holzscheiten genüsslich die Hände.
Frau Kugler winkte ab. „Ja, ja, das kommt bei uns nächstes Jahr auch alles. Wir wollen außerdem in die USA nach Disneyland fliegen." Ihr Blick wanderte abschätzig über die weihnachtliche Dekoration. Eine Lichterkette umrahmte das Fenster. Wintermotive zierten die Scheibe. Schäfer trieben ihre Herden an den Fußleisten entlang. Die Heiligen Drei Könige überreichten auf dem Sideboard ihre Gaben in der Weihnachtskrippe. Duftkerzen schafften eine romantische Atmosphäre. Kleine Engel kreisten um die Wohnzimmerlampe, deren Licht ließ auch den riesigen Kristallengel auf dem Wohnzimmerschrank funkeln.
Plötzlich flog Tommys Zimmertür auf. Er hielt seinen zerbrochenen Baukran hoch und rief: „Papa, guck mal, was der dicke Kevin gemacht hat."
Sogleich kam der Kugler-Junge dazu und erwiderte: „Das war ich gar nicht. Ich habe mich nur umdrehen wollen und bin mit dem Hintern auf das blöde Ding gefallen. Wenn mich das nicht aushält, dann taugt das auch nichts!"
„Kevin, du kannst trotzdem etwas besser aufpassen", mischte Max sich ein.
Frau Kugler strich ihrem Jungen liebevoll über die Haare. „Max, das sind doch Kinder. Die müssen spielen dürfen."
Nun kam Timmy aufgeregt aus seinem Zimmer und beklagte sich: „Mama, schau mal. Mandy hat mein Poster von den Skorpions kaputtgerissen, nur weil sie die Gruppe doof

findet!“
„Die finde ich auch doof“, gab Kevin seiner Schwester Unterstützung.
„Die Gruppe Skorpions ist gar nicht doof!“, schrie Timmy zurück. „Deine Spielmannszugmusik ist doof und du siehst fett aus wie eine Trommel!“
Der Dicke schaute Timmy wütend an, senkte seinen Kopf wie ein Stier und wollte den deutlich leichteren Jungen umrennen. Der reagierte blitzschnell und sprang zur Seite. Mit lautem Aufschrei stieß Kevins Kopf vor das Sideboard, auf dem Svenja liebevoll die Krippe aufgebaut hatte. Durch dieses gewaltige Beben warfen sich die drei Heiligen aus dem Morgenland in der Krippe zu Boden. Auch für Ochs und Esel gab es kein Halten mehr. Maria hatte sich schützend über ihr Kind gelegt und Svenja versuchte einen Schreianfall zu unterdrücken.
Mutter Innozentia nahm ihren jammernden Kevin in die Arme und fragte: „Was hat der böse Tim mit dir gemacht?“
Bei so viel Ungerechtigkeit wollte Svenja empört einschreiten. Doch im gleichen Moment klopfte es furchtbar an der Flurtür. Max verdrehte genervt die Augen und öffnete.
Ein massiger Nikolaus zwängte sich herein und rief: „Ho, ho, ho, ho. Ich habe Lärm gehört, sind hier etwa unartige Kinder?“
Der heilige Mann schwenkte eine große Rute und trug einen riesigen Sack auf seinem Rücken. Von den Bundeswehrstiefeln bröckelten die letzten Schneehäufchen auf den Wohnzimmerteppich. Svenja sah es und schüttelte genervt den Kopf. Der kleine Tommy klammerte sich beim Anblick des Weißbärtigen an seinen Papa und Timmy an seine Mama.
Der dicke Kevin spielte anscheinend abwesend mit dem zerbrochenen Baukran, doch er beobachtete die Szene aus dem Augenwinkel. Mandy schmiegte sich an Mutter Zenzi und stopfte sich mit Dominosteinen voll. Ihre Schokoladenfinger wischte sie an der Couch ab.
Der Nikolaus zeigte mit der Rute auf Tim und fragte mit tiefer

Stimme: „Du bist doch der Tim Auberle, nicht wahr?“ Tim nickte ehrfürchtig. „Gut Tim, kannst du ein Gedicht aufsagen?“
Der Junge nickte schüchtern und begann mit dünner Stimme: „Denkt euch, ich habe das Christkind gesehen. Es kam aus dem Wald, das Mützchen voller Schnee. Mit rot gefrorenem Näschen, die kleinen Händchen taten ihm weh …“ Er brachte alle Strophen fehlerfrei bis zum Ende des Gedichts. Da niemand reagierte, applaudierte Svenja, und Max und Tommy klatschten mit.
Nachdem der Nikolaus Tom aufgefordert hatte, begann auch der Jüngste mit seinem Gedicht: „Advent, Advent, ein Lichtlein brennt. Erst eins, dann zwei, dann drei, dann vier, dann steht das Christkind vor der Tür.“
„Das war prima, Schatz“, gab Svenja Tom einen Kuss.
„Jetzt bin ich dran, Papa!“, stieß der dicke Kevin den Nikolaus an und Tommy riss erstaunt die Augen weit auf. Xavers Sohn begann: „Denkt euch, ich habe das Christkind gesehen. Es kam aus der Kneipe und konnte kaum stehen. Gestern hab ich es wieder getroffen. Denkt euch, es war schon wieder besoffen!“ Kevin klopfte sich lachend auf die Schenkel und seine Eltern stimmten mit ein.
„Kannst du auch etwas aufsagen?“, fragte der Nikolaus das Mädchen.
„Mann, Papa, das weißt du doch!“ Da Zenzi ihrer Tochter auffordernd in die Rippen stieß, plapperte Mandy gelangweilt: „Advent, Advent, ein Lichtlein brennt. Erst eins, dann zwei, dann drei, dann vier – und wenn das fünfte Lichtlein brennt, dann hast du Weihnachten verpennt!“
„Hach, war das lustig“, hielt der Nikolaus sich vor Lachen den dicken Bauch.
Dann durften die Kinder sich Süßigkeiten aus dem Sack angeln. Kevin riss eine Tafel Schokolade auf und biss wie in ein Butterbrot hinein.
Svenja mahnte ihre Jungs: „Tim, Tom, esst bitte erst mal die geöffneten Süßigkeiten und verwahrt euch noch etwas. Die

nächste Lieferung bringt erst das Christkind."
Der Nikolaus schaute den Stiefbruder auffordernd an: „Max, hallo, wir sind fertig. Willst du den armen Nikolaus verdursten lassen?"
Max holte Bier und eine Flasche Sekt und erklärte: „Ich muss mich entschuldigen. Ich hatte euren Besuch leider ganz vergessen, deshalb haben wir nichts zum Essen vorbereitet."
„Macht doch nix, der Nikolaus hat doch für alles Verständnis. Das bisschen, was wir essen, können wir auch trinken."
Max stellte Gläser auf den Tisch und Xaver machte sich an der Sektflasche zu schaffen. Mit lautem Knall schoss der Sektkorken heraus und flog Richtung Wohnzimmerschrank. Der neue Kristallengel zersprang in tausend Teile. Die Kristallsplitter ergossen sich kaskadenartig weit auf den Teppich. Svenjas Gesicht lief rot an. Sie sprang von ihrem Sessel auf. Der Nikolaus sagte mit ruhiger Stimme: „Immer locker bleiben. Ruhe bewahren. Jeder merkt sich seinen Nebenmann." Dann klopfte er seinem Stiefbruder auf die Schulter. „Keine Panik, der Nikolaus ist versichert!"
Frau Auberle ging im Stechschritt in den Flur, zog sich Stiefel und Daunenjacke an. Sie griff zur Mütze und Handschuhen. Max fragte: „Schatz, wo willst du hin?"
Sie schaute ihn gereizt an, hielt den Autoschlüssel demonstrativ hoch und antwortete: „Ich fahre Zigaretten holen, aber nicht in Reit im Winkl, sondern in Bornsiel. Ich wünsche allgemein Frohe Weihnachten!"
Dann fiel hinter ihr die Wohnungstür schallend ins Schloss.
Der kleine Tommy erfasste die Hand seines Vaters und sagte verwundert: „Papa, die Mama raucht doch gar nicht!"
Max strich seinem Sohn liebevoll über den Kopf und flüsterte: „Nein, Mama raucht nicht! Mama brennt bereits! Ich kann froh sein, dass sie noch nicht explodiert ist!"

∞

Die Unternehmerin Franziska Schön hielt ein halbvolles

Cognacglas in der Hand und blickte aus dem Fenster ihres luxuriösen Büros über den Rhein. Die Verwaltung der Beauty-Boutique-Kette befand sich in mehreren Etagen eines Düsseldorfer Büroturms. Der Winterhimmel wirkte genauso grau wie Franziskas Stimmung. Die Designerin grübelte nach Ideen für eine neue Kollektion, doch ihre Kreativität steckte in einer Blockade. In der Gegensprechanlage meldete sich Franziskas Vorzimmerdame: „Frau Schön, ein Herr Detlev Röhrig ist hier und möchte Sie dringend sprechen. Er arbeitet für uns in der Altstadt-Boutique."

„Wenn es unbedingt sein muss. Er soll noch fünf Minuten warten." Franziska trank das Glas leer und spülte es an einem Waschbecken im Wandschrank aus.

Sie schloss das Barfach, schaute in einen Spiegel und sprühte sich ein Pfefferminzspray in den Mund. Dann drückte sie die Taste der Gegensprechanlage und sagte: „Schicken Sie Herrn Röhrig herein."

Der Mitarbeiter öffnete die Tür und trat ein. Er trug Kleidung aus der Herrenkollektion des Hauses Schön und eine auffällige Designerbrille. Franziska Schön zeigte auf einen Sessel und sagte: „Nehmen Sie Platz, Herr Röhrig. Was führt Sie Dringendes zu mir?"

Er betrachtete seine Chefin von Kopf bis Fuß. Sie war Ende fünfzig, vollschlank und trug einen grauen Kurzhaarschnitt. Ihr Hosenanzug wirkte maßgeschneidert. Die Unternehmerin gab sich stilvoll und schlicht. Röhrig räusperte sich. „Also, ich bin seit fünfzehn Jahren in Ihrer Altstadt-Boutique beschäftigt. Nun hat es dort einen Wechsel in der Filialleitung gegeben. Obwohl mir diese Leitung zugestanden hätte, wurde eine Person bevorzugt, die diese Filiale gar nicht kennt."

„Herr Röhrig, mit diesen Angelegenheiten müssen Sie sich an meinen Mann wenden. Er ist für Personalfragen zuständig."

„Darum geht es ja. Ihr Mann hat mir einfach Gräfin Rheineck vor die Nase gesetzt. Das empfinde ich als ungerecht."

Franziska fragte amüsiert: „Siegfried hat eine Gräfin eingestellt? Das hat er mir noch gar nicht erzählt."

„Wenn Sie wissen, wer Gräfin Rheineck früher war, dann ist das auch für Sie nicht mehr lustig“, sagte Röhrig nervös. „Diese Dame hieß früher Carmen Petersen und wurde damals von Ihnen persönlich gefeuert. Jetzt macht sie Ihrem Mann scheinbar wieder schöne Augen. Deshalb hat sie den Posten der Filialleitung bekommen.“
„Sie stellen da sehr schwerwiegende Behauptungen auf. Was deutet denn darauf hin, dass diese Gräfin meinem Mann schöne Augen macht?“
„Vor kurzem sind die beiden für ein paar Tage nach Paris geflogen, um dort angeblich unsere Kontaktleute aufzusuchen. Ich selbst war zweimal mit Ihrem Mann in Paris. Ich habe dort fünf Jahre in der Haute Couture gearbeitet und dadurch für unser Haus wichtige Kontakte hergestellt.“ Röhrig tippte sich auf die Brust. „Ich bin der Kontakt nach Paris. Ich bestelle im Falle des Falles die Ware, aber dazu reicht ein Telefonat oder eine Mail.“
Franziska hätte in diesem Moment gern einen Schluck Cognac zu sich genommen, stattdessen trommelte sie mit den Fingern nachdenklich auf der Schreibtischplatte. Dann drückte sie den Knopf der Gegensprechanlage und sagte zu ihrer Vorzimmerdame: „Bitte senden Sie mir so schnell wie möglich die Personaldaten einer Gräfin Rheineck, die von meinem Mann vor kurzem in der Altstadtfiliale eingestellt wurde. Und sehen Sie nach, ob wir noch Daten über eine ehemalige Mitarbeiterin namens Carmen Petersen haben. Danke!“
Röhrig blickte die Unternehmerin mit verschmitztem Lächeln an. Sie blieb jedoch ernst.
„Ich danke Ihnen für Ihre Informationen und werde mit meinem Mann darüber sprechen. Jetzt muss ich unsere kleine Unterhaltung leider beenden. Bei mir stapeln sich die Termine.“
Röhrig stand auf und fragte: „Werden Sie sich für mich einsetzen? Ich meine, dass ich die Filialleitung in der Altstadt bekomme?“
„Ich habe Ihnen gerade erklärt, dass ich mit meinem Mann darüber sprechen werde. Er meldet sich dann bei Ihnen. Guten

Tag, Herr Röhrig." Demonstrativ griff sie zum Telefonhörer. Der Mitarbeiter zuckte mit den Schultern und verließ mit mulmigem Gefühl das Büro.

Siegfried Schön betrat das ganz in Glas gefasste Hochhaus, begrüßte im Vorbeigehen den Portier und lief zu einem der Aufzüge. Sein Blick glitt über die Hinweistafel, auf der zwischen anderen Firmennamen in geschwungenen Lettern "Beauty-Boutique – Franziska Schön" zu lesen war. Der Lift erreichte die gewünschte Etage und Herr Schön betrat den Flur. Mehrere Mitarbeiter kreuzten seinen Weg und grüßten freundlich. Der Geschäftsführer nickte nur wortlos. Vor dem Büro seiner Frau blieb er stehen und überprüfte den Sitz von Jackett und Krawatte. Dann drückte er die Klinke. Mit künstlichem Lächeln ging er auf Franziskas Vorzimmerdame zu. „Guten Tag, meine Beste. Sie sehen heute wieder blendend aus. Ich möchte zu meiner Frau. Ist Franziska in einer Besprechung oder darf ich das Büro stürmen?"
„Sie können hineingehen", antwortete die Sekretärin ohne eine Miene zu verziehen.
„Wie ist denn die Stimmung meiner Frau?"
Die Dame schaute ihn über ihre Lesebrille scharf an. Auch sie trug, wie ihre Chefin, einen Kurzhaarschnitt und einen Anzug. „Herr Schön, ich sagte Ihnen bereits am Telefon, dass es dringend ist. Frau Schön ist äußerst aufgebracht."
Der Herr Geschäftsführer klopfte an und hörte hinter der Tür eine strenge Stimme. „Komm rein!"
Er trat ein, schloss die Bürotür und ging auf seine Frau zu. Sie stand mit verschränkten Armen am Fenster und blickte zum Rhein hinab. Sein Versuch, sie zu umarmen, wurde barsch zurückgewiesen.
„Siegfried lass das und setz dich!" Sie nahm in ihrem Bürosessel Platz. „Du weißt, warum ich dich hierher bestellt habe?"
Er blieb stehen und hob fragend die Brauen. „Du schlägst einen sehr scharfen Ton an, Franziska. Kann es sein, dass ich

gerade eine Fahne bei dir gerochen habe?“
Sofort sprang sie aus ihrem Sessel wieder auf. „Hier steht nicht zur Debatte, was ich tue oder nicht tue. Ich alleine bin die Inhaberin dieses Unternehmens. Du, Siegfried, bist nur angestellt! Vielleicht erinnerst du dich?“ Sie schob ihm ein Dokument zu. „Lies das und erkläre dich!“
Der schöne Siggi nahm eine Lesebrille aus der Tasche, überflog das Dokument und sagte: „Hierbei geht es um meine Geschäftsreise. Was soll das?“
Franziska wäre fast geplatzt. Sie öffnete das Fach mit dem Cognac, goss sich ein Glas ein und trank hastig. Dann fragte sie: „Siegfried, hältst du mich für blöd? Du warst mit dieser Rheineck in Paris und glaubst, dass ich das nicht mitbekomme?“
„Muss ich jetzt als Geschäftsführer über jeden meiner Schritte Rechenschaft ablegen?“
„Nein, solange deine Tätigkeiten sich auf unser Unternehmen beziehen, musstest du das bisher nicht.“ Sie lachte bitter. „Aber als deine Frau darf ich fragen, was du mit deiner neuen Mitarbeiterin Gräfin Rheineck dort gemacht hast. Erzählst du mir, welchen großen Aufgaben ihr dort fünf Tage lang nachgegangen seid?“
„Die neue Filialleiterin und ich haben die Kontaktleute unseres Unternehmens aufgesucht, Stoffe geprüft und über Preise verhandelt. Ich habe Gräfin Rheineck auch etwas von der Stadt gezeigt und die Kosten auf die Betriebsrechnung gesetzt. Das machst du doch auch. Wir wären doch blöd, wenn alles an das Finanzamt ginge!“
„Davon spreche ich nicht. Erstens gibt es keine Kontakte, die du zu Pariser Unternehmen pflegst, das macht seit Jahren Herr Röhrig. Meine Sekretärin hat mir das bestätigt. Zweitens ist unsere neue Mitarbeiterin, Gräfin Rheineck, die geschiedene Frau Petersen, wegen der du mich damals in meinem Unternehmen bis auf die Knochen blamiert hast.“ Sie lächelte schief. „Ist die Liebe zwischen euch nach so vielen Jahren immer noch so groß? Wie entzückend!“

Er blickte seine Frau mit versteinerter Miene an und fragte: „Die Tunte Rolli war bei dir, nicht wahr?“
„Siegfried, man beantwortet eine Frage nicht mit einer Gegenfrage.“
„Liebste Franziska, sag endlich, was du von mir willst. Ich habe kein Interesse, mir deine Vorwürfe weiter anzuhören!“
„Du wirst diese Petersen sofort an die Luft setzen. Deine künftigen Betriebsreisen wirst du persönlich bei mir beantragen und ich werde mit meinem Anwalt über unsere Scheidung reden.“
„Du siehst doch mittlerweile weiße Mäuse. Liebling, lasse den Cognac weg, dann wirkst du weniger abstoßend!“
Der schöne Siggi verließ augenblicklich das Büro seiner Frau. Dann hörten er und die Vorzimmerdame, wie hinter der gerade geschlossenen Tür mit lautem Knall ein Glas zerschellte. Herr Schön legte seinen Zeigefinger auf die Lippen und flüsterte lächelnd: „Sie hat ein bisschen getrunken.“
Die Sekretärin lehnte sich in ihren Bürostuhl zurück, verschränkte die Arme vor der Brust und erwiderte: „Wenn ich mit Ihnen verheiratet wäre, könnte ich das auch nur mit Alkohol ertragen!“ Sie wendete sich ihrer Arbeit zu und ignorierte Schön demonstrativ.

Vor der Altstadtfiliale parkte ein geschlossenes Cabrio ein. Herr Schön stieg aus und knallte die Fahrertür zu. Der Winterwind pfiff eiskalt. Die Türklingel meldete einen neuen Besucher. In der Boutique war es angenehm warm. Im Hintergrund klang sanfte Weihnachtsmusik. Siegfried passierte dicht gefüllte Kleiderständer.
Herr Röhrig zog seine Krawatte gerade und blickte den Geschäftsführer strahlend an. „Siggi, du siehst wieder unverschämt gut aus.“
Herr Schön ignorierte den Mann und fragte Fräulein Lehmann, die einer Kundin Ware vorführte: „Susanne, ist Gräfin Rheineck da?“
Die junge Angestellte schaute ihn überrascht an: „Chef, ich

habe Sie gar nicht hereinkommen sehen. Ja, Gräfin Rheineck ist im Büro!"
Schon war der Geschäftsführer hinter der Bürotür verschwunden.
„Das ist ja eine Überraschung", sagte Carmen und stand von ihrem Stuhl auf. „Mein Gott, Siggi, machst du ein Gesicht. Ist etwas Schlimmes geschehen?"
„Carmen, setz dich bitte wieder. Ich komme gerade von Franziskas Büro. Sie hat vermutlich von unserem lieben Rolli erfahren, dass du die geschiedene Frau Petersen bist. Hinzu kommt, dass sie weiß, dass du und ich in Paris waren."
Carmen winkte ab. „Ja und? Es war eine Geschäftsreise. Sonst nichts! Was will sie denn?"
„Es hat keinen Zweck mit ihr zu diskutieren. Franziskas Vorzimmerdrache ist anscheinend bestens über jeden meiner Schritte informiert. Der kann man nichts vormachen." Er zog seine Krawatte ein Stück auf und öffnete den obersten Hemdenknopf. „Franziska will, dass du ihr Unternehmen sofort verlässt."
„Siggi, das glaubst du doch wohl selbst nicht? Du bist der Geschäftsführer. Was sagst du zu dieser Entscheidung?"
„Ich hatte dir vor zwanzig Jahren schon mal erklärt, dass ich auch nur Angestellter in Franziskas Firma bin. Sie will heute noch mit ihrem Anwalt sprechen und die Scheidung einreichen."
Gräfin Rheineck schaute den schönen Siggi einen Moment lang schweigend an. Dann machte sie ein freundliches Gesicht. „Wie geht es jetzt weiter? Was unternehmen wir?"
„Gute Frage", stöhnte Siegfried. „Ich hatte ja kaum Zeit, mir Gedanken zu machen. Bis zu meiner Rente sind es noch mindestens vier Jahre. Allzu groß kann die auch nicht sein, ich habe erst sehr spät eingezahlt. Der Ehevertrag mit Franziska hält mich in einer sehr ungünstigen Position und ihr Anwalt ist ein scharfer Hund."
„Wenn du kaum in die Rentenversicherung eingezahlt hast, dann wirst du dieses Geld doch anders angelegt haben, oder

nicht?"
„Warum sollte ich das tun?" Siggi zuckte mit den Schultern. „Ich hatte bei Franziska doch alles. Mein Geld habe ich für Autos, Reisen und andere Dinge gebraucht, ich lebe schließlich nur einmal. Hier ist das Paradies. Ich verlass mich nicht darauf, dass nach dem Tod noch etwas Besseres kommt."
„Siggi, wenn ich dich recht verstehe, dann musst du dieses Mal tatsächlich mit einem Rausschmiss rechnen. Nach einer Scheidung bleibt dir fast nichts, richtig?"
„Ja, alles in allem wird meine finanzielle Situation nicht berauschend aussehen." Er schaute aus dem Fenster und nickte mit dem Kinn zum Cabrio. „Den Wagen kann ich dann auch vergessen, er läuft auf Franziskas Namen. Aber mit uns beiden kann es nun endlich eine Zukunft geben. Mit einer kleinen Rente von mir und wenn du dazuverdienst, dann müsste es reichen. Es wird etwas bescheidener, aber wir kommen bestimmt zurecht!"
Gräfin Rheineck stellte sich neben den Schreibtisch und stemmte die Hände in die Hüften. „Du meinst allen Ernstes, dass du jetzt bis zu deiner Rente arbeitslos bleibst und ich sorge für deinen Unterhalt? Und wenn deine "kleine Rente" für uns beide zu knapp ist, dass ich für dich weiter arbeiten gehe? Habe ich das so richtig verstanden?"
Er nickte und schloss sie in seine Arme. „Liebling, Hauptsache, wir sind zusammen."
Sie löste sich von ihm und begann zu lachen. „Siggi, du tickst nicht richtig. Hast du vergessen, wer ich bin? Vor allem, was ich bin?" Sie nahm ihren Pelzmantel von der Bürogarderobe und schritt zur Tür. „Ich bin Gräfin Rheineck. Mein Mann bezieht eine sehr, sehr gute Rente. Bei ihm habe ich es nicht nötig, arbeiten zu gehen. Lebe wohl, Siegfried Schön, und vergiss nicht, dich bei Röhrig für deine Situation zu bedanken. Noch bist du der Geschäftsführer."
Sie schritt erhobenen Hauptes durch die Boutique und blieb neben Röhrig stehen. „Rolli, Herr Schön wartet im Büro auf Sie. Es wird große Veränderungen geben. Adieu."

Die Ladentür klingelte beim Öffnen und die Gräfin verschwand in der frischen Winterluft.
Röhrig grinste siegesbewusst von einem Ohr zum anderen. Hinter ihm schallte die zornige Stimme des Geschäftsführers durch die Boutique: „Rolli, du bist fristlos entlassen!“

Graf Rheineck erwachte aus einem unangenehmen Traum. Hatte da nicht soeben jemand seinen Namen gerufen? Er öffnete seine Augen und es war dunkel. Er wollte sich mit den Händen durch das Gesicht fahren, da merkte er, dass er wieder auf der Couch unter der Tageszeitung eingeschlafen war. Adelbert richtete sich auf und schaute verwundert zur Wanduhr. Die Gräfin betrat das Wohnzimmer und sagte in bester Laune: „Berti, mein Lieber, da bist du ja. Ich habe eine wunderbare Neuigkeit für dich. Ich habe den Job hingeworfen. Hier bei dir ist es doch am angenehmsten.“ Sie strich ihm über die bärtige Wange. „So, und nun mache ich uns einen leckeren Kaffee.“ Carmen schwebte singend in ihre Küche. Bald darauf erklang aus dem Radio ein Chor: „Es ist für uns eine Zeit angekommen, die bringt uns eine große Freud …“ Sie spielten dieses wundervolle Weihnachtslied von Paul Hermann anscheinend zur genau richtigen Zeit..

∞

In diesem Jahr hatte sich Henrike Petersen vorgenommen, das Weihnachtsfest in einem größeren Familienkreis zu feiern. „Endlich ist in unserem Haus zu Weihnachten mal etwas los!“, rief die achtzehnjährige Anna von dieser Idee begeistert und überbrachte die Nachricht sogleich ihrem Vater. Carl Petersen saß in seinem Büro hinter dem Schreibtisch und verzog bei diesem Gedanken keine Miene. „Papa, freust du dich denn nicht, wenn Svenja und Hauke mit ihrem Anhang kommen?“
„Doch … doch …, wenn Riki und du das so möchten“, sagte er gepresst.
„Oh, du sprühst ja wieder vor Begeisterung.“ Anna zuckte mit

den Schultern und verließ Carls Büro.

Endlich stand das Weihnachtsfest vor der Tür.
Svenja hatte sich nach der chaotischen Nikolaus-Feier mit der Kugler-Verwandtschaft zwar vorgenommen, dass sie mit Max und den Kindern im kleinsten Kreis und in Stille die Weihnachtstage verbringen würde, doch Rikis Einladung wollte sie nicht zurückweisen. Seit der Kindheit hatte sie mit ihrem Vater kein Weihnachtsfest mehr gefeiert. Die Zeit dafür war längst reif.
Während der Autofahrt vom Alpenrand ins Hochsauerland saß Max am Lenker und die Kinder spielten auf der Rückbank. Svenja lehnte den Kopf genüsslich an die Kopfstütze und schloss die Augen. Bilder ihrer Kindheit, Weihnachtsfeiern in Hippelank und Bornsiel erschienen vor ihrem geistigen Auge. Das monotone Motorgeräusch ließ sie einschlafen. Auch Tom war irgendwann eingenickt.
Tim beugte sich vor und sah, dass seine Mutter schlummerte. Flüsternd fragte er in Max' Ohr: „Wie schnell fährt unser Wagen?"
„Der hat eine 3-Liter-Maschine und läuft über zweihundert", antwortete Max leise.
Tim wusste genau, dass seine Mutter das rasante Fahren nicht mochte und doch fragte er: „Kannst du mal so schnell fahren?"
Max blickte zu Svenja, die fest schlief. Er legte verschwörerisch einen Finger vor den Mund und zeigte dann zum Tachometer. Die Autobahn war aufgrund des geringen Weihnachtsverkehrs nicht extrem belebt und im Moment sogar frei. Die Tachonadel stieg von 150 km/h auf 200 km/h. Der Fahrtwind wurde deutlich lauter und die Fahrbahn scheinbar enger. Tim staunte. Mit steigender Geschwindigkeit zog sich sein Lächeln immer breiter. 210 km/h … 215 km/h … Dann rief er begeistert: „Wow, 225 Stundenkilometer!"
Svenja öffnete ihre Augen, schaute aus dem Fenster und dann zum Tachometer. „Max, bist du verrückt geworden? Du rast

mit über zweihundert über die Bahn! Wir haben Kinder an Bord! So etwas Unverantwortliches."
Er ging deutlich vom Gas und murmelte: „Tim wollte gerne mal erleben, wie es ist, wenn man zweihundert fährt. Die Bahn war doch völlig frei."
„Blödsinn, nicht Tim hat hier die Verantwortung, sondern du!"
Tom öffnete die Augen und fragte: „Sind wir bald da?"
Max antwortete: „Nein, Mama möchte nicht, dass wir so schnell fahren. Also schlaf noch etwas."
Tim erklärte stolz: „Papa ist gerade 225 km/h gefahren. Das war geil. Die Bäume sind nur so an uns vorbeigerauscht."
„Dann will ich auch mal 225 km/h fahren. Papa, gib mal Gas."
„Nein, Tommy, das geht jetzt nicht mehr. Wir fahren gleich von der Autobahn ab", sagte Max und zeigte auf ein Schild mit dem Namen Marburg.

Nachdem sie die Autobahn verließen, wurde die Landschaft hügeliger. Die Straße schlängelte sich durch schneebedeckte Felder und Wälder. Sie passierten mehrere Orte. Nach einiger Zeit sagte Max: „Jetzt verlassen wir das Bundesland Hessen und sind in Nordrhein-Westfalen."
Fachwerkhäuser mit weihnachtlich dekorierten Fenstern, weißen Dächern und qualmenden Kaminen prägten das sauerländische Bild der Dörfer.
„Mama, waren wir schon mal im Sauerland?", fragte Tim.
„Ja, als wir Opa Carl und Riki besucht haben. Damals waren wir auch bei den Winnetou-Spielen in Elspe. Erinnerst du dich?"
„Ich glaub schon …"
Sie passierten einen Hang mit einer Liftanlage. Viele Skifahrer vergnügten sich auf der Piste.
Svenja sagte: „In Winterberg habe auch ich Skilaufen gelernt. Die Berge sind hier wunderschön, nicht wahr?"
Tim meinte lachend: „Das hier sind doch keine Berge, das sind Hügel. Bei uns in Bayern, da sind richtige Berge."

„Das hat mir dein Vater damals auch gesagt.“ Sie zeigte zu einem Orteingangsschild: „Jetzt sind wir in Winterberg. Bis zum Opa ist es nicht mehr weit.“

Als sie zu dem Haus der Familie Petersen einbogen, stand Hauke bereits in der Einfahrt und nahm Gepäck aus dem Coupé. Jenny kam mit Riki und Anna aus der Haustür. Auch Familie Auberle stieg aus ihrem Wagen. Alle begrüßten sich mit herzlichen Umarmungen. Carl kam als Letzter hinzu. Stumm drückte er seine älteste Tochter Svenja an sich. Beide hatten einen Kloß im Hals. Carl räusperte sich und drängte: „So … kommt … kommt endlich alle ins Haus.“
Bereits in der Diele roch es nach Duftkerzen und Tannengrün. Im Wohnzimmer wartete ein Weihnachtsbaum, der mit natürlichen Kerzen und selbst gefertigten Anhängern geschmückt war. Svenja blieb gerührt davor stehen und betrachtete jedes einzelne kleine Kunstwerk.
„Die haben Mama und ich gebastelt“, erklärte Anna stolz.
Die Jungs sahen hauptsächlich, dass unter dem Christbaum mehrere Geschenke lagen. Tim und Tom wären vor Neugier fast geplatzt. Carl klatschte in die Hände und wies seinen Kindern und Enkeln die Gästezimmer zu. Während diese sich dort einrichteten und frisch machten, breitete sich von der Küche appetitlicher Bratenduft aus und lockte zum Essen. Als sie wieder das Wohnzimmer betraten, flackerten am Weihnachtsbaum die frisch entzündeten Kerzen. Ihre Flammen funkelten in Widerschein der silbernen Kugeln und dem Lametta.
Nach dem köstlichen Mahl griffen Riki, Svenja und Timmy zu den Gitarren und Anna setzte sich ans Klavier. Carl bereitete zum Klang der Weihnachtslider eine Feuerzangenbowle vor. Tommy beobachtete beeindruckt, wie der Opa über dem Bowle-Topf einen mit Rum getränkten Zuckerhut entzündete. Geheimnisvoll begannen bläuliche Flammen zu flackern. Für Tom und Tim hatte Carl einen Kinderpunsch vorbereitet. Dann endlich … endlich kam die lang ersehnte Bescherung. Geschenke wechselten von Hand zu Hand. Lego-Steine

ergossen sich unter großem Jubel auf dem Teppich. Playmobil-Figuren belagerten den Esstisch. Neue Parfümdüfte der Damen überdeckten bald den Tannenduft. Die Herren packten ihre neuen Krawatten und Socken aus dem Geschenkpapier. Hauke bescherte der Familie einen anishaltigen Küstennebel-Likör und Max einen edlen Birnenbrand. Die achtzehnjährige Anna war neugierig auf diese ihr völlig unbekannten Spirituosen und wollte unbedingt von beiden wenigstens einen kleinen Schluck kosten. Gerade, weil Mutter Riki ihr davon abriet, probierte sie erst recht. Carl schöpfte erneut Feuerzangenbowle aus dem duftenden Topf und füllte den Gästen die Gläser. Annas Bowlenglas ließ er bei dieser Runde aus, denn die Achtzehnjährige hatte im Umgang mit Alkohol bisher nur wenig Erfahrung. Die Kinder spielten in ihren Fantasien versunken, mal auf dem Teppich, mal auf dem Esstisch.

Hauke klopfte mit einem Löffel an sein Glas, erhob sich und setzte zu einer Rede an: „Liebe Familie, hiermit gebe ich euch bekannt, dass Jenny und ich uns am Nikolaus-Tag in aller Stille verlobt haben. Wir wollen im nächsten Sommer heiraten.“

Carl hob nur die Brauen.

Riki und Svenja nahmen Jenny in die Arme und gratulierten zum neuen Glück.

Jenny räusperte sich und sagte gerührt: „Ich freue mich, dass ich in eurer Familie so herzlich aufgenommen wurde. Ich hoffe, dass ihr alle zu unserer Hochzeit an die Ruhr nach Essen kommen werdet.“

Unter Applaus schenkte Hauke allen Erwachsenen Anis-Likör ein. Am Wohnzimmertisch wechselte die anfängliche Anspannung in lockere Heiterkeit. Carl war so gelöst, dass er nun Geschichten aus seiner Kindheit erzählte. Mehr und mehr entdeckte Svenja bei ihrem Vater, dass er und Opa Kuddel im tiefsten Inneren aus dem gleichen Holz geschnitzt waren. Ja, und auch Hauke ähnelte mehr und mehr seinem Vater Carl.

Anna hatte sich inzwischen selbst Bowle nachgeschenkt. Entsprechend veränderte sich zunehmend ihre Mundart.

Riki schaute Svenja hilfesuchend an. Die verstand und sagte: „Anna, ich würde mir gerne draußen an der frischen Luft ein bisschen die Beine vertreten. Begleitest du mich?“
„Ist doch Ehrensache“, lallte der Teenager und erhob sich etwas wankend.
Svenja hakte sich am Arm der Jüngeren ein und beide verließen langsam das Wohnzimmer. Im Flur flüsterte Anna: „Du, mir ist plötzlich total schwindelig und schlecht. Ich glaub, ich gehe erstmal zur Toilette.“
Svenja folgte der Schwester und wartete zur Sicherheit vor der Tür. Dahinter machte sich die üble Seite des Alkoholgenusses bemerkbar.
Nachdem Svenja Anna und die kleinen Jungs mit viel Überredungskunst zu Bett gebracht hatte, schöpfte der Bowlenlöffel bereits auf dem Grund. Die Männer und Jenny zogen sich in ihre Zimmer zurück. Gegen Mitternacht hatten Riki und Svenja alle Gläser in die Küche geräumt und die letzten Kerzen gelöscht. Völlig ermüdet freuten auch sie sich auf die Stille Nacht.

∞

Die Verlobung von Jenny und Hauke lag im Mai 1990 schon über vier Monate zurück. Die Zeit verging für beide gefühlsmäßig im Flug. Der Tag der standesamtlichen Hochzeit stand vor der Tür. Neben vielen anderen Gästen war Familie Auberle auch eingeladen worden und reiste nun mit dem Auto vom Alpenrand Richtung Norden. Dieses Mal ging es mitten ins Ruhrgebiet. Max hatte sich schon in aller Frühe hinter das Lenkrad gesetzt, um am frühen Nachmittag am Standesamt zu sein. Svenja ließ die Kinder bis um 09:00 Uhr auf der Rückbank schlafen. Während einer Rast verteilte sie Getränke und belegte Brote. Die Maisonne hatte viel Kraft. Trotz der Abgase der nahen Autobahn duftete es nach Frühling.
Tim fragte: „Hauke und Jenny wohnen in Bornsiel. Warum heiraten sie nicht dort?“

Svenja erklärte: „Jenny ist in der Stadt Essen aufgewachsen und ihre Eltern wohnen da. Ihr Vater, Walter Kokoschinski, ist ein pensionierter Bergmann. Er hat ein Zechenhaus mit einem Taubenschlag."
„Was ist das denn?"
„Dort wohnen die Tauben, mit denen ihre Züchter an Wettbewerben für Langstreckenflüge teilnehmen. Die Taubenzucht hat im Ruhrgebiet eine alte Tradition."
„Dürfen wir uns die Tauben mal ansehen?", bettelte Tom.
„Du kannst Jennys Papa ja mal darauf ansprechen."
„Mama, wer kommt denn zur Hochzeit? Kennen wir die Leute?"
„Papas Bruder Xaver und seine Bande sind eingeladen. Ich glaube, Jenny weiß gar nicht, was sie sich damit antut. Opa Carl und Riki kommen. Sie bringen Opa Kuddel und Heidemarie mit. Hauke hatte die Großeltern schon vor einer Woche aus Bornsiel mitgebracht und in Winterberg einquartiert. Oma Carmen und ihr Mann werden wohl auch da sein. Jennys Verwandtschaft kenne ich noch nicht."
Freitags war der Reiseverkehr sehr belebt. Deshalb tippte Max auf die Uhr und drängte zur Weiterfahrt.

Pünktlich zum Beginn der Zeremonie erreichte die Familie Auberle die Hochzeitsgesellschaft. Die Brautleute standen bereits vor dem Standesbeamten. Jenny trug ein figurbetontes Kleid und sah wie ein strahlendes Model aus. Hauke wirkte im teuren Anzug mit Weste und Krawatte auf seine Familie ungewohnt vornehm. Er hatte sich in Düsseldorf von Mutter Carmen beraten lassen. Vermutlich war er von ihr sogar eingekleidet worden, wurde unter den Gästen gemunkelt.
Als Familie Auberle sich leise in die hintere Reihe setzte, richteten sich alle Blicke auf sie. Viele nickten freundlich. Die Gräfin flüsterte ihrem Grafen etwas ins Ohr und schüttelte dabei den Kopf.
Der Beamte räusperte sich und begann: „Da nun anscheinend alle eingetroffen sind, wenden wir uns dem Brautpaar zu." Er

hielt eine einfühlsame Rede über den tiefen Sinn der Ehe. Die Gäste lauschten gerührt. Hin und wieder war ein unterdrücktes Husten zu hören.
Graf und Gräfin Rheineck standen weit von Henrike und Carl Petersen entfernt. Sie waren sich bei der Begrüßung aus dem Weg gegangen und beobachteten sich hier nur aus den Augenwinkeln. Tim und Tom konnten mit den großen Worten des Beamten nicht viel anfangen und freuten sich, als die standesamtliche Zeremonie wohl zum Ende kam.
Jenny und Hauke tauschten die Ringe und küssten sich. Als erste Gratulanten schlossen Walter und Marianne Kokoschinski ihre Tochter mit feuchten Augen in die Arme. Die Hochzeitsgesellschaft applaudierte und jubelte. Hände wurden geschüttelt, Wünsche geäußert. Der Fotograf fühlte sich mehr und mehr in seinem Element, ließ einzelne Paare und Gruppen positionieren, forderte immer wieder zum Lächeln und zu fotogenen Haltungen auf.
Vor dem Saal wartete bereits die nächste Hochzeitsgesellschaft. Als sich die Tür öffnete, schallte den frisch Vermählten auch hier Jubel und Applaus entgegen.

"Zum Taubenschlag" stand auf dem beleuchteten Eingangsschild über der Tür von Walter Kokoschinskis Stammlokal. Im großen Saal waren die Tischreihen festlich eingedeckt und dekoriert. Das breite Fenster ermöglichte einen wunderbaren Blick über die grünen Ruhrauen.
Jennys Eltern begrüßten mit überschwänglicher Freundlichkeit die Gäste. Gräfin Rheineck bestand darauf, mit ihrem Mann direkt neben Brautpaar und Brauteltern zu sitzen. Riki und Carl hingegen suchten an der äußersten Tischreihe Platz. Carl begründete das mit der günstigsten Position für Kuddels Rollstuhl. Heidemarie nahm neben Riki Platz. Sie war so nervös, dass sie unbewusst ständig ihre Handtasche öffnete, hineinsah und wieder schloss. Die Familien von Max Auberle und Xaver Kugler saßen sich gegenüber. Bald waren alle Plätze besetzt. Das Stimmengewirr wurde lauter. Hauke saß

zwar weit von seinem Vater Carl entfernt, doch die Männer hatten guten Blickkontakt, ebenso die Gräfin und Riki.
Carmen beugte sich zu Haukes Ohr und sagte: „Vergiss nie, dass diese Frau euch euren Vater genommen hat.“
„Mama, tu mir und Jenny den Gefallen, das uralte Thema ruhen zu lassen. Wir möchten heute mit allen fröhlich feiern. Vergiss du das nicht.“
Brautvater Walter Kokoschinski erhob sich, bat um Ruhe und hielt eine Ansprache. Nach einigen einleitenden Sätzen betonte er: „Jenny, mein Täubchen, ich hoffe, dass dein flatterhaftes Leben nun zur Ruhe kommt. Es ist wohl ein großes Glück, dass dich dein Ausflug an die Nordsee zu deinem lieben Hauke geführt hat. Wir wünschen euch von ganzen Herzen Glück auf! Und nun, liebe Gäste, lassen Sie, lasst es euch schmecken.“
Die Bedienungen trugen den Kuchen herein.
Jenny und Hauke schnitten unter Applaus die Hochzeitstorte an. Kaffeeduft erfüllte den Saal.
Nach dem Kaffeetrinken fuhr Kuddel mit seinem Rollstuhl zum Nachbartisch, an dem mehrere ältere Damen ein Schwätzchen hielten. Der alte Seebär hatte zwar anfangs der Einladung nicht folgen wollen, doch nun saß er zwischen Oma Mia Kokoschinski und Tante Meta Kalinowski. Mit der Kapitänsmütze war er ein Hingucker und mit seinen Abenteuererzählungen ein interessanter Unterhalter. Die Damen freuten sich, endlich mal keine Geschichten über den Bergbau oder die Taubenzucht hören zu müssen.
Nachdem auch das üppige Abendessen bewältigt worden war, forderte der Discjockey das Brautpaar zum Hochzeitstanz auf. Bald war die gesamte Tanzfläche gefüllt. Oma Mia und Tante Meta stellten immer wieder ihre Hörgeräte neu ein, um Kuddels Seemannsgarn zu lauschen. Doch seine Bemühungen gingen in den Bässen der Discomusik völlig unter. Bis 22:00 Uhr hatte Max sehr oft mit Svenja getanzt und nun um eine Pause gebeten. Er folgte seinem Bruder Xaver in den Schankraum an die Theke. Sie amüsierten sich über die Gewohnheit

der Ruhrpottler, Bier aus winzigen 0,2-Liter-Gläsern zu trinken, da sie in Bayern meistens gleich halbe Liter bestellten.
Drei kräftige Männer betraten die Gaststätte. Alle waren angetrunken. Sie stellten sich an die Theke und bestellten Bier.
Der kräftigste trug Jeans und Lederjacke. Das Hemd war bis zur behaarten Brust aufgeknöpft. Er mochte Anfang dreißig sein.
Der Wirt sah den Mann streng an und fragte: „Manni, watt will'ste hier? Du bist doch nich gekommen, um wieder Streit zu suchen?“
„Nee, aber vielleicht hol ich mir, watt mir gehört.“
Der Wirt stellte den dreien das bestellte Bier auf den Tresen.
Manni nahm sein Glas, trank davon und sagte zu seinen Freunden: „Heiße Musik ist nebenan. Jetzt lassen wir die Puppen mal tanzen.“ Dann betrat er den Saal und seine Begleiter folgten ihm.

∞

Auf den Gebirgsspitzen hielt sich trotz der warmen Maitage hartnäckig der Schnee. Der Almauftrieb musste warten. Auch in eintausend Metern Höhe waren jetzt noch Schneefälle möglich. Tagsüber ließ die Sonne leicht Bekleidete schwitzen. Doch sobald die Dunkelheit hereinbrach, krabbelte auch die Kälte in die Häuser.
In Achdorf machte Sepp Berger gegen 20:00 Uhr seine letzte Kontrollrunde ums Gäste- und Bauernhaus. Zurzeit waren nur zwei Gästezimmer belegt. Aus dem Aufenthaltsraum klang lautes Lachen herüber. Sepp nickte zufrieden. Im Stall blieb er schmunzelnd vor dem jüngsten Nachwuchs stehen und hielt ihm den ausgestreckten Zeigefinger hin. Sofort hob das Kälbchen den Kopf und begann an dem Finger zu saugen. Die Mutterkuh Elsa besah sich den sinnlosen Versuch, aus einem menschlichen Finger Milch zu trinken, rasselte mit dem hochgebundenen Schwanz und schüttelte den Kopf.
Die Muttersau hatte acht stattliche Ferkel geworfen. Sie lag

auf der Seite und hielt dem Nachwuchs ihre prallen Zitzen zum Trinken bereit. Quietschend kletterten die Frischlinge übereinander und versuchten gierig eine ergiebige Zitze zu erobern.
Sepp verließ den Stall und wusch sich in einem Toilettenraum die Hände. Pünktlich zu den Fernsehnachrichten betrat er die Stube. Im Kachelofen knisterte Feuerholz. Die 69-jährige Bäuerin Anna saß auf der Ofenbank und drückte das schmerzende Kreuz an die heißen Kacheln. Sie sagte: „Hauke Petersen und de kloane Jenny Kokoschinski hobn heid geheiratet. Erinnerst du di noch, Sepp, wia sie ois kloanes Madl zuam erstn Moi mit ihrn Eltern Walter und Marianne hia her kimma sann? Walter hod danach vuie weitere Gäste aus Essen und dem Ruhrgebiet zua uns gebracht."
„Ja, woitn die beidn ned dess Jahr wieda komma?"
„I denk scho. Jenny und unsa Max hobn in einem der Urlaube a kloanes Techtelmechtl gehobt. Wusstest du des?"
„Na, aba die jungen Burbn müssen sich die Hörner obstoßn, und Max war imma a stramma Bursche."
„Oh, ois er Svenja zuam erstn Moi mit hierher brachte, war Jenny aa mit ihrn Eltern da. De jungen Dinga hätten sich fast gegenseitig die Augn auskratzt." Anna lachte. „Sie dachtn, dass i des ned bemerkt hätt. Hattest du des a gsehn?"
„Ja mei, sowas interessiert mi ned!" Sepp winkte ab und horchte plötzlich auf. „Da stimmt wos ned!" Er öffnete die Haustür, um besser hören zu können.
Von weitem erschallte ein lautes Muhen. Der siebzigjährige Bauer eilte mit langen Schritten zum Stall und Anna folgte ihm. Rauchschwaden stiegen durch die Deckenöffnungen zum Heuboden.
„Feuer!", rief Sepp. „Anna, ruf die Feiawehr und warne de Gäste. I treibe die Viecha hinaus!"
Die Bäuerin rannte zum Telefon. Sepp öffnete das große Stalltor, löste die Ketten der Rinder und trieb sie hinaus. Der Qualm unter der Stalldecke verdichtete sich immer mehr. Sepp musste ständig husten. In der Scheune war anscheinend

der Teufel los. Der Feuerwind pfiff. Brennendes Holz knisterte und laut brachen tragende Teile.
„Können wir helfen?“, fragten zwei ältere Herren, die vom Gästehaus herbeigeeilt waren und nun mutig in den Stall schauten.
„Ned hereinkomma“, rief der Bauer warnend. „Einsturzgefahr! Aba versucht die Viecha vom Haus wegzutreiben!“ Er reichte den Männern Treibstöcke.
Vom Dorf schallte Sirenenalarm. Das Feuer fraß sich mit rasender Geschwindigkeit durch das Scheunendach. Ziegel wurden fortgeschleudert und zerschellten neben dem Bauernhaus. Je höher die Flammen stiegen, desto heller wurde die Nacht. Die Kühe schrien auf der Weide und die Schweine quietschten vor Angst. Anna hatte Tränen in den Augen und bekreuzigte sich. Die weiblichen Gäste besahen sich von weitem das Inferno.
Endlich hörte man auch Martins-Hörner der Feuerwehr. Es dauerte nicht lange und Blaulichter kamen näher. Die Feuerwehrmänner sprangen vom Tanklöschfahrzeug. Der Gruppenführer erkundigte sich, ob noch Personen in den beiden Häusern seien.
Sepp schüttelte den Kopf: „Na, olle Menschn und Tiere sann in Sicherheit. Rettet mir um Gottes willen das Haupthaus.“
Hauptbrandmeister Johann Kitzsteiner rief Kommandos. Der Angriffstrupp rückte mit dem ersten Strahlrohr vor. Weitere Schläuche wurden ausgerollt, eine tragbare Punze am Ententeich stationiert.
Über Funk kam die hoffnungsvolle Meldung, dass aus dem Nachbarort ein weiterer Löschzug unterwegs sei. Mit lautem Krachen stürzte ein Teil des Scheunendachs in sich zusammen. Die Funken flogen wie ein Feuerwerk zum Gästehaus hinüber. Sofort wurden auch in diese Richtung Strahlrohre gelenkt. Schon bald waren die 2500 Liter Wasser des Tanklöschfahrzeugs verbraucht. Noch rechtzeitig hatte der Wassertrupp die Versorgungsleitung zwischen dem Tanker und dem Ententeich hergestellt. Der Gruppenführer sprach mit

dem Leiter des Löschzugs aus dem Nachbardorf ab, dass dessen Männer gleich bei der Auffahrt eine Versorgungsleitung zwischen dem Achenbach und dem Bauernhof legten. So lange würde das Wasser im Teich vielleicht ausreichen.
Wieder krachte es entsetzlich. Dieses Mal brach der gesamte Dachstuhl der Scheune zusammen. Die Flammen schossen hoch in den Himmel. Die Wärmestrahlung war in einem Abstand von zwanzig Metern kaum zu ertragen. Jemand war mit der Fotokamera unterwegs und hielt das Inferno in Bildern fest. Im Ententeich sank der Wasserspiegel rapide. An der kleinen Kapelle zogen zwei Feuerwehrleute ächzend eine Schlauchhaspel hinter sich her. Völlig überanstrengt und durchgeschwitzt erreichten sie den Löschwagen mit der kräftigen Pumpe. Um das Wohnhaus herum floss das Wasser wie nach einem Platzregen. Sepp und einige Feuerwehrleute, die seine Nachbarbauern waren, trieben das Vieh in eine Einzäunung. Auch die Decke der Stallung brach in sich zusammen. Das Löschwasser floss mittlerweile aus der Haustür des Wohnhauses. Anna bekreuzigte sich wieder. Die beiden Damen, die zu Gast bei den Bergersleuten waren, nahmen die alte Bäuerin tröstend zwischen sich. Ihre Ehemänner holten aus dem Gästehaus Erfrischungsgetränke für die fleißigen Wehrmänner, die kleine Pausen einlegten. Die Flammen wurden kleiner und erloschen. Der Qualm erschien dichter und schwärzer zu werden.
Nach drei Stunden hatte die Feuerwehr den Brand endlich unter Kontrolle. Die Brandnester wurden mit Schippen und Harken auseinander gezogen und abgelöscht. Der Stall und die Scheune existierten nicht mehr. Aber das alte Wohnhaus war gerettet. Wie entsetzlich der Schaden tatsächlich sein würde, sollte sich erst am nächsten Morgen nach dem Sonnenaufgang zeigen.

∞

Aus den offenen Fenstern des Festsaals der Gaststätte “Zum

Taubenschlag" klangen flotte Rhythmen, Singen, Klatschen und lautes Stimmengewirr. Die drei kräftigen Männer bewegten sich lässig auf die Tanzfläche zu. Manni und seine beiden Begleiter verteilten sich zwischen den fleißig tanzenden Mädels. Sie wurden von ihnen als geladene Gäste angesehen und freuten sich über den männlichen, tanzwilligen Zuwachs. Die Braut wandte sich um und erkannte voller Entsetzen ihren Ex-Mann. Sie blieb wie angewurzelt stehen. Ihr Gesicht wurde weiß und sie sagte zu Hauke: „Das ist Manni, der will bestimmt Ärger machen!"
Der Bräutigam sah dem Mann fest in die Augen und betonte: „Wir haben Sie nicht eingeladen. Bitte verlassen Sie unsere private Feier!"
Manni erwiderte: „Du Pfeife bist also der Neue von diesem Flittchen." Er zeigte auf Jenny. „Komm, mein Täubchen, der Manni zeigt dir mal, was ein richtiger Kerl ist." Dabei wollte er ihre Hand greifen.
Hauke stellte sich dazwischen und befahl: „Verschwinde sofort aus dem Saal!"
Manni versuchte Hauke ins Gesicht zu schlagen, doch der ehemalige Torwart wich blitzschnell aus und konterte den Angriff. Wieder kam die Faust von Manni auf Hauke zugeflogen. Der Sportler bewegte sich abermals geschickt davon ab. Nun hielt einer von Mannis Kumpanen den Bräutigam von hinten fest. Der nächste Schlag traf Hauke an der Schläfe. Aufgrund der lauten Musik hatten die Gäste an den Tischen die Rangelei noch nicht wahrgenommen. Nur nach und nach standen die ersten auf, um zu sehen, was auf der Tanzfläche los war. Die Männer, die herbeikamen, sahen sich nur hilflos und verschüchtert an.
„Papa, Papa", schrie Tim in den Schankraum, „komm schnell. Der Onkel Hauke wird verhauen!"
Max sprang vom Barhocker, nickte seinem Stiefbruder zu, dass er folgen solle, und lief in den Saal.
Hauke wurde immer noch von hinten festgehalten und konnte sich nicht wehren. Manni boxte ihm feige in die Magengrube.

Hauke sackte in sich zusammen. Jenny beugte sich mit feuchten Augen über ihn. Da scheinbar keiner von den umherstehenden Männern den Mut zum Eingreifen aufbrachte, stellte sich Svenja zwischen Manni und ihren Bruder. Sie schrie den Schläger an, endlich zu verschwinden.
Manni lachte dreckig. „Ja wen haben wir denn da? Du möchtest doch bestimmt von mir vernascht werden?“ Mit diesen Worten griff er der Frau ungeniert an die Brust.
Im gleichen Augenblick hatte Max sich durch die Umherstehenden gedrängt und riss Manni an dessen Schulter zu sich herum. Der ehemalige Gebirgsjäger hatte seine Augen zu Schlitzen zusammengekniffen und zeigte seiner Frau mit einer Kopfbewegung, dass sie sich in sichere Entfernung zurückziehen soll. Noch nie hatte Svenja einen solchen Gesichtsausdruck bei ihrem Mann gesehen.
Manni sah seinen neuen Konkurrenten von oben bis unten an. Der Dunkelhaarige, der es gewagt hatte, ihn anzufassen, sah sehr kräftig und entschlossen aus. Manni rümpfte die Nase und zog seine Oberlippe bedrohlich hoch. „Misch dich hier nicht ein. Verpiss dich!“ Er wartete darauf, dass sich sein anderer Kumpel heimlich hinter Max stellte, um den Gegner auch in diesem Fall festzuhalten. Als der sich positioniert hatte, rief Manni: „Dir juckt also das Fell?“
Max nickte wortlos. Der Schläger holte zu einem kräftigen Faustschlag aus. Gleichzeitig wollte sein Kumpel Max von hinten umklammern, doch er griff überrascht ins Leere. Ein furchtbar dicker Arm hatte sich um seinen Hals gelegt und drückte ihm schmerzhaft die Gurgel zu. Die tiefe Stimme des Kolosses brummte: „Wenn du dich bewegst, mein Süßer, dann bricht der Onkel Xaver dir dein zartes Genick.“ Eine furchterregende Lache folgte.
Mannis Schlag war ins Leere gegangen, doch dafür traf ihn die Faust von Max direkt auf die Nase. In Mannis Gesicht knackte es und ein höllischer Schmerz hätte ihn fast taumeln lassen. Verblüfft blieb der Schläger stehen, fasste sich ins Gesicht und schaute auf seine blutverschmierten Finger.

Dummerweise griff jetzt die Krankenschwester Svenja ein und wollte sich zwischen die Kampfhähne stellen. „Max, hör auf. Lass es gut sein!“
Voller Zorn schleuderte Manni die Frau einfach zur Seite. Wie eine leichte Puppe flog sie vor Zenzis Füße, die den Sturz der Schwägerin noch etwas abfangen konnte. Max blickte besorgt zu seiner Frau, die gerade zu Boden ging. Diese Gelegenheit nutze Manni, um seinen Gegner erneut zu boxen. Dessen Lippe sprang auf. Jetzt drehte Max durch. Das letzte, was Manni sah, war das wutverzerrte Gesicht des ehemaligen Gebirgsjägers. Der prügelte pausenlos wie bei einem Punchingball auf seinen Angreifer ein.
Weit entfernt hörte er die flehende Stimme seiner Frau: „Max, hör auf, Max, bitte schlag nicht mehr …“
Von den Fenstern der Gastwirtschaft blinkte Blaulicht herein. Zwei Männer hingen an Max‘ Schultern. Man versuchte ihn von dem am Boden liegenden Gegner fernzuhalten.
Er richtete sich endlich auf. Verwundert sah er die beiden Polizeibeamten an, die ihn immer noch an den Oberarmen festhielten. Manni lag reglos am Boden.
Hauke hatte sich von dem Tiefschlag erholt und geschickt einen der Gegner in den Schwitzkasten genommen, der andere hing keuchend im Arm von Xaver.
„Lassen Sie jetzt meinen Mann los“, herrschte Svenja die Polizisten an, „Da unten liegt der Mistkerl, der die Schlägerei angefangen hat.“
„Ach, guck mal“, sagte ein Polizist zu dem Mann am Boden, der gerade wieder zu sich kam, „das ist ja unser Manni. Na, mein Junge, bist du endlich an den Richtigen gekommen? Hast du endlich mal kräftig was aufs große Maul gekriegt?“
Allen drei Schlägern wurden Handschellen angelegt.
Der andere Beamte erklärte: „Ihr seid festgenommen. Es wurde Anzeige erstattet wegen Hausfriedensbruch und Körperverletzung.“ Die Störenfriede wurden unter großem Beifall und Pfiffen abgeführt.
Svenja tupfte ihrem Mann mit einem Taschentuch das Blut

von der Lippe. Sie strich ihm über die Wange. „Tut es sehr weh?“
„Ich denke, mit innigen Küssen wird das heute nichts mehr.“
Jenny hatte die Arme um Haukes Hals geschlungen. Voller Tränen fragte sie: „Warum musste dieser Mistkerl mir die Feier kaputt machen?“
Ihr Bräutigam strich ihr aufmunternd über die schwarzen Locken. „Die Feier ist noch nicht zu Ende. Der Schweinehund hat für heute mit Sicherheit die Nase voll. Max hat ihm ein Andenken verpasst, das er künftig jeden Tag im Spiegel bewundern kann.“ An seine Gäste gewandt rief er: „So, Leute, die Sondervorstellung ist vorüber. Jetzt wird weiter getanzt und gelacht.“ Dann gab er dem Discjockey ein Zeichen, Musik zu machen.
Xaver klopfte Hauke lachend auf die Schulter. „Das ist ja eine klasse Party, ganz nach meinem Geschmack! Endlich mal wieder richtig was los.“ Zu Svenja gewandt meinte er: „Na, zufrieden mit meinem Bruder? Der Kleine hat sich ganz schön aufgeregt. Haha, wie in den guten alten Bierzeltzeiten.“ Der Koloss boxte vor Begeisterung mit seiner riesigen Faust in die andere Hand, dass es nur so knallte.
Die Kinder sprangen auf der Tanzfläche herum und stellten mit Begeisterung die Kampfszenen nach. Ältere Herrschaften versicherten, dass früher alles besser war. Walter und Marianne Kokoschinski gingen von Stuhl zu Stuhl und entschuldigten sich bei den Gästen für die peinliche Situation.
Währenddessen saß Gräfin Rheineck mit ihrem Gatten eine Zeit lang alleine am Ehrentisch. Carmen schaute ihren Mann verärgert an. „Adelbert, ich möchte jetzt nach Hause. Bin ich für diese Leute hier eigentlich Luft? Niemand beachtet mich. Es fällt noch nicht mal auf, dass ich mindestens seit einer Viertelstunde nichts mehr zu trinken habe!“
„Liebling, nach einem solchen Vorfall müssen sich die Gastgeber auch mal um andere kümmern dürfen.“
„Ach was! Diese Leute hier sind mir alle zu primitiv. Wie kann man mit solchen asozialen Subjekten verkehren?

Adelbert, wir gehen!“ Sie stand demonstrativ von ihrem Stuhl auf. Auch der Graf erhob sich.
„Mama, ihr wollt doch nicht schon aufbrechen?“, fragte Hauke und auch Jenny kam hinzu.
„Mein lieber Sohn, ich wäre besser schon vor diesem peinlichen Vorfall nach Hause gegangen. Wie kann man nur in einem solchen Milieu feiern?“ Mit erhobenem Haupt schritt sie an den Brautleuten vorbei. Sie gönnte ihrer Tochter Svenja und Max keinen Blick.
Tom und Tim schauten ihrer fremden Oma verwundert nach. Einen Augenblick trafen sich Carmens und Rikis Blicke. Dabei knisterte scheinbar die Luft. Der Graf nickte freundlich grüßend in alle Richtungen und verließ hinter seiner Frau den Saal.
Auch Carl Petersen bat seine Frau, sich zu verabschieden. Nur Kuddel musste noch überredet werden. Der Seebär beschrieb soeben Oma Kokoschinski und Tante Meta, wie er in jungen Jahren heldenhaft an einer Spelunkenprügelei teilgenommen hatte.
Carl ergriff die Griffe von Kuddels Rollstuhl und sagte: „Vater, lichte den Anker und sage den Damen ahoi! Wir müssen ja noch zum Hotel.“
Familie Petersen bedankte sich bei den Gastgebern und verabschiedete sich von Familie Auberle. Dann wurde der Kapitän mit der grüßenden Hand an der Mütze Richtung Ausgang geschoben.

∞

Anna und Sepp Berger hatten nach dem Brand in einem der freien Zimmer des Gästehauses Quartier bezogen. Die Bäuerin konnte in der Nacht kein Auge zumachen. Mit den ersten Sonnenstrahlen schaute sie aus dem Fenster und erschrak. Das gegenüberliegende alte Bauernhaus glich einer Ruine. Der Stall und die Scheune lagen in Schutt und Asche. Das einst schneeweiße Wohnhaus war nun pechschwarz.

„I gehe schaun, was de Viecha machn“, sagte Sepp und zog sich an.
„Und i schaue, was i den Gästen noch zuam Frühstück obietn konn“, ergänzte Anna. „Sie werdn heid olle foatfahrn.“
„Aba rufe voa ollem Max und Christina oan“, betonte Sepp, „sie können uns vuileicht helffa und aa Rod gebn, wia es weidergehn soi.“ Schon war er durch die Tür.
Die Enten standen am Teichrand und fragten sich, wo ihr geliebtes Wasser geblieben war. Nur in der Mitte gab es noch eine schlammige Pfütze. Also machten sich Tick, Trick und Track auf den Weg und platschten mit ihren breiten Füßen in das feuchte Erdloch. Der mutige Erpel ging neugierig auf ein quietschendes Etwas zu. Das war völlig mit Schlamm besudelt und hatte an der Vorderseite eine Nase, die einer winzigen Stromsteckdose ähnelte. Mutterseelenallein und verängstigt kauerte das Schweinchen am Rand der verbliebenen Wasserlache. Die drei Enten grüßten den Fremdling und platschten direkt in das Schlammbad.
Sepp fand die Muttersau in einer Kuhle am Waldrand. Vier ihrer Nachkömmlinge schmiegten sich verschüchtert an sie. Wo waren die anderen vier? Hatte der Fuchs die Gelegenheit genutzt und seine Speisekammer aufgefüllt?
Sepp betrat die Küche im Gästehaus und sagte zu Anna: „Mit den Kühen is ois in Ordnung. I ruf jetzt de Nachbarn an und sehe, wo de Tiere unterkomma könne.“
Anna nahm ihren Mann in die Arme. „Wia konnte der Herrgott dos zualassen? Ois im Haus muass nei gemacht werdn. Dofür hobn mia doch gar koa Geld.“
„Warts ob. Kommt Zeit, kommt Rod. I rufe jetzt de Versicherung oan.“
Im gleichen Augenblick hielt ein Wagen mit vier Bäuerinnen. Sie besahen sich die Ruine und boten ihre Hilfe an.

Am späten Nachmittag kamen Chris und Doris aus Salzburg. Sie nahmen die Bäuerin tröstend in die Arme. Dann besahen sie sich den Schaden.

„Wisst ihr schon, wie es weitergeht?“, fragte Christina. „War der Versicherungsvertreter schon da?“
„Die Versicherung wird auf jeden Foi zoin“, bemerkte Sepp. „Aber bis ois wieda aufgebaut is, weiß i ned, wia es mit den Viechern weida geht.“
„Darf ich ehrlich sein, Onkel Sepp? Ich hätte nämlich eine Idee.“ Sepp nickte erwartungsvoll und die Hotelfachfrau fuhr fort: „Gut, dann setzt euch bitte mal hier an den Küchentisch. Doris und ich haben auf der Fahrt hierher überlegt, wie es mit dem Hof weitergehen könnte. Ihr habt ja Max gefragt, ob er Interesse habe, den Hof weiterzuführen. Er hat verständlicher Weise abgelehnt. Er hat mit der Werkstatt genug zu tun. Sepp, du hast in der letzten Zeit oft genug geklagt, dass die Viehwirtschaft sich kaum noch lohne. Könntet ihr euch vorstellen, dass hier ein ganz anderer Betrieb aufgebaut würde?“
Die Bauersleute sahen sich fragend an und zuckten verständnislos mit den Schultern.
„Erstens: Der Stall und die Scheune sind zerstört“, erklärte Christina. „Das Haus muss komplett renoviert werden. Zweitens: Ihr beide seid in einem Alter, in dem ihr das Vieh bald nicht mehr alleine versorgen könnt. Doris und ich machen euch einen Vorschlag, der nicht heute entschieden werden muss. Stellt euch vor, der Bergerhof würde nur noch für Gäste da sein. Wir schaffen die Tiere ab und bauen dort, wo der Stall war, einen Bereich mit Schwimmbad und Sauna. Für euch könnte eine Wohnung eingerichtet werden. Auch das Gästehaus würde auf einen zeitgemäßen Stand gebracht. Ich könnte mit Doris im Haupthaus für die Gäste kochen und die gesamte Planung zur Versorgung der Urlauber übernehmen. Vielleicht könnte irgendwann auch noch ein Reitstall hinzukommen. Alle diese Dinge werden in den nächsten Jahren gefragt sein. Gäste seid ihr doch gewohnt.“ Sie schaute in die überraschten Gesichter. „Ja, und ich wäre in eurer Nähe. Ihr könntet sorgenfrei alt werden. Aufgaben gäbe es für euch noch genug.“
Es folgte erdrückend langes Schweigen.
Die Hotelmanagerin sagte endlich: „Ich entschuldige mich.

Scheinbar habe ich euch mit diesen Gedanken gekränkt."
Sepp nahm vier Stamperl vom Regal und holte die Obstlerflasche. Gluckernd schenkte er die Gläser voll. Dann sagte er: „Chris, so schmerzhoft der Gedanke is, den Hof ois Viehbetrieb aufzugebn, so ongenehm is der Gedanke, dass ois in der Familie bleibn könnt. Anna würd sich sicherlich weida in der Küche nützlich machn und i hob ois Junge gerne mit Pferden gearbeitet. Aa beim Militär wor i füar die Reiterstaffel zuständig." Er erhob das Glas. „Den schweren Brocken müssn mia erst eimol runterspülen, Prost!"
Die Bäuerin äußerte die Sorge, dass sie nur den Umgang mit einfachen Menschen gewohnt sei. Mit den Hotelgästen würden doch sicherlich sehr anspruchsvolle und komplizierte Leute ins Haus kommen.
„Tante Anna, das hier soll doch kein Viersternehotel werden. Ich möchte auch die ganz normalen Menschen um mich haben. Aber auch die Ansprüche der mittleren Einkommensklasse sind deutlich gewachsen. Schwimmbad und Sauna sind bei den kleinen Hotels heute der Standard. Viele junge Mädchen träumen davon, wenigstens im Urlaub einmal reiten zu dürfen. Hier passt einfach alles: die Landschaft, die Wege zum Ausreiten ... Wenn wir neu aufbauen, dann gleich richtig. Von der Versicherung bekommen wir sogar auch noch das Startkapital. Bis alles renoviert und gebaut ist, könntet ihr hier im Gästehaus wohnen."
„Und wia lange soi es dauern, bis ois fertig ist?", wollte die Bäuerin wissen.
„Ja, das erfahren wir bei einer guten Beratung mit dem Architekten. Aber ich denke, bis zum Sommer im nächsten Jahr müssen wir wohl rechnen", erklärte Doris. „Ihr hättet auch noch genug zu tun. Als erstes müssten jetzt die Tiere verkauft werden. Dann gehen wir Schritt für Schritt weiter vor. Aber ich glaube, wir könnten ein gutes Team werden, nicht wahr?"
„Jedes Ende is a neia Onfang!", sagte Sepp voller Tatendrang und stürzte seinen Schnaps herunter.

∞

Jenny und Hauke verbrachten eine herrliche Hochzeitsreise auf Teneriffa. Sommer, Sonne, Meer und Liebe. Doch in diesem Urlaub präsentierte die schwarzhaarige Schönheit am Strand nicht ihren knappen Bikini, sondern sie trug meistens ein Strandkleid. Ihr Bauch wölbte sich nämlich vor. Wenn Hauke seine Hand darauf legte, dann meinte er, kleine Bewegungen darunter zu spüren. Sie lagen auf einer Grasmatte im Sand. Wenige Meter vor ihnen plätscherten die Wellen.
Jenny fragte: „Hat deine Schwester schon was Neues über die Zukunft des Bergerhofs in Achdorf erzählt?"
„Ja, Svenja berichtete, dass Chris sich fest vorgenommen hat, aus dem Hof ein Hotel zu machen. Max hat auf alle erbrechtlichen Ansprüche verzichtet und will seine Schwester auch unterstützen. Sie warten nun auf die Entwürfe und Baugenehmigung."
„Als Kind fand ich den Hof total romanisch. Ich kann mir kaum vorstellen, dass in dieser Idylle einmal ein Hotel steht."
„Chris will den Charm des Bauernhauses wohl erhalten. Nur die alte Stallung und die Scheune sind dann nicht mehr zu sehen. Wenn alles fertig ist, dann fahren wir mal hin und sehen uns das an. Später soll ein Reitstall hinzukommen. Vielleicht möchte unser Sohn dann dort im Urlaub reiten."
„Wieso bist du dir so sicher, dass es kein Mädchen wird?"
„Weil ich schon eine Modelleisenbahn angeleiert habe. Sie wird geliefert, wenn wir aus dem Urlaub zurück sind."
Jenny drehte sich zu Hauke und blickte ihm ernst in die Augen. „Du würdest dich nicht über ein Mädchen freuen?"
„Ja … äh … doch. Wird es denn ein Mädchen?"
„Ich bin mir mittlerweile sicher."
„Und was mach ich dann mit der Eisenbahn?"
Jenny lachte. „Wenn du es richtig anstellst, dann wird deine Tochter vielleicht Zugführerin." Sie drehte sich amüsiert auf den Rücken und genoss die warme Sonne über sich.
„Ja, der Gedanke gefällt mir. Dann können wir auch die neue

Eisenbahn behalten." Hauke beugte sich über seine Frau und gab ihr einen innigen Kuss.

Der Sommer ging und die Deutsche Wiedervereinigung kam. Der Petersen-Nachwuchs turnte mittlerweile scheinbar an Jennys unterster Rippe herum. Mitten in der Ansprache des Bundeskanzlers Helmut Kohl schrie Jenny auf. Die Hochschwangere stand vor dem Fernseher und stemmte ihre Hände in die Hüften. Sie beugte sich mit schmerzverzerrtem Gesicht nach vorne und rief: „Hauke, es kommt … Es kommt!"
Der künftige Vater sprang vom Sessel auf, eilte ins Schlafzimmer und griff zu der vorbereiteten Reisetasche. Er nahm Jenny an den Arm, um sie die Treppe zur Haustür zu geleiten. Er öffnete ihr die Autotür. Die werdende Mutter wusste kaum, wie sie sich setzen sollte. Im Bogen flog die Reisetasche auf den Rücksitz, der Motor heulte auf und der Wagen schoss davon.
Hauke klopfte nervös auf den Lenker. Der Schweiß stand ihm auf der Stirn. Jenny atmete und pustete, wie sie es während der Schwangerschaftsgymnastik gelernt hatte. „Ich glaube es kommt schon. Die Wehen kommen in immer kürzeren Abständen!"
Der werdende Vater versuchte die anderen Verkehrsteilnehmer mit Hupen zu vertreiben und riskierte gefährliche Überholmanöver. Plötzlich erschallte hinter ihnen ein Martinshorn. Hauke verdrehte die Augen und fluchte: „Scheiße, die Polizei! Die hat uns noch gefehlt!" Er hielt am Straßenrand an.
Der uniformierte Beamte beugte sich zum Fahrerfenster: „Sie wissen, welche Verkehrsregelwidrigkeiten Sie gerade alle begangen haben?"
„Das ist ein Notfall!", rief Hauke aufgeregt. „Ich bekomme jeden Augenblick ein Kind. Lassen Sie uns bitte weiterfahren!"
„Wenn ich das richtig sehe, dann bekommt die Dame auf dem Beifahrersitz das Kind. Also gut. Wenn wir mit Blaulicht

vorausfahren, können Sie uns dann so folgen, dass Sie die anderen Verkehrsteilnehmer nicht gefährden werden?“
Hauke nickte aufgeregt. „Ja, ja, das kriege ich auf jeden Fall hin.“
Mit Blaulicht und Martinshorn sorgten die Beamten für freie und rasche Fahrt zur Klinik. Da sie über Funk die Ankunft der Hochschwangeren gemeldet hatten, standen an der Aufnahme ein Arzt und Pfleger bereit. Jenny wurde in einen Rollstuhl gesetzt und zum Kreißsaal gefahren.
Hauke bedankte sich bei den Polizeibeamten für das Eskortieren und stellte seinen Wagen in das Parkhaus.
Völlig aufgeregt lief der werdende Vater vor dem Kreißsaal hin und her … hin und her.
Endlich öffnete eine Krankenschwester die Tür. „Sind Sie Herr Hauke Petersen?“
Er nickte. Die Schwester überreichte ihm einen weißen Kittel. Kaum, dass er diesen übergezogen hatte, drängte sie ihn in den Kreißsaal an Jennys Bett. Noch bevor diese ihm etwas sagen konnte, schrie sie vor Schmerz laut auf. Der ehemalige Profifußballer wurde noch weißer als weiß. Er drückte die Hand seiner Frau immer fester, als würde er selbst Halt benötigen. Dann geschah alles gleichzeitig. Jenny schrie noch lauter, ein Neugeborenes stimmte mit ein und Hauke fiel um.
Der Arzt war mit dem Verlauf der Geburt zufrieden und die Hebamme hüllte das Kind in ein flauschiges Tuch. Sie legte es Jenny in den Arm und sagte: „Es ist ein süßes Mädchen. Herzlichen Glückwunsch.“
„Danke … Das habe ich mir auch gewünscht“, sagte die stolze Mama. „Da wird der Papa Hauke aber staunen. Du passt genau zu seiner Eisenbahn und dem neuen Fußball!“
Arzt und Hebamme kümmerten sich nun um den Herrn Papa. Der hatte sich beim Fallen nur leicht gestoßen. Durch seinen erhöhten Adrenalin-Spiegel spürte er sowieso keinen Schmerz. Dann betrachtete er das kleine Wesen in Jennys Arm wie ein Weltwunder. Vorsichtig strich sein Finger über die zarten, dunklen Härchen. Jenny strahlte. Alle

Anstrengungen, Sorgen und der Schmerz waren vergessen. Hauke küsste seine Frau auf die Stirn.
Die Hebamme sagte: „Wenn Sie wollen, Herr Petersen, dann können Sie Ihre Tochter schon anmelden. Haben Sie schon einen Namen gewählt?“
„Ja, sie soll Lena heißen … Lena Petersen.“

Im Jahr 1999

Svenja Auberle war heute Morgen von der fünften Nachtwache aus dem Krankenhaus nach Hause gekommen. Die Zweiundvierzigjährige hatte versucht zu schlafen, doch in der Autowerkstatt ihres Mannes, im Erdgeschoss, wurde wie immer gehämmert, geflext oder gebohrt. Nun saß sie im Bademantel am Küchentisch und hielt eine Kaffeetasse in der Hand. Ihr missmutiger Blick glitt über einen Berg aus Geschirr, Töpfen und einer Pfanne, der seit dem Vortag auf den Abwasch wartete. Sie hatte gestern Abend vor dem Antritt ihrer Nachtschicht für ihre Männer noch schnell das Essen zubereitet und war dann zum Nachtdienst geeilt. Wann sollte sie hier aufgeräumt haben? Mit der Zeit hatte sich bei ihren Männern gegenüber dem Haushalt eine gewisse Gleichgültigkeit eingeschlichen. Sie benutzten alles und ließen es dann für die brave Hausfrau zum Aufräumen stehen. Das war nicht fair.
So durfte es privat wie beruflich nicht weitergehen. Eine berufliche Alternative wäre der Tagesdienst in der Station. Aber dort gab es unter den Mitarbeiterinnen permanent Spannungen. Die Nachtschwestern hingegen kamen sich in den Stationen nie in die Quere. Ganz im Gegenteil. Oftmals musste die Nachtwache einer anderen Station um Hilfe gebeten werden. Gegenseitige Hilfsbereitschaft war selbstverständlich. Svenja blieb also die Wahl zwischen der Nachtschicht, die ihren Biorhythmus regelmäßig auf den Kopf stellte, oder das unangenehme Arbeitsklima im Tagesdienst.
Svenja beobachtete, wie sich ein Zittern ihrer Hand auf die Oberfläche des Kaffees übertrug. Es war 15:32 Uhr.
„Ich muss endlich in die Gänge kommen", sagte sie zu sich selbst und ging in die Diele. Vor dem großen Garderobenspiegel blieb sie stehen. „Mein Gott, sehe ich furchtbar aus!" Sie besah sich die dunklen Ringe unter den Augen. Im ausgeschlafenen und entspannten Zustand wirkte ihr Gesicht sehr hübsch. Die schulterlangen, blonden Locken verliehen ihr etwas Mädchenhaftes. Dank günstiger Gene war die Figur noch schlank. Viele Kolleginnen ihres Alters klagten darüber, dass das Hüftgold deutlich zulegte. Sie konnten angeblich essen,

was sie wollten, der Zeiger der Waage blieb gnadenlos auf der gleichen Gewichtszahl stehen. Sie konnten joggen, so viel sie wollten, die unerwünschten Pölsterchen hielten sich hartnäckig. Fast ein Drittel der Krankenhausmitarbeiterinnen waren mit vierzig geschieden. Allgemein kursierte der Spruch unter den Damen, dass Frauen ab vierzig für viele Männer unsichtbar seien. Es fiel auf, dass die geschiedenen Kolleginnen ab vierzig mit Signalfarben arbeiteten. Von kastanienrot bis knallig orange wurden alle Haarfarben ausprobiert. Riesige Ohrringe baumelten hypnotisierend an den Ohrläppchen. Manche ließen sich am Dekolleté oder den Schultern als Eyecatcher verlockende Tattoos stechen. Die geschiedenen Mädels gingen also in voller Kriegsbemalung auf die Jagd und stellten für die noch gemütlich verheirateten Frauen eine bedrohliche Konkurrenz dar. Bis jetzt sah Frau Auberle sich durch diese Art Konkurrenz noch nicht unter Druck gesetzt. Trotzdem beobachtete sie kritisch, wohin die Augen ihres Max wanderten, wenn andere Schönheiten Flagge zeigten und auf Beutezug gingen.
Sie betrat das Bad. Ihre Hände griffen in die Lockenpracht. Mürrisch sagte sie zum Spiegel: „Ich muss ständig meine Haare waschen, föhnen und kämmen! Stundenlang! Und was macht Max? Er macht seinen Igelhaarschnitt nass und fertig! Bravo, ich komme beim nächsten Mal als Kerl auf die Welt!“ Sie strich die Haare hinter die Ohren und hielt sie im Nacken zusammen. „So, ich lasse mir auch einen Kurzhaarschnitt verpassen.“
Unter dem Badezimmerfenster hielt ein kleines Motorrad. Ein kurzes Hupen. Ein jugendlicher Jubelschrei. Bald darauf polterte es in der Wohnung.
„Mama?“, rief eine Stimme, die sich im Stimmbruch mal für Sopran und mal für Bass entschied.
Ohne dass angeklopft wurde, öffnete sich die Tür. Vor Svenja stand der sechzehnjährige Tom. Er war hochgewachsen und überragte seine Mutter fast um einen Kopf. Seine blonden Haare waren mit den Jahren stark nachgedunkelt. Das einst so

zarte Kerlchen hatte aufgrund seiner ständigen sportlichen Aktivitäten breite Schultern bekommen. Er war sogar deutlich muskulöser als sein älterer Bruder Tim.
Der junge Mann strahlte wie ein stolzer Ritter und hielt einen Motorradhelm unter dem Arm. „Mama, ich habe die Prüfung bestanden. Jetzt brauche ich nicht mehr schwarz Motorrad fahren."
„Kommst du direkt von der Führerscheinprüfung?"
„Ja klar!"
„Ach, und wie ist dein Motorrad zur Fahrschule gekommen?"
„Nun, ich bin vor der Prüfung hingefahren." Tom lachte verschmitzt.
„Du bist also wieder ohne Führerschein gefahren? Das Thema hatten wir doch eigentlich anders besprochen, oder?", ließ sie nicht locker.
Der junge Mann legte den Helm auf den Boden und drückte seine Mutter mit beiden Armen an sich: „Och, kleine Mama, mach dir doch nicht immer Sorgen. Wenn ich nicht fahren könnte, hätte ich die Prüfung nicht bestanden. Der Prüfer sagte sogar, dass die anderen sich mal ein Beispiel an meinem Fahrkünsten nehmen könnten!"
„Der gute Mann wusste aber bestimmt nicht, dass du vorher illegal geübt hast!", sagte sie streng. Tatsächlich hätte sie über seine Verwegenheit am liebsten gelacht. „Trotzdem gratuliere ich dir zur bestandenen Prüfung. Hast du Papa schon Bescheid gesagt?"
„No, pretty woman first!" Er küsste seine Mutter auf die Wange, nahm seinen Helm und ging.
Svenja sah sich im Spiegel lächeln. Tom versorgte sie zwar immer wieder mit kleinen Sorgen, aber auch mit guter Laune. Sie kleidete sich an, ging hinunter in die Werkstatt und fragte: „Max, wo steckst du?" Ihre Augen suchten die Halle ab.
„Hier unten bin ich", hörte sie seine Stimme aus der Grube unter einem Fahrzeug.
„Max, ich fahre jetzt in den Ort."
„Und was ist mit dem Essen für die Jungs?"

„Das weiß ich noch nicht. Ich habe heute den letzten Nachtdienst. Wenn ich nicht pünktlich zurück bin, sollen sie sich selbst etwas machen. Der Kühlschrank ist voll. Sie sind jetzt alt genug. Tschüss, ich bin weg!“
Sie ging zum Parkplatz, öffnete das Verdeck ihres Golf-Cabrios und fuhr los. Die Maisonne sorgte für angenehme Temperaturen. Der Fahrtwind griff sanft in Svenjas Haar. Sie atmete tief ein. Dieses offene Fahren vermittelte ihr ein Gefühl von Freiheit. Am liebsten hätte sie vollgetankt und wäre gefahren, gefahren und gefahren. Wohin? Egal. Einfach nur weg von allen Verpflichtungen, Verantwortungen, Sorgen …

Im Damenfrisiersalon stand die Luft. Es roch nach Shampoo, Färbemitteln, Haarfestigern und Parfüm. Einige Damen unterhielten sich laut, andere erduldeten unter der Trockenhaube die zwickenden Haarröllchen und lasen in Illustrierten die neusten Informationen über Stars und Sternchen.
Frisörmeister Sepp Sabbel geleitete Frau Auberle zu einem Frisierstuhl und sagte: „Ja, ich sehe schon, alles ein bisschen beischneiden.“ Er strich kontrollierend über die Haaransätze. „Da schauen ja auch ein paar graue Härchen frech hervor. Die wollen wir doch sicher auch tönen, nicht wahr? Also, meine Liebe, so wie immer!“
„Nein, ganz und gar nicht wie immer, lieber Herr Sabbel! Runter mit der gesamten Mähne.“ Sie hielt mit beiden Händen demonstrativ ihre Locken hoch.
„Aber Frau Auberle, Sie haben so ein festes, gesundes Haar. Andere Frauen wären glücklich. Ich bin mir sicher, dass Ihr Mann …“
Er wurde barsch von Svenja unterbrochen. „Herr Sabbel, keine Diskussion! Ich will einen kurzen, sportlichen Haarschnitt. Fangen Sie an, bevor ich es mir anders überlege.“
Svenja hielt beim Schneiden und Frisieren die Augen konsequent geschlossen. Sie versuchte an ganz andere Dinge zu denken. Herr Sabbel hielt während seiner routinierten Handgriffe einen Monolog über die neuesten Gerüchte rund um

Reit im Winkl und über die Vor- und Nachteile des Fremdenverkehrs. Irgendwann hörte sie seine Stimme nur noch von weitem und wäre im Dunst der Salonluft fast eingeschlafen.
„Frau Auberle, schauen Sie mal. Also ich muss sagen, das steht Ihnen wirklich gut. Der Haarschnitt wirkt frech und sportlich, nicht wahr?“
Langsam öffnete sie die Augen und drehte den Kopf mal nach links, mal nach rechts. Im Spiegel erblickte sie eine völlig andere Svenja. Selbstzweifel und der Trotz für einen Neuanfang mischten sich.
„Frau Auberle, gefällt es Ihnen?“, drängte Herr Sabbel und hielt einen Handspiegel hinter ihrem Kopf.
„Ja, mir gefällt, dass ich nun einen pflegeleichten Haarschnitt trage. Mein Max wird da wohl anderer Meinung sein.“

Gegen 19:00 Uhr trafen sich Tom und Tim fast gleichzeitig in der Küche. „Hey, Großer“, sagte Tom zu seinem achtzehnjährigen Bruder, „es sieht ja wüst aus hier.“ Er schaute auf das getürmte Geschirr im Spülbecken. „Mama scheint wohl immer noch nicht da zu sein.“
Tim war wenige Zentimeter länger als Tom, aber auch ein bisschen weniger muskulös. Sein einst sehr dunkles Haar war heller geworden. Er ähnelte heute mehr Svenjas Vater Carl Petersen, hatte sich zu einem fleißigen Schüler entwickelt und die besten Voraussetzungen im kommenden Jahr ein glanzvolles Abitur zu bestehen. Tim spielte wie seine Mutter sehr gut Gitarre und trat erfolgreich mit der Schulband auf. Sein zweites Hobby war der Computer. Für ihn stand fest, dass er Medizin studieren und später in die Diagnostik gehen würde. Tim plante, in der Krankenpflege seinen Zivildienst zu leisten. Dort hatte er die Möglichkeit, das einjährige Pflegeexamen zu absolvieren und sich danach während des Studiums Geld zu verdienen.
Tom dagegen ähnelte deutlich seinem Vater Max. Er zeigte im Sport gerne Biss und verfiel hin und wieder dem männlichen Imponiergehabe. Er machte in der Schule nur das

Allernötigste und würde voraussichtlich in diesem Jahr nach der zehnten Klasse das Gymnasium abbrechen. Tom durfte inzwischen Motorräder bis 125 Kubikzentimeter fahren und bastelte leidenschaftlich gerne daran herum. So oft er die Gelegenheit bekam, stand er in der Werkstatt und ließ sich von seinem Vater die Kfz-Technik erklären. Tom wollte sich auch später bei der Bundeswehr verpflichten und dort mit der speziellen Fahrzeugtechnik befassen.
Tim sagte: „Ich habe Mama heute noch gar nicht gesehen.“ Er krempelte sich die Hemdsärmel auf und ließ Spülwasser ein. „Komm, Kleiner, du bist doch Spezialist für Maschinen. Dann räume brav die Spülmaschine ein. Ich mache die Töpfe und die anderen großen Teile sauber.“
„Wieso, meinst du, Mama kommt heute nicht mehr nach Hause? Die räumt doch sonst alles auf. Und bestimmt machen wir ihr das hier nicht gut genug.“
„Findest du es Mama gegenüber fair, alles für sie stehenzulassen?“
„Weiß ich nicht. Wenn sie wollte, dass man ihr hilft, dann braucht sie doch nur was zu sagen.“ Tom öffnete kopfschüttelnd die Spülmaschine und begann Geschirr einzuräumen.
„Hallo, Jungs“, grüßte Max. Der sechsundvierzigjährige Papa Auberle stand in der Küchentür. „Hat die Mama euch endlich mal rangekriegt?“
„Die ist noch gar nicht da“, antwortete Tim. „Wenn du mich fragst, dann kommt die heute auch nicht mehr. Die sieht seit Tagen sehr abgespannt aus. In ihrem Gesicht lese ich, dass sie am liebsten alles hinwerfen würde.“
Vater und Söhne blickten sich besorgt an.
Dann fragte Tom: „Ja, und wer macht jetzt das Essen?“
Tim antwortete: „Du würdest sogar vor einem vollen Kühlschrank verhungern.“
„Wir haben noch Ofenpizza im Gefrierschrank. Ich kann jedem der Herren eine heiß machen.“
Tom setzte sich mit verschmitztem Lächeln an den Tisch. „Tolle Idee, Tim, fang direkt damit an.“

Max sagte: „Danke Tim, für mich keine Pizza. Ich sorge mich um Svenja. Ich ruf sie jetzt an."
Gerade als er telefonieren wollte, kam eine SMS im Display seines Handys: *War in der Stadt und beim Frisör. Muss zum Nachtdienst. Macht euch selbst ein Essen. Ich schalte jetzt ab. Svenja.*
„Also Pizza auch für den Herrn Papa?", fragte Tim.
„Nein danke, ich gehe ins Wirtshaus und esse dort eine Kleinigkeit."
Bald darauf fiel die Wohnungstür hinter ihm ins Schloss.
„Ich glaube, die Alten haben Stress", meinte Tom. „Ich fahre nachher zum Mühlinger Benedikt. Da ist heute Abend im Keller eine Fete angesagt. Seine Cousine aus München ist über das Wochenende da. Die soll klasse aussehen."
Appetitlicher Pizzaduft erfüllte die Küche. Tim verteilte Teller, Besteck und goss jedem ein Weißbier ein. „Ist schon erstaunlich, früher hast du dich mit dem dicken Mühlinger ständig geprügelt und heute ist er dein Spezi."
„Ja klar, wir sind jetzt auch erwachsen." Tom schob sich gierig das erste heiße Pizzastück in den Mund und spuckte es sofort wieder auf den Teller. „Verflucht, ist das heiß!"
Tim lachte spöttisch. „Erwachsene verbrennen sich beim Essen nicht das Maul und fluchen wegen einer kleinen Verbrennung nicht herum!"

Im Wirtshaus "Zum Löwen" war die Theke belagert, die Luft roch verqualmt und aus den Lautsprechern tönte traditionelle Blasmusik. Am Stammtisch saßen der Judotrainer Franz Fleischhauer, Friseurmeister Sepp Sabbel, der pensionierte Kfz-Meister Ferdi Leitner und Bauer Ferdinger.
Max klopfte auf den Tisch und grüßte: „Habe die Ehre!"
Sepp Sabbel fragte ungeduldig: „Auberle, hast du den neuen Haarschnitt deiner Frau schon gesehen? Das ist ein echtes Kunstwerk. Das steht ihr brillant."
„Sabbel, das ist mir wurst. Hauptsache du hast ihr keinen Kurzhaarschnitt verpasst, wie bei diesen zickigen Emanzen.

Dann trete ich dir nämlich kräftig ins Kreuz!“ Er drehte sich herum, um ein Bier zu bestellen.
Die neue Bedienung kam auf ihn zu und beide musterten sich. Der Sechsundvierzigjährige hatte graumeliertes Haar, eine kräftige Gestalt mit kleinem Bauchansatz und ein äußerst sympathisches Lächeln. Sein Auftreten wirkte selbstsicher und souverän. Die verschmitzten Augen versprühten Charme. Hanni, die neue Kellnerin, schien Mitte dreißig zu sein. Ihr schulterlanges, braunes Haar war zu einem schönen Bauernzopf geflochten. Das Gesicht hatte slawischen Stolz und die Figur war perfekt. Der großzügige Ausschnitt ihrer Bluse zog die Blicke der Herren magisch an. „Ein Bier, junger Mann?“, fragte sie in reinem Hochdeutsch und lächelte geheimnisvoll. „Ich bin Max. Ein Bier und die Speisekarte bitte.“ Er schaute ihr tief in die Augen.
Sie nahm noch weitere Bestellungen auf und verschwand dann in der Menge.
„Auberle, ich staune“, sagte Franzl. „Ich dachte, du hättest nur Augen für deine Svenja.“
Max winkte ab und steckte sich einen Zigarillo an. „Zwanzig Jahre Ehe, Franzl, was erwartest du?“
Die Männer lachten und tauschten zu diesem leidlichen Thema die neusten schlüpfrigen Witze aus. Nur Max konnte offensichtlich darüber kaum lachen.
Der Ferdinger Bauer fragte: „Auberle, du kommst kaum noch zum Stammtisch und dein Humor scheint im Keller zu sein.“
„Das bin ich selbst schuld. Die VW-Audi-Vertretung erforderte einen großen Anbau. Ich habe jetzt drei Mechaniker und einen Lehrling beschäftigt. Kaum hat der Tag angefangen, da ist es schon später Abend. Dann sitze ich am Schreibtisch und mache den Schriftkram. Eine Sekretärin kann ich nicht auch noch einstellen, und meine Frau will nicht in meinem Betrieb arbeiten.“
Endlich kam das große Bier samt Speisekarte und Auberle fuhr mit Schaum an der Lippe fort: „Svenja meint, dass der Ärger des Betriebs sich in ihr Privatleben drängen würde.

Haha, Privatleben, was soll das sein? Ich habe nicht mal Zeit, um Sport zu treiben."
Judotrainer Franzl nickte zustimmend. „Ja, dich habe ich seit drei Jahren kaum noch in der Sporthalle gesehen. Dein Sohn Tommy ist mittlerweile einer meiner besten Kämpfer. Du würdest dich wundern. Max, ich wette, der fegt selbst dich heute von der Matte."
Max ging gar nicht darauf ein, sondern fuhr fort: „Ich habe vielleicht einmal in den letzten zwei Jahren auf meinem alten Motorrad gesessen. Und Madam? Madam Auberle fährt mit ihrem Cabrio zum Shoppen. Sie meckert, dass ich sie zu wenig beachte." Max trank wieder von seinem Bier und fuhr sehr aufgebracht fort: „Wenn sie nicht gerade Nachtschicht hat, dann bleiben uns maximal die späten Abendstunden. Und wenn man sie dann beachten will, ich meine, wenn ich sie mal in den Arm nehmen will, dann ist Madam müde oder hat Kopfschmerzen. Kurz gesagt: ein Klassiker der Midlife-Crisis."
„Ruhig, Brauner!", rief der Ferdinger Bauer beschwichtigend. „Wir sind alle bei dir und sitzen im gleichen Boot!"
Max setzte sich mit Widerwillen seine Lesebrille auf und schaute in die Speisekarte.
Drei Stunden später und nach dem sechsten, großen Bier waren sich alle Herren einig, dass Hanni die schönste Frau der Welt sei und wohl auch die einzige, die die Männer wirklich versteht.

∞

Gegen 01:00 Uhr in der Nacht hatte Schwester Svenja Auberle alle Patienten ihrer chirurgischen Station versorgt. Die meisten schliefen endlich. Die Nacht war klar und der Mond schien in das Dienstzimmer hinein. Die Kaffeemaschine brummte vor sich hin und gab bereits einen aromatischen Duft von sich.
„Hallo, Liebes, bei dir riecht es aber gut", trat Nachtschwester

Rosi von der Nachbarstation herein und ließ sich müde auf einen Stuhl sinken. Sie war seit fünfunddreißig Jahren im Krankenpflegedienst tätig und musste Mitte fünfzig sein. Die ungefärbten, grauen Haare reichten bis über die Ohren. Ihre Figur war vollschlank. Diese erfahrene Schwester hatte ein auffällig sicheres Auftreten und ließ sich selbst vom Chefarzt oder der Verwaltungsleitung nicht einschüchtern. Rosi rieb sich die Beine. „Endlich bekomme ich mal einen Stuhl unter den Hintern. Ich bin bis jetzt nur gerannt. Heute Nacht ist wieder der Teufel los gewesen." Erst jetzt nahm sie wahr, dass Svenja einen anderen Haarschnitt hatte. „Hey, das steht dir aber gut. Mit den kurzen Haaren siehst du ganz verändert aus. Aber du wirkst auch sehr erschöpft. Das kommt nicht alleine von dieser Schicht, oder?"

Svenja goss ihrer Kollegin und sich frischen Kaffee ein und setzte sich mit ihrem Bürostuhl neben sie.

„So, und nun mal heraus mit der Sprache, schütte vor der alten Rosi mal deine Sorgen aus."

Es dauerte einen Moment, doch dann sprudelte Svenja regelrecht über. Sie beklagte ihre Probleme mit dem ständig auf den Kopf gestellten Biorhythmus und den Schlafstörungen. Dann die täglichen stupiden Hausarbeiten, die zu einer Selbstverständlichkeit geworden waren und die scheinbar niemand in der Familie mehr zur Kenntnis nahm. Dass die Jungs nur noch ihre Dinge im Kopf und eigentlich doch gar keine Mama mehr nötig hätten. Ja, und aus der Beziehung war der Wind raus. Was die Ehe von Max und ihr noch verband, schienen gemeinsame Verpflichtungen zu sein.

„Rosi, du machst immer einen zufriedenen Eindruck. Ist das wirklich so?"

„Da fängst du mit der schwierigsten Frage an. Ich kann behaupten, dass ich oft zufrieden bin, aber dazu gehören die richtigen Einstellungen und Grundvoraussetzungen. Es fängt schon mit der Frage an, was ich vom Leben erwarte. Fast jeder Mensch erlebt besonders in der Partnerschaft die berühmte Midlife-Crisis. Ich war da keine Ausnahme. Sieh mal, du bist

jetzt in einem Alter angekommen, in dem du wahrscheinlich fast alle die in deiner Jugend gesteckten Ziele erreicht hast. Nun ziehst du Bilanz und schaust auf deine damals erstellte Wunschliste. Ich schätze, die sah nicht anders aus als die meine. In jungen Jahren wollte ich so schnell wie möglich aus dem Käfig des Elternhauses in die Freiheit. Dann den Traumberuf, den Traummann, vielleicht die Traumreise. Die Freundinnen gründen Familien. Das willst du dann auch. Also erstes Kind, zweites Kind. Gott sei Dank gesund! Nun noch das Haus und gesellschaftliches Ansehen. Dann sind die Kinder groß, das Haus steht, die letzte Stange wird in den goldenen Käfig eingesetzt." Rosi steckte sich eine Zigarette in den Mund und bot auch Svenja eine an. Die nahm dankbar an und fragte: „Ja, und was kommt danach?"
„Dein Verstand zieht Bilanz und lehnt sich zufrieden zurück. Du hast schließlich deine gesteckten Ziele erreicht. Leider sind dein Herz und deine Seele nicht damit zufrieden, dass der Lebenskampf nun vorbei sein soll. Dass jetzt nur noch das Altwerden warten würde. Du hörst deinen inneren Aufschrei, dass das nicht alles gewesen sein kann. Du stellst dich vor den Spiegel und denkst: Wenn ich mit meiner Erfahrung und meinem immer noch recht guten Aussehen irgendwo auf diesem Planeten komplett neu anfangen könnte, das wäre doch spannend. Ich hätte die Chance neue Leute zu treffen, die absolut nichts von mir wissen. Die Chance einen Mann kennenzulernen, der meine Geheimnisse ergründen möchte. Der mich entdecken will. Der mich nicht nur als nützliche Serviceperson ansieht." Rosi tippte ihre Zigarettenasche in einen Aschenbecher. Sie beobachtete, dass auf Svenjas Lippen ein geheimnisvolles Lächeln zog. „Liebes, du hast bereits mit diesem Gedanken gespielt und der Anfang ist die neue Frisur, nicht wahr?"
Svenja nickte stumm und die Kollegin fragte: „Was hat dein Mann dazu gesagt?"
„Er weiß es noch nicht. Sein langes Gesicht muss ich mir erst nach dem Frühstück ansehen. Aber erzähl mir bitte, wie du

mit einer solchen Krise umgegangen bist."
„Kurz bevor ich meinem braven Franzl alles hingeworfen hätte, ging mir, Gott sei Dank, ein Licht auf. Ich stellte mir die Frage, wie mein Leben etwa fünf Jahre nach meinem Neuanfang auf der anderen Seite des Planeten aussehen würde. Ich hätte nach fünf Jahren neue Freunde, die mich dann genauso gut kennen wie meine alten, die ich im Stich gelassen hätte. Mein neuer Partner hätte alle meine Geheimnisse entdeckt. Ich hätte seine Geheimnisse ebenfalls alle entdeckt. Mein neuer Job wäre nach fünf Jahren auch nur noch Routine. Also hätte ich wieder an der gleichen Stelle gestanden und mein Herz hätte genauso wieder gefragt, ob das nun alles gewesen sei. Fazit: Ich hätte in diesem neuen Leben die gleichen Erfahrungen gemacht, die mir doch sowieso bekannt waren. Und ich hätte Menschen, die ich doch im tiefsten Inneren geliebt habe, in einem Scherbenhaufen zurückgelassen."
Svenja schüttelte unzufrieden den Kopf: „Das klingt alles sehr logisch, klingt aber eher nach resigniertem Aufgeben. Das kann nicht die Lösung sein. Das darf nicht die Lösung sein."
„Aufgeben ist ja auch nicht die Lösung. Die Lösung besteht darin, dass du deine Lebensumstände grundsätzlich an deine Bedürfnisse anpasst. Stell dir die folgenden Grundsatzfragen: Habe ich den Job oder hat er mich? Tut mir die Familie gut oder tue nur ich der Familie gut? Habe ich das Haus oder hat das Haus mich? Diese Liste kannst du unendlich erweitern."
Schweigend blies Svenja ihren Zigarettenrauch Richtung geöffnetem Fenster. Rosi stand auf und schenkte Kaffee nach. Dann fuhr sie fort: „Du musst dich wohlfühlen, also ist der Haarschnitt der richtige Anfang. Wenn dir dieser Job hier nicht mehr gefällt, suche dir eine neue Aufgabe. Auch das geht. Du bist eine gute Krankenschwester. Du kannst in der privaten, häuslichen Pflege arbeiten. Da wärst du deine eigene Chefin. Fahr mit deinem Mann ein paar Tage alleine irgendwo hin, wo ihr nur euch habt. Ohne Freunde, ohne Familie. Entdeckt euch wieder neu."
Nur langsam zogen sich Svenjas Mundwinkel zu einem

Lächeln.
Plötzlich ertönte die Zimmerschelle eines Patienten und beide Frauen standen auf. Die jüngere Schwester drückte die ältere herzlich an sich. „Danke, Rosi, du bist ein Schatz!“

∞

Der Partykeller im Haus der Familie Mühlinger füllte sich mehr und mehr mit Jugendlichen von vierzehn bis neunzehn Jahren. Die Luft roch nach Pubertät und Zigarettenrauch. Die Bässe der Musikboxen stampften Techno-Beats. Der Mühlinger Benedikt bekam als Sohn eines Holzgroßhändlers üppiges Taschengeld und hielt sich damit einen großen Freundeskreis. Bei den Mädchen hatte er es aufgrund seines Übergewichts meistens sehr schwer. Auf jeden Fall bei denen, die er gerne als Partnerinnen gehabt hätte. Sein Spezi, Tom Auberle, hatte aufgrund seiner sportlichen Figur und einer großen Klappe bei den Mädels die besseren Chancen. Tommy war stolz darauf, dass er bereits seit einem Jahr mehrmals Erfahrungen beim Knutschen und engerer Tuchfühlung gemacht hatte.
„Das ist echt geile Mucke“, rief Benedikt und nahm einen tiefen Schluck aus seiner Flasche. Dann fragte er Tom, der neben ihm auf einer herumgedrehten Bierkiste saß: „Wie gefällt dir meine Cousine Heidi?“ Er nickte mit dem Kinn zu einem Mädchen.
Die Fünfzehnjährige war schlank, hatte lange, schwarze Haare und ein ebenmäßiges Gesicht. Die enge Jeans und das noch engere T-Shirt betonten ihre weiblichen Formen. Sie tanzte mit mehreren Mädchen zum Rhythmus der Techno-Musik.
„Die sieht richtig gut aus. Fliegt die wirklich noch unbemannt?“
„Ja klar … Ich muss es schließlich wissen, sie ist meine Cousine. Wenn ich nicht mit ihr verwandt wäre, dann hätte ich sie schon längst abgeschleppt.“
„Das hättest du ganz sicher, mein Dickerchen. Wir kennen

dich ja als den erfolgreichsten Schürzenjäger der nördlichen Alpen."
Auch einige Jungen bewegten sich nun auf der Tanzfläche. Der kräftige Staubinger Peter tanzte Heidi an. Er kam ihr immer näher. Sie hob ihre Hand und drückte ihn zurück. Der Neunzehnjährige war einen Kopf länger als sie. Frech grinsend umklammerte er Heidi und drückte sie eng an sich. Das Mädchen konnte sich aus seinen kräftigen Armen nicht befreien und rief: „Verdammt, du sollst mich sofort loslassen!"
„Komm, stell dich nicht so an. Wer so ein enges Shirt trägt, der möchte doch auch mal richtig auf Tuchfühlung gehen, nicht wahr?"
„Du Idiot lässt mich sofort los!", rief sie nun so laut, dass alle es hören konnten.
Der Bursche ließ sich nicht beeindrucken. Er nahm ihr Gesicht zwischen die Hände und presste seine Lippen auf ihren Mund.
Tom klopfte ihm kräftig auf die Schulter. „Staubinger, ist gut jetzt. Die Dame möchte nicht. Komm mit und trink dir ´ne Flasche Bier, okay?"
„Was willst du denn, Auberle? Willst du mal aus dem Gips grinsen?", fragte Peter wütend.
Nun mischte sich auch Benedikt ein: „Staubinger, das ist meine Party. Gehe jetzt besser nach Hause. Du hast genug!"
„Wann ich genug habe, du Fettsack, entscheide ich selbst!"
Die anderen Jugendlichen wichen verschüchtert vor dem Schläger zurück. Tom schob sich zwischen Heidi und Peter. Sofort lief das Mädchen hinter den Kreis der aufgescheuchten Menge. Zornig packte Peter Tom an dessen Hemdkragen und hielt ihm drohend eine Faust vor die Nase.
„Lass Tom lieber los", meinte der Dicke, „der fackelt nicht lange."
„Du meinst, weil Auberle beim Judo in so einer Krabbelgruppe ist?" Er holte zu einem Schlag aus und traf ins Leere. Der Judoka war ausgewichen und warf den Älteren über seine Hüfte zu Boden.

Dann hielt er seine Hand an Peters Kragen und drückte ihm mit dem Unterarm die Luft ab. Mit gefletschten Zähnen sagte Tom: „Wenn du aufgeben willst, dann klatsche mit der Hand dreimal auf den Boden. Wenn nicht, dann wird es gleich ganz schwarz vor deinen Augen."
Der Schläger bewegte mehrmals kraftlos seine Hand.
Tom stand aus seiner Hocke auf und wischte sich die Hände an der Jeans ab. Benedikt zog den Störenfried am Arm hoch und schob ihn zum Kellerausgang.
Dort drehte sich Staubinger noch einmal herum und sagte keuchend: „Auberle, wir sehen uns noch!"
Benedikt schloss hinter ihm die Tür, klatschte in die Hände und rief: „Musik! Los, Leute, das hier ist eine Party und jetzt ist Damenwahl!"
Tom hatte sich wieder auf seine leere Bierkiste gesetzt und blickte nachdenklich zu Boden. Zwei Sportschuhe und Jeanshosenbeine tauchten vor ihm auf. Er blickte hoch.
Heidi lächelte ihn an. „Prügelst du dich nur oder tanzt du auch?"
Diese Augen, dieses Lächeln, dieser Mund ... Toms Herz pochte, wie er das bisher bei keinem Mädchen verspürt hatte. Dem verwegenen Burschen mit der berühmten großen Klappe fehlten jetzt die Worte.
Sie hob die Brauen. „Also ... Du musst nicht mit mir tanzen."
„Doch, doch", stammelte er endlich und sprang auf.
Beide tauchten in die Menge der tanzenden Partygäste ein. Heidis Bewegungen waren sehr rhythmisch und ausdrucksvoll. Auch Tom tat die Bewegung gut. Schon immer konnte er innere Anspannungen mit körperlicher Aktivität ins Gleichgewicht bringen. Der Discjockey legte Kuschel-Rock auf. Alle Lampen, bis auf eine Schwarzlichtröhre, wurden gelöscht. Heidi schmiegte sich eng an Tom. Sein Herz begann zu pochen wie vor einem Kampfturnier. Sie war einen halben Kopf kleiner als er. Ihre Körper bewegten sich harmonisch. Vorsichtig näherten sich seine Lippen ihrer Stirn. Er berührte sie fast wie zufällig. Sie löste ihre Hände und verschränkte

diese nun hinter seinem Nacken. Tom beugte sich vor und küsste sie zart auf den Mund. Sie erwiderte seinen Kuss und Tom wurde schwindelig.
Die weiteren Stunden vergingen wie im Flug. Tom trank keinen Alkohol mehr. Er brauchte nur noch ihre Augen, ihre Stimme, ihr himmlisches Lächeln, nur noch sie, sie und nochmals sie …

Leider werden auch die schönsten Heidis irgendwann mal müde und so verschwand dieses Naturwunder beim Morgengrauen in einem der Mühlinger-Gemächer.
Benedikt brachte seinen Spezi noch zum Motorrad und sagte leise: „Alter, so habe ich dich noch nie gesehen. Ich glaube, du bist bis über beide Ohren verknallt. Habe ich recht?“
„Ich weiß nicht. Sonst fand ich hübsche Mädchen einfach nur nett oder irgendwie scharf. Heidi ist anders. Sie hat mehr. Ihre Stimme, ihre Augen … Das ist Gänsehaut pur.“
„Auberle, oh Mann, dich hat es mehr als schwer erwischt.“
Tom klopfte seinem Freund auf die Schulter, setzte seinen Helm auf und stieg auf sein Motorrad. Die Maschine sprang an und sauste auf dem Hinterrad los.

Am frühen Samstagmorgen schliefen die meisten Berufstätigen aus. Nur wenige Fahrzeuge waren unterwegs. Gegen 08:30 Uhr kam Tom heim und betrat leise die Wohnung. Überrascht blieb er an der Küchentür stehen und schaute hinein. Sein Vater Max stand dort im Schlafanzug und machte einen verkaterten Eindruck. Mutter Svenja war wohl gerade von der Nachtschicht heimgekommen. Als Tom ihren Kurzhaarschnitt erblickte, rutschte es ihm entsetzt heraus: „Mama, wie siehst du denn aus?“
„Du auch noch?“, rief Svenja. „Ihr könnt mich alle mal kreuzweise!“ Sie eilte ins Bad und schloss sich ein.
Nachdem Vater und Sohn eine Zeit lang auf die leere Tür gestarrt hatten, fragte Max: „Wo kommst du jetzt erst her?“
„Papa, ich habe ein ganz süßes Mädchen kennengelernt. Sie

heißt Heidi."
Sein Vater ging nur kopfschüttelnd an ihm vorbei und schloss hinter sich grob die Schlafzimmertür.
Tom ging in sein Jugendzimmer, warf den Helm in einen Sessel und ließ sich rückwärts auf seine Bettcouch fallen. Er schloss die Augen und stellte sich Heidis Gesicht vor. Keinen einzigen Kuss von ihr würde er vergessen. Mittags würde er sie mit dem Motorrad abholen und dann um die gesamte Welt fahren.

Voller Hoffnung hielt Tom mit seinem Motorrad gegen Mittag wieder vor dem Mühlinger Haus. Tausend Pläne hatte er in den wenigen, fast schlaflosen Stunden des Vormittags geschmiedet. Er hupte dreimal kurz. Doch die Prinzessin war an keinem Fenster zu erblicken. Sie ruhte scheinbar noch.
Die Haustür öffnete sich. Toms Herz schlug sogleich höher. Leider kam nur sein Spezi Benedikt heraus. Der fasste sich an den Kopf und stöhnte: „Ich habe einen tierischen Schädel."
„Wie geht es deiner Cousine Heidi?"
„Ich weiß es nicht. Die belagert seit ewiger Zeit das Bad."
„Meinst du, ich könnte mit ihr heute einen Ausflug machen?"
„Vergiss es. Keine Chance. Meine Eltern wollen ihr unbedingt etwas bieten. Ausflug zum Chiemsee, Besichtigung der Herren- und der Fraueninsel, Abendessen im einem noblen Schuppen und danach innige Familienrunde. Meinst du, mir stinkt das nicht? Aber der Alte hat mein neues Motorrad bezahlt und erwartet jetzt, dass ich mich nach seinen Wünschen richte." Er klopfte Tom auf die Schulter. „Da musst du wohl bis morgen auf die Prinzessin warten. Morgen haben die Alten nichts geplant."
Der junge Auberle machte ein Gesicht, als müsste er eine Kröte verschlucken.
Endlich kam die gesamte Familie Mühlinger aus dem Haus. Der sehr beleibte Vater grüßte Tom von weitem und schloss seine große Limousine auf. Auch Frau Mühlinger grüßte knapp und zwängte ihren massigen Körper auf den

Beifahrersitz.
Heidi stellte sich vor den Motorradfahrer und hauchte: „Guten Morgen, Tommy, hast du gut geschlafen?“ Sie duftete nach frisch geputzten Zähnen und einem verführerischem Parfum. Die rehbraunen Augen funkelten so geheimnisvoll wie in der letzten Nacht beim Tanzen. Ihre schwarzen Locken waren frisch geföhnt. Das Kleid betonte ihre Figur. Wie gerne hätte er jetzt ihre roten Lippen geküsst.
Er lächelte verlegen. „Nein, ich habe kein Auge zugemacht. Ich musste ständig an dich denken.“
„Das ist lieb von dir. Sehen wir uns morgen?“
„Na klar! Ich meine … ja … sehr gerne“, stammelte Tom.
Die Prinzessin winkte und stieg neben Benedikt in den Fond des Wagens.
Tom schaute der Limousine frustriert nach, selbst als dieser hinter der langgezogenen Kurve nicht mehr zu sehen war.
Kein Kuss, keine Umarmung … Ein verlorener Tag!

∞

Svenja hatte nach ihrer Nachtschicht an diesem Samstagmorgen nur vier Stunden geschlafen. Sie packte einen kleinen Koffer, ihren Beauty-Case und zog sich etwas Bequemes an. Dann stellte sie das Gepäck in ihr Golf-Cabrio und ging zum neuen Büro des “Autohaus Auberle“.
„Ist mein Mann in der Nähe?“, fragte sie den Gesellen Klaus Ruprecht.
„Grüß Gott, Frau Auberle. Ihr Mann ist in der Ausstellungshalle im Verkaufsgespräch.“
Svenjas Schritte klackerten durch die Halle. Dort funkelten neue Fahrzeuge im Licht der edlen Deckenlampen.
Max erklärte einem Kunden: „Selbstverständlich gibt es den Wagen auch mit einer Klimatronic-Anlage.“
Er schaute an dem Kunden vorbei zu seiner Frau. „Entschuldigen Sie, Herr Seddelmeier, ich bin sofort wieder für Sie da.“
Max ging auf Svenja zu und fragte: „Du gehst aus?“

„Ja, ich habe mein Gepäck schon im Wagen und wollte mich nur ordnungsgemäß abmelden." Sie zeigte zu ihrem Auto vor dem Schaufenster.
„Wieso Gepäck? Ich verstehe nicht."
„Max, keine Angst, noch ziehe ich nicht aus. Ich fahre zu Hauke und Jenny. Die kleine Lena hat morgen Kommunion. Ich hatte es mehrmals erwähnt, aber es interessiert hier ja niemanden. Die Jungs haben sowieso kein Interesse an der Feier. Ich habe vorläufig keinen Nachtdienst. Also bleibe ich bis zum nächsten Wochenende in Bornsiel." Sie drehte sich auf dem Absatz herum und verließ im Stechschritt die Ausstellungshalle.
Als ihr Wagen vom Parkplatz fuhr, empfand Max eine Mischung aus Ärger und Traurigkeit.
Der Kunde riss ihn endlich aus seinen düsteren Gedanken: „Ich hätte da noch eine weitere Frage, Herr Auberle."

Gegen Mitternacht kam Svenja erschöpft in Bornsiel bei ihrem Bruder Hauke und seiner Familie an. Fern hörte sie das Meer rauschen und musste schmunzeln. Jenny schloss die Schwägerin aus Bayern herzlich in die Arme. Die kleine Lena schlief bereits.
„Tut mir leid, Schwesterlein, wenn ich das sagen muss", hielt Hauke Svenja mit seinen ausgestreckten Armen an ihren Schultern, „aber du siehst krank aus. Pflegt dich der liebe Max nicht gut genug? Muss ich mal ein Wörtchen mit ihm reden?"
Sie zog ein müdes Lächeln auf. „Ich kam heute Morgen aus der Nachtschicht. Ich hatte doch alles ganz anders geplant. Ich dachte, Max wäre mitgekommen, dann hätte ich während der Fahrt schlafen können. Aber der Herr ist nur noch mit seinem Autohaus verheiratet."
„Der kurze Haarschnitt steht dir super", sagte Jenny. „So eine unkomplizierte Frisur hätte ich auch gerne, aber dein lieber Bruder hier würde dann nur herummeckern."
Hauke wechselte rasch das Thema. „Mama und Berti sind auch schon angekommen. Sie ruhen bereits im Hotel

Silbermöwe“, lachte Hauke wieder. „Ihr habt euch seit meiner Hochzeit nicht mehr gesehen. Ich würde mich riesig freuen, wenn du und Mama euch versöhnen könntet.“
„Ist mir egal“, sagte Svenja und winkte ab. „Da die gesamte Welt scheinbar was gegen mich hat, kommt es auf Carmen auch nicht mehr an.“
Jenny strich der Schwägerin liebevoll über die Schulter. „Quatsch, wer sollte denn etwas gegen dich haben? Es wird bestimmt alles wieder gut.“
Die Frauen setzten sich ins Wohnzimmer.
Ein paar Minuten später kam Hauke strahlend aus der Küche und servierte jedem ein Glas Korn, auf dem eine dicke Wurstscheibe mit einem Stippen Senf thronte. „So, meine Damen, das hier ist ein ganz altes Bornsieler Heilmittel namens Möwenschiet. Es hilft gegen Trübsal, schlechte Laune und Magenschmerzen. Denn mal Prost!“
Svenja fragte: „Kommen unser Vater, Riki und Anna auch zur Kommunionfeier?“
„Nein, Papa ist ja kein Fan von der Kirche, Anna schließt gerade ihre Doktorarbeit ab und Riki wollte nicht alleine fahren.“
Die Geschwister sprachen noch eine Stunde lang über die neusten Ereignisse in den Familien, dann konnte Svenja ihre Augen nicht mehr offenhalten und ging zu Bett.
Am Kommunionsonntag hatte der Liebe Gott eine strahlende Sonne an den blauen Himmel gezaubert. Selbst das Meer zeigte sich marineblau. Die kleine schwarzhaarige Lena war das Abziehbild ihrer Mutter. Heute konnte man das aufgeregte Mädchen kaum bremsen. Mit ihrem weißen Kommunionkleid sah sie wie eine kleine Braut aus. Jenny Petersen war ein Jahr älter als ihr Ehemann, doch das hätte niemand geschätzt. Sie hielt sich mit Gymnastik und Joggen fit.
Hauke begrüßte seine Gäste vor der Kirche im schicken Anzug. Der Enddreißiger war im besten Mannesalter und sah attraktiv aus. Das wusste er auch ganz genau. Lena betrachtete besonders Gräfin Rheineck sehr kritisch. Sie hatte gehört,

dass diese Dame Mitte sechzig war. Außerdem sollte sie ihre Oma aus Düsseldorf sein. Doch wie eine Oma wirkte die gar nicht. Eher kühl und fremd. Der Graf, der wohl Adelbert hieß, hatte einen schneeweißen Bart und kahles Haupt. Er wirkte auf das Mädchen wie ein Heiliger aus der biblischen Geschichte.

Erleichtert erblickte Lena Opa Kokoschinski, den Brieftauben-Opa aus Essen. Der war immer lustig und lebensfroh. Er kam ihr mit seinen ausgestreckten Armen entgegen. Lena sprang mit strahlendem Lachen an ihm hoch. Dann wurde Oma Marianne Kokoschinski geherzt.

Gräfin Rheineck beobachtete die Begrüßungsszene, rümpfte die Nase und flüsterte : „Adelbert, was gefällt dieser Göre an diesen primitiven Bergmannsleuten? Taubenzüchter, pah!"

„Liebling, vergiss nicht: Die Taube ist ein Symbol für den Frieden."

„Nein, die Tauben sind die Ratten der Lüfte und verdrecken meine schöne Terrasse, mein Lieber!"

„Grüß Gott, Mama."

Gräfin Rheineck wurde aus ihren Gedanken gerissen und schaute in die Augen ihrer Tochter. Carmen musterte diese von Kopf bis Fuß. Svenja trug einen dunklen Hosenanzug und eine weiße Bluse. Mit ihrem Kurzhaarschnitt wirkte sie sehr emanzipiert.

Carmen reichte geschäftsmäßig ihre Hand zum Gruß und sagte: „Kind, du hast dich sehr verändert. Ich hätte dich fast nicht erkannt."

Svenja schaute den mittlerweile über achtzigjährigen Graf Rheineck einen Moment lang schweigend an und dachte, dass er nur noch ein gebrochener Mann war. Er hatte nichts mehr von seinem Stolz. Gerührt gab sie Adelbert einen Kuss auf die Wange. Dem alten Mann schossen die Tränen in die Augen.

Glockengeläut übertönte jedes weitere Gespräch. Die Kommunionkinder sammelten sich und zogen in die Kirche ein. Dann folgten die Verwandten und Besucher.

Hauke und Jenny hatten für die Kommuniongäste in ihrem Haus eine lange Festtafel vom Wohnzimmer bis ins Esszimmer aufgestellt. Gläser und Teller klapperten, Bratenduft breitete sich aus und die Gäste schwatzten fröhlich. Misstrauisch beobachtete Lena, dass Oma Carmen ohne zu fragen auf dem Tisch mit den noch verpackten Geschenken in der Kommunionpost stöberte. Neugierig schaute diese Gräfin in alle Briefumschläge hinein. Das Mädchen fragte sich, ob diese seltsame Oma dort heimlich Geld herausnehmen würde. Aber warum? Gräfinnen waren doch immer reich, oder nicht? Plötzlich blickte sich diese Dame verstohlen um, entnahm ihrer Handtasche einen Geldschein und steckte diesen rasch in einen Briefumschlag der Kommunionpost.
Carmen schritt lächelnd auf das Kommunionkind zu und sagte: „Ich bin ja mal gespannt, wer dir das meiste Geld geschenkt hat. Was meinst du, Lena?“
„Ich weiß es nicht, Oma Carmen. Mama hat mir noch nicht erlaubt, nachzusehen.“ Die Kleine zuckte verlegen mit den Schultern.
Hauke klopfte mit einem Löffel an sein Glas, bedankte sich für das Kommen der Gäste und wünschte allen einen guten Appetit.
Lena hatte keinen Hunger. Sie konnte kaum erwarten, dass die Erwachsenen mit dem Essen fertig wurden. Auf dem Gabentisch warteten doch so viele Geschenke, die ausgepackt werden wollten.
Endlich war es so weit. Das Kommunionkind enthüllte vor den Augen der gespannten Erwachsenen eine silberne Kette mit einem Kreuz, eine Armbanduhr, eine Handtasche, einen Fotoapparat, ein Fotoalbum und viele Jugendbücher. Daneben gab es auch Geldgeschenke. Jenny achtete darauf, dass nichts davon verloren ging oder dass ihre Tochter etwas übersehen hatte. Sie flüsterte Lena zu: „Nun geh bitte und bedank dich schön bei allen. Fang bei Oma Carmen und Adelbert an.“
Hauke beobachtete diese Zeremonie sehr genau und war mit seiner Tochter zufrieden. Lena hatte sich auffällig gründlich

bei Carmen bedankt.
Die geschwätzige Gesellschaft wurde erst wieder leise, als sie den köstlichen Kuchen verzehrte. Kaum zu überhören sagte die Gräfin zu Adelbert: „Frage das Kind doch mal, wer ihr das größte Geldgeschenk gemacht hat."
Die einzelnen Gespräche und das Klappern der Gabeln und Teller verstummten. Es wurde still – unheimlich still. Der Graf kaute nervös an seinem letzten Bissen und verharrte scheinbar mit vollem Mund. Da die meisten die Aufforderung der Gräfin gehört hatten, richteten sich nun alle Blicke auf das Kommunionkind. Lena bekam rote Wangen. Sie blickte in die Runde der Erwachsenen. Mama und Papa lächelten sie liebevoll an. Opa Kokoschinski nickte ihr auffordernd zu und winkte einfach ab. Das tat er immer, wenn jemand mit einer Sache ganz gelassen umgehen sollte.
Lena sammelte sich und sagte: „Ich meine, dass Oma Carmen das meiste Geld gegeben hat."
Die Gräfin setzte eine Siegermiene auf und nickte dem Kind wohlwollend zu. Doch im gleichen Moment platze es aus dem kleinen Mädchen heraus: „Oma Carmen wusste doch, dass sie das meiste Geld gegeben hat. Sie hat doch vorhin heimlich in alle Briefumschläge hineingeschaut."
Nun richteten sich alle Blicke auf Gräfin Rheineck. Wieder war es still – unheimlich still.
„Unverschämtheit!", rief Gräfin Rheineck. „Was bildet sich diese Göre ein. Da bemüht man sich das meiste …" Sie brach ihren Satz ab, erhob sich echauffiert und befahl ihrem Mann: „Du lässt alles stehen und liegen! Wir gehen!" Mit erhobenem Haupt verließ sie das Wohnzimmer und eilte durch den Flur zur Garderobe.
Hauke folgte seiner Mutter. „Mama, sie ist gerade neun Jahre alt, mein Gott! Da kannst du doch wohl Verständnis haben."
„Mein lieber Sohn, du weißt genau, dass ich nicht gerne im Mittelpunkt stehe – und dann so etwas? Was sollen die Leute denn von mir denken?"
„Nun, sie werden denken, dass du ganz besonders großzügig

sein wolltest“, versuchte er sie zu beruhigen.
Jenny nahm ihre Tochter tröstend in die Arme und Opa Walter nickte seiner Enkelin wohlwollend zu. Svenja half dem gebrechlichen Grafen in seine Jacke. Er flüsterte ihr ins Ohr: „Die nur sich selbst liebende Ehefrau ist auch zu mir immer sehr hart. Sei froh, dass du einen liebevollen Partner hast. Ich bin zu alt, um neu zu beginnen!“ Eine Träne rollte über seine Wange in den weißen Bart. Svenja geleitete Adelbert zur Haustür, wo Carmen wartete.
Die Gräfin drehte sich vor dem Haus noch einmal herum und sagte zu ihrer Tochter: „Kind, ich würde mich freuen, wenn du den Weg nach Düsseldorf findest. Wir beide müssen mal alleine über die Kö gehen. Kommst du?“
„Mama, das kommt jetzt überraschend. Eventuell könnte ich auf meinem Rückweg nach Bayern über Düsseldorf fahren. Wäre dir das recht?“
„Ich bestehe sogar darauf!“
Die Gräfin eilte mit langen Schritten zu ihrem Wagen und Adelbert schlurfte mühsam hinter ihr her.

∞

Als Max Auberle am Samstagnachmittag seine Wohnung betrat, wollten die Söhne von ihm wissen, was es am Wochenende zu essen geben würde. Mit finsterer Miene sagte er: „Eure Mutter hat es spontan vorgezogen, in Bornsiel eine Woche Ferien zu machen. Ihr seid alt genug. Macht euch also selber etwas. Wie ich Svenja kenne, ist die Kühltruhe voll und reicht für die nächsten vier Wochen!“ Die Jungen blickten ihn fragend an. Max zog sein Portmonee und gab jedem dreißig Mark. „Von mir aus holt euch auch Weißwurst oder was ihr wollt.“ Dann ging er ins Schlafzimmer und holte seinen alten Bundeswehrrucksack aus einem Schrank. Er packte etwas Kleidung und einen Kulturbeutel mit den wichtigsten Toilettenartikeln.
Tim und Tom standen immer noch stumm neben der

Küchentür und warteten gespannt auf die überraschenden Aktionen des lieben Papas.
Bald darauf kam der Vater mit seinem Gepäck auf sie zu. Er trug seine Motorradkombi und sagte: „Was andere können, kann ich schon längst! Die Burg gehört euch." Er öffnete die Wohnungstür.
Tim fragte: „Bist du auch eine Woche lang fort?"
„Nein, mein Sohn, nur bis morgen Abend. Ab Montag darf ich wieder eure Brötchen verdienen. Ich bin schließlich nicht Frau Auberle!" Dann knallte die Tür hinter Max zu.
„Das ist ein ganz beschissener Tag", murmelte Tom und klatschte mit flacher Hand gegen den Türrahmen. „Meine Freundin hat heute keine Zeit für mich. Genau an einem Wochenende, wo hier ausnahmsweise mal sturmfreie Bude ist. Die Alten haben Krach und wer weiß, was noch kommt!"
Sie sahen vom Küchenfenster aus, wie Max auf seine BMW stieg und mit heulendem Motor davonraste.
Der zwei Jahre ältere Tim legte seine Hand auf die Schulter des Bruders. „Meckere nicht rum. Erzähle mir lieber von deiner neuen Flamme."
Tom begann sogleich von Heidi zu schwärmen.

Max ließ Reit im Winkl hinter sich und fuhr auf die Alpenstraße Richtung Ruhpolding. Der Mittvierziger hatte zwar schon länger nicht mehr auf seiner Maschine gesessen, doch nach einigen Kilometern führten die ehemaligen Erfahrungen wieder zu einem sicheren Gefühl. Mit jeder weiteren Kurve verringerte sich sein aufgestauter Ärger. Mit jedem Überholmanöver fühlte er sich jünger. Je steiler die Straße war, umso mehr spürte er die Kraft des Motorrads. Dieses Gefühl wurde mit ihm eins. Selbst sein heftiger Kater wurde nun von der frischen Bergluft verweht. Es roch nach Kiefern. Kam er sich heute Morgen noch vor wie ein Greis, so hätte der ehemalige Gebirgsjäger jetzt Bäume ausreißen können. Diese Landschaft war seine Welt. Er folgte der Beschilderung "Ruhpolding, Inzell Weißbach". Max sah voller Sehnsucht zu den

Bergspitzen, deren Felsen im Sonnenlicht verlockend leuchteten.
Am späten Nachmittag näherte sich das Ortshinweisschild von Achdorf und das Motorrad bog in die Zufahrtsstraße ein. Sträucher begrenzten grüne Weideflächen. Dann begrüßte der schäumende Achenbach den Heimkehrer. Bald darauf zweigte ein Weg ab. Max fiel ein Hinweisschild ins Auge. Dort stand: "1500 m bis zum Hotel Berger. Restaurant, Gästezimmer und Wellness". Der Biker hielt an. Viele Erinnerungen kreisten in seinem Kopf: Wie oft war er diesen Weg mit seiner Mutter Liese vom Dorf zum Hof zu Fuß hinaufgelaufen? Wie oft waren Peter und er hier besoffen von der Postschenke nach Hause geschwankt? Wie niedlich hatte sich Svenja bei ihrem ersten Besuch aufgeregt, als er und Sepp sich anscheinend heftig angerempelt hatten?
Der Biker legte den Gang ein und fuhr weiter. Hinter der Brücke stand ein Cabrio. Es war halb auf der Straße, halb auf dem Kiesrand abgestellt und hatte die Motorhaube geöffnet. Der Kfz-Meister hielt neben dem Wagen an. Eine kastanienrote, sehr teuer gekleidete Dame hatte beide Hände in die Taille gestemmt und schaute fragend in den Motorraum.
„Grüß Gott, kann ich Ihnen helfen?" Max nahm seinen Helm ab und legte ihn vor sich auf den Tank.
„Ich verstehe das nicht, der Wagen war erst vor einer Woche zur Inspektion. Erst hat der Motor gestottert, dann ging er einfach aus."
„Da Sie die Haube geöffnet haben, haben Sie sicherlich schon das Wesentliche überprüft, nicht wahr?"
„Ach was! Ich bin ja schon froh, dass ich weiß, dass der Motor vorne ist."
Max stieg von seiner Maschine und beugte sich über den Motor des Cabrios. „Nicht schlecht, 2-Liter-Kompressor. Der hat mindestens 190 PS. Setzen Sie sich mal ans Lenkrad und starten Sie den Motor."
Nach mehreren Startversuchen lief der Motor plötzlich.
Begeistert sprang die Frau aus dem Wagen und jubelte: „Sie

sind mein Retter. Tausend Dank. Woran lag es denn?“
„Ein Problem mit der Kolbenrückholfeder“, scherzte Max, doch die Frau verstand den Joke nicht.
„Kann ich mich irgendwie erkenntlich zeigen?“ Sie schaute dem attraktiven Helfer in die braunen Augen.
„Wo wollen Sie denn überhaupt hin?“
„Zum Hotel Berger. Ich denke, das wird nicht mehr weit sein.“ Sie zeigte auf das Hinweisschild.
„Dann haben wir die gleiche Richtung“, sagte Max und stieg wieder auf das Motorrad. „Fahren Sie mir einfach hinterher.“
Die Straße zum Hotel Berger war immer noch sehr schmal, hatte aber viele Ausweichbuchten bekommen. An den Felswänden schallte das Motorgeräusch zurück. Tief unterhalb des Weges stolperte der Achenbach über riesige Steine, Wurzeln und umgestürzte Baumstämme ins Tal hinab. Die Sonnenstrahlen erreichten um diese Uhrzeit kaum noch die schmale Schlucht. Die kalte Luft strömte ebenfalls ins Tal. Nach mehreren Kurven erreichte der Weg die sonnige Anhöhe, wo das Grau der kargen Felswände vom saftigen Grün der Wiesen abgelöst wurde.
Als Max die kleine Kapelle passierte, hielt er an. Der atemberaubende Panoramablick über diese zauberhafte Bergwelt zwang jeden Besucher zum Stehenbleiben und Schauen.
Auch die Hotel Berger-Anlage konnte von dieser Anhöhe fast ganz überblickt werden. Das alte Bauernhaus war nach dem Brand vor zehn Jahren erhalten geblieben und strahlte heute wieder schneeweiß. Die neue Balkonumrandung schmückte sich mit Blumenkästen, deren Blütenpracht in allen Farben leuchtete. Dem Haupthaus schloss sich ein Neubau an. Dieser war schlicht gehalten, um den bäuerlichen Stil nicht zu verändern. Selbst das Gästehaus, das während des Infernos unversehrt geblieben war, war dem ländlichen Baustil noch besser angepasst worden. Um den alten Ententeich herum sah es wie ein Ziergarten aus. Ein Spielplatz bot kleinen Gästen Wippen, Schaukeln und Klettergerüste aus massivem Holz. Am Kamingrill herum luden Tische und Bänke zu gemütlichem

Zusammensein ein. Hinter beiden Häusern war jetzt ein Tennisplatz zu sehen.
Freundlich lächelnd drückte die Fahrerin im Cabrio auf die Hupe und das Motorrad setzte sich langsam in Bewegung.
Auf dem Gästeparkplatz standen vier Autos. Max stellte die Maschine auf den Seitenständer und schulterte seinen großen Rucksack. Das Cabrio parkte neben ihm ein und er sagte: „Die Anmeldung für Gäste ist hier im alten Haupthaus. Vielleicht sehen wir uns später noch."
„Das möchte ich doch hoffen", antwortete sie lächelnd und griff zu ihrer Handtasche.
Vor dem Haupteingang blickte Max noch einmal mit heimatlichen Gefühlen über die Bergkulisse, dann öffnete er die schwere Eichentür. In der Diele standen mehrere massive Holzmöbel mit Schnitzereien. Auf einigen leuchteten bunte Blumengestecke. Weiter hinten gab es vor dem Büro einen Tresen für Anmeldungen und Informationen. Doch dieser war im Moment nicht besetzt. Die ehemalige gute Stube mit dem Kachelofen war heute ein Gastraum, in der auch Besucher beköstigt wurden, die nicht im Hotel wohnten. Volksmusik und Stimmen der Gäste drangen aus der Stubentür in die Diele.
Max stellte seinen Rucksack ab, öffnete die Küchentür und grüßte: „Servus, kann ich bei Ihnen einen Kaffee bekommen?"
Eine junge und eine alte Frau blickten ihn an. Die mit dem schneeweißen Haar sagte: „Grüß Gott, aber die Gaststube ist …" Sie blieb im Satz stecken. Die fast achtzigjährige Anna erkannte erst jetzt ihren Neffen. „Gott, der Bur ist da!" Sie warf ihr Geschirrtuch neben die Spüle, humpelte auf Max zu und nahm ihn mit feuchten Augen in die Arme.
„Tantchen, wie geht es dir?"
„Och, nur meine Hüfte will net wie i. Sonst is der Doktor zufrieden."
Max stellte sich der jungen Mitarbeiterin vor und hörte, wie seine Schwester Christina in der Diele die Dame des Cabrios als neue Urlauberin begrüßte. Sie hieß Olivia Ziegler und kam

aus Frankfurt am Main.
Als Max auch die Diele betrat, blickte Cristina ihn verwundert an. Die Hotelchefin trug einen damenhaften Haarschnitt. Die mittlerweile vollschlanke Figur der Endvierzigerin füllte ein teures Dirndl aus. Er ging auf sie zu und schloss sie kurz in die Arme.
Christina erklärte Frau Ziegler: „Das ist mein Bruder Max aus Reit im Winkl."
„Ihr Bruder ist ein Schatz. Er hat mir bei meiner Autopanne geholfen. Ohne ihn wäre ich noch gar nicht hier."
Christina reichte Frau Ziegler den Zimmerschlüssel und Max half der Urlauberin das Gepäck aus dem Wagen ins Haus und Zimmer zu tragen. Als er ihr Zimmer verließ, kam ihm Doris, die Lebenspartnerin von Chris, entgegen.
Sie gab ihm einen Kuss und fragte: „Was macht ihr denn hier? Ich wusste gar nicht, dass ihr uns besuchen wolltet. Wo ist Svenja?"
Er verzog das Gesicht. „Sie ist spontan für eine Woche nach Bornsiel gefahren. Ist vielleicht besser so."
„Das klingt nach Gewitterluft. Weiß Chris schon davon?"
„Nein, ich bin ja gerade erst angekommen. Ich schau jetzt mal, wo Sepp steckt."
Sepp schenkte seinem Neffen den zweiten Obstler ein und drückte die schmerzenden Lendenwirbel wieder an die warmen Kacheln des Ofens. Der Kahlköpfige, der im Sommer achtzig Jahre zählen würde, bewohnte mit Anna im alten Wohnhaus zwei Räume. Die Küche war gemütlich im Bauernstil eingerichtet. Viele Bilder mit Familienmitgliedern zierten die Wände. Ein Kreuz hing über der Tür und neben dem Rahmen ein Rosenkranz.
„Des mit dem Reitstoi hobn sie uns bis heid ned genehmigt", erzählte Sepp. „Jetz is es aa egol. I bin zua oit, um noch irgendwelche Arbeitn mit Pferdn ozunehma. Ja, voa zehn Jahrn, da war das im Gspräch. I hätt mi gefreit, mi noch a paar Jahre um Tiere kümmern zua könne. Aber das Holzhackn lasse i mir bis heid ned nehma. I ziehe mit meinem oitn

Trecker imma noch Stämme aus dem Wald. Die Stil-Motoasäge is ned kloa zua kriegn und da Spalter hält durch wia i. Chris is bei den hohn Preisen froh, dass unsa Heizung zusätzlich mit Holz beschickt werdn konn." Der alte Mann machte eine Pause und schaute Max forschend an. „Du hast Soagn. Das sehe i. Komm, trink und erzähl deinem oitn Onkl, was los is." Er hielt dem Neffen den Stamperl zum Anstoßen hin.
„Svenja ist zu ihrer Verwandtschaft gefahren. Sie ist nur noch gereizt, wegen kleinsten Dingen haben wir Krach." Er trank von seinem Schnapsglas. „Ich habe das ganze Autohaus mit der Werkstatt am Hals. Du siehst ja selbst, dass ich mich hier kaum noch sehen lasse. Mehr als arbeiten kann ich nicht. Früher, als die Buben klein waren, als wir im Aufbau waren, als das Geld knapp war, da hatten wir Zeit, uns mal in den Arm zu nehmen. Und heute …?"
„Wie soagen die Amis?", grinste Sepp verschmitzt, „Midlife-Crisis – oda wia dos heißt. Und was hast du jetz vor?"
„Ich will morgen auf den Berg gehen. Er hat mir früher auch Antworten gegeben. Ich muss Höhenluft atmen. Ich muss den Kopf wieder frei bekommen."
„Du willst wirklich bergsteign? Du willst in de Wand?", fragte Sepp sehr besorgt.
„Na, keine Wand", winkte Max ab, „dafür habe ich keine Kondition mehr. Nein, ich will nur wandern und durchatmen." Max trank sein Schnapsglas leer. „Sepp, entschuldige, ich muss mit Chris ein paar Worte wechseln. Ich hatte mich nicht angemeldet und brauche für die Nacht ein Bett." Er stand auf und verließ die Wohnküche.
Hotelchefin Christina Auberle hatte noch zu tun. So schaute Max in die Gaststube. Drei Tische waren mit älteren Herrschaften besetzt, die lebhaft schwatzten. Frau Ziegler saß an einem Ecktisch allein und winkte ihren Helfer zu sich. Max ging zu ihr und nahm Platz.
Sie sagte: „Das Essen war hervorragend. Haben Sie auch schon etwas zu sich genommen?"
„Nein, mir ist heute der Appetit vergangen und meinem

Bauchansatz tut ein Kostentzug ganz gut.“
Sie sagte schmunzelnd: „Nach den Essen soll man sich bewegen. Ein paar Schritte an der Luft tun mir jetzt sicher gut. Sie kennen sich hier aus. Begleiten Sie mich ein Stück?“
„Ja, ein Spaziergang zur Kapelle oder bis zum Bach passt immer.“
Sie trank ihr Weißweinglas leer und stand auf.
Als Kavalier half er ihr in die Jacke und beide verließen das Haus. Längst dämmerte es. Die Farben wechselten ins Grau. Frau Ziegler war erstaunt, wie schnell es in den Bergen dunkel wurde. Nach einigen Minuten erreichten sie die Kapelle und nahmen auf einer Bank Platz. Die Silhouetten der Bergformationen grenzten sich vom wolkenfreien Himmel ab. Im Osten stieg die Venus auf. Immer deutlicher traten einzelne Sterne hervor. Von Minute zu Minute vermehrten sie sich und bald funkelte deutlich das Band der Milchstraße. Langsam zog ein Satellit am Firmament seine Bahn. Max fragte sich, ob das die internationale Raumstation ISS sein könnte, die in diesem Jahr ihren Dienst aufnahm.
Im Tal leuchteten die Lichter der Häuser von Achdorf. Die Abendluft war kühl. Die Gerüche der Pflanzen wurden von Frau Zieglers anziehendem Parfum überdeckt.
Nachdem sie einige Zeit geschwiegen hatten, sagte sie: „Ich heiße übrigens Olivia.“
„Und ich bin der Max. Ich denke, du bist ein Großstadtkind, nicht wahr?“
„Ja, ich lebe in Frankfurt am Main. In der Großstadt kann man aufgrund der extremen künstlichen Beleuchtungen einen so herrlichen Sternenhimmel nicht mehr sehen. Bei diesem Anblick ergreift mich Ehrfurcht und irgendwie komme ich mir jetzt winzig vor.“ Olivia erzählte, dass sie frisch geschieden sei und auf Anraten einer Freundin in die weniger stressige Welt der Berge geflüchtet sei. Statt zwischen Häuserschluchten, Schreibtischen und Computerbildschirmen herumzuirren, wollte die Chefsekretärin eines Bankdirektors hinaus in die Natur, den Kopf wieder freibekommen, sich nicht mehr als

Teil eines Rechenzentrums, sondern als Mensch fühlen ...
Dezent deutete Max an, dass auch er auf der Flucht war. Dass er nun dem Ruf der Berge folgte, um in klarer Luft klare Gedanken fassen zu können.
Vom Waldrand schallte seltsames Bellen herüber. Frau Ziegler drehte sich alarmiert danach um und sah zwei funkelnde Augen. Mit dünner Stimme fragte sie: „Das ist kein Hund, nicht wahr?"
„Ich denke, das wird der Dachs sein. Aber auch der Fuchs ist um diese Zeit beim Einkaufsbummel. Er sucht die Ställe der Höfe ab. Hühner und Enten mag er besonders. Wenn wir still sind, kommt er vielleicht gleich mit seinem Einkaufskorb hier vorbei."
Ein herzzerreißender Vogelschrei ließ Olivia zusammenfahren. Sie klammerte sich an den kräftigen Mann an ihrer Seite. Max nahm sie beruhigend in den Arm. „Keine Angst, die Katze hat ihr Abendessen gefunden."
„Max, das ist nicht lustig. Das ist ja grausam. Der arme Vogel."
„Du wolltest mitten in die Natur. Hier zeigt sie ihre ästhetische Schönheit, aber auch den ganz normalen Lebenskampf. Fressen und gefressen werden gehören auch dazu."
Immer noch hielt er sie im Arm. Olivia legte ihren Kopf an seine Schulter und beide blickten still zum funkelnden Sternenhimmel auf.

∞

Am Sonntagmorgen hielt vor dem Mühlinger Haus ein kleines Motorrad. Hinter einem Fenster erschien das lachende Gesicht eines schwarzhaarigen Mädchens. Das war Heidi. Sie winkte. Tom strahlte vor Glück und winkte zurück. Er hängte seinen Helm an den Lenker und eilte mit großen Schritten auf die Haustür zu. Bald darauf öffnete Benedikt, hielt dem Spezi die Hand zum Abklatschen entgegen und rief: „Hi, Alter, give me five!" Die Hände der jungen Burschen trafen sich

schallend.
Heidi trat ebenfalls in die Haustür. Sie trug ein schickes T-Shirt und Jeans. Der junge Auberle gab der Schwarzhaarigen einen Kuss auf die Wange und dann umarmten sie sich.
Toms Herz klopfte wie der Kolben eines Motors. Er fragte: „Fährst du heute mit mir eine Runde?"
Noch bevor Heidi antworten konnte, fragte Benedikt: „Wie, nur ihr beide? Ich dachte, wir unternehmen gemeinsam etwas." Die Enttäuschung stand dem rundlichen Jungen ins Gesicht geschrieben.
Tom klopfte ihm kameradschaftlich auf die Schulter. „Oh Ben, wir sehen uns doch fast jeden Tag und zu dritt passen wir nicht auf das Motorrad. Andererseits hast du jetzt eine gute Gelegenheit, für deinen Führerschein zu pauken. Denke dran, in zwei Wochen hast auch du Prüfung. Dann fahren wir immer zusammen, okay?"
„Kruzifix ja! Mein Motorrad steht schon seit vier Wochen startbereit in der Garage und wartet auf mich. Doch Vater hat angedroht, wenn er mich noch einmal ohne Führerschein fahren sieht, dann würde er künftig keine Mark für Sprit und die Versicherung herausrücken."
Heidi sagte: „Benedikt, ich möchte gerne mal auf einem Motorrad mitfahren. Sei nicht enttäuscht. Ich nehme dir deinen Tommy ja nicht weg." Entschlossen holte sie ihre Lederjacke von der Garderobe und lief mit Tom zum Motorrad.
Der löste vom Gepäckträger einen zweiten Helm und reichte diesen seiner Sozia. Mit spitzen Fingern zog Heidi ein langes Haar aus dem Helmpolster und fragte: „Ach, du stehst auf blond?" Sie hielt das Beweismittel hoch und machte ein ernstes Gesicht.
„Das ist der Helm meiner Mutter, okay?"
Sie lächelte wieder und zog sich den Schutzhelm über den Kopf. Kritisch betrachtete sich Heidi im Spiegel des Lenkers.
Benedikt sah dem davonbrausenden Motorrad frustriert nach, winkte ab und ging ins Haus.
„Wo geht es denn hin?", hörte Tom ihre Stimme hinter sich

vom Helm und Fahrtwind etwas gedämpft.
„Ich fahre mit dir bis ans Ende der Welt. Halte dich gut fest, die Strecke ist kurvenreich.“ Er spürte, wie sie sich eng an ihn schmiegte und mit beiden Armen fest um seine Taille klammerte. Fast schon ein erotisches Gefühl.
„Tommy, für eine Reise bis ans Ende der Welt habe ich nicht genug Sachen dabei.“
Nach wenigen Kilometern passierten sie die deutsch-österreichische Grenze.
Links und rechts erhoben sich hohe Berge, deren steilen Hänge dicht mit Fichten bewachsen waren. Die Straße folgte in kurvenreichen Windungen einem rauschenden Wildbach. Die Felswände am Straßenrand warfen das Geräusch des Motors zurück. Die jungen Leute legten sich sportlich mal nach links und wieder nach rechts in die Kurven. Freiheit und Abenteuer pur!
Heidi zeigte nach oben, wo sich bunte Punkte anscheinend zwischen weißen Wolken am blauen Maihimmel tummelten. Tom erklärte: „Das sind Drachenflieger oder Paragleiter. Die starten in Kössen. Dort fahren wir hin und halten.“
Nach einigen Minuten stellte er das Motorrad auf dem Parkplatz zur Fliegerbar ab. An dem Landeplatz waren viele Biertischgarnituren aufgestellt. Unter Sonnenschirmen drängten sich durstige Sonntagsgäste. Aus Lautsprechern erklang volkstümliche Musik. Appetitliche Grillgerüche lockten. Tommy stellte sich in die Reihe der hungrigen Besucher. Heidi sicherte währenddessen zwei Plätze und schaute zu den Bergspitzen hinauf. Zwischen den Fichtenwäldern erstreckten sich Schneisen, die im Winter wohl als Skipisten genutzt wurden.
An den Nachbartischen diskutierten die Leute über das Fliegen und das Wetter.
„Dieses Tal ist ideal fürs Paragleiten“, hörte das Mädchen die Erklärungen eines Fluglehrers. „Gerade hier sind die Winde aufgrund der Bergformationen sehr günstig. Die Flugschule gibt es schon seit zwanzig Jahren und …“

Heidi hörte dem Gespräch nicht weiter zu, da Tom mit einem Tablett duftender Pommes und zwei Gläsern Cola kam.
„Lass es dir schmecken. Du bist eingeladen."
Sie lächelte ihn dankend an. Während des Essens beobachteten sie schweigend das Treiben rund um die Fliegerbar. Die Flieger ließen sich mit ihrer Ausrüstung von einem Lift auf den Berg bringen. Dort entfalteten sie ihre Fluggeräte und stürzten sich einer nach dem anderen den Hang hinab. Sobald sie von der Luft getragen wurden, suchten sie thermische Aufwinde, um sich höher und höher in den blauen Himmel zu schrauben.
Tom fragte: „Möchtest du mal an einem Tandemflug teilnehmen?"
„Nein, für kein Geld der Welt fliege ich mit."
„Gut, aber wenn du zwischen einem Flug oder einem Kuss von mir wählen müsstest, wofür würdest du dich entscheiden?"
Sie blickte ihn ernst an. „Du bist ganz schön frech, mein Lieber. Natürlich würde ich dann eher fliegen." Um ihr Lachen zu verbergen, stopfte sie sich schnell die nächsten Pommes in den Mund.
Tom machte ein betroffenes Gesicht.
Sie legte ihre Hand auf seinen Arm. „Wer dumme Fragen stellt, bekommt dumme Antworten, okay?"
Seine gute Laune kehrte zurück.

Tom und Heidi verließen Kössen in nördliche Richtung und bogen kurz vor der deutschen Grenze in eine Schlucht ein. Vor einer Kapelle stellten sie das Motorrad ab. Sie schauten zu den steilen Berghängen hinauf, an denen sich viele Nadelbäume klammerten. Schroffes Felsgestein drohte anscheinend jeden Augenblick herabzustürzen. In der Schlucht rauschte ein breiter Wildbach, über den sich eine Hängebrücke spannte. Sie legten die Helme auf die Sitzbank. Tom nahm Heidi an die Hand und folgte einem Pfad. Es dauerte nicht lange, da standen sie vor einem haushohen Felsen. Dieser war

in der Mitte von oben nach unten gespalten und sah von der Seite wie eine überdimensionale Bischofsmütze aus. Der Riss war unten etwa einen halben Meter breit und vergrößerte sich nach oben. Das Ende des mehreren Meter langen Spalts führte zu einem Eingang der Kapelle. Tom betrat als Erster den unheimlichen Durchgang, der völlig im dunklen Schatten lag. Heidi folgte ihm zögernd. In der Mitte drehte sich Tom zu ihr herum und nahm sie in die Arme. „Wenn der Felsen jetzt zuklappt, sind wir für immer zusammen."
Sie umschlang seinen Nacken und gab ihm einen Kuss. Der Kuss wurde leidenschaftlich.
„Na, geht es nicht weiter?", drängte plötzlich die Stimme eines eiligen Touristen, da er das Pärchen in dem schmalen Gang nicht passieren konnte. Tom und Heidi lösten sich und stiegen die Felsenstufen zur Kapelle hinauf.
In dem Gotteshaus fanden sie eine Inschrift mit der Legende über den gespaltenen Felsen namens Klobenstein:
"Vor vielen Jahren wanderte eine alte Dame alleine durch diese Schlucht. Es gab ein Gewitter und die Erde erbebte. Riesige Gesteinsbrocken rollten vom Berg herab und drohten das Mütterlein zu erschlagen. Da kniete sie nieder und betete zum Herrn, dass er sie beschütze. Ein haushoher Felsen rollte heran. Vor der ängstlichen Frau blieb er aufrecht stehen und zerbrach in zwei Hälften. Das Mütterchen stellte sich in den schützenden Spalt und wurde vor den anderen Gesteinen beschützt. Zu Ehren dieses Wunders wurde neben dem Klobenstein die Kapelle errichtet."
„Glaubst du diese Geschichte?", fragte Tom.
„Ob ich sie glaube, spielt keine Rolle. Ich finde es schön, dass es sie gibt. Dieser Ort hat besondere Kraft."
Tom runzelte die Stirn. „Ich betrachte das eher wissenschaftlich. Es hatte ein Erdbeben gegeben, von dem eine Steinlawine ausgelöst wurde. Dass der Felsen vor der Frau gespalten stehen geblieben ist, war kein Wunder, sondern reiner Zufall."

„Tom, du bist unromantisch."
„Romantik, was soll das sein?"
„Das können auch nur Jungen fragen. Die Romantik verzaubert eine Welt, die von der kalten Wissenschaft entschleiert wurde." Sie lächelte ihn überlegen an.
Tom blickte auf die Uhr. „Wann musst du wieder bei Familie Mühlinger sein?"
„Mein Vater kommt von Salzburg und nimmt mich mit nach München. Ich schätze, dass wir los müssen."
Sie bestiegen das Motorrad und überquerten schon bald die Grenze.
Am späten Nachmittag erreichten sie das Mühlinger-Haus. Dort parkte eine große Luxuslimousine. Ein Herr im grauen Anzug stellte soeben einen Aktenkoffer auf die Rückbank. Das Motorrad hielt neben ihm und die Sozia zog ihren Helm vom Kopf.
Heidis Vater machte ein mürrisches Gesicht. „Da bist du ja endlich. Ich war in größter Sorge!"
Sie gab ihrem Vater einen Kuss. Dann zeigte sie zu dem Motorradfahrer: „Papa, das ist mein Freund Tom."
Der junge Mann reichte dem Grauhaarigen die Hand.
Heidis Vater erwiderte den Gruß nicht, sondern befahl seiner Tochter: „Ich möchte nicht noch mal sehen, dass du auf ein Motorrad steigst. Haben wir uns verstanden?"
„Ach, Papa, Tom fährt ganz vorsichtig. Es hat riesigen Spaß gemacht."
„Nein, es bleibt dabei. Hol dein Gepäck aus dem Haus und verabschiede dich von Tante Maria und Onkel Franz-Josef. Mutti wartet zuhause. Wenn wir Glück haben, dann schaffen wir es in eineinhalb Stunden nach München." Ohne Tom noch einmal anzusehen, verschwand er im Mühlinger-Haus.
Der junge Auberle hatte rote Wangen bekommen. Sein Herz pochte, die Wimpern schlugen nervös. Traurig blickte er Heidi an und fragte: „Darf ich dich in München besuchen? Mit meinem Motorrad darf ich auf die Autobahn."
„Tommy, stör' dich nicht an Papa, den überzeuge ich schon.

Ich habe da so meine Mittel“, flüsterte Heidi und drückte ihn fest an sich.
Benedikt kam aus dem Haus und stellte sich zu ihnen. „Na, hatten die Turteltäubchen einen schönen Ausflug?“
Tom sagte: „Ben, schreib Heidi meine Telefonnummer auf und gib mir dann auch ihre. Alles andere erzähle ich dir später.“
Heidi flüsterte zu Tom: „Nächste Woche Donnerstag ist Christi Himmelfahrt. Besuchst du mich?“
„Ja klar, kein Mensch der Welt wird mich davon abhalten!“

∞

Am Sonntagmorgen bereiteten Christina und Doris um 07:00 Uhr für ihre Hotelgäste das Frühstück vor. Der Kaffeeduft verbreitete sich im Haus. Die ersten Urlauber nahmen bereits Platz – darunter auch Max und Olivia. Die rotblonde Frau war heute für die Wanderung sportlich gekleidet und Max trug eine Kniebundhose. Die beiden scherzten und lachten auffällig ausgelassen.
Doris schloss die Klappe des Backofens, in dem frische Brötchen dufteten, und fragte Chris: „Ist dir aufgefallen, wie dein Bruder und diese Ziegler turteln? Haben Max und Svenja vielleicht eine dicke Krise?“
Chris machte eine nachdenkliche Miene. „Gestern Abend sind Max und ich nicht mehr ins Gespräch gekommen. Ich habe ihm nur kurz einen Schlüssel für Zimmer 12 im Dachgeschoss gegeben. Die beiden waren nach dem Essen wohl noch spazieren. Dann haben sie in der Stube etwas Wein getrunken. Irgendwann habe ich sie nicht mehr gesehen. Aber du hast recht. Ich muss unbedingt herausfinden, was los ist. Ich möchte nicht, dass mein kleiner Bruder gerade einen großen Fehler macht.“
Sie nahm eine große Kaffeekanne und betrat damit den Gastraum. Dort trat Cristina an den Tisch mit Frau Ziegler und Max und grüßte lächelnd: „Guten Morgen zusammen. Haben

Sie gut geschlafen?" Gleichzeitig schenkte sie Kaffee in die bereitgestellten Tassen.
„Oh, das Zimmer ist herrlich. Ich habe die Nacht genossen", antwortete Olivia.
Chris schaute ihren Bruder durchdringend an.
Er kannte den Blick, den sie nun aufgesetzt hatte. Darin stand deutlich geschrieben: Kleiner Bruder, du machst soeben einen Fehler!
Mit ironischem Ton fragte Cristina: „Hat der Herr Auberle denn auch gut geschlafen?"
„Ja, die große Schwester muss sich keine Sorgen machen. Olivia und ich werden gleich am Achenbach entlangwandern. Vielleicht schaffen wir es bis zum Wasserfall. Der Weg ist mit festen Schuhen gut zu laufen. Wir möchten ein Lunchpaket und zwei Wasserflaschen mitnehmen. Schreib die bitte auf meine Rechnung."
„Mache ich gerne. Wie geht es übrigens Svenja?"
Max rollte mit den Augen. „Sie ist in Bornsiel zur Kommunionfeier von Haukes Tochter. Dort wird es ihr gut gehen, denke ich."
„Ja, dann wünsche ich euch beiden einen angenehmen Wandertag. Die Sonne soll bald herauskommen. Servus", sagte Cristina und schenkte den Gästen am Nachbartisch Kaffee ein.

Am späten Vormittag öffnete sich über den beiden Wanderern die Wolkendecke. Die Maisonne demonstrierte ihre Kraft. Der Achenbach rauschte. Seine Wassermassen stießen Geröll und umgestürztes Gehölz zu Tal. Dort, wo der Bach ruhiger war, schwammen gut sichtbar Forellen in ihrem klaren Element. Ein fetter Frosch thronte auf einem riesigen Kieselstein. Blitzschnell zielte seine lange Zunge nach Mücken. Ameisen-Karawanen kreuzten den Wanderpfad.
Kies knirschte unter den Wanderschuhen.
Frau Ziegler blieb schwer atmend stehen. „Max, können wir eine Pause einlegen?" Sie wischte sich mit einem

Taschentuch den Schweiß von der Stirn. „Gut, dass ich mich heute Morgen nicht geschminkt habe."
Der ehemalige Gebirgsjäger machte immer noch einen fitten Eindruck und sagte lächelnd: „Du siehst doch auch ohne Kriegsbemalung gut aus."
„Danke, aber Frauen ab vierzig werden für viele Männer unsichtbar, glaube mir. Die Konkurrenz schläft nicht!"
Sie stemmte die Hände in die Seiten. Nur langsam beruhigte sich ihr schneller Atem. Einige Minuten lang genossen sie die herrliche Aussicht Richtung Tal, dann ging es weiter hinauf.
Der Anstieg wurde steiler. Das Bett des Wildbachs hatte sich über drei Meter tief eingegraben. Rauschende Wassermassen fielen über hohe Stufen. Gischt sprühte den Wanderern erfrischend ins Gesicht. Die Bäume drängten den schmalen Wanderpfad dicht an das fast senkrechte Ufer, nasse Wurzeln machten den Weg gefährlich rutschig. Olivias Schritte wurden schleppend. Ihr Herz pochte rasend. Selbst an den Schläfen spürte sie den Puls. Doch sie wollte diesem Mann nicht zeigen, dass ihre Kondition zu Ende war. Wie in ihrem harten Beruf hielt sie tapfer durch. Plötzlich wurde ihr schwindelig. Sie kippte zum Abgrund und schrie.
Max hatte nach Forellen geschaut und im Augenwinkel zufällig ihr Schwanken gesehen. Blitzschnell fasste er ihr Handgelenk und ließ sich mit seinem gesamten Gewicht rückwärts in die dichten Sträucher fallen. Olivia stürzte auf Max. Ihre verschwitzen Wangen berührten sich. Beide blieben einen Moment lang erschöpft liegen.
Sie hob ihren Kopf und sagte: „Tut mir leid. Ich war einen Moment lang unkonzentriert."
Er half ihr auf die Beine und klopfte sich den Staub von der Hose. „Es war mein Fehler. Ich hätte dich auf die rutschigen Wurzeln hinweisen müssen. Wir sind auch bald da. Dieses Mal gehst du voran, dann kann ich dich besser im Auge behalten."
Nach einer Viertelstunde Fußmarsch öffnete sich ein Talkessel. Dessen Felswände stiegen senkrecht auf. Oben ragten

Gewächse über dem Abgrund. An einer Seite schoss ein Bach in weitem Bogen über die Felskante. Der Wasserfall war mindestens zwei Meter breit und stürzte in einen See, über dem Gischt aufstieg. Der Talkessel war mit Geröll übersät. Kaum ein Sonnenstrahl erreichte diese geheimnisvolle Landschaft. Trotzdem hatten sich auch hier einige hartnäckige Pflanzen angesiedelt und verliehen dem kargen Grau etwas Farbe und Lebendigkeit. Grillen schwirrten durch die Luft. Sie wirkten gespenstisch.

„Hier ist es schön", schwärmte Olivia. „Wurde hier nicht der Schatz im Silbersee verfilmt?" Sie stützte sich mit einer Hand an der Schulter von Max ab.

„Richtig", antwortete der Bergführer amüsiert, „und ich bin Old-Shatterhand!"

Sie tauchten ihre Hände am Rand des Sees in das klare Gebirgswasser. Das kühle Nass erfrischte die verschwitzten Gesichter. Max zog seine Schuhe aus und lud zum Wassertreten ein. „Olivia, du musst die Füße wie ein Storch ganz herausheben und dann die Sohle auf den Wasserspiegel setzen. Das hier ist eine natürliche Kneippkur." Er platschte mit seinen Füßen durch das Wasser und freute sich wie ein Schulbub über jeden hohen Spritzer.

Die Chefsekretärin hatte ihre Hose aufgekrempelt. Das eiskalte Wasser stand ihr bis zu den Knien. Endlich fühlte sie sich mal wieder wie ein Kind und begann ebenfalls spritzend durch das Wasser zu platschen. Jedoch nach zwei Minuten begannen die Waden vor Kälte zu schmerzen und die Wanderer stapften über die spitzen Steine an Land.

Max öffnete seinen Rucksack. Er reichte Olivia Sprudel und Jägerwürstchen. Mit Appetit genossen sie die Pause.

„Olivia, beim Aufstieg hast du doch heimlich über mich geflucht und dich gefragt, warum du nicht besser im Hotel in der Wellness-Abteilung geblieben bist, nicht wahr?"

„Oh, der Herr kann Gedanken lesen. Da muss ich ja ganz vorsichtig sein."

Max sah, dass sie Gänsehaut bekam, und sagte: „Uns wird in

dieser zugigen Luft kalt. Das ist nach dem Schwitzen sehr gefährlich. Wir steigen nun die letzten Meter bis über den Kessel hinauf. Dort oben ist es sonnig und warm."
Die Wanderer verließen das Tal mit dem Wasserfall und bogen in einen Waldweg ein. Wieder wurde der Weg steil. Wieder folgte Olivia diesem Mann. Wieder trieb der Aufstieg ihr den Schweiß ins Gesicht. Wieder fragte sie sich, warum sie sich das antat ...
Als sich der Wald öffnete, breitete sich eine Almwiese aus. Olivia wischte sich den Schweiß aus den Augen und schaute sich um. Das Bergpanorama war atemberaubend. Unzählige graue und weiße Gipfel zierten den Horizont. Der Preis für den langen Aufstieg hatte sich gelohnt.
Max reichte ihr einen Feldstecher. „Schau zu der Bergspitze über uns, dort sind Gämse, die besten Bergsteiger der Welt. Sie laufen sogar über Pfade, die nur zehn Zentimeter breit sind."
Am stahlblauen Himmel kreiste ein Adler. Plötzlich legte der König der Lüfte die riesigen Schwingen an und verschwand wie ein Pfeil hinter dem Gipfel. Olivia fotografierte mit ihrer Digitalkamera in alle Richtungen. Dabei versäumte sie nicht, mehrere Fotos von Max zu machen.
Er reichte ihr wieder die Wasserflasche. Sie trank. Dann lächelte sie ihn geheimnisvoll an. Ihre grünen Augen zogen ihn in ihren Bann. Langsam trafen sich beider Lippen.
Olivia drehte den Kopf verschämt zur Seite und flüsterte: „Max, ich bin durchgeschwitzt, aber ich freu mich auf einen schönen Abend mit dir."
„Ich muss morgen früh wieder in Reit im Winkl sein. Das heißt, ich muss heute Abend noch zurückfahren."
„Und wenn du erst morgen früh fährst? Wäre das zu spät? Uns bliebe die ganze ..." Sie sprach den Satz nicht zu Ende.

Max und Olivia betraten am späten Nachmittag das Hotel Berger. Christina empfing die beiden freundlich in der Diele. „Na, Frau Ziegler, hat Ihnen die Wanderung gefallen? Ich

hoffe, mein Bruder hat Sie nicht zu sehr gefordert.“ Sie sah Max etwas vorwurfsvoll an.
„Schwesterlein, eine gefühlvolle Bergführung gehört für mich zum guten Service deines Hotels.“
Frau Ziegler meinte: „Ich muss mich erst einmal frisch machen. Die Restaurationsarbeiten dauern nach dieser Anstrengung bestimmt doppelt so lange wie sonst. Sie entschuldigen mich?“ Und zu Max gewandt: „Wartest du im Restaurant auf mich?“
Er nickte und sie stapfte mit müden Beinen zu ihrem Gästezimmer hinauf.
Max wollte ebenfalls die Treppe besteigen, doch seine Schwester hielt ihn am Arm fest. „Kommst du mal bitte in mein Büro?“ Ohne eine Antwort abzuwarten schritt sie energisch voraus und hielt ihm die Tür auf. Er trat mürrisch ein und sie wies auf einen Sessel. Christina nahm hinter ihrem Schreibtisch Platz und blickte ihren Bruder durchbohrend an. „So, erzähle mir, was los ist. Versuche erst gar nicht, mir auszuweichen.“
„Was willst du denn wissen?“
„Mensch, Max, mach es uns doch nicht so schwer. Ich habe Sepp ausgequetscht und erfahren, dass du zuhause Krach hast. Aber da Männer zusammenhalten, konnte ich nicht genug erfahren. Dann habe ich in Reit angerufen. Tim erzählte mir, dass Svenja nach Bornsiel gefahren ist, weil die kleine Lena Kommunion hat. Svenja will bis zum nächsten Wochenende bleiben. Gut, wo ist das Problem?“
„Sie hat sich einfach, ohne mich zu fragen, die Haare kurz schneiden lassen. Dann hat sie spontan ihre Klamotten gepackt und ist verschwunden. Mit mir redet doch keiner mehr.“
Er verschränkte die Arme vor der Brust.
Christina steckte sich eine Zigarette an und fuhr fort: „Erstens trägst du selbst kurze Haare, weil es für euch Kerle am praktischsten ist. Zweitens wird sie dir mit Sicherheit von der Kommunion erzählt haben, die Einladungen gehen meistens Monate vorher raus. Aber diese Themen interessieren euch

Männer meistens nicht. Da stellt ihr die Ohren auf Durchzug."
„Quatsch – aus unserer Ehe ist schlicht und ergreifend die Luft raus – sonst nichts!
„Ja und? Zwanzig Jahre bist du mit Svenja zusammen. Ihr habt viel aufgebaut. Ihr habt zwei gesunde Kinder. Dass du viel gearbeitet hast, das weiß ich. Und wie viel Kraft das kostet, sehe ich an diesem Betrieb hier. Zwischen Doris und mir hat es übrigens vor kurzem auch richtig geknallt und wir wollten alles hinwerfen. Ich war dankbar, dass Tante Anna uns zur Vernunft gebracht hat. Aus heutiger Sicht wäre es idiotisch gewesen, alles, was wir mühsam aufgebaut haben, aufgrund einer tiefen Beziehungskrise zu zerstören. Max, du hast eine außergewöhnlich wertvolle Frau. Sie hat Herz und Verstand, ist eine liebevolle Mutter für deine Jungs, ist fleißig und dazu noch attraktiv. Sie ist auch meine Freundin geworden. Ich bin ein paar Jahre älter als Svenja und weiß, welche körperlichen und seelischen Veränderungen diese Frau durchmacht. Mit Sicherheit wärst du, mein Lieber, nicht die erste Adresse, an die ich mich mit diesen Problemen wenden würde. Vor allem, wenn ich sehe, dass du deine Eheprobleme damit verdrängen willst, indem du bei anderen Damen deinen Marktwert austestest."
Seine Hand knallte auf die Schreibtischplatte. „Verdammt! Chris, jetzt gehst du zu weit!"
Max sprang auf. Christina stellte sich vor ihn und ergriff fest seine Schultern. Dann sagte sie streng: „Von Tim weiß ich, dass du morgen früh wieder in deinem Geschäft sein willst. Du packst gleich nach dem Duschen deine Tasche und schwingst dich auf das Motorrad. Der lieben Frau Ziegler spendiere ich heute eine Flasche von meinem besten Wein und tröste sie. Wenn du deine Ehe zerstören willst, wenn du meine Freundin Svenja im Stich lassen und hintergehen willst, dann nicht unter diesem Dach!" In Christinas Augen funkelte die herzliche Kraft seiner Mutter Liese, in ihrer Stimme lag die Befehlsgewalt seines Vaters Hermann.
Der ehemalige Gebirgsjäger löste sich behutsam aus dem

Griff der Schwester und verließ schweigend ihr Büro. Er duschte und packte dann seinen Rucksack. Dabei fiel ihm an der Kleiderschrankinnenseite die Zimmerpreisliste ins Auge. Dort stand: "Halbpension 85,00 DM pro Tag."
Christina hätte ihrem Bruder die Bezahlung des Zimmers abgelehnt. Trotzig legte er einen 100-DM-Schein auf den Tisch und verließ das Zimmer.
Er eilte ohne Abschiedsgruß durch die Haustür zum Parkplatz und startete seine Maschine. Als er den Helm aufsetzen wollte, kam Olivia auf den Parkplatz gestürzt. „Sag mir bitte, was ich falsch gemacht habe. Warum fährst du ab, ohne ein Wort zu sagen?" In ihren Augen schimmerten Tränen.
Max machte den Motor aus und legte seinen Helm auf den Tank. „Olivia, du hast überhaupt nichts falsch gemacht. Ganz im Gegenteil. Du bist eine wunderbare Frau." Er hielt sie an den Schultern. „Ich muss mich entschuldigen. Ich habe mich wie ein Idiot benommen. Ich sagte dir bereits, dass ich verheiratet bin. Ja, und ich habe im Augenblick Eheprobleme. Wenn man dann eine anziehende Frau wie dich trifft, dann möchte man alles hinwerfen und verlockend neue Wege gehen. Aber meine Ehe ist noch nicht völlig kaputt. Selbst, wenn ich auf meine Frau zurzeit nicht gut zu sprechen bin, so hat sie es nicht verdient, dass ich einfach alles Gute zerstöre."
Olivia fasste sich und sagte traurig: „Ich wäre froh gewesen, wenn mein Mann solch eine Stärke bewiesen hätte." Sie gab Max einen Kuss auf die Wange. Unbemerkt steckten ihre Finger etwas in die Seitentasche seiner Kombi.
„Nein, Olivia, wie du siehst, habe ich keine Stärke bewiesen, sondern mich nur zum Narren gemacht."
Sein gerötetes Gesicht verschwand unter dem Helm. Eilig bestieg er das Motorrad und fuhr los. Das Rücklicht verschwand hinter der kleinen Kapelle in der Abenddämmerung.
Olivia winkte ihm nach und drehte sich dann spontan herum. Fast hätte sie die Hotelchefin angerempelt, die überraschend hinter ihr stand.
Christina Auberle fragte: „Frau Ziegler, darf ich Sie auf ein

gutes Glas Wein einladen?
Die einsame Urlauberin sagte dankbar zu.

∞

Nachdem die kleine Lena am Montagmorgen sehr widerwillig aufgestanden und zur Schule gegangen war, spazierten Svenja und Jenny Richtung Bornsieler Kirche. Im Blumengeschäft neben dem Friedhof ließ Svenja eine Blumenschale bepflanzen.
Der ältere Teil des Friedhofs schloss sich direkt der Kirche an. Die uralten Grabsteine waren so verwittert, dass die Namen darauf kaum noch zu erkennen waren. Die knochigen Bäume, die zum alten Friedhof gehörten, strahlten Ruhe und Frieden aus. Die Schale in Svenjas Händen wurde immer schwerer. Endlich hielten sie vor einem Grab. "Heidemarie Petersen, 1909 - 1998" stand auf einem Naturstein. Svenja stellte die Blumenschale zwischen das Heidekraut und schloss die feuchten Augen. Sie erinnerte sich an Tage voller Geborgenheit in Kuddels und Heidemaries Haus, an Heideblümchens Kochkünste, ihre tröstende Art, wenn es Kummer gab, an die tollen Stranderlebnisse und die Geschichten, die sie des Abends vorgelesen hatte. Svenja flüsterte: „Oma, wie gerne hätte ich dich jetzt um Rat gefragt, wie es mit meiner Familie weitergehen soll."
Eine halbe Stunde später erreichten Svenja und Jenny den Parkplatz eines Altenheims, in dem Kuddel nun wohnte.
„Datt is ja man ´ne Överraschung, Carmen, datt du mich mal besuchst", freute sich der alte Mann im Ohrensessel. Unter seiner Kapitänsmütze funkelten tiefliegende Augen. Falten, Tränensäcke und ein schneeweißer Bart zeugten von seinem langen Menschenleben.
„Grüß Gott, Opa, ich bin die Svenja. Erkennst du mich nicht?" Kuddel kniff die Augen zusammen und konzentrierte sich: „Jo, datt stimmt man. Kind, watt bist du groot geworden." Dann schaute er noch genauer: „Un dien schönen Hoor sinn

ab. Warst du krank?“
„Nein, Opa, ich wollte einfach mal anders aussehen. Da ich jetzt groß bin, darf ich das sicher selbst entscheiden“, sagte sie etwas beleidigt. Doch sofort tat es ihr leid.
Kuddel blickte Jenny an. „Un du büst die leebe Lena. Schön, dat du den Opa besuchst. Wie gefällt es dir in der Schaul?“
„Ich bin die Jenny, Opa“, erklärte Haukes Frau ganz ruhig. „Ich war doch vor zwei Tagen noch bei dir. Lena hatte gestern Kommunion und ist heute in der Schule.“ Zu Svenja gewandt meinte sie: „Die ganz alten Erlebnisse kennt er perfekt. Nur alles Neue wirft er durcheinander. Am liebsten guckt er in den Fernseher, vor allem die Sendungen, die sich mit Schiffen, Flugzeugen und Raketen beschäftigen.“
„Jau, datt stimmt“, nickte Kuddel, „könnt ehr euch noch an die Mondlandung vor twee Jahren besinnen?“
„Opa, das war vor etwa dreißig Jahren“, lachte Svenja, „da war ich noch ein Kind. Ich war sogar damals hier in Bornsiel. Am nächsten Tag haben wir die Schatzkarte gefunden. Erinnerst du dich daran?“
„Och, meen Dern, datt beholt ik doch nich. Datt musste mol Heideblümchen frogen. Die weiß sowatt immer. Aver du kunnst sie glick frogen. Die is man nur snell zum Inkopen gohn.“ Dann funkelten seine Augen auf. „Aver güstern hev ik im Glotzkassen ankekken, wie die neue Raumstation ISS utsehg. Unn die hebben geseggt, datt die bald to'm Mars flegen. Kinners, datt guck ik mir mit Sicherheit an. Datt sinn ganz neue Ufer.“ Er rückte seine Mütze tiefer ins Gesicht.

In den letzten Tagen hatte Hauke seiner Schwester gezeigt, wie weit er die alte Kate von Kuddel und Heidemarie renoviert hatte. Sie waren mit seinem neusten Motorboot um mehrere ostfriesische Inseln herumgefahren und hatten zwei exzellente Fischrestaurants besucht. Viel zu schnell waren diese erholsamen Stunden wie vom Wind verweht. Svenja befand sich nun auf der Autobahn Richtung Düsseldorf. Schon wieder wurde sie auf der linken Spur von einem Drängler mit

Lichthupe angeblinkt. Vor ihr lenkte ein PKW zur rechten Spur und ihre Bahn war frei. Sie trat das Gaspedal voll durch. Der Wagen beschleunigte. Die weißen Mittelstreifen sausten noch schneller an ihr vorbei. Mit der Zunahme der Geschwindigkeit schlug auch ihr Herz höher. Das Faltdach wölbte sich unter dem stärkeren Innendruck nach oben und die Windgeräusche wurden laut. Die Tachonadel stieg über 200 km/h. Svenja nahm die Landschaft neben der Autobahn kaum wahr, da sie sich ganz auf die Straße konzentrieren musste. Kraftvoll hielt sie das dicke Lederlenkrad in ihren Händen. Es fühlte sich an, als gäbe es ihr die Macht, endlich alle Dinge nach ihrem Willen lenken zu können. Der Motor dröhnte kraftvoll, als wäre es ihre eigene Körperkraft. Das Gaspedal ließ den Auspuff röhren, als könnte sie mit ihrem Fuß allen angestauten Ärger hinausblasen. Als sie für eine Sekunde in den Rückspiegel sah, war der Drängler weit zurückgefallen und es spiegelte sich eine Svenja, die vor Freude frech grinste. Wie oft hatte sie ihren Max ermahnt, dass er nicht so rasen sollte? Nun reizte sie selbst das Abenteuer.

Doch im gleichen Moment hatte sie das Gefühl, in ihrem Innersten die Stimme von Oma Heideblümchen zu hören. Ganz fern, ganz leise: „Kind, ras nicht so. Du willst frei sein? Wer hält dich denn fest? Du bist nun eine reife Frau und reife Menschen sind frei. Liebe das Leben und alles, was du tust."

Svenja nahm die Geschwindigkeit deutlich zurück.

Der Drängler holte hinter ihr wieder auf und gab erneut Lichthupe. Svenja wechselte gelassen zur rechten Spur und ließ den Wagen vorbei. Sie fuhr noch langsamer, schob eine CD von Chris Rea ein und legte ihren Kopf genüsslich zurück an die Kopfstütze. Ihre Finger tippten auf dem Lederlenkrad zum Takt der Musik. Einige Minuten später blickte sie sich wieder im Rückspiegel an. Ihre Gesichtszüge waren mittlerweile völlig entspannt. Tiefe Zufriedenheit lag auf ihren Lippen. Leise hörte sie sich sagen: „Heidemarie, du hast recht. Freiheit und Geborgenheit gibt es nur im klugen Kompromiss."

∞

In Düsseldorf erreichte Svenja das Haus der Eheleute Rheineck. Sie parkte den Wagen vor der Garage ein und stellte den Motor ab. Die Bäume des Grundstücks, die Svenja noch aus ihrer Mädchenzeit kannte, waren sehr groß geworden. An eine Kindheit voller Geborgenheit konnte sie sich hier nicht erinnern. Zwanzig Jahre lag es zurück, dass ihr verrückter Max wie ein Dieb ins Haus geklettert war, um Rapunzel zu befreien. Lächelnd öffnete Svenja die Wagentür und stieg aus. Die Reisetasche ließ sie im Kofferraum. Die Gräfin war bekanntlich eine Nervensäge und Svenja wurde künftig von niemandem mehr an ihren Nerven sägen lassen. Sie war reif und nun frei …
Carmen öffnete euphorisch die Haustür und rief schon von weitem: „Kind, da bist du ja! Ich habe mir schon größte Sorgen gemacht. Man liest ja, dass auf den Autobahnen viel zu schnell gefahren wird. Hast du denn kein Gepäck? Adelbert hat auch schon gefragt, wo du bleibst."
Svenja wartete lächelnd darauf, dass ihre Mutter mal Luft holte. Dann nahm sie diese gefühlvoll in die Arme. „Grüß Gott, Carmen, mein Gepäck kann ich auch später noch holen. Du siehst gut aus."
„Danke, mein Kind. Ich bin froh, dass mir die vielen Sorgen noch nicht ins Gesicht geschrieben sind. Adelbert hat ja jeden Tag etwas anderes. Im Moment hat er eine Lungenentzündung. Der Arzt sagt, dass es nicht so schlimm sei." Gräfin Rheineck blickte ihre Tochter erwartungsvoll an. „Du bist doch Krankenschwester. Glaubst du auch, dass so alte Leute eine Lungenentzündung überleben können? Also ich denk, Adelbert macht es nicht mehr lange."
„Mama, ich bitte dich! Heutzutage gibt es Antibiotika. Adelbert wird sicherlich wieder gesund."
„Ja, wenn du meinst." Die Gräfin zeigte zum Wohnzimmer. „Sag Adelbert guten Tag."

∞

Am Mittwochmorgen saßen Max und Tim beim Frühstück. Tim sagte: „Gott sei Dank ist morgen Christi Himmelfahrt."
„Wieso, du hast doch sonst mit der Kirche nichts zu schaffen?"
„Ach Papa – ausschlafen – einfach nur ausschlafen. Nächstes Jahr ist Abiturprüfung. Die Pauker stopfen uns ständig neuen Stoff in die Ohren. Mir platzt bald der Schädel. Gestern Nacht habe ich bis 01:00 Uhr einen Rechner repariert. Zwei Computer stehen noch in meinem Zimmer. Bei dem einen soll ich eine 2-Gigabyte Festplatte einbauen, bei dem anderen scheint das Motherboard defekt zu sein. Aber ich bin ja froh, dass ich mit den PC-Reparaturen meinen Führerschein fürs Auto finanzieren kann. Nächste Woche habe ich die theoretische Prüfung. Mehr geht nicht."
Max klopfte seinem Sohn auf die Schulter: „Mach nicht zu viel. Ich bin stolz auf dich. Tom könnte sich von deinem Fleiß eine Scheibe abschneiden. Ich bin froh, wenn er in diesem Schuljahr seine Oberschulreife besteht. Sag mal, wo ist Tom überhaupt? Hat er schon gefrühstückt?"
„Ich weiß es auch nicht, in seinem Zimmer ist er nicht. Vielleicht hat er heute sehr früh Schule. Ich freue mich schon darauf, wenn Mama am Sonntag heimkehrt. Irgendwie ist es hier dann gemütlicher. Sie schafft immer eine warme Atmosphäre. Meinst du nicht auch?"
„Ja, ja", murmelte der Vater nicht besonders überzeugend. „So, ich muss los. Wir sehen uns heute Abend. Mach's gut."

Max betrat das Büro und wunderte sich über ein kreischendes Geräusch in der Werkstatt. Er öffnete die Tür zur Halle. Dort stand sein Lehrling Kevin. Er fragte ihn: „Was ist das für ein Krach? Wir haben heute Morgen doch nur Inspektionen."
„Das ist Ihr Sohn Tom. Er benutzt die Flex. Er bastelt an seinem Motorrad."
Max durchquerte die Werkstatthalle und stellte sich hinter

seinen Sohn. Der hatte den Auspuff des Motorrads abgebaut. Mit der Funken sprühenden Flexscheibe trennte der junge Mann irgendetwas vom Krümmer ab. Der Funkenregen roch wie eine elektrische Ladung. Nachdem Max mit Rufen nicht weiterkam, tippte er dem Sohn auf die Schulter. Überrascht sah Tom zu seinem Vater auf und stellte das Flexgerät aus. Das ohrenbetäubende Kreischen verstummte.
„Hi, Papa“, richtete sich der junge Mann auf, „ich räume gleich alles wieder weg. Ich bin fast fertig.“
„Was machst du denn da?“ Max besah sich die Teile am Boden genauer.
„In dem Krümmer war eine Art Unterlegscheibe eingeschweißt. Die habe ich entfernt.“
„Das, was du da gerade demontierst, sorgt für einen Teil der vorgeschriebenen Drosselung deiner Maschine. Sie verringert die Höchstgeschwindigkeit und die Leistung. Erst wenn du deine Führerscheinprobezeit hinter dir hast, darfst du die Drosselung herausnehmen. Da diese in deinen Fahrzeugpapieren eingetragen ist, begehst du gerade vorsätzlich eine unzulässige Bauartveränderung.“ Der Vater blickte seinen Sohn streng an.
Hinter Tom stand mittlerweile der Lehrling Kevin Hausmeier und grinste. Endlich bekam mal ein anderer einen Anschiss vom Chef. Auch Geselle Klaus Ruprecht unterbrach seine Arbeit. Er schaute unter einer Motorhaube hervor und lauschte. Alle warteten gespannt darauf, wie der strenge Chef nun bei seinem Sohn entscheiden würde.
Meister Auberle blickte von einem zum anderen und wusste, dass er jetzt durchgreifen musste. Im anderen Fall hätte er vor den Angestellten sein Gesicht verloren. Also sagte Max mit ruhigem Ton: „Da du ohne meine Genehmigung während der Geschäftszeiten die Werkstatt benutzt hast, räumst du deine Maschine sofort dort in die Ecke.“ Er zeigte zum hinteren Teil der Fahrzeughalle. „Am nächsten Wochenende, wenn hier geschlossen ist, dann baust du die vorgeschriebenen Teile wieder ein. Hältst du dich nicht daran, schließe ich die Maschine

weg. Habe ich mich verständlich ausgedrückt?“
„Scheiße“, fluchte Tom vor sich hin. Er wusste genau, dass sein Vater seine Meinung nicht mehr ändern würde. Trotzdem sagte er: „Papa, morgen ist Christi Himmelfahrt. Wie komme ich nach München? Ich will meine Freundin Heidi besuchen. Mit dem Bus oder dem Zug dauert es Stunden.“
„Hast du heute keine Schule?“ Tom wich dem Blick seines Vaters aus und Max fuhr fort: „Mein lieber Freund, wenn du mich belügst, ziehe ich andere Saiten auf.“ Der Chef des Hauses blickte verärgert in die Runde seiner Mitarbeiter und alle hatten plötzlich etwas Wichtiges zu tun.
Tom verließ frustriert die Werkstatt und fuhr mit dem Fahrrad in die Natur. Mit kräftiger Bewegung konnte er schon immer schlechte Launen und quälende Sorgen vertreiben.
Am frühen Nachmittag traf er Benedikt auf dem Weg zum Mühlinger Haus. „Hi, Tommy, ich habe dich in der Schule vorsichtshalber krankgemeldet, aber unser Mathe-Pauker will nun deine Eltern anschreiben.“
„Ja klar, eine Scheiße kommt selten allein!“, fluchte Tom und berichtete dem Spezi, dass er vor Montag kein Motorrad mehr zur Verfügung hätte. „Wenn ich Heidi in München mit öffentlichen Verkehrsmitteln besuchen will, dann kann ich direkt nach meiner Ankunft wieder abfahren. So ein Mist!“
„Ganz so schlimm ist das nicht. Ich bin mit meiner Mutter schon mal mit Bus und Bahn dorthin gefahren. Du musst halt sehr früh aufstehen. Wie spät du zurückkommst, kann dir doch Wurst sein.“
Im Mühlinger Haus hatte die Mutter das Mittagessen gerade fertig. Als sie Tom sah, fragte sie: „Möchtest du mitessen?“ Tom nahm das Angebot dankbar an.
Danach breitete Benedikt in seinem Zimmer eine Stadtkarte von München aus und zeigte dem Freund, wo Heidi mit ihren Eltern wohnte. „Tom, erschreck dich nicht. Das ist eine stinknoble Gegend. Onkel Alexander ist ein arroganter Typ, aber Tante Vera ist sehr nett. Du wirst sie mögen.“
„Ben, darf ich wohl von euch nach München telefonieren und

mit Heidi sprechen?"
„Klar, ich schau mal, ob sie zuhause ist." Benedikt wählte die Telefonnummer der Familie Buchner. Seine Tante nahm das Gespräch entgegen. „Hi, Tante Vera, ist Heidi zu sprechen?" Frau Buchner stellte das Gespräch zum Zimmer ihrer Tochter durch.
Heidi war ganz überrascht, dass sie sogleich Toms Stimme hörte und fragte: „Hi, wann kannst du morgen in München sein? Ich freu mich schon so sehr auf dich. Hast du mich vermisst?"
„Am liebsten wäre ich schon am Montag zu dir gekommen. Ich denk nur noch an dich. Leider liegt jetzt mein Motorrad zerlegt in der Werkstatt meines Vaters. Ich wollte es etwas schneller machen, doch der Alte hat etwas dagegen."
„Soll das heißen, dass du nicht kommen kannst?"
„Ich komm auf jeden Fall. Ich stecke aber noch voll in der Planung."
„Tommy, ich vermisse dich."
Völlig gerührt blitzte in dem Halbstarken eine Idee auf. „Heidi, mir ist soeben eingefallen, wie ich am schnellsten zu dir fahren kann. Mein Vater ist morgen schon recht früh mit seinem Schützenverein unterwegs. Das ist er immer zu Himmelfahrt und kommt dann spät heim. Ich werde mir heimlich sein großes Motorrad ausleihen."
„Darfst du das denn mit deinem Führerschein fahren?"
„Mach dir keinen Kopf. Hauptsache ist, dass wir uns morgen endlich sehen."
Nun wurde Heidi in ihrem Elternhaus zum Essen gerufen. Mit einem Kussgeräusch legte sie den Hörer auf.
Benedikt hatte das Gespräch verfolgt und fragte: „Du willst tatsächlich die dicke BMW deines Vaters fahren? Was machst du, wenn dich eine Polizeikontrolle anhält?"
„Die Fahrzeugpapiere nehme ich ja mit. Meinen Führerschein habe ich in solch einem Fall dann einfach vergessen."
„Und was machst du, wenn die Bullen über Funk deine Personalien nachfragen? Dann sitzt du in der Scheiße. Dann bist

du deinen Führerschein erst recht los."
„Oh Mann, mir wird schon was einfallen, nerv jetzt nicht!"

Am Himmelfahrtstag läuteten schon früh die Glocken.
Tom eilte unter die Dusche und kleidete sich an.
„Oh, ist der Herr Sohn schon so früh ausgeschlafen?", fragte Max erstaunt in der Küche und goss Tom eine Tasse Kaffee ein. „Ich bin bis zum Abend mit den Schützen unterwegs. Was hast du heute vor?"
„Och, mal sehen, was Benedikt heute plant. Ich kriege den Tag schon herum", gab der junge Auberle sich unauffällig.
„Ja, dann viel Spaß", klopfte der Vater seinem Sohn auf die Schulter und verließ vergnügt das Haus.
Rasch zog Tom Motorradjacke und Stiefel an. Selbstverständlich vergaß er nicht, Svenjas Helm für Heidi mitzunehmen, da bei den Auberle Ordnung herrschte, fand er auch die Fahrzeugpapiere der BMW.
Das riesige Motorrad ließ sich nur mit viel Kraft aus der Halle schieben. Der Sechzehnjährige war so muskulös, dass ihm das recht gut gelang. Ein Problem war jedoch, dass er diese Maschine nur wenige Male im Beisein seines Vaters auf einsamen Feldwegen gefahren hatte. Mutter Svenja hatten sie davon selbstverständlich nichts verraten. Max hatte mit Stolz beobachtet, dass Tom sehr talentiert fahren konnte. Doch zwischen ein paar Fahrten auf dem Feldweg und einer Fahrt auf der Autobahn lagen Welten. Toms kleines Zweirad wurde technisch sehr ähnlich bedient wie die großen Maschinen, doch Max' Motorrad war doppelt so schwer und hatte eine extrem höhere Leistung. Mit jugendlicher Gelassenheit stieg Tom auf die Sitzbank und startete den Motor. Die alte BMW sprang gleich beim ersten Start an und rollte langsam vom Parkplatz auf die Straße.
Bis Tom nach etlichen Kilometern auf das Ortsschild Bernau zufuhr, hatte er sich an die schwere Maschine gewöhnt. Immer mutiger drehte er am Gasgriff und legte sich sportlich in die Kurven. Bei Rosenheim fuhr er auf die Autobahn

Richtung München und hatte zu Anfang ein mulmiges Gefühl. Die Bahn war nicht stark belebt. Hin und wieder überholte Tom LKW oder Wohnwagengespanne, fuhr aber nicht schneller als 130 km/h. So fühlte er sich sicher und blieb vor allem unauffällig. Auf der einen Seite konnte es ihm nicht schnell genug gehen, bis er seine Herzdame in die Arme schließen könnte, auf der andren Seite machte das Lenken dieses Motorrads mehr und mehr Spaß.
Endlich passierte er den Münchner Ring und fuhr in die Stadt. Tom musste mehrmals anhalten und auf seine Stadtkarte schauen, bis er das Haus der Familie Buchner fand. Er ließ vor Erstaunen einen leisen Pfiff los.
In der Nähe der Isar bewohnte die Familie Buchner einen riesigen Bungalow. Das stilvolle Gebäude stand inmitten einer Parkanlage mit majestätischen Bäumen. Neben dem Haus erblickte Tom in der offenen Doppelgarage einen großen Geländewagen und einen Porsche.
Beeindruckt atmete der junge Mann tief durch, legte den Gang ein und fuhr langsam über den knirschenden Kies die Zufahrt entlang. Als er verunsichert den Helm vom Kopf zog, kam Heidi mit wehenden Haaren die Treppenstufen des Eingangs heruntergesprungen und stürzte auf Tom zu. Sie drückte ihn an sich.
Doch er blieb wie angewurzelt auf der Maschine sitzen.
„Was ist los mit dir? Freust du dich nicht?“, schaute sie ihn fragend an.
„Ist das hier wirklich dein Zuhause?“
„Wieso, gefällt es dir nicht?“
„Ist dein Vater Politiker oder ein hohes Tier?“
„Ja, Papa ist Bankdirektor, aber das ist doch okay.“
Eine elegant gekleidete Dame stand lächelnd in der Haustür.
„Heidemarie, willst du deinen Gast denn nicht hereinbitten?“
Frau Buchner sah der schönen Tochter sehr ähnlich. Aber mit den kurzen, schwarz getönten Haaren und der konservativen Brille erinnerte sie Tom an eine klassische Lehrerin.
„Mama, das ist Tom!“, zeigte sie begeistert auf den jungen

Mann.
„Ja, absteigen müsste er schon“, sagte die etwa Fünfzigjährige. „Oder möchte er sein Motorrad mit hereinbringen?“
Jetzt wurde es dem Halbstarken aber zu blöd und er stieg ab. Flüsternd fragte er: „Ist dein Vater auch zuhause? Er mag doch keine Motorradfahrer.“
„Sei unbesorgt. Papa kommt erst Sonntagabend zurück. Er ist nach Berlin geflogen. Und nun komm endlich herein.“
Mutter Buchner servierte auf der Terrasse Kaffee und Kuchen. Sie redete wie ein Wasserfall. Tom erfuhr, dass sie Grundschullehrerin sei, und sie erzählte und erzählte.
Der junge Mann wäre tausendmal lieber mit seiner Heidi allein gewesen. Als erfahrener Mädchenheld wusste er jedoch, dass man sich mit den Müttern besonders gutstehen musste. So nickte er an den richtigen Stellen zustimmend und an anderen schüttelte er verständnisvoll den Kopf. Gleichzeitig besah er sich von seinem Gartenstuhl aus das Anwesen.
Riesige Schiebefenster gingen bis zum Boden, sodass das Wohnzimmer direkt mit der Terrasse verbunden war. Beete und Ziersteine umsäumten das helle Gebäude. Ein künstlicher Bach plätscherte in der Nähe und erinnerte Tom daran, dass er seit Stunden nicht mehr zur Toilette war. Im Zentrum des gepflegten Rasens gab es einen Swimmingpool. Daneben schlossen sich Umkleidekabinen und ein Grillplatz mit Kamin an. Das Grundstück endete anscheinend an einer dichten Hecke.
Auf dem Gartentisch meldete sich das schnurlose Telefon. Frau Buchner unterbrach ihren Redefluss: „Oh, ihr müsst mich einen Moment entschuldigen.“ Sie stand auf und verschwand im Haus.
Heidi verdrehte die Augen und flüsterte: „Ich dachte, die hört nie mehr auf zu quatschen. Tut mir echt leid. Tom, komm, ich zeige dir mein Zimmer.“
Sie nahm seine Hand und zog ihn mit sich. Auf der Treppe zu ihrem Zimmer sagte sie leise: „Muttis Freundin ist am Apparat. Die beiden telefonieren jetzt mindestens eine Stunde.“

Heidi schob Tom in ihr Zimmer, schloss hinter sich die Tür und schon fielen sich beide leidenschaftlich in die Arme. Das Mädchenzimmer wirkte gemütlich. Stofftiere aller Art hatten hier ein Zuhause gefunden.
„Haha, das ist ja der gute, alte Alf!“, rief der junge Mann und hielt das flauschige Wesen vom Stern Melmac hoch. „Den habe ich als Kind nicht gemocht, der ist doch hässlich.“
„Ist er nicht!“, nahm sie ihm den Alf wieder ab. „Den habe ich früher immer mit ins Bett genommen.“
„Dann möchte ich jetzt auch Alf sein“, scherzte Tom.
„Nicht so frech, junger Mann!“ Sie klopfte den Alf auf Toms Kopf, ging zu ihrer Stereoanlage und legte kuschelige Musik ein. Eng umschlungen begannen sie zu tanzen und sich zu küssen.
Bald darauf klopfte Frau Buchner an der Tür und schaute hinein. „Möchtet ihr beide vielleicht etwas Süßes?“
Heidi verzog ihr Gesicht und sagte genervt: „Danke, Mutti, ich weiß, wo alles steht. Wenn ich deine Hilfe benötige, dann rufe ich dich.“
„Ja, ja … aber da Tom bei uns essen wird, müsste ich noch erfahren, was er gerne mag.“
Er räusperte sich. „Ich bin völlig unkompliziert und esse fast alles.“
Frau Buchner nickte zufrieden und verließ das Zimmer.
„Sorry, Tommy, aber wir müssen damit rechnen, dass sie jetzt jede halbe Stunde den Zimmerservice spielt.“
„Möchtest du mal auf einem richtig großen Motorrad mitfahren? Jetzt hättest du die Gelegenheit. Vielleicht finden wir unterwegs einen Platz, wo wir mal ganz unter uns sind.“
„Eine super Idee“, sagte sie und zog eine Lederjacke aus dem Schrank.
Die jungen Leute eilten die Treppe hinab. Heidi erklärte ihrer Mutter, dass sie nun wenigstens eine Stunde mit Tom auf dem Motorrad unterwegs sei. Bevor es mütterliche Einwände geben konnte, eilten beide aus dem Haus.
Tom reichte seiner Freundin den zweiten Helm und stieg auf

die Maschine. Heidi kletterte hinter ihm auf die Sitzbank und umklammerte seine Taille. Der tiefe Sound des Motors klang beeindruckend. Langsam rollte das Motorrad zur Straße.
„Fahr nach rechts durch die Siedlung und dann nach links auf die Landstraße. Ich kenne an der Isar schöne Plätze“, sagte die Sozia.
Tom fuhr vorsichtig und vorschriftsmäßig. Gerade heute durfte er auf keinen Fall von der Polizei angehalten werden. Der junge Mann fühlte sich wie im siebten Himmel. Er saß auf einer großen Maschine und das schönste Mädchen der Welt umklammerte ihn.
Plötzlich wurde der Verkehr stockend. Die Fahrzeugkolonne zog sich so weit durch eine lange Kurve, dass der Grund der Störung noch nicht zu sehen war. Auch hinter Tom staute sich der Verkehr zurück. Bei genauem Blick in den Rückspiegel sah Tom zwei Pkw hinter sich einen Streifenwagen. Heidi hatte den wohl noch nicht gesehen und er wollte sie jetzt nicht verunsichern. Ihm selbst wurde bereits etwas mulmig. Endlich setzte sich die Kolonne wieder in Bewegung und Tom atmete auf. Doch zu früh gefreut. Nun sah er den Grund für den Stau. Hinter der Kurve standen zu beiden Seiten der Straße Polizeifahrzeuge. Einige Polizisten waren schwer bewaffnet. Alle Verkehrsteilnehmer wurden anscheinend kontrolliert. Toms Herz pochte schneller.
Heidi fragte: „Meinst du, dass die uns auch kontrollieren?“
„Ich muss damit rechnen. Vielleicht suchen sie Terroristen und kontrollieren nur die Autos.“
„Du darfst dieses Motorrad mit deinem Führerschein doch noch nicht fahren, oder?“
„Nein, aber mach dir keine Sorgen. Ruhe bewahren und Tom machen lassen!“, gab er sich wie immer ganz cool.
Sie drückte ihn anerkennend.
Ja, er war Tom, der Meister der Gelassenheit. Ein Meister, dem tatsächlich mehr und mehr die Knie schlotterten. Was sollte er tun? Jetzt spontan zu wenden, würde auffallen. Experimente mit dieser Maschine und einem Mädchen hinten

drauf wären Wahnsinn. Tom wurde warm und kalt zugleich. Langsam bewegte sich die Kolonne weiter vorwärts. Fahrzeug für Fahrzeug wurden kontrolliert. Ein Polizeibeamter hielt das Motorrad an und sagte freundlich: „Grüß Gott, allgemeine Verkehrskontrolle. Führerschein und Fahrzeugpapiere bitte!“

∞

Der dreiundachtzigjährige Graf Rheineck war scheinbar nur noch Haut und Knochen. Er lag in einem Bett in Svenjas ehemaligem Jugendzimmer. Um sich besser pflegen zu können, trug er keinen Vollbart mehr. Damit wirkte er auf seine Stieftochter wie ein Fremder. Seine Augen waren ohne Glanz. Svenja stopfte ihm mehrere Kissen hinter den Rücken, damit der alte Mann höher lag und besser Luft bekommen konnte. Die Bettdecke hatte er bis zum Hals hochgezogen. Sie legte ihm wieder eine kühle Kompresse auf die heiße Stirn. Adelbert schloss dankbar die Augen.
Svenja blickte sich nachdenklich um. Dieses Zimmer hatte sie einst als Mädchen bewohnt, nichts erinnerte mehr daran. Wenn überhaupt, dann der Blick auf die Nachbarhäuser. Auch dort kannte sie kaum noch einen Bewohner. Viele Gebäude hatten die Besitzer gewechselt, da die ehemaligen Bauherren und ihre Damen inzwischen im Altenheim oder verstorben waren.
„Wo ist Carmen?“, fragte der Graf mit hauchdünner Stimme und er suchte mit seinen knochigen Fingern Svenjas Hand.
„Mama ist im Wohnzimmer und schaut fern. Wir warten doch auf Dr. Wermut. Er soll noch einmal nach dir sehen.“
Adelbert drehte den Kopf zur Wand und hustete. Dann sagte er mit verschleimter Stimme: „Dr. Wermut, um Gottes Willen, der ist doch selbst schon dement.“ Er holte mehrmals Luft. „Carmen ist immer so hart zu mir. Sie wird froh sein, wenn Gott mich jetzt endlich zu sich nimmt, ich bin ihr nur noch eine Last.“ Tränen rollten über seine Wangen.

Svenja drückte tröstend seine Hand. „Ach, Berti, sie meint es bestimmt nicht böse. Sie ist nur launisch, das war sie doch immer. So hast du sie doch auch geheiratet."
„Du hast recht. Aber ich habe all die vielen Jahre gehofft, dass sie mich eines Tages lieben würde. Wenn man ein Leben zusammen meistert, dann wächst man meistens auch zusammen. Svenja, es tut mir leid, wenn du dich als Mädchen hier nicht wohlgefühlt hast. Du hast mit Max die richtige Wahl getroffen. Es war falsch, dass sich deine Mutter dir damals in den Weg gestellt hat. Es war auch von mir falsch, einfach darüber zu schweigen. Ich wollte nur vor Carmen meine Ruhe haben. Du liebst deinen Mann von ganzem Herzen und er dich, nicht wahr?"
Die Krankenschwester kniff ihre Lippen zusammen. Sollte sie diesem alten Mann anvertrauen, dass sie gerade in einer Ehekrise steckte?
Es klopfte an der Zimmertür und Dr. Wermut trat ein. „Guten Abend, mein Lieber. Wie fühlen wir uns denn heute?"
Als Antwort bellte Berti eine Hustenkanonade. Der Arzt stellte seinen abgegriffenen Behandlungskoffer auf den Schreibtisch. Svenja schaute Dr. Wermut von oben bis unten an. Sie hatte ihn vor zwanzig Jahren das letzte Mal hier in diesem Zimmer gesehen. Damals hatte sie mit einem heftigen Darminfekt im Bett gelegen. Jetzt war Dr. Wermut kaum wiederzuerkennen. Wenige graue Flusen zierten das kahle Haupt. Unter den Augen hingen dicke Tränensäcke. Die Jacke stammte aus den Achtzigern. Er fragte Svenja: „Haben Sie bei Adelbert Temperatur gemessen?"
„Vor einer Stunde hatte Berti 38,5°C und einen Puls von 95 Schlägen. Ich habe ihm Wadenwickel gemacht. Seitdem ist das Fieber nicht mehr gestiegen. Seine Antibiotika hat er auch gerade eingenommen." Sie gab dem Arzt ein Blatt Papier. „Hier sind die Werte von gestern und heute."
„Danke, Svenja, ich hatte es nicht anders von Ihnen erwartet." Er steckte sich die Hörer seines Stethoskops in die Ohren. Svenja machte Adelberts Brust frei und der alte Hausarzt

hörte die Lunge des Patienten ab.
Die Gräfin betrat das Zimmer. „Können wir Berti morgen einige Stunden alleine lassen?“ Dr. Wermut schaute sie fragend an und sie erklärte: „Ich müsste morgen mit meiner Tochter zum Einkaufen, denn von alleine kommen die Vorräte nicht ins Haus. Berti kann mich auch im Notfall unterwegs erreichen. Ich habe mir vor einem Monat ein Handy zugelegt.“ Stolz hob sie das neumodische Mobiltelefon hoch.
Dr. Wermut sagte: „Na gut, aber lasst ihn nicht zu lange alleine. Ich schaue morgen wieder vorbei.“

Am nächsten Morgen betrug die Körpertemperatur des Grafen nur noch 37°C. Er krabbelte im Bademantel bis zur Haustür und holte die geliebte Zeitung herein. Im Wohnzimmer schlug er diese auf, strich pedantisch das Papier glatt und begann die Meldungen zu lesen: “Am Jahresende kommt das Millennium. Die Experten erwarten zum Jahrtausendwechsel Probleme bei den Rechnern. Viele Computer werden wegen der Datumsumstellungen Störungen haben. Ganze Wirtschaftszweige werden vermutlich lahmgelegt …"
„Berti, was machst du denn schon hier?“, fragte die Gräfin erstaunt. Auch sie trug noch ihren Morgenmantel. „Du bist doch krank und gehörst ins Bett.“
„Mir geht es aber schon viel besser. Ich habe auch etwas Appetit. Hast du gut geschlafen, Liebling?“
„Ja, ja, was man so schlafen nennt. Ich gehe in die Küche und mach Frühstück. Svenja und ich wollen heute in die Stadt.“
Der Graf nickte lächelnd. Er fühlte sich viel besser als in den letzten Tagen. Sollten die Frauen doch ruhig einen Stadtbummel machen. An solchen Tagen hatte Carmen dann auch gute Laune. Während ihrer Abwesenheit würde er seiner geliebten Klassik frönen und heute Sebastian Bach hören. Diese Musik war für Adelbert nicht nur Musik – sie war eine Religion.
Am späten Vormittag brachen Carmen und Svenja zum Einkauf auf. Die Parkplätze waren wie üblich sehr voll.
„Svenja, weißt du noch, dass du mit deinem Schulchor hier in

der Lambertus-Kirche gesungen hast?“ Carmen schaute zu dem schiefen Glockenturm hinauf.
„Ja, da war ich etwa vierzehn.“
„Kind, weißt du denn auch, warum der Turm dieser Kirche so schief ist?“
„Meinst du, wir hätten damals so schief gesungen?“
„Nein“, sagte die Gräfin lächelnd, „eine Legende besagt, dass der Teufel die Düsseldorfer überreden wollte, dass sie künftig Kölsch trinken, doch die Düsseldorfer blieben stur bei ihrem Altbier. Vor lauter Ärger hat der Teufel dann diesen Kirchturm verdreht.“
Die beiden Frauen spazierten bald darauf an den vielen exklusiven Schaufenstern der Königsallee vorüber. Nicht selten schüttelte Svenja den Kopf, wenn ihr ein herrliches Kleid gefiel und Carmen auf die vierstelligen Preisschilder deutete. Sie liefen auch durch die Altstadt. Plötzlich blieb Gräfin Rheineck vor einer Boutique stehen. Sie nickte mit dem Kinn zur Eingangstür und sagte stolz: „Hier, in diesem Geschäft war ich als Filialleiterin tätig. Unser Geschäftsführer, Herr Schön, machte mit mir damals sogar eine Dienstreise nach Paris. Das waren noch glückliche Zeiten, mein Kind.“ Sie griff zum Türdrücker. „Komm, wir schauen mal hinein.“ Schon klang die Türklingel.
Die Boutique bot hauptsächlich junge Mode an. Die Regale waren mit Jeans und Sweatshirts gefüllt. In den Drehständern lockten Kleider. Viele Spiegel ließen den Ausstellungsraum noch größer erscheinen. Aus den Lautsprechern klang dezente Popmusik. Zwei junge Verkäuferinnen bedienten gerade Kundinnen. Im hinteren Bereich öffnete sich die Bürotür. Eine etwa dreißigjährige Frau überblickte den Geschäftsraum, schloss die Tür hinter sich und ging mit freundlichem Lächeln auf Svenja und ihre Mutter zu. „Guten Tag, kann ich Ihnen helfen?“
Die Gräfin betrachtete die Verkäuferin von Kopf bis Fuß und fragte: „Sind Sie Frau Susanne Lehmann?“
„Susanne Herzog heiße ich, Lehmann war mein

Mädchenname. Woher kennen wir uns?“
„Ich bin Gräfin Rheineck. Habe ich mich so verändert, dass Sie mich nicht mehr erkennen?“
„Entschuldigen Sie, aber wir haben uns lange nicht gesehen und Sie waren damals doch nur ein paar Tage hier beschäftigt.“
Svenja blickte zwischen Frau Herzog und ihrer Mutter irritiert hin und her. Die Gräfin wechselte verlegen das Thema: „Wie geht es Herrn Schön? Ich habe seit damals nichts mehr von ihm gehört.“
Frau Herzog machte ein betroffenes Gesicht. „Herr Schön sitzt im Rollstuhl, er erlitt einen Schlaganfall. Sie wissen, dass der Chef viel geraucht hat. Mit der Rolle als Behinderter kam er nicht zurecht. Herr Schön wurde depressiv und versuchte seinem Leben ein Ende zu setzen. Er wohnt heute in einem privaten Pflegeheim. Ich habe ihn vor einigen Wochen dort besucht. Er freut sich immer so, wenn mal jemand zu ihm kommt. Ich habe die Adresse auf dem Schreibtisch. Soll ich Ihnen diese geben?“
„Nein, nein, ich möchte Herrn Schön auf keinen Fall stören.“
Die Gräfin wendete sich rasch ab und suchte nach ihrer Tochter.
Svenja hatte sich in der Zwischenzeit weiter in der Ware umgesehen und hielt ein Kleid vor ihren Körper. Sie betrachtete sich damit in einem Wandspiegel.
Bei dieser Gelegenheit konnte Carmen das Thema Siegfried Schön abschütteln. Sie rief schon von weitem: „Kind, schau bloß nicht auf den Preis! Ich möchte dir gerne etwas schenken“
Im gleichen Moment klingelte etwas in ihrer Nähe. Die Frauen sahen sich verwundert an. „Mama, das kommt aus deiner Handtasche“, sagte Svenja.
Die Gräfin durchwühlte eilig den Inhalt ihrer Tasche. Endlich fand sie ihr Handy, drehte es mehrmals herum, drückte eine Taste und hielt es sich ans Ohr. „Hallo, hallo? Berti? Woher weißt du denn, dass ich in der Boutique bin?“

∞

Auf der Münchner Landstraße lag im Bereich der Polizeisperre knisternde Anspannung in der Luft. Die schwer bewaffneten Beamten beobachteten jedes Fahrzeug schon von weitem und rechneten wohl mit gewaltbereiten Personen.
„Machen Sie die Maschine aus", sagte der Uniformierte zu Tom, „und nehmen Sie auch den Helm ab."
Auberle löste den Kinnriemen und stellte den Helm auf den Tank. Nur mit viel Konzentration konnte er ein Zittern unterdrücken. Er öffnete die Jacke und reichte dem Beamten die Fahrzeugpapiere. Der nahm diese entgegen und sagte zur Sozia: „Nehmen auch Sie Ihren Helm ab."
Das Mädchen fingerte umständlich am Kinnriemen, dann zog sie den Helm vom Kopf. Sie schüttelte ihre langen Haare und bekam rote Wangen.
„Warum sind Sie so nervös?", fragte der Polizist und blickte dem Mädchen fest in die Augen.
Heidi zeigte zur anderen Straßenseite auf die bewaffneten Beamten und sagte: „Ihre Kollegen suchen doch sicher Schwerverbrecher und deshalb möchte ich hier so schnell wie möglich weg."
Er nickte freundlich und las in den Fahrzeugpapieren. „Maximilian Auberle – sind Sie das?"
„Nein, das ist mein Chef vom Autohaus Auberle, in dem ich arbeite."
„Sie haben mir Ihren Führerschein noch nicht gezeigt."
Nervös fingerte Tom in seinen Taschen herum und zuckte mit den Schultern. „Tut mir leid, ich finde ihn nicht. Er muss zuhause liegen." Er kramte weiter in seiner Jacke, um dem Beamten nicht in die Augen sehen zu müssen.
„Wie ist Ihr Name, junger Mann?" „Klaus Ruprecht", sagte Tom rasch.
Die Stimme des Beamten bekam einen Befehlston. „Herr Ruprecht, steigen Sie ab und folgen Sie mir zu dem

Streifenwagen dort!“ Er zeigte auf einen grünen Kleinbus.
Erst stieg Heidi von der Sitzbank, dann Tom. Er stellte die Maschine auf den Seitenständer. Das Mädchen blickte ihrem Freund nervös hinterher und sah, wie er in den Bus stieg. Sie schloss die Augen und kaute auf ihrer Unterlippe.
Im Polizeibus wartete ein anderer Beamter. Der forderte den Motorradfahrer auf, seine Personalien anzugeben.
Tom gab sich einen Ruck und sagte mit fester Stimme: „Ruprecht, Klaus Ruprecht, ist mein Name. Ich wohne in Marquartstein.“
„Ach, Ihr Vater ist der Knecht Ruprecht?“, scherzte ein anderer Polizist.
„Nö, aber mit dem Gag hat man mich schon in der Schule veräppelt“, antwortete Tom.
„Wann sind Sie geboren?“
Tom kannte das Geburtsjahr vom Gesellen Ruprecht, denn der hatte vor nicht allzu langer Zeit in der Werkstatt seinen achtzehnten Geburtstag und die bestandenen Führerscheinprüfungen fürs Auto und große Motorrad gefeiert.
Der Beamte gab alle Daten über Funk weiter und wartete auf die Bestätigung der Zentrale.
Bald darauf bestätigte der Zentralist, dass die Angaben des Motorradfahrers korrekt seien. Man gab Tom die Fahrzeugpapiere zurück und den Hinweis, dass er in wenigen Tagen Post bekäme.
Der junge Mann stieg erleichtert aus dem Bus. Er musste sich innerlich bremsen, um nicht fluchtartig loszurennen. Mit festen Schritten ging er auf Heidi zu und schloss sie in die Arme.
Er flüsterte: „Dein Klaus Ruprecht ist zurück. Alles ist gut gegangen. Sie haben mir die Angaben geglaubt, aber nochmal brauch‘ ich das nicht.“
Sie gab ihm einen Kuss. „Weißt du, dass du völlig verrückt bist?“
„Ja, nach dir. Lass uns weiterfahren.“
Plötzlich begann es zu regnen. Erst vereinzelte Tropfen, dann wurde es stärker. Die Biker setzten ihre Helme auf. Tom

erreichte nach wenigen Minuten eine Brücke, an der sie halten und sich unterstellen konnten.
Heidis Handy klingelte. Sie nahm es aus der Jacke und rollte mit den Augen. „Mutti ist dran."
Frau Buchner sagte: „Mit dem Kochen wird das heute nichts mehr. Oma hat gerade angerufen. Ich fahre jetzt zu ihr und komme erst gegen Abend zurück. Du und Tom, ihr könnt doch sicher unterwegs etwas essen, nicht wahr?"
„Das ist voll in Ordnung. Mach dir keine Sorgen. Bis heute Abend."
Sie steckte das Handy ein und sagte lächelnd: „Lass uns zu mir nach Hause fahren. Beim Regen macht das hier keinen Spaß."

Als die jungen Leute endlich am Anwesen der Buchner vom Motorrad stiegen, waren beider Jeans triefnass. Heidi schloss die Tür auf. Das Haus war menschenleer. Sie zogen im Flur Schuhe und Stiefel aus und stapften hinauf in Heidis Zimmer. Sie legte eine CD von Mariah Carry ein. Angewidert strichen ihre Finger über den nassen Stoff ihrer Jeans. „Diese Hose kann ich auswringen, echt krass."
Mit Herzklopfen sah Tom zu, wie sie ihre Jeans auszog und über einen Stuhl hängte.
Sie sagte lächelnd: „Tommy, du willst doch sicher nicht mit der nassen Hose nach Hause fahren. Ich stopfe deine Jeans in den Trockner, okay?"

Am frühen Abend kehrte Frau Buchner heim und bereitete den jungen Leuten das Abendbrot. Danach fuhr Tom schweren Herzens in München ab. Gott sei Dank regnete es nicht mehr. Die Autobahn Richtung Salzburg war relativ leer. Der junge Mann war froh, dass er sich auf die Straße konzentrieren musste. Die letzten Stunden waren für seine Gefühle eine Achterbahnfahrt gewesen. Erst das Abenteuer mit der Polizeikontrolle und dann? Dann war es passiert … Egal, was dieser Himmelfahrtstag wegen der geklauten Maschine noch an

Ärger bringen würde, die schönste Erfahrung der Welt gehörte jetzt auch ihm. Seine Himmelfahrt war heute der Himmel der Liebe.
Er verließ die Autobahn und cruiste über die Landstraßen Richtung Reit im Winkl. Hundert Meter vor dem Grundstück des Autohauses Auberle machte Tom den Motor aus und ließ die Maschine nur noch rollen. Es war bereits dunkel. Im gesamten Haus war kein Licht zusehen. Leise öffnete er das Tor der Fahrzeughalle und schob das Motorrad auf seinen gewohnten Stellplatz.
Plötzlich flackerten die Deckenlampen auf.
Vater Auberle stand im offenen Tor und fragte: „Hatte ich dir nicht verboten vor dem Wochenende an deiner Maschine zu basteln?“
Tom durchfuhr ein Schauer, denn der Motor der BMW war ja noch heiß. Sein Vater ging jedoch nicht zu seinem eigenen Motorrad, sondern schaute auf die abgebauten Teile von Toms kleiner Maschine.
„Ach, du hast ja gar nichts daran gemacht“, guckte er verwundert zwischen seinem Sohn und dem am Boden liegenden Auspuff hin und her.
„Mann, Papa, hast du ´ne Alkoholfahne. Gut, dass Mama noch nicht da ist“, klopfte er seinem Vater kumpelhaft auf die Schulter, um ganz schnell das Thema zu wechseln. „Ich bin auch gerade erst gekommen. Ich dachte, hier wäre in der Grube das Licht noch an. Aber da haben sich bestimmt die Scheinwerfer eines vorbeifahrenden Autos in der Torscheibe gespiegelt.“ Er drängte den leicht schwankenden Vater zum Ausgang.
Max sah seinen Sohn von oben bis unten an. Irgendetwas stimmte hier nicht. Ganz so heftig angebrütet war er nämlich nicht. „Tom, wieso trägst du Motorradkleidung?“
Der junge Mann löschte das Licht und flunkerte: „Ein Schulkamerad hat mich auf seiner neuen Maschine mitgenommen. Er hat mich vor wenigen Minuten hier abgesetzt.“
Max nickte zufrieden und schwankte vor seinem Sohn die

Treppe zur Wohnung hinauf.
Zehn Minuten später drang aus der halb offenen Tür des Elternschlafzimmers lautes Schnarchen.
Tom nahm das schnurlose Telefon mit in sein Zimmer und rief Heidi an.
„Hi, Tommy, bist du gut angekommen? Ich hab mir schon Sorgen gemacht."
„Ja, es gab keine Probleme mehr. Aber ich vermiss dich schon jetzt."
Tom badete im Klang ihrer Stimme. Als sie nach einigen Minuten das teure Handy-Gespräch beendeten, schlief er selig mit dem schnurlosen Telefon im Arm ein.

∞

Am Sonntagnachmittag kehrte Svenja in Reit im Winkl heim. Die Jungen begrüßten sie schon auf dem Parkplatz am Auto.
„Hi, Mama, toll siehst du aus", sagte Tom. „Dein Outfit ist neu, nicht wahr?"
„Ja, ich war mit eurer Oma Carmen in Düsseldorf shoppen."
Auch Tim schloss seine Mutter mit feuchten Augen in die Arme. „Schön, dass du wieder da bist. Ohne dich ist das hier eine trübe Atmosphäre."
Svenja war gerührt. Lächelnd fragte sie: „Wo ist euer Vater?"
Tom sagte: „Papa wollte nicht runterkommen. Er ist noch in der Wohnung."
Svenja blickte zu den Fenstern auf, ob Max dort vielleicht warten und sie grüßen würde. Da sie ihn nicht sah, verschwand ihr Lächeln.
„Mama, geh schon mal vor", sagte Tom, „wir bringen gleich dein Gepäck."
Sie betrat das Haus mit mulmigem Gefühl und stieg die Treppe hinauf. Vor ihr öffnete sich die Wohnungstür . Max stand im Flur. Er hielt einen großen Rosenstrauß in der Hand und lächelte. „Hallo, Schatz, ich freue mich, dass du wieder da bist. Ich habe mich dir gegenüber in der letzten Zeit wie

ein Trottel benommen. Kannst du mir verzeihen?“
Svenjas Augen wurden wieder feucht. Die Eheleute schlossen sich in die Arme. Dann nahm Max ihre Hand und zog Svenja ins Wohnzimmer. Der Esstisch war fürs Kaffeetrinken vorbereitet und eine Duftkerze sorgte für Gemütlichkeit.
„Nehmen Sie Platz, Frau Auberle und lassen Sie sich heute einfach mal bedienen.“
Nachdem die Jungen das Gepäck ins Elternschlafzimmer getragen hatten, servierten sie Kaffee und Kuchen.
Max sagte: „Wir Männer haben beschlossen, künftig fairer mit dir umzugehen und bitten dich, rechtzeitig über alles zu sprechen, was dir hier nicht gefällt, einverstanden?“
Svenja hatte einen Kloß im Hals. Endlich sagte sie: „Es tut gut, wieder bei euch zuhause zu sein.“

Im Hause Auberle verbesserte sich das familiäre Klima deutlich. Tom hatte Montagmittag nach dem Unterricht mit der Genehmigung seines Vaters das kleine Motorrad wieder zusammengebaut. Max hatte geschäftlich so viel um die Ohren, dass er Toms Arbeiten an dessen Maschine nicht mehr kontrollierte. So blieb die vorgeschriebene Motordrosselung eben draußen und Tom war bereits bei der ersten Testfahrt von der spürbaren Leistungssteigerung begeistert.
Svenja ging am Abend mit frischem Elan in die erste Nachtschicht.
Am Donnerstagmorgen betrat der Postbote das Büro im Autohaus. „Grüß Gott, Herr Auberle, ich habe im Wagen ein schweres Paket. Vermutlich sind dort Ersatzteile drin. Könnte mir eventuell jemand beim Ausladen helfen?“
Max rief seinen Gesellen Klaus Ruprecht herbei und der junge Mann ging mit dem Postboten zu dessen Wagen.
Als das Paket in der Werkstatt abgestellt war, sagte der Postbote: „Ich habe für Klaus Ruprecht einen Brief dabei. Soll ich Ihnen diesen jetzt geben oder bei Ihnen zuhause einwerfen?“
„Ich nehme ihn hier entgegen“, sagte Ruprecht.
Meister Auberle saß in seinem Büro und ärgerte sich über ein

neues Computerprogramm.
Ruprecht klopfte an den Türrahmen. „Chef, kann ich Sie mal sprechen?“ Er hielt ein amtliches Schreiben in der Hand. „Ich verstehe das hier nicht. Die Polizei behauptet, dass ich am Himmelfahrtstag mit Ihrer BMW in München gewesen wäre und hätte keinen Führerschein dabeigehabt.“
Herr Auberle zuckte mit den Schultern, las den Brief und sagte: „Das kann nur eine Verwechselung sein, aber das Kennzeichen stimmt und deine Daten stimmen auch. Lass mir das Schreiben mal hier. Ich kümmere mich darum. Du musst sowieso erst innerhalb von 14 Tagen das Bußgeld überweisen. Ich rede mit einem Bekannten von der Polizei in unserem Schützenverein, der soll den Sachverhalt prüfen.“
Ruprecht ging dankbar wieder an seine Arbeit.
Beim Abendessen in der Küche erzählte Max seiner Familie von dem Bußgeldbescheid und welche Fehler die Ämter aufgrund der unzuverlässigen Computer künftig noch alle machen würden.
Tim erwiderte: „Papa, die Fehler macht nicht der Rechner, sondern der, der ihn nicht korrekt bedient.“
„Ja, ja, du und deine Computerwelt. Mein PC im Büro hält mich nur vom Arbeiten in der Werkstatt ab.“
Er nahm eine Flasche Bier aus dem Kühlschrank und schaltete sich im Wohnzimmer die Tagesschau ein.
Svenja lächelte ihren Ältesten an: „Timmy, wir haben im Krankenhaus PC-Kurse für das Personal. Ich verstehe da etwas nicht, würdest du deiner dummen Mama Nachhilfeunterricht geben?“
„Wenn du magst, dann mache ich aus dir eine Expertin. Deine Kolleginnen werden sich wundern.“
Tim verließ ebenfalls die Küche, um in seinem Zimmer an einer neuen Software zu arbeiten.
Tom war auffällig still. Selbst sein geliebtes Schinkenbrot hatte er noch nicht aufgegessen.
„Na, mein Kleiner, du hast doch wohl nicht Krach mit deiner süßen Heidi?“, blickte Svenja ihrem Sohn forschend in die

Augen.
„Mama“, begann er mit dünner Stimme, „ich muss dir etwas erzählen. Aber du darfst nicht sauer auf mich sein. Versprichst du mir das?“
„Das kann ich dir nicht versprechen, doch ich werde fair bleiben, okay?“ Sie schloss die Küchentür und setzte sich dem Sohn gegenüber.
„Mama, ich habe große Scheiße gebaut“, flüsterte Tom und seine Augen hafteten auf dem angebissenen Schinkenbrot. Svenja legte ihre Hand auf seinen Arm. „Durch Verschweigen wird es nicht besser.“
„Es war an Christi Himmelfahrt. Mein Motorrad lag zerlegt in der Werkstatt und Papa hatte mir verboten, es zusammenzubauen, aber Heidi wartete doch auf mich. Papa war mit den Schützen unterwegs, da habe ich einfach seine BMW genommen und bin damit nach München gefahren.“
„Du hast was?“ Svenja sprang von ihrem Stuhl auf und wechselte die Gesichtsfarbe. „Du bist mit dieser schweren Maschine auf die Autobahn gefahren? Du hättest dich umbringen können. Bist du denn von allen guten Geistern verlassen?“
Plötzlich verstand der junge Mann, dass seine Mutter sich gar nicht wegen des Diebstahls aufregte, sondern dass sie sich nur Sorgen um seine Sicherheit machte. Also berichtete er über die Polizeikontrolle, die eigentlich nur wegen irgendwelcher Schwerverbrecher stattgefunden hatte und dass sich Papas Motorrad noch leichter lenken ließ, als seine eigene Maschine. „Kannst du bitte mit Papa reden? Ich trau mich nicht.“
Er stand auf und nahm seine Mutter in den Arm. Der Sechzehnjährige war mittlerweile deutlich länger als seine Mutter und erinnerte sie an den jungen Max Auberle, als der im gleichen Alter war.
Svenja drückte ihn an sich. „Du hast das alles für Heidi getan, nicht wahr?“
Tom nickte stumm.
„Ich muss gleich zur Nachtschicht, aber ich rede vorher noch mit deinem Vater. Dafür versprichst du mir, dass du diese

Maschine nicht noch mal anrührst, bis du mit achtzehn den Führerschein dafür hast, Ehrenwort?“ Sie schaute ihm streng in die Augen.
„Danke, du bist die beste Mama der Welt! Ich übernachte heute beim Mühlinger Benedikt“, sagte Tom und machte sich rasch aus dem Staub.
Svenja setzte sich im Wohnzimmer neben ihren Mann auf die Couch, stellte den Fernseher mit der Fernbedienung leiser und sagte lächelnd: „Du hast mir gesagt, dass wir künftig rechtzeitig über Probleme reden sollten. Tom hat ein Problem und darüber möchte ich noch vor dem Dienst mit dir sprechen, okay?“ Max nickte und sie fasste kurz zusammen, was Tom ihr in der Küche gebeichtet hatte.
„Kruzitürken, so ein Hornochse! Wie stehe ich denn nun vor meinem eigenen Gesellen Ruprecht da? Tom vernachlässigt die Schule und hat nur Mist im Kopf. Große Schnauze und nichts dahinter! Verdammt! Ich werde sein Motorrad wegschließen, ich bezahle nämlich die Versicherung und seinen Sprit.“
„Max, jetzt komm bitte wieder auf den Teppich. Dein Sohn ist bis über beide Ohren verliebt. Du hattest ihm am Himmelfahrtstag die Möglichkeit genommen, seine Heidi in München zu besuchen. Denke mal zurück an deine Rapunzel-Aktion. Du bist damals im Dunkeln nach Düsseldorf gejagt und hast mit Sicherheit sämtliche Verkehrsregeln verletzt. Du begingst Hausfriedensbruch und hast mich entführt.“ Svenja legte ihre Hand beruhigend auf seinen Unterarm.
„Quatsch, das war ein Notfall. Das lässt sich nicht vergleichen. Tom ist nur nach München gefahren, weil ihn der Hafer gestochen hat.“
„Ist dir aufgefallen, wie viel Ähnlichkeit Tom mit dir hat? Er ist ein kleiner Draufgänger wie sein Vater“, schmunzelte sie. „Tim dagegen ist besonnen wie ich.“ Sie setzte noch eins drauf: „Tom hat vor allem auch den Verstand vom Vater. Ich habe meinen nämlich noch!“
„So lustig, wie du das empfindest, ist es nicht“, machte Max

immer noch ein ernstes Gesicht. „Der Ruprecht hat zu unrecht einen Bußgeldbescheid bekommen. Ich muss ihm eine Erklärung geben, wieso meine Maschine in München war."
„Ja, dann sag doch, dass du selbst gefahren wärst. Du hattest deinen Führerschein vergessen."
„Falsch! Denk bitte nach. Warum sollte ich denn der Polizei den Namen von Klaus angeben, wenn ich meinen Führerschein nicht dabei gehabt hätte? Die hätten einfach per Funk meine Personalien überprüft. Genau damit hat dein lieber Sohn sich ja auch vorübergehend bei der Kontrolle aus der Affäre gezogen. Der Unterschied zwischen Tom und mir besteht aber darin, dass er die Beamten belogen hat, um eine Straftat zu verbergen. Doch du möchtest, dass ich die Suppe nun für ihn auslöffele, nicht wahr?"
Sie nickte lächelnd und legte ihre Arme um seinen Hals. Noch bevor Max widersprechen konnte, drückte sie ihm einen zärtlichen Kuss auf den Mund.
Herr Auberle meldete sich am späten Freitagvormittag telefonisch bei der Bußgeldstelle und erklärte, dass er als Fahrzeughalter die Verantwortung in der Sache Klaus Ruprecht übernehmen würde. Per Fax tauschte er kurzfristig den notwenigen Schriftwechsel aus und wies seine Bank an, das Bußgeld direkt zu überweisen. Dann rief er Ruprecht in sein Büro.
Der Geselle kam herein und Meister Auberle zeigte auf einen Stuhl vor dem Schreibtisch. „Klaus, nimm bitte Platz. Ich habe mit der Bußgeldstelle alles geklärt und auch das Bußgeld schon überwiesen. Damit ist die Sache erledigt, okay?"
„Chef, ich habe nichts falsch gemacht. Warum sollen Sie dann dafür bezahlen?"
„Da ist mit den Computereingaben wohl irgendetwas falsch gelaufen. Scheinbar lässt sich das alles nicht mehr rekonstruieren. Da ich der Fahrzeughalter bin, übernehme ich die Verantwortung."
Ruprecht zuckte mit den Schultern. „Von mir aus, Chef! Aber verstehen tue ich das nicht."
Herr Auberle erhob sich und klopfte ihm kameradschaftlich

auf die Schulter. „Klaus, ich drücke das mal so aus. Wenn du dir wegen des Besuchs in einer Bußgeldstelle hier in der Werkstatt einen Vormittag freinehmen müsstest, dann käme mich das deutlich teurer, verstanden?"
Der junge Mann nickte zögernd und ging wieder an seine Arbeit.
Gegen 18:00 Uhr räumten der Lehrling und der Geselle die Werkstatt auf und machten endlich Feierabend. Meister Auberle saß noch in seinem Büro und gab Daten in den PC ein. Plötzlich stand Tom in der Tür. „Hi, Papa, ich möchte mich bei dir wegen Himmelfahrt entschuldigen."
Max sprang auf, holte tief Luft, um seinem Sohn eine Standpauke zu halten: „Mein lieber Freund, du hast meine Maschine und meine Papiere entwendet, das nennt man Diebstahl. Du hast mein Motorrad ohne Fahrerlaubnis bedient. Das kostet dich deinen jetzigen Führerschein und für die nächste Prüfung wirst du vorläufig nicht mehr zugelassen. Du hast die Polizei vorsätzlich getäuscht. Das ist Betrug. Du hast …"
Max hielt inne, da sich nun ein schwarzhaariges Mädchen an Tom vorbeidrängte und vor ihn stellte. „Guten Abend, Herr Auberle, ich bin Heidi Buchner aus München. Der Mühlinger Benedikt ist mein Cousin. Dort wohne ich übers Wochenende. Tom hat mich heute zuhause abgeholt. Ich möchte Sie bitten, dass Sie ihm verzeihen. Er hat das nur wegen mir gemacht."
Max betrachtete das hübsche Mädchen. Es wirkte sehr selbstsicher und hatte Stil.
Heidi sagte noch einmal: „Bitte, Herr Auberle, verzeihen Sie Tommy. Er hat doch längst verstanden, dass er Fehler gemacht hat."
Nun kam auch noch Frau Auberle hinzu. Sie sagte nichts, sondern schaute ihren Max eindringlich an.
Max zeigte mit dem Finger auf seinen Sohn: „Du willst ein echter Mann sein? Statt dich deinen Fehlern zu stellen, führst du hier diese beiden Amazonen ins Feld. Das ist sowas von unfair!"

Heidi und Svenja lächelten Max an. Als Tom zu grinsen begann fuhr sein Vater fort: „Nein, nein, mein Sohn, so einfach kommst du mir nicht davon. Strafe muss sein! Bis zum Ende des Sommers wirst du alleine auf dem gesamten Grundstück den Rasen mähen und im Herbst die Blätter fegen. Ist das klar?“
Tom drückte seinem Vater fest die Hand: „Ich verspreche es.“
Eilig verließ er mit Heidi das Büro.
Svenja blickte ihren Max liebevoll an und beide nahmen sich in die Arme.
Er fragte leise: „Warum ist man gegen euch Frauen immer so machtlos?“
„Weil das in unserer Natur liegt.“
„Ein hübsches und kluges Mädchen, diese Heidi. Wenigstens hat unser Sohn einen guten Geschmack.“

∞

Seit Tagen war Svenja die verschmutze Motorradkombi von Max aufgefallen, die wie ein Mahnmal in der Werkstatt an der Garderobe seines Büros hing. Was sollten die Kunden denn denken? Er hatte ihr erklärt, dass er auf dem Rückweg von Achdorf in ein Unwetter gekommen war. Doch von dieser Erklärung allein wurde der Anzug auch nicht wieder sauber. Also fasste sich Svenja endlich ein Herz und brachte das schmuddelige Ding zu den Arbeitsanzügen in die Waschküche. Sie durchsuchte alle Taschen, da ihre Männer ständig Kugelschreiber, Taschenmesser und was sonst noch darin vergaßen. In der Seitentasche der Kombi steckte eine Visitenkarte. Svenja las. Auf der Vorderseite standen der Name und die Kontaktdaten einer Olivia Ziegler. Auf der Rückseite war handschriftlich notiert: *“Max, wenn du einsam bist, dann ruf mich an.“*
Svenjas Herzschlag begann zu rasen. Ihre Gedanken überschlugen sich, ihre Knie wurden weich. Sie setzte sich auf einen Hocker und schüttelte den Kopf. Sollte diese Visitenkarte

bedeuten, dass ihr Mann eine Affäre hatte oder noch hat? Wie lang ging das denn schon? Klar, sie beide hatten in den letzten Monaten dicke Eheprobleme, aber sie hatten doch neuerdings gute Gespräche und eine spürbar bessere Atmosphäre. Svenja nagte auf ihrer Unterlippe. Was sollte sie nun tun? Sollte sie ihren Mann direkt mit dieser Visitenkarte konfrontieren? Würden der Haussegen und ihre Ehe dann endlich zerstört sein? Wollte sie überhaupt wissen, dass Max sich mit einer anderen Frau … Nein, das wollte sie nicht!
Svenja blickte auf ihre Uhr. Es war 20:05 Uhr. Max saß jetzt im Wohnzimmer und schaute die Nachrichten. Sie hatte gleich wieder Nachtschicht und würde heute einfach etwas eher losfahren. So blieb ihr wenigstens eine Nacht zum Nachdenken. Svenja ging in die Wohnung und griff zur Jacke und Handtasche. Dann steckte sie kurz den Kopf ins Wohnzimmer und sagte: „So, ich fang den Dienst heute etwas eher an, tschüss."
Max sprang vom Sessel auf und wollte auf sie zugehen, doch da fiel die Wohnungstür schon ins Schloss.

Um Mitternacht war es in den meisten Stationen des Krankenhauses ruhig geworden. Fast alle Patienten waren versorgt und schliefen. Schwester Svenja saß im Dienstzimmer am Schreibtisch und trug Messwerte in die Patientenblätter ein. Etwas feindselig blickte sie auf den neuen Computermonitor. Ja, in Kürze wurden alle Papierordner der Vergangenheit angehören. Jede Woche gab es nun EDV-Schulungen für das Personal.
„Na, Liebes, hast du für ein altes Mädchen eine Tasse Kaffee übrig?", fragte Schwester Rosi und ließ sich müde auf einen Stuhl sinken.
„Selbstverständlich. Mach schon mal die Kaffeemaschine an. Ich bin mit den Eintragungen gleich fertig."
Bald darauf duftete es im Dienstzimmer angenehm aromatisch. Rosi schaute ihrer jüngeren Kollegin in die Augen. „Du hast wieder etwas auf dem Herzen, nicht wahr?"

Svenja nickte und zog die Visitenkarte aus ihrer Handtasche. „Das hier habe ich aus Versehen in seinem Motorradanzug gefunden.“
Rosi las beide Seiten und nickte nachdenklich. „Du vermutest, dass dein Max und diese Olivia sich näher kennen?“
Svenja sprang auf: „Näher kennen? Ich möchte gar nicht wissen, wie nah die sich kennengelernt haben!“
„Also hier steht, dass Olivia in Frankfurt am Main wohnt. Wo sollen Max und sie sich deiner Meinung nach getroffen haben?“
„Seine Motorradkombi hatte er benutzt, als er an einem Wochenende in Achdorf war. Er hat bei seiner Schwester im Hotel übernachtet, vielleicht war diese Olivia dort auch zu Gast.“
„Wie verstehst du dich mit der Schwester von Max?“
„Wir sind eigentlich Freundinnen und können über vieles reden.“
„Dann sprich mit ihr. Bis jetzt besteht nur ein sehr unangenehmer Verdacht, aber ein Verdacht ist kein Beweis und falsche Vorwürfe können eine Partnerschaft erst recht zerstören.“
Dr. Fröhlich klopfte an die Tür des Dienstzimmers und trat ein. Der Mittvierziger hatte ein freundliches Gesicht mit hohen Geheimratsecken und trug eine rahmenlose Brille. In der Brusttasche seines weißen Arztkittels steckte ein Melder für den Bereitschaftsdienst. Er grüßte: „Es ist bereits nach Mitternacht. Guten Morgen, die Damen, hier duftet es aber gut nach Kaffee. Darf ich mich kurz zu Ihnen setzen?“
Svenja füllte dem Stationsarzt eine Tasse und setzte sich wieder. Er nippte an dem heißen Getränk. „Ich bin auf der Suche nach einer attraktiven und kompetenten Kraft.“
Rosi erwiderte: „Doktorchen, wenn Sie Küken jagen wollen, dann sind Sie hier falsch. Klopfen Sie mal bei den Schwesternschülerinnen an.“
„Meine Damen – Spaß bei Seite – ich werde die Klinik verlassen, um in der Nähe eine chirurgische Praxis zu übernehmen. Bei mir tickt schließlich auch die Uhr. Entweder jetzt

oder nie. In der Praxis ist zwar noch Stammpersonal, doch ich möchte jemanden an meiner Seite haben, dem ich voll vertrauen kann. Schwester Svenjas sorgfältige Arbeit in dieser Station kenne ich nur zu gut."
Die jüngere Kollegin schwieg.
Also sagte Rosi: „Frau Auberle wollte sich sowieso beruflich verändern. Dieser Nachtdienst ist ungesund für sie."
Dr. Fröhlich sprang spontan auf und klatschte begeistert in die Hände: „Ja, bravo, so einfach hatte ich mir das nicht vorgestellt." Er lächelte die jüngere Schwester an.
„Werde ich vielleicht auch mal dazu gefragt?" Svenja stand ebenfalls auf und stemmte die Hände in die Taille.
Fröhlich legte ihr kollegial die Hand auf die Schulter. „Entschuldigung, ich will Sie nicht überrumpeln. Übrigens kam diese Geschichte für mich auch ziemlich plötzlich. Mit meiner Zusage für die Praxis kann ich aber nicht lange warten. Besser gesagt, ich habe mich entschieden. Überlegen Sie es sich bitte in Ruhe." Er reichte ihr seine Visitenkarte. „Dort steht auch meine neue Handynummer drauf. Schlafen Sie darüber. Wir können das Weitere auf neutralem Boden im Café Maibaum besprechen. Ich schlage vor, übernächste Woche Montag um 15:00 Uhr, okay?"
Der Melder des Arztes piepte und er eilte zum Flur hinaus.
„Siehst du, wie einfach das Leben sein kann?", fragte Rosi. „Die Arbeit in der Praxis holt dich aus dieser Nachtschicht raus und Fröhlich ist ein sehr guter Arzt. Mit deinem Max kommt sicherlich auch alles wieder in Ordnung. Ich habe da ein gutes Gefühl. Sei zuversichtlich." Rosi drückte die Kollegin herzlich an sich, dann musste sie zurück in ihre Station.
Svenja nahm sich vor, ihren Max genauer zu beobachten. Wenn er ein heimliches Gspusi haben sollte, dann müsste ihr das an seinem Verhalten auffallen. Außerdem würde sie am nächsten Wochenende mit seiner Schwester Christina Auberle darüber sprechen, da Onkel Sepp dann in Achdorf mit der gesamten Familie seinen achtzigsten Geburtstag feiern wollte.

Am Samstagmittag schien die Sonne von einem bayrisch blauen Himmel. Josef Bergers Familie stellte sich vor der Postschenke für ein großes Gruppenfoto auf. Sepp trug seinen besten Anzug und hielt einen Trachtenhut in der Hand. Annas Dirndl war aus feinstem Stoff und mit herrlichen Stickereien besetzt. Viele Einheimische hatten sich versammelt. Plötzlich erschallte in einer Nebengasse Blasmusik. Ein Spielmannszug näherte sich. Kinder hüpften im Takt der Pauke hinter den Musikanten her. Die Kapelle blieb vor der Berger-Familie stehen und spielte nun ein Ständchen. Der Kapellmeister gratulierte Sepp.
Der alte Herr war sehr gerührt und rief: „Ich dank euch recht schön! Geht nai und stärkt euch an der Theke!“
Das ließen sich die Männer nicht zweimal sagen und zogen mit Pauken und Trompeten in die Postschenke ein.
Im Saal wartete eine u-förmige Festtafel auf die Geburtstagsgesellschaft. Sepp und Anna nahmen am mittleren Tisch Platz. An dem einen Schenkel saßen Hermann und Herta Auberle, Xaver Kugler mit Frau und Kindern und ihnen gegenüber Max Auberle mit seiner Familie. Am anderen Schenkel füllte sich der Tisch mit Christina Auberle, ihrer Lebensgefährtin Doris, fernen Verwandten und Freunden. Bratenduft eroberte den Raum. Josef Berger klopfte mit einem Löffel so lange an sein Glas, bis das Stimmengewirr seiner Gäste verstummte. Alle Blicke richteten sich auf das Geburtstagskind und auch auf Anna, deren Wangen sich röteten.
„I dank euch, dass ihr moan Geburtstag mit mia foiert. I heb das Gloas und trinke auf unser Wohl.“
Mandy Kugler schaute unentwegt Tom Auberle an. Sie saß ihm schräg gegenüber. Das füllige Mädchen versuchte den Blick des Jungen einzufangen. Immer, wenn Tom in ihre Richtung sah, klapperte sie verführerisch mit ihren langen Wimpern. Da das scheinbar keinen Erfolg zeigte, suchte sie mit ihrem Fuß unter dem Tisch seinen Kontakt. Dabei traf sie aus Versehen das Schienbein von ihrer Oma Herta. Diese

erschrak so, dass ihr der Kloß von der Gabel rutschte und spritzend in der Soße landete. Nun hatte ihre blütenweiße Bluse einen braunen Fleck. Kevin Kugler musste so sehr über das Missgeschick seiner Oma lachen, dass sich auch sein Kloß von der Gabel löste und ebenfalls seine Soße verspritzte. Nach dem üppigen Mahl brachen Christina und Doris zum Hotel Berger auf, da sie ihre Urlaubsgäste versorgen mussten. Tim hatte inzwischen seinen Pkw-Führerschein und so bot er an, die Frauen nach oben zu fahren. Überraschend stieg auch seine Mutter Svenja mit in den Wagen. Tim fragte: „Warum fährst du mit zum Hotel, Mama?"
„Weil dein Vater mit seinem Bruder Xaver schon jetzt an der Theke steht."
Stolz lenkte der Achtzehnjährige die große Kombilimousine seines Vaters die schmale und kurvenreiche Bergstraße hinauf. Von der Kapelle aus konnten sie die Hotelanlage überblicken. Tim ließ die Damen direkt vor der Haustür aussteigen. Steffi, die jüngste Angestellte des Hauses, hatte Gemüse aus dem Garten geholt und wollte damit zur Küche. Tim stieß aus Versehen mit der Wagentür gegen ihren Korb und so purzelte der Inhalt über den Weg. Christina hatte die Ursache des Missgeschicks nicht richtig verfolgen können und so verpasste sie ihrer Angestellten eine Rüge. Sofort stellte sich Tim ritterlich vor das Mädchen und erklärte seiner Tante, dass das allein seine Schuld gewesen sei. Er half Steffi beim Einsammeln des Gemüses. Als sie neben dem Auto hockten, blickten sie sich lächelnd in die Augen.
In der Diele sagte Svenja zu Christina: „Ich muss dich dringend mal allein sprechen, geht das?"
Die nickte und ging mit ihrer Schwägerin ins Büro.
„Chris, ich will gleich zur Sache kommen. Max und ich haben Probleme. Eigentlich gab es nach meiner Rückkehr von Bornsiel gute Gespräche und alles schien wieder in vernünftige Bahnen zu kommen. Doch nun …"
Sie blieb in ihrem Satz stecken und reichte der Schwägerin die Visitenkarte von Frau Ziegler.

Die Hotelchefin blickte darauf und verzog das Gesicht. Sie steckte sich eine Zigarette an und hielt Svenja die Schachtel entgegen. Die schüttelte den Kopf. „Nein, danke, ich versuche gerade davon weg zu kommen. Kennst du diese Olivia?"
Chris blies eine Rauchwolke aus. „Allerdings … Ja, Frau Ziegler war bei uns zu Gast, als auch mein Bruder Max hier war."
Svenjas Wangen wurden rot und die Schläfen pochten.
„Chris, rede nicht drumherum. Hat Max mit dieser Frau etwas angefangen?"
„Ich habe meinem Bruder angesehen, dass er Sorgen hatte. Er wollte nicht darüber reden. Es war mir aber klar, dass bei euch der Haussegen schief hing." Sie stand auf und schritt langsam im Büro hin und her. „Wie soll ich es dir am besten erklären?"
Chris nahm einen tiefen Zug von ihrer Zigarette und pustete angespannt aus. „Wenn ein Mann wie mein Bruder Max hier plötzlich alleine unter den Augen einsamer Damen auftaucht und auch noch sein typisches Helfersyndrom signalisiert, dann wird es kritisch. Ich meine, ich würde auf Dauer nicht die Hand für ihn ins Feuer legen, dass er während einer langen Ehekrise woanders Trost findet."
„Also, du meinst, er hat …", sprang Svenja ebenfalls aufs.
„Nein, nein, gar nicht", winkte Chris energisch ab. „Hier unter meinem Dach hätte ich das nie zugelassen. Svenja, dafür müsstest du mich doch wohl kennen, oder nicht?" Sie schaute die Schwägerin fragend an. Frau Auberle nickte langsam. Christina fuhr fort: „Soweit ich weiß, hatte diese Frau aus Frankfurt bei der Auffahrt zu unserem Hotel Probleme mit ihrem Wagen. Dein Mann kam zufällig vorbei, hielt an und half ihr. Daraufhin sind die beiden ins Gespräch gekommen. Am nächsten Tag machten sie eine kleine Bergwanderung. Abends ist Max dann nach Hause gefahren. Ich habe ihn selbst verabschiedet." Dass Christina dabei etwas nachgeholfen hatte, behielt sie für sich.
Svenja ging zum Fenster und sah zu den Berggipfeln hinaus. Leise meinte sie: „Und die Visitenkarte von ihr in der Jacke

von Max, was ist damit?"
„Warum sollte diese Frau von einem attraktiven und hilfsbereiten Mann wie meinem Bruder nicht begeistert gewesen sein? Mit ihrem weiblichen Instinkt war ihr sicherlich nicht entgangen, dass Max selbst gerade eine Krise durchmachte. Sie wird ihm heimlich die Visitenkarte zugesteckt haben. Vielleicht wollte sie sich damit einen Platz sichern, falls Max wieder Single würde."
„Du bist sehr direkt", sagte Svenja und ihr schossen die Tränen in die Augen.
Christina nahm ihre Schwägerin in die Arme. „Wenn ich helfen kann, dann tue ich das gerne. Aber ich denke, ihr beide müsst unbedingt miteinander offen reden."
Beide Frauen verließen das Büro und betraten die Hotelküche. Erstaunt sah Svenja, dass Tim und Steffi gemeinsam Gläser polierten.

∞

Tom Auberle verließ am Montagnachmittag den Schulhof und blickte das Gebäude verärgert an. Der Direktor hatte ihm soeben unter vier Augen erklärt, dass er aufgrund mangelnder Leistungen nach der zehnten Klasse das Gymnasium verlassen müsse. Ein entsprechender Brief an die Eltern sei bereits unterwegs. Der Abschluss der zehnten Klasse kam zwar einer Oberschulreife gleich, doch ein echter Abschluss war das nicht. Mit einem Mangelhaft in Englisch und den übrigen unterdurchschnittlichen Noten brauchte er sich an keiner weiterführenden Schule bewerben. Wie sollte Tom das seinen Eltern erklären? Wie seiner Freundin Heidi? Sie war eine gute Schülerin und würde studieren. Könnte Heidi ihn noch lieben, wenn er kein Abitur hatte?
Tom stieg auf sein Motorrad und fuhr hinaus in die einsame Natur. Er hielt an einem Bach und setzte sich ans Ufer. Mit wem sollte er zuerst reden? Vor Heidi hatte er ja bis jetzt immer den coolen Typen gespielt. In der Schule zu versagen

würde sie sicher nicht als cool ansehen. Seinem Vater Max würde bei dieser Nachricht gleich die Krawatte platzen. Blieb nur noch seine Mutter. Und mit ihr müsste er so schnell wie möglich reden, da der Brief der Schule schon unterwegs war. Toms Blick fiel auf leuchtende Blumen, die am anderen Ufer wuchsen. Svenja liebte Blumen. Vielleicht könnte sie Verständnis für ihn aufbringen, wenn er ihr sein Versagen durch einen Strauß Blumen beichten würde.

Im Büro des Autohauses Auberle klingelte das Telefon. Max nahm das Gespräch an. Seine Schwester war in der Leitung.
„Hi, Chris, was verschafft mir die Ehre?"
„Ich wollte bereits am Geburtstag von Sepp mit dir sprechen, doch es gab keine günstige Gelegenheit. Ich komme gleich zur Sache. Svenja war bei mir und hat sich nach dir erkundigt. Sie weiß nicht mehr, wo sie bei dir dran ist."
„Chris, meine Frau beklagt sich bei dir über mich? Dass ich nicht lache! Wer rennt denn hier seit Tagen mit einem langen Gesicht herum? Ich hatte gedacht, dass nach ihrer Rückkehr von Bornsiel ein neuer Anfang gemacht worden ist. Ich hatte mich bei ihr für meine Unachtsamkeit der letzten Monate entschuldigt und sogar Blumen mitgebracht. Jetzt ist sie wieder kalt wie ein Fisch, verdammt!"
„Deine Frau hat deine Motorradjacke gereinigt, die du während deines Besuchs hier getragen hast. In einer Tasche hat sie eine Visitenkarte von Olivia Ziegler gefunden. Auf der Rückseite ist handschriftlich notiert: *"Max, wenn du einsam bist, dann ruf mich an."* Welche Partnerin würde sich über einen solchen Fund nicht aufregen?"
„Scheiße! Chris, glaube mir, ich wusste nichts von dieser Visitenkarte. Was hast du Svenja gesagt?"
„Ich habe ihr erzählt, dass du mit Frau Ziegler zum Wandern warst und am Sonntagnachmittag abgereist bist, dass vermutlich nicht mehr zwischen euch war. Inwieweit das ihre Zweifel ausgeräumt hat, kann ich nicht beurteilen. Es ist nun deine Aufgabe, eure Partnerschaft wieder in Ordnung zu bringen."

„Und wie soll ich das machen, verdammt?“
„Maximilian, du spielst doch sonst immer den Frauenversteher. Kauf einen Strauß Blumen. Buche einen schicken Urlaub nur für euch zwei. Und warte damit nicht so lange.“
Er bedankte sich und legte den Hörer auf.
Tim betrat das Büro. „Papa, kann ich deinen Wagen nehmen? Onkel Sepp kommt mit seinem neuen Fernsehgerät nicht klar. Ich möchte ihm helfen.“
„Dafür willst du bis nach Achdorf fahren?“
„Ja, ich übernachte dort und komme morgen zurück.“
„Und womit soll ich fahren, wenn Svenjas Auto nicht hier ist?“
„Du hast ein Autohaus. Du kannst mir aber auch das dunkle Audi Cabrio geben, das auf dem Parkplatz steht. Das ist doch sowieso ein Vorführwagen.“
Max wedelte lächelnd mit der Hand: „Nein, du nimmst mein Auto und ich nehme jetzt das Cabrio.“

Frau Auberle hatte sich für diesen Montag um 15:00 Uhr mit Dr. Fröhlich im Café Maibaum verabredet. Glücklicherweise konnten sie noch einen Zweiertisch direkt an der Straße erobern, denn die Terrasse war bei diesem schönen Wetter mit schwitzenden Touristen überfüllt.
Dr. Fröhlich erzählte von seiner künftigen Arztpraxis. Sein Vorgänger musste nun aus Altersgründen in den Ruhestand gehen. Schwester Svenja würde sich für die Praxis besonders eignen, da sie in der chirurgischen Station viele Erfahrungen gesammelt hatte.
„Rosi hat recht“, erklärte Svenja dem Chirurgen, „die Nachtschicht im Krankenhaus macht mich fertig. Ich bin keine zwanzig mehr. Ich muss mich beruflich verändern. Im Tagesdienst ist zurzeit keine Stelle frei. Zum anderen ist das Klima unter dem Personal auch nicht gerade prickelnd. Wenn ich eine neue Stelle annehme, dann nur unter der Bedingung, dass mein Stress weniger wird. Ich werde maximal nur dreißig Stunden in der Woche arbeiten. Das sind meine

Bedingungen."
Dr. Fröhlich nickte zustimmend. „Das würde mir völlig reichen. Ich erwähnte ja, dass das Stammpersonal sowieso übernommen wird. Als künftiger Arbeitgeber interessiere ich mich auch für die private Situation meiner Mitarbeiterinnen. Sie sind verheiratet und haben zwei Jungen. Ihr Mann hat einen großen Betrieb. Ist zuhause wenigstens alles einigermaßen stressfrei?"
Svenjas Anspannung trieb ihr ein paar Tränen in die Augen. Dr. Fröhlich reichte ihr ein Taschentuch und sagte rasch: „Entschuldigung, dass ich so persönlich geworden bin." Er legte seinen Arm mitfühlend um ihre Schultern. „Wenn ich wegen Ihrer Sorgen etwas helfen kann, dann sagen Sie mir das bitte."
Svenja schnäuzte sich und fand ihre Fassung wieder. Im gleichen Augenblick hielt auf der Straße in unmittelbarer Nähe ein dunkles Cabrio. Am Lenker saß ein braunmelierter Mann mit Sonnenbrille. Er fixierte das Paar am Zweiertisch auf der Terrasse des Café Maibaum. Der Herr am Tisch hatte Geheimratsecken und trug eine Brille. Sein Arm lag um die Schultern einer blonden Frau mit kurzen Haaren. Die Mimik des Cabrio-Fahrers wechselte von einem Lächeln in eine Grimasse. Er spielte aggressiv mit dem Gaspedal. Dann drehten die Antriebsräder quietschend durch und der Sportwagen schoss los.
„Das war Max!", rief Svenja erschreckt, sprang auf und hätte fast ihren Stuhl umgestoßen.
„Was war das denn gerade?", stand auch Dr. Fröhlich auf und schaute Frau Auberle irritiert an.
„Das war Max, mein Mann. Der weiß gar nichts von unserem Treffen und hat diese Situation jetzt völlig missverstanden." Langsam setzte sie sich wieder und sank in sich zusammen.
„Ich verstehe", setzte sich auch Dr. Fröhlich, „meine Umarmung hat er falsch gedeutet, nicht wahr?"
Sie nickte und er bestellte zwei Kaffee.
Aus der Straße, in die Max gerast war, kamen wenige Minuten

später zwei Jungen gelaufen. Sensationslustig riefen sie zu einer anderen Kinderschar: „Kommt ganz schnell, da hinten hat es geknallt! Da ist ein Cabriolet direkt unter einen Sattelschlepper gefahren! Der Wagen ist völlig platt!"
Auf der Terrasse des Cafés Maibaum war es für wenige Sekunden totenstill geworden. Dann wurden die ersten Stimmen laut. „Das hat dieser Raser auch verdient!"
„Sportwagenfahrer, alles Idioten …!"
Svenja hörte die weiteren Sprüche nicht mehr. Sie rannte und rannte, immer in die Richtung, in der ihr Max verschwunden war. Auch Dr. Fröhlich hielt Schritt. Unter der heißen Sonne lief ihnen der Schweiß durch die Gesichter. Hinter der nächsten Kurve sahen sie einen riesigen Holztransporter. Unzählige Neugierige waren auf den Beinen. Stimmengewirr, Rufe, Schreie und von Ferne ein Martinshorn. Als sie näher kamen, war zu erkennen, dass ein dunkles Fahrzeug unter dem Laster steckte. Svenja blieb entsetzt stehen. Ihr Gesicht wurde schneeweiß, dann gaben ihre Knie nach.
Dr. Fröhlich fing sie im letzten Moment auf.

∞

Graf Rheineck hatte seine Lungenentzündung überstanden. Der 83-jährige war mager geworden. Im Haus war er mobil und kleinere Spaziergänge in der Siedlung wurden wieder möglich. Immer, wenn seine Frau nach dem Frühstück gestylt und elegant gekleidet die Haustür hinter sich schloss, stellte Adelbert seine klassische Musik an und breitete die Tageszeitung aus.
Frau Gräfin hatte seit einiger Zeit eine Bekannte gleichen Alters. Sie hieß Erika Münzmann und war wohlhabend geschieden. Mit der lieben Erika machte Carmen Einkaufsbummel auf der Kö, besuchte Konzerte und das Theater. Manchmal saßen sie auch schwatzend in einem gemütlichen Café, besahen sich die Damen, die vor dem Fenster promenierten und hatten selbstverständlich zu dieser Konkurrenz kritische

Meinungen und Bemerkungen.
Währenddessen las Adelbert die Meldungen in seiner Zeitung: "Seit dem März sieht sich die NATO gezwungen, in der serbischen Provinz Kosovo einzugreifen. Seit mehreren Jahren tobt dort ein Guerillakrieg, der viele zivile Opfer fordert. Die Bundesrepublik Deutschland hat seit dem zweiten Weltkrieg an keinen militärischen Auseinandersetzungen in Kriegsgebieten mehr teilgenommen. Nun werden deutsche Soldaten unter amerikanischem Kommando eingesetzt. Bundeskanzler Gerd Schröder (SPD) und Außenminister Joschka Fischer (Die Grünen) stoßen in ihren Parteien auf harte Kritik …"
Adelbert erinnerte sich an die Bombennächte des zweiten Weltkriegs und murmelte: „Die Menschheit lernt einfach nichts dazu."
Ein extrem stechender Kopfschmerz riss ihn aus den Gedanken. Dem alten Mann wurde schwindelig und er lehnte sich in der Couch zurück. Seine Hände pressten die Schläfen, doch der Schmerz wurde unerträglich. Dann erbrach er sich zwischen Tisch und Couch auf Carmens edlen Perserteppich. Erschöpft sank Adelbert zurück in die Sofakissen.
Ich muss den Boden wieder reinigen, dachte er besorgt. Er konnte sich jetzt schon das Theater von seiner Frau vorstellen. Plötzlich kam eine erneute Schmerzattacke. Eine Welle Erbrochenes lief ihm übers Kinn, über Hemd und Hose, sammelte sich im Polster. Magensäure drang in die Luftröhre ein. Reflexartiger Husten nahm ihm den Atem. Adelbert stürzte kopfüber ins Nichts.
Irgendwann kam der Graf wieder zu Bewusstsein. Seine Nase schmerzte. Nein, alle Glieder schmerzten. Sein Kopf lag auf dem Teppich im Erbrochenen, aber unter seinem Gesicht war auch noch etwas anderes zu spüren. Die Finger ertasteten das schnurlose Telefon, das er anscheinend bei seinem Sturz vom Tisch gestoßen hatte. Konzentriert tippte er die Notrufnummer 112. Er lauschte angestrengt. War ein Freizeichen zu

hören? Sprach da jemand? Adelberts Kopf sank wieder auf das Telefon. Dann wurde es um ihn herum Nacht.
Polizei- und Feuerwehrfahrzeuge sammelten sich in der Straße vor dem Haus der Eheleute Rheineck. Neugierig näherten sich Nachbarn und Passanten. Ein Beamter klopfte, klingelte, rief an der Haustür, doch niemand war im Haus zu hören. Sein Kollege blickte im Erdgeschoss in alle Fenster und meldete: „Im Wohnzimmer könnte eine Person im Bereich von Tisch und Couch liegen. Es ist aufgrund der Gardinen schlecht zu erkennen."
Die Feuerwehr versuchte mit spezieller Technik das Schloss der Haustür zu öffnen, doch das gelang nicht. Der Einsatzleiter entschied, dass das Haus nun gewaltsam für die Rettungsassistenten geöffnet würde. Um den Schaden so gering wie möglich zu halten, hebelte ein Feuerwehrmann die Terrassentür des Wohnzimmers auf. Sofort drangen der Notarzt und die Rettungsassistenten in das Haus ein.

Weit, weit entfernt hörte der Graf einen rhythmischen Piepton. War das ein Signal im Telefon? War sein Notruf doch nicht gehört worden? Dann gab es keine Rettung. Angst stieg in ihm auf. Währenddessen wurde der Piepton des Freizeichens schneller. Noch bevor Adelbert sich dieses Phänomen erklären konnte, hörte er Stimmen.
„Der Patient kommt zu sich", sagte die junge Ärztin zur Intensivschwester und schaute auf den Monitor des Überwachungsgeräts.
Adelbert öffnete die Augen, doch unter dem grellen Deckenlicht kniff er sie gleich wieder zusammen. Nur langsam gewöhnte er sich an die Helligkeit und sah neben sich eine junge Frau im weißen Kittel. Sie trug eine Brille und hatte einen Kurzhaarschnitt. Lächelnd drückte sie die Hand des Patienten.
„Graf Rheineck, Sie sind in Sicherheit. Mein Name ist Petersen, ich bin Ihre Ärztin auf der Intensivstation. Verstehen Sie mich?"
Der alte Mann nickte.

Dr. Petersen fragte ihn nach seinem vollständigen Namen , seinem Wohnort und dem Geburtsjahr, um kurz zu überprüfen, ob der Patient völlig bei Bewusstsein war.
„Graf Rheineck, wir haben Sie stabilisiert und werden Sie noch weiter beobachten. Ruhen Sie sich jetzt bitte aus. Ich komme gleich wieder."
Die Ärztin folgte dem Wink einer Schwester vor das Intensivzimmer.
„Anna, im Wartebereich ist Gräfin Rheineck. Sie will sofort zu ihrem Mann und macht Theater. Kümmerst du dich bitte darum?"
Dr. Petersen nickte und trat vor die Schiebetür der Intensivstation.
Eine ältere Dame sprang von ihrem Stuhl auf und beschwerte sich: „Kein Mensch kümmert sich um mich! Ich bin Gräfin Rheineck. Wieso lässt man mich hier so lange warten?"
Die junge Ärztin schaute der Frau fest in die Augen. „Ich weiß, wer Sie sind, Gräfin Rheineck. Mein Vater und Sie kannten sich einmal sehr gut."
„Wer ist denn Ihr Herr Vater?"
„Er ist Carl Petersen. Ich bin seine Tochter Anna. Ich bin übrigens die Intensivärztin, die Ihren Ehemann Adelbert zurzeit medizinisch betreut. Der Gesundheitszustand Ihres Mannes ist momentan stabil. Die aktuellen Untersuchungen laufen noch."
„Dann sind Sie also die Tochter von dieser Henrike Maler, stimmt's?"
„Meine Mutter heißt Petersen. Maler ist ihr Mädchenname. War das die wichtigste Frage, die Sie an mich haben?" Gräfin Rheineck zuckte irritiert mit den Schultern und Dr. Petersen fuhr fort: „Wenn Sie jetzt Ihren Mann sehen wollen, dann folgen Sie mir bitte. Aber denken Sie daran, dass er noch schwach ist." Die Ärztin führte die Gräfin zum Zimmer des Patienten und sagte leise: „Graf Rheineck, Ihre liebe Frau ist zu Besuch gekommen. Ich lass Sie beide nun ein paar Minuten allein." Freundlich lächelnd verließ Dr. Petersen den

Raum.
Carmen setzte sich auf einen Stuhl neben dem Krankenbett. „Adelbert, was hast du denn wieder angestellt? Zuhause sieht es katastrophal aus. Die Tür zur Terrasse ist zerstört, meine Couch und der Teppich sehen grausam aus.“ Der Graf blickte seine Frau nur kurz an und schloss dann wieder die Augen. Carmen fuhr fort: „Du hättest mal sehen müssen, was vor unserem Haus los war. Die Polizei, die Feuerwehr, und wer sonst noch standen da herum. Die Nachbarn haben mich seltsam angesehen! Sie haben die Köpfe zusammengesteckt und bestimmt über uns geredet. Mein Gott, wie peinlich. Wo soll das mit dir noch hinführen?“ Die Gräfin schnäuzte laut in ihr Taschentuch.

„So, jetzt benötigt Ihr Mann wieder Ruhe“, sagte die Ärztin einige Minuten später. Sie geleitete die Besucherin bis zum Ausgang der Intensivstation.
Die Gräfin blickte Dr. Petersen von Kopf bis Fuß an. „Was geschieht nun mit meinem Mann? Gibt es nicht einen Chefarzt, der sich um ihn kümmert?“
„Selbstverständlich sehen auch der Oberarzt und Chefarzt nach Ihrem Mann. Wir arbeiten hier im Team. Wenn es Veränderungen gibt, dann informieren wir Sie. Die Verwaltung hat Ihre Daten aufgenommen.“
„Wissen Sie eigentlich, wie lange mir dieser Mann schon Sorgen macht? Vor wenigen Tagen hatte er noch eine Lungenentzündung.“
„Heute Abend müssen Sie sich nicht sorgen. Im Augenblick ist alles unter Kontrolle. Und nun rufen mich meine Aufgaben. Guten Abend, Gräfin Rheineck.“
„Ja, ja, das sagt sich so leicht.“ Sie schulterte ihre Handtasche und schritt zum Aufzug.
Dr. Petersen verschwand hinter der Tür in der Intensivstation. Dort lehnte sie sich mit dem Rücken an die Wand, schloss die Augen und pustete lang aus.
Neben ihr sagte die Stationsschwester: „Ihre

Hochwohlgeborene ist doch allerliebst, nicht wahr? Die wurde doch sicherlich als Eisprinzessin geboren."
Anna nickte. „Du hast recht. Sie ist eine klassische Nervensäge, aber vergiss nicht, dass Nervensägen am meisten an sich selbst leiden."

∞

Svenja öffnete die Augen. Dr. Fröhlich kniete neben ihr und tupfte ihr den Schweiß von der Stirn. Plötzlich wurde ihr bewusst, wo sie war und sie fragte: „Was ist mit Max?"
„Beruhigen Sie sich, das ist nicht sein Wagen. Er fuhr meines Wissens einen Audi. Das Unfallfahrzeug ist ein BMW-Cabrio. Dem Fahrer konnte man leider nicht mehr helfen."
Blaulichter blinkten, Menschen riefen durcheinander. Die Schaulustigen standen in mehreren Reihen um den Unfallort herum und ließen sich von der Feuerwehr und der Polizei nur ungern zurückdrängen.
Svenja richtete sich auf. Ihre Beine schlotterten immer noch. Dr. Fröhlich fragte: „Schaffen Sie den Weg zum Café zu Fuß zurück oder soll ich meinen Wagen holen?"
„Danke, es geht wieder."
Beide gingen los. Nach einer Viertelstunde erreichten sie Svenjas Auto.
Der Arzt fragte: „Können Sie wirklich schon wieder fahren?"
„Ja, aber ich habe meinen Kaffee noch gar nicht bezahlt."
„Keine Sorge, ich gehe und bezahle unsere Zeche. Wir sehen uns also dann beim Dienst in der Station."

Svenja parkte vor dem Autohaus Auberle neben dem dunkelblauen Audi-Cabrio ein. Sie schaute den völlig intakten Sportwagen an, als hätte sie eine Erscheinung. Vor ihrem geistigen Auge tauchte noch einmal das grausame Bild des Verkehrsunfalls auf. Ihr Puls begann schon wieder zu rasen.
Frau Auberle betrat die Ausstellungshalle und erkundigte sich beim Gesellen nach ihrem Mann.

„Der Chef sitzt in seinem Büro. Aber Vorsicht, der hat ganz schlechte Laune“, sagte Ruprecht und machte sich gleich aus dem Staub.
Svenja öffnete die Bürotür und schloss hinter sich den Schlüssel herum. Max saß an seinem Schreibtisch und ignorierte seine Frau. Sie setzte sich ihrem Mann gegenüber auf einen der Kundenstühle und blickte ihn intensiv an.
Max tippte beschäftigt auf seiner Computertastatur herum. Er öffnete Schubladen, schloss diese wieder, kramte in Papieren und behandelte Svenja demonstrativ wie Luft.
Sie blickte ihn weiter stoisch an.
Irgendwann wurde ihm die Situation endlich zu blöd. Er lehnte sich in seinem Chefsessel zurück, verschränkte die Arme vor der Brust und blickte ihr mürrisch ins Gesicht.
Sie begann das Gespräch: „Also lebst du doch noch!“
„Ich weiß nicht, wovon du redest und was dein Auftritt hier soll.“
„Wie du gesehen hast, habe ich mit Dr. Fröhlich vor dem Café Maibaum gesessen. Er übernimmt eine Praxis und sucht Personal. Wir haben uns über die beruflichen Möglichkeiten unterhalten, da ich aus der Nachtschicht der Klinik heraus will. Als wir auf meine private Situation zu sprechen kamen, liefen mir leider Gottes wieder mal die Tränen. In diesem Moment hat mich der Doktor aus reiner Menschlichkeit in den Arm genommen. Das war das, was du gesehen hast.“ Sie machte eine Pause, damit er Zeit zum Nachdenken und reagieren hatte. Doch Max behielt seine versteinerte Miene. Also fuhr Svenja fort: „Kurz nach deinem Kavalierstart kamen Kinder angelaufen und riefen, dass ein Sportwagen mit einem Lkw zusammengestoßen sei. Ich bin wie um mein Leben dorthin gerannt, da ich mir Sorgen um dich gemacht hatte. Der Fahrer des Cabrios ist tot!“ Max blieb ungerührt. Sie öffnete ihre Handtasche und nahm eine Visitenkarte heraus. Dann sagte sie: „Da dich meine Geschichte nicht interessiert, kommen wir zu deiner Geschichte.“ Sie warf die Visitenkarte auf seine Schreibunterlage.

Max schaute seine Frau fragend an. Er nahm die Karte und las. Mal die Vorderseite, dann wieder die Rückseite. „Scheiße“, zischte er durch die Zähne. Verärgert riss er die Karte in mehrere Fetzen und warf diese in den Papierkorb. Nur langsam begann er zu sprechen: „Da war nichts, absolut nichts. Und ich werde mich nicht für etwas entschuldigen, was gar nicht geschehen ist.“ Punkt für Punkt berichtete Max, was sich von Olivia Zieglers Autopanne bis zur Wanderung zugetragen hatte. Zum Schluss sei er einfach abgefahren. Dass Chris ihn zum Aufbruch gedrängt hatte, erwähnte er selbstverständlich nicht.
Das Telefon klingelte und Max nahm das Gespräch an. Der Geselle war in der Leitung: „Chef, es hat einen schweren Unfall gegeben. Dort wird ein zweiter Abschleppwagen benötigt. Soll ich alleine fahren oder kommen Sie mit?“
„Ich fahre mit. Ich ziehe mich nur noch um. Bis gleich!“ Zu seiner Frau gewandt meinte er: „Wie du hörst, ruft mich die Pflicht.“ Er eilte aus dem Büro.

An dem Unfallort, an dem das Cabrio unter den Holztransporter gerast war, konnte die Straße nur einspurig und mit Hilfe polizeilicher Verkehrsregelung befahren werden. Die Staus schienen in beide Richtungen endlos zu sein.
Meister Auberle und Geselle Ruprecht hatten zwar die gelbe Lampe auf dem Dach ihres Abschleppwagens eingeschaltet, doch auch damit kamen sie nicht viel schneller als andere voran. Als sie den Unfallort endlich erreichten, sagte Auberle: „Hier bin ich vorhin noch vorbeigefahren. Meine Frau war wohl auch hier, kurz nachdem es passiert ist.“
Ruprecht nickte mit dem Kinn voraus: „So wie das Wrack jetzt aussieht, muss der Fahrer regelrecht geköpft worden sein.“
Max dachte an Svenja. Ja, so wie das Unfallfahrzeug da unter dem Auflieger steckte, sah es tatsächlich dem Audi ähnlich. Dass Svenja dieses Bild unter die Haut gegangen war, wurde ihm erst jetzt bewusst. Er hatte ihr Unrecht getan. Und dann

noch der Ärger wegen Olivias Visitenkarte ... Jetzt musste er sich aber erst um diesen Unfall kümmern.
Auberle und Ruprecht stiegen aus ihrem Abschleppwagen und besprachen mit der Feuerwehr und der Polizei die nächsten Maßnahmen.

Kurz nach der Tagesschau, um 20:20 Uhr, läutete in der Wohnung der Auberles die Türglocke. Svenja öffnete. Vor ihr stand jemand, der einen riesigen Strauß rote Rosen vor seinem Gesicht hielt. Ganz langsam ließ er die Blumen sinken und lächelte.
„Tommy, sind die Blumen etwa für mich?“, fragte Mutter Auberle erfreut. Ihr Sohn nickte. „Vielen Dank, die sind wunderschön. Ich habe keinen Geburtstag. Womit habe ich die verdient?“ Svenja ging in die Küche, um die Rosen ins Wasser zu stellen.
Tom folgte ihr und beichtete sogleich das Ende seiner Schulkarriere. In allen Fächern war er viel zu schlecht beurteilt worden. Nur wegen dieses blöden Lateinunterrichts hatte man ihn zum Schluss ganz fallen lassen. Aber diese Römer hatten die Kelten und Germanen ja schon immer unterdrücken wollen ...
Die Mutter nahm seine Darstellung kommentarlos auf und sagte erst zum Schluss: „Gut, dann überschlafen wir diese neue Situation erst einmal und sehen, was wir später daraus machen können.“ Sie stellte die Blumen liebevoll auf den Tisch im Wohnzimmer. Der junge Mann schaute traurig zu Boden. „Tommy“, hob sie sein Kinn an und schaute ihm fest in die Augen, „da ist doch noch etwas, was du mir sagen willst, nicht wahr?“
„Es geht um Heidi“, begann er zögernd, „die wird wohl jetzt mit mir Schluss machen. Die studiert nämlich später und braucht nicht so einen doofen Realschüler wie mich!“
Svenja schmunzelte und strich ihrem Sohn verständnisvoll über die Wange mit dem flaumigen Bart. „Wenn sich zwei Menschen lieben, dann spielt der Status eine untergeordnete

Rolle. Du bist nicht doof, sondern du interessierst dich nicht für die Dinge, die die Schule von dir verlangt. Das hat nichts mit mangelnder Intelligenz zu tun, sondern mit Unreife und Faulheit. Du bist eben ein Spätzünder. Dein Vater hat ohne ein Studium viel erreicht. Vielleicht ist das auch dein Weg. Als Papa und ich mich ineinander verliebt haben, wusste ich noch gar nicht, was er beruflich machte. Deine Heidi hat übrigens ganz besorgt angerufen und nach dir gefragt. Sprich mit ihr über deine Bedenken. Aber mache ihr nichts vor, belüge sie nicht. Dann wird schon alles gut.“ Tom nickte stumm und Svenja fragte: „War das jetzt alles oder kommt noch etwas?“ Er nahm seine Mutter in die Arme. „Du bist die beste Mama der Welt. Also redest du auch mit Papa? Bringst du ihm das mit der Schule bei?“

„Oh nein, mein Freund! Du bist ja bald kein Schüler mehr. Stehe selbst zu deinen Dingen!“ Sie löste sich aus Tommys Armen. „Mit deinem Vater habe ich zurzeit ganz andere Dinge zu besprechen.“

Im gleichen Augenblick öffnete sich die Wohnungstür. Max kam mit einem großen Blumenstrauß herein. Er blickte lächelnd zu Svenja, dann zu Tom, dann zum Wohnzimmertisch mit dem frischen Blumenstrauß. Max‘ Lächeln verschwand. „Sind die Rosen da etwa von deinem Chirurgen aus dem Café Maibaum?“

„Nein, den Strauß hat mir dein Sohn geschenkt, weil ich die beste Mama der Welt bin.“

Tom nickte bestätigend. Max atmete erleichtert auf und reichte Svenja seinen Strauß.

„Ich bin dann mal weg“, rief Tom und verließ rasch die Wohnung.

Schon bald entfernte sich vor dem Haus das Motorgeräusch seiner Maschine.

Nachdem auch der zweite Strauß in einer Vase stand, nahm Max seine Frau in die Arme. „Ich war am Unfallort und weiß jetzt, wie grausam für dich die Situation gewesen sein muss. Verzeih mir mein taktloses Verhalten. Was Olivia Ziegler betrifft, so hatte ich sie schon längst vergessen. Lass uns neu beginnen. Lass uns beide so bald wie möglich in Urlaub fahren. Irgendwohin, wo wir nur unter uns sind. Was hältst du davon?"

Sie legte ihren Kopf an seine Schulter. „Ja, das wird uns beiden gut tun. Die Jungs kommen hier eine Zeit lang sicher alleine zurecht. Wo ist übrigens Tim?"

„Der hat sich unseren Wagen geliehen, um nach Achdorf zu fahren. Er will Sepp helfen, einen Fernseher einzustellen. Tim übernachtet dort."

Svenjas Mund zog sich zu einem breiten Lächeln. „Das ist ja eine gute Nachricht. Ich will mal raten, der Fernseher heißt Steffi und arbeitet in der Hotelküche."

„Woher willst du das wissen?"

„Weil ich seine Mutter bin und weil ich Augen im Kopf habe. Aber sag ihm nichts von meinen Gedanken, okay?"

Das Telefon läutete und Svenja nahm das Gespräch an. Die Gräfin war in der Leitung. „Deine Mutter ist hier. Adelbert wurde ins Krankenhaus gebracht. Er hat vermutlich einen Schlaganfall. Die Feuerwehr hat einfach meine Tür zur Terrasse aufgebrochen. Berti hat sich auf die Couch und meinen Teppich übergeben. Alles ist versaut. Die Flecken werden nie mehr rausgehen. Ich komme gerade zurück aus dem Krankenhaus und bin völlig fertig von der ganzen Hektik."

∞

Seit einiger Zeit hatte die Münchner Polizei die Bürger um erhöhte Aufmerksamkeit gebeten. Besonders in den noblen Stadtteilen häuften sich neuerdings die Einbrüche. Polizeibeamte in Zivil fuhren vermehrt Streife. Zwei Einbrüche waren so professionell durchgeführt worden, dass nur eine organisierte Bande dahinterstecken konnte. Einen Einbruch hatte es im Nachbarhaus der Familie Buchner gegeben. Kommissar Kluge ging von Tür zu Tür, befragte Nachbarn, ob sie etwas Auffälliges beobachtet hätten und gab Tipps zur besseren

Sicherung der Häuser.
Heidi Buchner kam von einer Radtour zurück. Sie stellte ihr Fahrrad in die Garage und ging zur geöffneten Haustür. Dort hörte sie, wie ein Beamter in der Diele mit ihrer Mutter über Einbrüche sprach.
Das Mädchen blieb kurz stehen und fragte: „Mama, hat Tommy angerufen?“
Die Mutter schüttelte den Kopf und unterhielt sich weiter mit dem Kommissar.
„So ein Mist. Heute war der letzte Schultag und er wollte mich doch besuchen.“ Verärgert stapfte Heidi über die Treppe zu ihrem Zimmer hinauf.
Nach dem Abendessen mit der Mutter zog sich das Mädchen zurück. Wieder griff es in ihrem Zimmer zum Telefon und rief bei der Familie Auberle an. Leider wusste Toms Mutter auch nicht, wo ihr Sohn steckte.
Heidi legte Musik ein, zu der sie mit Tom getanzt hatte. Gleichzeitig las sie ein Buch. Als sie auf ihrem Bett erwachte, war es nach Mitternacht. Die Musik war aus und ihr Buch lag am Boden. Draußen knirschte und rumpelte etwas. Sie ging zum Fenster und schaute in die Dunkelheit. Der Schein einer Taschenlampe flackerte kurz auf. Stimmen waren zu hören. Zwei oder drei Gestalten entfernten sich Richtung Gartentor. Heidi eilte ins Elternschlafzimmer. Dort lag ihre Mutter im Bett und war vor dem laufenden Fernseher eingeschlafen.
„Mama, werde wach. Im Garten sind oder waren irgendwelche Leute.“
Frau Buchner rappelte sich auf und blickte mit ihrer Tochter zum Garten hinaus. Dort war nichts zu erkennen. Also liefen beide nach unten ins Wohnzimmer. Die Mutter schaltete die Außenbeleuchtung ein und blickte durch die Scheibe. Auf der Terrasse hatte jemand den Gartentisch nah ans Haus geschoben und einen Stuhl darauf gestellt.
Frau Buchner sagte: „Ich ruf die Polizei an. Immer, wenn Papa nicht da ist, dann geschehen solche furchtbaren Dinge.“
Sie wählte den Notruf der Polizei und beschrieb ihre

Beobachtungen. Der Beamte konnte sie beruhigen. Eine Polizeistreife hatte auf dem Grundstück der Familie Buchner eine verdächtige Person entdeckt und bereits festgenommen. Diese Person wurde im Kommissariat zurzeit vernommen. Kommissar Kluge würde sich im Laufe des nächsten Tages bei Frau Buchner melden.
Mutter und Tochter sprachen noch einen Moment über den Vorfall und gingen dann zu Bett.

Auch nach Mitternacht war in einigen Büros der Münchner Kriminalpolizei noch Licht. Kommissar Kluge lehnte sich in seinem Stuhl zurück und verschränkte die Arme vor der Brust. Er blickte sein Gegenüber forschend an. „Wir können bis morgen früh hier sitzen. Also, noch mal von vorne, junger Mann. Du hast unbefugt das eingezäunte Grundstück der Familie Buchner betreten. Auf der Terrasse hast du einen Gartentisch nah ans Haus geschoben und einen Stuhl darauf gestellt, um in der ersten Etage ein Fenster zu erreichen. Durch dieses Fenster wolltest du ins Haus eindringen, richtig?"
„Nein!", rief der junge Mann und schlug mit der flachen Hand knallend auf den Tisch. „Das habe ich nicht gesagt. Ich wollte nur bei meiner Freundin Heidi ans Fenster klopfen, damit sie zur Haustür kommt."
„Ja, sicher, denn im Dunkeln hast du die Haustür und die Klingel nicht gefunden. Wer soll dir diesen Blödsinn abkaufen?"
„Mann, wenn ich mitten in der Nacht geschellt hätte, dann hätte der alte Buchner mich gleich vom Hof gejagt. Der kann mich sowieso nicht leiden. Rufen Sie doch einfach bei den Buchners an. Meine Freundin wird alles bestätigen."
„Ja selbstverständlich ruf ich jetzt nachts um 02:00 Uhr bei den Buchners an."
„Endlich, das wurde ja wohl auch Zeit", antwortete der junge Mann und lehnte sich hoffnungsvoll in seinem Stuhl zurück.
Der Kommissar sprang auf und zeigte mit dem Finger auf den Verdächtigen. „Thomas Auberle, für wie dämlich hältst du

mich eigentlich? Selbstverständlich ruf ich um diese Zeit nicht beim Bankdirektor Buchner und seiner Familie an. Diese Leute haben ihren Schlaf verdient. Wenn du wirklich die Tochter des Hauses Buchner besuchen wolltest, dann hättest du deinen Besuch anmelden können. Telefonieren kannst du ja sehr wahrscheinlich schon. Ich gehe für ein paar Minuten hinaus und spreche mit meinem Kollegen. Wir müssen ja auch noch deine Fingerabdrücke nehmen. Lass dir also in der Zwischenzeit etwas Vernünftiges einfallen, das ich dann ins Protokoll aufnehmen kann.“ Kluge verließ sein Büro.

Tom schlug mit der Faust in seine linke Hand. Dieser Tag war so beschissen, dass er in die Geschichte eingehen musste. Erst war er mehr oder weniger aus der Schule geflogen und nun würde Heidis Vater sich erst recht zwischen seine Tochter und ihn stellen. Toms Augen scannten nervös den Raum. Akten lehnten in einem Regal gelangweilt aneinander. An der Wand hing eine Uhr mit schwarzen Zeigern. Der Schreibtisch gehörte längst in Pension. Die Schreibunterlage war an den Rändern brüchig. Darüber lag ein Notizblock, dessen Schrift nur der Verfasser lesen konnte. Ein Aufnahmegerät wartete auf neue Geschichten. Das graue Telefon war mindestens zwanzig Jahre alt. Daneben stand ein Aschenbecher mit Kippen. An der Zimmerdecke leuchtete eine Röhre mit eiskaltem Licht.

Die Bürotür öffnete sich und Kluge trat ein. „Da bin ich wieder. Nun erzähle mir, was du wirklich auf dem Grundstück der Buchner wolltest.“ Kluge nahm Platz und seine Hand machte eine auffordernde Geste.

„Ich bin kein Einbrecher. Ich bin spät abends von Reit im Winkl nach München gefahren. Mein Motorrad fing an zu stottern und blieb liegen. Dadurch kam ich erst spät bei den Buchners an. Ich wollte meine Freundin Heidi überraschen. Deshalb habe ich mich nicht telefonisch angemeldet. Als ich mitten in der Nacht ankam, traute ich mich nicht zu klingeln. Wie gesagt: Vater Buchner mag mich nicht. Ich bin also über den Zaun gesprungen und wollte vorsichtig an Heidis Fenster

klopfen. Wenn sie nicht reagiert hätte, wäre ich wieder heimgefahren."
Kluge lachte seltsam und meinte: „Mal soeben mit einem kleinen Motorrad 150 Kilometer hin und zurück. Das glaubst du doch selbst nicht."
„Dann rufen Sie meine Mutter an. Die bestätigt Ihnen, dass ich das schon öfter gemacht habe."
Kluge blickte zur Uhr, deren kleiner Zeiger fast die Drei erreicht hatte. Tom folgte dem Blick und schüttelte den Kopf. „Nee, rufen Sie besser nicht an. Mein Vater wird mir den Hals herumdrehen. Heute Morgen habe ich erfahren, dass ich das Gymnasium verlassen muss. Das habe ich Papa noch nicht gebeichtet. Ich wollte erst Heidi darüber informieren. Ich weiß nicht, wie sie das aufnehmen wird. Sie ist gut in der Schule und wird wohl studieren. Jetzt hat der Herr Direktor Buchner noch einen Grund mehr, mich nicht zu mögen. Realschüler, Unterschicht, Versager. Solche Menschen sind für Buchner nur Arschlöcher. Ich will Mechatroniker werden und in der Werkstatt meines Vaters arbeiten. Leute wie Buchner können dann ihren Porsche bei mir zum Ölwechsel abgeben und sich darüber schlapp lachen, wenn ich mir die Finger für ihn dreckig mache. Scheiße! Im Moment geht einfach alles schief." Tom sog an seiner Unterlippe und bemühte sich die Tränen zurückzuhalten.
Kluge schaute dem jungen Mann eine Zeit lang schweigend in die Augen. Ein geheimnisvolles Lächeln zog auf seinen Mund. Er fuhr sich mit den Fingern durch die grauen Haare. „Gut, gönnen wir uns ein paar Stunden Schlaf. Laut unserer Daten hast du bei der Polizei noch nie übernachtet."

Am Vormittag eilte eine Frau mit energischen Schritten durch das Polizeipräsidium und hielt vor einem Informationsschalter. Ein junger Beamter fragte freundlich: „Bittschön, kann ich Ihnen helfen?"
„Ich bin Frau Auberle, ich will auf der Stelle meinen Sohn Thomas sehen!" Sie klopfte betonend mit den Fingerknöcheln

auf die Theke.
Hinter ihr kam ein Mann in Lederjacke hinzu und sagte in ruhigem Ton: „Mein Name ist Max Auberle, Grüß Gott, Sie hatten angerufen. Besser gesagt, Herr Kluge hat uns hergebeten."
Bevor der Polizeibeamte antworten konnte, fuhr Frau Auberle ihn an: „Ich sage es zum letzten Mal, ich will sofort meinen Sohn Thomas sehen!"
Max fasste seine Frau behutsam an den Arm: „Svenja, bitte beruhige dich. Wir werden Tom bestimmt gleich sprechen können." Die Männer tauschten stumme Blicke.
Kommissar Kluge kam aus einem Zimmer. Sein Gesicht sah übernächtigt aus. Der Polizist an der Annahme winkte ihm zu und Kluge stellte sich den Eheleuten Auberle vor. Dann berichtete er, was sich in der letzten Nacht auf dem Grundstück der Familie Buchner zugetragen hatte.
„So ein Irrsinn", wetterte Frau Auberle, „mein Thomas soll ein Einbrecher sein? Er mag ja eine große Klappe haben, aber er ist ein anständiger Junge."
Kluge erwiderte: „Ein Junge, der des Nachts ungebeten auf fremden Grundstücken herumturnt und sich an die Fenster heranschleicht!"
„Mein Gott, das ist selbstverständlich ein Verbrechen!", sagte Frau Auberle ironisch. „Haben Sie schon mal etwas vom Fensterln gehört? Mein Sohn ist kein Dieb! Er ist auch kein Langweiler, der nur vor dem Fernseher sitzt und sich dämliche Videospiele ansieht."
Der Beamte hinter dem Auskunftstresen, Kommissar Kluge und Herr Auberle schauten sich schweigend an.
Frau Auberle klatschte mit der Hand auf die Theke. „Und jetzt führen Sie mich zu meinem Sohn, sonst platzt mir hier der Kragen!"
Auf ein Kopfnicken von Kluge ging der junge Beamte der verärgerten Mutter voraus. Nachdem sie zweimal abgebogen waren, öffnete er eine Bürotür und Frau Auberle schaute hinein. Ihr Sohn saß neben einem Schreibtisch und hatte sein Kinn auf die Hände gestützt.

Tom blickte auf, dann stürzte er auf seine Mutter zu. „Mama, die glauben, dass ich ein Einbrecher bin!“ Alles, was er in der letzten Nacht erlebt hatte, sprudelte aus ihm heraus.
Svenja nahm ihn herzlich in die Arme und gab ihm einen Kuss. Flüsternd sagte sie: „Keine Sorge, Tommy, ich bin ja da und alles wird gut. Wir gehen jetzt zusammen raus.“
An der Anmeldung stand ein schwarzhaariges Mädchen mit roten Wangen. Es wirkte sehr nervös. Hinter ihr waren Kommissar Kluge, Herr Auberle und Eheleute Buchner in einem Gespräch.
„Heidi!“, rief Tom von weitem.
Sie blickte sich um und rannte los. Die jungen Leute fielen sich in die Arme. Das Mädchen hatte Tränen in den Augen. Frau Auberle lächelte zufrieden und ließ die beiden im Flur allein.
Als Svenja ihren Mann und Eheleute Buchner erreichte, fragte Kommissar Kluge den Bankdirektor: „Sie ziehen also Ihre Anzeige zurück?“
Der Herr im noblen Anzug blickte seine Frau fragend an.
Die sagte sofort: „Selbstverständlich zieht mein Mann seine Anzeige zurück. Ich kenne Thomas Auberle als sehr vernünftigen, jungen Mann. Das Ganze ist leider ein Missverständnis.“
Herr Buchner nickte nur widerwillig. Er schaute zu dem jungen Pärchen, das sich immer noch umschlungen hielt und rief: „Heidi, kommst du? Wir wollen endlich gehen. Es war peinlich genug. Ich habe heute noch wichtige Termine!“
„Ich komme nicht mit“, antwortete das Mädchen und blickte ihren Vater trotzig an.
„Heidi, du tust jetzt, was ich sage!“, verschärfte der Vater seinen Ton.
„Nein, Papa, du bist das nämlich alles schuld. Wegen dir traut sich ja niemand meiner Bekannten an unsere Haustür. Ich rede nie wieder ein Wort mit dir!“ Dann drehte sie sich zu Tom um und legte ihr Gesicht an seine Brust.
Herr Buchner schaute den jungen Mann streng und voller

Abscheu an, doch der umarmte seine Freundin fest und hielt dem Blick des Grauhaarigen stand.
„Vera, wir fahren!“, befahl Vater Buchner seiner Frau und drehte sich zum Gehen herum.
Sie erwiderte lächelnd: „Nein, Alexander, nimm du deine wichtigen Termine wahr. Heidi und ich kommen zurecht.“
Ohne zu grüßen verließ ihr Mann das Gebäude.
Nachdem alle Formalitäten erledigt waren, reichte Kommissar Kluge Tom die Hand. „Du hast heute Nacht mehr Schlaf bekommen als ich. Gegen 04:00 Uhr haben wir in der Siedlung, in der die Buchners wohnen, drei Männer auf frischer Tat beim Einbruch erwischt. Also, mein junger Freund, das nächste Mal klingelst du an fremden Haustüren und meldest deinen Besuch vorzeitig an, ist das klar?“
Tom erwiderte den Händedruck und nickte stumm.
Heidi sagte: „Ich habe Ferien und möchte mit Tom nach Reit im Winkl fahren, ist das okay?“ Sie blickte zwischen ihrer Mutter und Frau Auberle hin und her. Die Damen nickten zustimmend. Die jungen Leute nahmen sich an die Hand und eilten nach draußen. Auch Kluge verabschiedete sich und ging zurück in sein Büro.
Frau Buchner lud Herrn und Frau Auberle am Viktualienmarkt in ein Café ein. Dort sprachen sie angeregt über ihre Familien. Gegen 13:00 Uhr drängte Max zum Aufbruch. Er erwartete zum Nachmittag noch einen wichtigen Kunden. Frau Buchner nahm sich ein Taxi nach Hause.
Max reihte sich in den Münchner Mittagsverkehr ein und sagte: „Ich kann Toms Verhalten nicht verstehen. Einfach so in einen fremden Garten einzudringen und an einem Fenster im ersten Stock herumzufummeln ist idiotisch.“
„Ach, gerade du verstehst das nicht? Dann denke mal zwanzig Jahre zurück. Wer wollte denn an der Dachrinne meines Schwesternheims hinaufklettern? Wer ist denn in Düsseldorf über den Balkon in mein Zimmer gestiegen? Aber da warst du noch jung und voller Spontanität. So etwas könnte dir heute natürlich nicht mehr passieren.“

Herr Auberle betrachtete seine Frau im Augenwinkel und verzog keine Miene.
Nach etwa fünf Minuten setzte er plötzlich den Blinker.
Nicht weit entfernt übte ein älterer Herr am Straßenrand das Einparken. Als dieser gerade wieder aus der Parklücke herausfuhr, um noch mal neu anzusetzen, schoss Max mit einem Zug frech auf den freien Stellplatz. Schwungvoll lief er um seinen Wagen herum, öffnete Svenjas Tür. „Aussteigen, Rapunzel!“ Er nahm seine Frau an die Hand und zog sie mit sich. Hinter ihnen stand der Parkplatzsuchende neben seinem Wagen mitten auf der Straße und schimpfte mit erhobener Faust. Unter dem Werbeschild “Beauty-Tours“ stieß Max die Tür eines Reisebüros auf.
Die Inhaberin grüßte freundlich und wies auf zwei Plätze vor ihrem Schreibtisch.
Max schob seiner Frau einen Sessel zurecht und sagte dabei: „Wir sind frisch verliebt. Wir wollen weg, weit, weit weg. Wenn es geht, schon Anfang September!“
Die Dame sah von einem zum anderen: „Ja, haben Sie denn eine Vorstellung davon, wo es in etwa hingehen soll?“
Svenja schüttelte amüsiert den Kopf.
Doch Max meinte: „Mir kommt da gerade eine Idee.“

∞

Hoch im Norden der Ägäis ragt die Insel Thasos aus dem Meer. Einst wurde sie von den antiken Völkern besucht, heute hauptsächlich von griechischen Urlaubern, die mit der Fähre vom nahen Festland herüber kamen. Leise plätscherten Wellen an einen paradiesischen Strand. Eine Frau lag mit dem Rücken im warmen Sand. Ihr Kopf ruhte auf einem zusammengerollten Handtuch. Ihre Augen waren geschlossen, das Gesicht entspannt. Sie trug einen knappen Bikini. Ihre Haut war von dem täglichen Sonnenbad schon leicht gebräunt. In großem Abstand genossen auch andere Sonnenanbeter das mediterrane Sommerwetter. Ein Schatten näherte sich der

schlummernden Nixe und schob sich heimtückisch über ihren nackten Bauch. Ein kleiner Eiswürfel fiel herab und traf genau den Bauchnabel. Reflexartig tasteten die Finger der Nixe nach dem Eisstück und schleuderten es angewidert in den heißen Sand.
„Max, bist du wahnsinnig? Soll ich einen Herzinfarkt bekommen!“, rief Svenja und blinzelte gegen das Sonnenlicht.
„Wenn du etwas gewartet hättest, dann hätte ich das Eisstück mit der Zunge aus deinem Bauchnabel wieder herausgeholt. Du musst noch viel ruhiger werden.“ Er reichte ihr ein Cocktailglas, in dem bunte Früchte leuchteten und noch mehr Eiswürfel funkelten. „Der Drink ist ein Geheimrezept von meinem Freund Sokrates“, sagte Max und zeigte mit dem Daumen hinter sich zu der Taverne, die unter Laubbäumen im Schatten stand. Sträucher und Feigenbäume grenzten den Sandstrand zu der alpinen Insellandschaft ab. Hoch oben im Wald thronte ein altes Kloster.
Svenja sog an dem Strohhalm und ließ den Cocktail prüfend im Mund herumlaufen. „Ich glaube, Sokrates hat die Früchte mit reinem Tsipouro aufgefüllt. Wenn ich das Glas leer getrunken habe, dann kannst du mich nach Hause tragen.“
Max probierte an seinem eigenen Glas. „Ja, du hast recht. Sparsam war er mit dem Tsipouro nicht. Für die Griechen ist das Zeug angeblich reine Medizin. Viele brennen es selbst.“
Svenja blickte zu der kleinen vorgelagerten Insel Chania, die wie ein grüner Juwel aus dem blauen Meer ragte.
Max ließ heimlich ein kleines Eisstückchen auf ihre Brust fallen. Sie hätte fast ihr Glas verschüttet. „Hör endlich auf. Du bist schlimmer als ein Schulbub!“
„So fühle ich mich auch.“ Er blickte sie mit seinem verwegenen Max-Lächeln an. „Ich könnte den ganzen Tag nur Schabernack treiben.“
„Dann geh ins Wasser und kühl dich ab.“ Sie gab ihm einen Kuss und legte sich wieder mit dem Rücken in den Sand, stellte ihr Glas neben sich und schloss genüsslich die Augen. Max besah sich seine Frau von Kopf bis Fuß und flüsterte:

„Rapunzel, du bist die schönste Nixe hier am Strand."
Svenja reagierte nicht. Plötzlich spürte sie unter sich im feinen Sand zwei Arme und ihr Körper wurde hochgerissen. Mit großen Schritten trug Max seine Beute einige Meter weit ins Wasser und ließ sie fallen. Die badende Venus tauchte mit ausgestreckten Armen auf und drückte den Kopf ihres Mannes angriffslustig unter Wasser. Als Max danach auftauchte, war die Nixe bereits einige Meter auf die kleine Insel zu geschwommen. Er nahm die Verfolgung auf, doch der Abstand zwischen ihnen wurde immer größer. Sie schaute sich nach dem Verfolger um und neckte ihn: „Fang mich doch, du Gebirgsjäger!" Sie kraulte flink weiter auf die vorgelagerte Insel zu. Max gab sich die größte Mühe mitzuhalten, doch das ehemalige Küstenkind hatte anscheinend die bessere Kondition. Mit einem Mal krampfte Max' Unterschenkel. Sein Gesicht verzerrte sich vor Schmerz. Das Wasser war zu tief, um noch stehen zu können. Der Mittvierziger sah unter sich auf dem Meeresboden den eigenen Schatten strampeln. Jetzt kamen auch noch heftige Seitenstiche hinzu. Zum ersten Mal in seinem Leben rief Max um Hilfe. Doch statt Worte spuckte er nur salziges Wasser.
Svenja schaute sich von weitem lachend um und rief: „Na komm schon, du Bleiente!" Dabei besah sie sich das lustige Zappeln ihres Mannes. Nur langsam wurde ihr bewusst, dass Max dort keinen Blödsinn vorführte. Nein, das war bitterer Ernst.
Sie kraulte eilig auf ihn zu. Panik hatte ihn erfasst.
„Bleib ruhig, Max! Bleib ganz ruhig! Ich bin da!" Sie hielt von hinten seinen Kopf über Wasser. Endlich hörte er auf zu strampeln. Svenja zog ihn rückenschwimmend Stück für Stück Richtung Strand, so, wie sie das als Jugendliche beim DLRG gelernt hatte. Endlich spürte sie im niedrigeren Wasser Sandboden unter ihren Füssen. „Max, hier können wir wieder stehen. Alles ist gut."
Auch er hatte nun Bodenkontakt. Mit einer Hand hielt er sich an Svenjas Schulter, mit der anderen massierte er seine

verkrampfte Wade. Langsam ließ der Schmerz nach. Max nahm seine Frau in die Arme. „Schatz, ich danke dir. Ich muss unbedingt wieder mehr Sport treiben. Du bist zehnmal fitter als ich. Und du bist für mich die schönste Nixe der Ägäis."
Eng umschlungen küssten sie sich.
Svenja blickte zum Strand. Die anderen Urlauber lagen bratend in der Sonne oder vergnügten sich im Schatten der Taverne. Sie sagte: „Niemand hat anscheinend mitbekommen, dass du in Not warst. Es ist doch unglaublich, dass man heutzutage direkt vor aller Augen ertrinken könnte."
Max nahm ihre Hand und humpelte an den Strand. Der heiße Sand tat seiner Wade gut.

Als die Abendsonne hinter der Bergspitze versank, setzten sich die Eheleute auf die Terrasse des kleinen Hotels, das ebenfalls Sokrates gehörte.
Über der Terrasse rankten unzählige Äste mit Weintrauben, die schon bald geerntet würden. Der kahlköpfige Grieche sprach deutsch, da er einige Jahre in der BRD als Koch gearbeitet hatte. Er nahm Svenjas Hand und deutete einen Kuss an. „Schade, dass diese schöne Venus schon an meinen alten Freund Max vergeben ist."
„Du sollst hier nicht mit meiner Frau flirten, sondern etwas Gutes auftischen! Sie muss sich stärken. Svenja hat heute Nachmittag einen ganz dicken Fisch an Land gezogen."
„Was darf ich meinen Freunden bringen?"
Svenja sagte: „Ich überlasse Herrn Auberle die Wahl. Er soll mich überraschen."
Max blickte seinen griechischen Freund an und bestellte: „Bitte bring uns zuerst einen halben Liter roten Imiglykos und eine Flasche Wasser dazu. Als Vorspeise nehmen wir Fetakäse mit Zwiebeln und gefüllte Oliven. Dann etwas Tsatsiki und gegrillte Peperoni. Da wir schon zweimal Fisch hatten, mach uns heute mal etwas Gyros in Metaxa-Soße und einen kleinen Bauernsalat. Zum Dessert kommen wir später."
Sokrates bedankte sich und ging zu seiner Küche.

Bald darauf brachte eine Bedienung die Getränke und Vorspeisen.
„Max, woher kennst du Sokrates?“, fragte Svenja und schob sich genüsslich eine gefüllte Olive in den Mund.
„Der ist mit seinen Eltern nach Deutschland gekommen, als die Militärregierung den Menschen in Griechenland das Leben zur Hölle machte. Sokrates bekam die deutsche Staatsbürgerschaft und musste wie ich zur Bundeswehr. Er war in meiner Einheit.“
„Warum ist er nach Griechenland zurückgegangen?“
„Weil hier das Paradies ist. Der wichtigere Grund war aber wohl, dass er diese Grundstücke hier geerbt hat.“
Svenja und Max stießen mit ihren Weingläsern an. Sie waren die einzigen deutschen Gäste in diesem kleinen Hotel. Die übrigen Zimmer waren mit griechischen Urlaubern vom Festland belegt.
Sokrates spielte nach der Küchenarbeit auf seiner Bouzouki Folklore und sein erwachsener Sohn George begleitete ihn mit einer Gitarre. Die griechischen Gäste tanzten im Kreis und klatschten zum Takt der Musik. Die Nacht hatte die vorgelagerte Insel verschluckt. Ferne Lichter der Fischerboote und Positionsleuchten ausgelegter Netze boten ein geheimnisvolles Bild. Auf den Tischen der Terrasse flackerten Kerzen.
Max hielt seine Frau eng im Arm.
Sie legte ihren Kopf an seine Schulter und flüsterte: „Es ist zauberhaft hier. Seit Jahren habe ich mich nicht mehr so wohl gefühlt.“
Er küsste sie auf die Stirn.
Um Mitternacht schloss Max die Tür zum Schlafzimmer auf. Svenja trat durch die weit geöffnete Doppelflügeltür zum Balkon hinaus und schaute noch einmal zu den fernen Lichtern der Fischerboote.
Er stellte sich hinter sie und legte seine Arme um ihre Taille. Leise fragte sie: „Öffnest du bitte mal an meinem Rücken den Reißverschluss?“
Er öffnete ihr Sommerkleid, sie strich es von den Schultern

und das Kleid fiel zu Boden. Dann drehte sie sich herum und schlang ihre Arme um seinen Hals …

∞

In der Münchner Flughafenhalle eilten Touristen und Besucher hin und her. Durchsagen hallten aus Lautsprechern. Svenja und Max winkten ihren Söhnen hinter einer Scheibe zu. Als die Fluggäste aus dem Gate strömten, sah Timmy seine braungebrannte Mutter erstaunt an. „Hi, Mama, du siehst blendend gut aus!“
Sie nahm ihn mit feuchten Augen in die Arme. Dann wurde Tommy geherzt. Der Jüngste verhielt sich auffällig ruhig.
Max drückte seine Söhne an sich und schwärmte: „Klasse, wenn man so große Jungen hat, dass man sogar vom Flughafen abgeholt wird.“
Die Familie verließ die Halle und ging ins Parkhaus zu ihrem Auto. Tim steuerte den Passat stolz auf die Autobahn. Svenja und Max saßen wie zwei Verliebte Arm in Arm im Fond.
Tim berichtete, dass zuhause alles problemlos gelaufen wäre. Svenja griff zum Beifahrer, strich Tommy sanft über die Wange und fragte: „Wie lief es bei dir? Wie war dein Einstieg als Lehrling im Autohaus Auberle?“
Tom murmelte vor sich hin: „Ja … ja …alles gut.“
Nun wollte Max es genauer wissen. „Das klingt nicht sehr begeistert, Tommy. Du wolltest doch unbedingt in meiner Firma anfangen. Was stimmt denn jetzt wieder nicht?“
„In deinem Autohaus ist alles okay. Da mach dir mal bloß keine Sorgen! Heidi ist weg. Sie hat einen Neuen. Sie hat jetzt einen Jurastudenten. So ein alter Sack von einundzwanzig. Der hat sie mit seinem Uni-Sprüchen völlig zugetextet. Außerdem protzt er mit dem BMW-Cabrio seines Alten. Da kann ein doofer Realschüler mit einem Zweirad nicht mithalten.“
Nachdem alle eine Zeit lang geschwiegen hatten, sagte Tim: „Tommy wollte sogar schon mit Mamas Golf-Cabrio zu Heidi fahren, weil er dachte, dass sie dann zu ihm zurückkäme.“

„Ja und?“, schnauzte Tom seinen Bruder verärgert an. „Fahren kann ich doch! Mit Sicherheit fahre ich nicht schlechter als du!“
Svenja fragte verwundert: „Thomas, wieso glaubst du, dass du Autofahren könntest?“
„Onkel Sepp hat mich schon oft Trecker fahren lassen. Den darf ich ja auch mit meinem Führerschein fahren. Papa hat mich in Achdorf auch schon unser Auto kurz fahren lassen.“
Mutter Auberle blickte ihren Mann streng an. „Hast du wirklich …?“
Max legte ihr behutsam seinen Finger auf die Lippen und flüsterte lächelnd: „Schatz, das hier ist nicht das Paradies. Du musst dich noch gedulden. Dort fliegen wir erst im Frühjahr wieder hin, okay?“
Auch sie lächelte wieder, legte ihren Kopf an seine Schulter und schloss die Augen.

Nachdem die Familie ihr Heim in Reit im Winkl erreicht hatte, trugen die jungen Männer das Gepäck der Eltern ins Haus. Max überflog die Post, die ordentlich gestapelt auf dem Esstisch lag. Er zog einen schwarz umrandeten Brief heraus und reichte ihn seiner Frau. „Schatz, hier ist ein Trauerbrief an dich adressiert.“
Svenja stand noch zwischen den Koffern und stellte ihren Beauty-Case ab. Dann öffnete sie den Brief und zog eine Karte heraus. Darauf stand:
"Adelbert Johann Rheineck *1916 - 1999. Ein herzlicher, liebevoller, gemeinsamer Lebensweg ist zu Ende gegangen. Es trauern um dich Gräfin Rheineck, Verwandte und Freunde. Die Beisetzung fand in Düsseldorf in aller Stille statt."

Im Jahr 2009

„Fünf, vier, drei, zwei, eins, Prosit Neujahr!“, riefen fröhliche Stimmen durcheinander. Mit feuchten Augen nahmen sich viele Paare in die Arme. Küsschen hier, Küsschen dort! Draußen vor der Festhalle starteten Silvesterraketen und sprühten bunte Funken in den Nachthimmel. Handys klingelten und Wünsche wurden für das neue Jahr getauscht. Dazu stimmten die Kirchenglocken von Reit im Winkl mit ein und in der Festhalle erklang der Kaiserwalzer aus den Lautsprechern.
Svenja stieß mit ihrem Max an und trank einen Schluck Sekt. Er drückte sie an sich. „Weißt du, dass es nun vierzig Jahre her ist, dass du mir in Winterberg auf dem Ball ein Küsschen gegeben hast?“ Er tippte ihr liebevoll auf die Nasenspitze. „Ich meine so ein ganz, ganz schüchternes Küsschen?“
„Für einen Mann hast du ein erstaunliches Erinnerungsvermögen! Vor neun Jahren hatten wir den Jahrtausendwechsel. Wenn Opa Kuddel früher sagte, dass mit dem Alter die Zeit immer schneller vergeht, musste ich lachen. Jetzt, mit zweiundfünfzig, geht es mir schon genauso.“
„Nicht so laut“, flüsterte Max ihr ins Ohr, „das muss doch niemand wissen. Du siehst doch viel, viel jünger aus.“ Er gab ihr einen Kuss.
„Lass mal gut sein, Herr Auberle! Ich stehe zu meinem Alter. Ich stehe zu meinen Hitzewellen und ich stehe zu meiner neuen Kleidergröße. Probleme mit dem Alter haben nur die 40-Jährigen.“ Sie lachte und trank wieder von ihrem Sekt. Dann schaute sie Max auffordernd an. „Erinnerst du dich denn auch noch daran, dass du mir vor vierzig Jahren die ersten Tanzschritte beigebracht hast?“
„Oh, ich ahne das Schlimmste!“
Sie nahm ihm sein Glas aus der Hand und zog ihn auf die leere Tanzfläche. Die Live-Band begrüßte das erste mutige Tanzpaar des neuen Jahres 2009 und bedankte sich mit einem Tusch. Dann spielten sie einen schnellen Fox.
Svenjas Haare waren mittlerweile wieder kinnlang.
Sie trug ein Dirndl, das mit Stickereien verziert war. Ihre Figur wirkte voller, doch das war für dieses Kleid ideal. Eine

Bohnenstange konnte so ein Dirndl nicht tragen. Max trug Krawatte und Jackett. Sein Haar war fast weiß, aber immer noch voll und kräftig. Mit der rahmenlosen Brille wirkte er wie ein Dozent. Es dauerte nur drei Musikstücke lang und der 56-Jährige stand schweißnass unter Dampf. Seine Frau wirkte Dank ihrer regelmäßigen Aerobic-Übungen noch fit.
Jubelnd kamen junge Leute auf das Tanzpaar zu.
Tom Auberle hatte eine Blondine im Schlepp und rief: „Hi, Eltern, frohes, neues Jahr!“ Der hochgewachsene und muskelbepackte Mittzwanziger gab seiner Mutter einen Kuss. „Darf ich euch Ute vorstellen? Sie kellnert hier und hat jetzt Schichtende. Wir haben uns gerade kennengelernt.“
Frau Auberle gab der hübschen, jungen Dame die Hand und stellte ihren Mann vor.
Im gleichen Augenblick klingelte das Handy von Max und er hielt es sich ans Ohr. „Hallo? Hallo, wer ist denn da?“ Er hielt sich aufgrund der lauten Musik das andere Ohr zu. „Hallo, Tim, ja, euch auch ein gutes, neues Jahr. Bestelle Steffi liebe Grüße. Ach, warte mal, was macht meine kleine Enkelin Louise?“ Max winkte kopfschüttelnd ab und reichte seiner Frau das Handy.
„Frohes, neues Jahr, Tim!“, rief Svenja in das kleine Mikrofon. „Ach, der Papa, der hört doch mittlerweile schlecht! Der glaubt mir das aber nicht.“ Dann erkundigte sie sich nach Schwiegertochter und Enkelkind.
Mühlinger Benedikt drückte Herrn Auberle die Hand. Aus dem pummeligen Jungen war ein stattlicher Mann geworden, dessen massige Statur Max an Xaver erinnerte. Im Gegensatz zu Xaver Kugler wirkte Benedikt jedoch stilvoll. Der Mittzwanziger trug Jackett und Krawatte.
„Ben, ich wünsche dir ein gutes, neues Jahr“, sagte Max. „Wie geht es deinem Vater?“
„Er hatte einen Re-Infarkt und hat mir nun die Firmenleitung übergeben. Obwohl ich schon lange in unserem Holzhandel arbeite, so ist es doch ein erheblicher Unterschied, ob man nur auf Anweisungen reagiert oder den ganzen Laden lenken

muss. Ich habe kaum noch Zeit, mich mal mit Tom zu treffen."
„Dann nutzen wir jetzt die Gelegenheit und der alte Max Auberle lädt euch alle zu einem Drink ein. Ich gehe schon mal zur Theke und stelle mich an."
An der Bar waren einige Kampftrinker bereits in der fortgeschrittenen Heiterkeitsstufe. Manche litten anscheinend unter dem Verlust der Muttersprache. Herr Auberle arbeitete sich vorsichtig zur Theke vor, um eine Bestellung aufzugeben. Plötzlich klatschte ihm jemand heftig in den Nacken und rief: „Hey, Alter, mach dich vom Acker, da hab ich gestanden!", und der Grobian stieß Herrn Auberle noch einmal heftig.
Max fiel das Portmonee zu Boden und er bückte sich danach. Bei dem nächsten Stoß in den Rücken sank Max auf die Knie. Svenja hatte die Szene bei diesem Gedränge nicht mitbekommen. Sie sah nur, wie sich Tom plötzlich in der Menschentraube Platz verschaffte und einen breitschultrigen Kerl am Kragen mit sich riss. Die besorgte Mutter wollte sich einmischen, doch der Mühlinger Benedikt zog sein Jackett aus, reichte es Frau Auberle und sagte ganz gelassen: „Halten Sie bitte mal kurz meine Jacke, jetzt wird es nämlich lustig!"
Als Max sich wieder aufgerichtet hatte und hinter sich zur Tanzfläche sah, stand Tom einem kräftigen Typen gegenüber, der vergebens versuchte, den jungen Auberle zu boxen. Tom wich jedem Schlag geschickt aus. Ein Kumpan des Schlägers hatte sich nicht mit einmischen können, da Benedikt ihn von hinten am Kragen und Hosenbund fest im Griff hielt.
Toms Angreifer verlor bei seiner nächsten Attacke das Gleichgewicht und stolperte über seine eigenen Füße zu Boden. Die Zuschauerrunde, die sich mittlerweile gebildet hatte, klatschte lachend in die Hände. Tom, der seit einigen Jahren einen Schwarzgurt in Judo trug und die Jugendmannschaft trainierte, beugte sich zu dem Mann am Boden und reichte ihm seine Hand. Der ließ sich auf die Beine helfen. Tom blickte ihm fest in die Augen und sagte: „Das Prinzip dieser Technik heißt: Siegen durch Nachgeben. Möchtest du noch

eine Runde?“
Der Mann rieb sich durch das Gesicht und murmelte: „Leck mich am Arsch!“
„Nein, solange die Schokolade noch so billig ist, verzichte ich darauf.“
Wieder lachten die Zuschauer.
Der Schläger und sein Kumpel wurden von den Ordnungskräften aus der Festhalle geführt.
„Hört das denn nie auf?“, schimpfte Frau Auberle. „Wachsen diese Hornochsen immer noch nach?“ Sie klopfte Max die staubigen Knie ab.
„Lass gut sein, Svenja, es ist doch nichts passiert. Ich bin noch nicht zerbrechlich.“ Dann legte er Tom die Hand auf die Schulter: „Danke, mein Junge. Du hast dich diesem Kerl gegenüber mehr als fair verhalten. Du bist heute beim Judo trainierter, als ich es jemals war.“
„Danke, Pa“, sagte Tom stolz und zog seine neue Freundin Ute mit sich auf die Tanzfläche.
Die Live-Band spielte rockige Musik und feuerte die Tänzer mehr und mehr an. Tommys Tanzpartnerin sah sich um und erblickte hinter sich eine schwarzhaarige Schönheit, die in der Menge stand. Sie rief zum jungen Auberle: „Hi, Thomas. Ich sehe, dass du dir die Rangeleien noch nicht abgewöhnt hast. Musstest du für die Kleine hier den Retter spielen?“
Ute drehte Toms Kinn zu sich und fragte: „Was ist los? Warum schaut ihr euch so an?“
Die Schwarzhaarige überging diese Frage achtlos. Sie sah nur dem jungen Auberle fest in die Augen. „Ich wohne bis nächsten Sonntag bei meiner Tante hier in Reit im Winkl. Morgen laufe ich auf der Winklmoos-Alm Ski. Vielleicht sieht man sich dort!“ Noch bevor Tom antworten konnte, verschwand sie in der Menge.
Ute fragte verärgert: „Verdammt noch mal, wer war denn das?“
„Vergiss es. Sie ist eine ehemalige Freundin von mir. Das liegt Jahre zurück. Komm, wir gehen etwas trinken.“ Er nahm

sie mit zu seinen Eltern an die Bar. Dort stand auch sein Spezi Mühlinger. Tom flüsterte ihm ins Ohr: „Benedikt, wieso hast du mir nicht gesagt, dass deine Cousine bei euch wohnt?"
„Woher soll ich das wissen, du Spaßvogel? Vielleicht wohne ich nicht mehr zuhause? Ich war Weihnachten das letzte Mal bei meinen Eltern. Da hat niemand von Heidi gesprochen."
„Sorry, Dicker, aber Heidi hat gerade vor mir gestanden. Sie meinte, dass sie bis Sonntag in Reit bleibt."
„Ja und? Was juckt dich das denn? Du hattest nach ihr doch jedes Jahr eine Neue! Ich wäre froh, wenn ich die Hälfte davon mitbekommen hätte. Wie machst du das eigentlich?"
Tom klopfte seinem Spezi auf die Schulter. „Ich weiß es nicht. Ich denk, die Mädels haben alle bloß Mitleid mit mir."
Benedikt schüttelte genervt den Kopf: „Mann, Auberle, verarschen kann ich mich selbst!"
Tommy legte ihm freundschaftlich die Hand auf die Schulter: „Sag mal, wenn ich ein Mädel für dich hätte, die etwas fülliger ist, kämest du damit klar?"
Ben schaute interessiert auf. „Da die Models bei mir nicht endlos Schlange stehen, habe ich wohl nicht die Qual der Wahl. Wieso fragst du?"
„Nicht nur du hast eine Cousine. Die Tochter von meinem Onkel Xaver ist noch nicht in festen Händen. Sie heißt Mandy Kugler und wohnt jetzt nicht mehr bei ihren Eltern in München. Die ist Physiotherapeutin geworden." Tom lachte. „Mann, Dicker, dann kannst du dich jeden Tag massieren lassen, okay?"
„Okay, du arrangierst ein Treffen für mich."
„Klar, für meinen Spezi tue ich alles. Morgen startet das Projekt "Mandy"!"
Ute drehte Tom zu sich herum und fragte: „Vergisst du deine Freundinnen immer schon nach zwei Minuten?" Sie zog ihn wieder auf die Tanzfläche.

∞

Tim Auberle war schon vor einigen Jahren ausgezogen und hatte eine Familie gegründet. In seinem ehemaligen Zimmer hatte sich Svenja ein Büro eingerichtet. Dort klingelte auf dem Schreibtisch das Telefon. Svenja und Max hatten am Neujahrstag den Vormittag verschlafen und lagen noch auf ihrem Bett. Sie fragte sich selbst: „Wer ruft denn am Feiertag bei mir an?“
Pflichtbewusst eilte sie zum Telefon. „Mobiler Pflegedienst Auberle, ja bitte?“
„Grüß Gott, ich bin Franz Waldler. Sind Sie die Schwester Svenja, die vor zehn Jahren mit meiner Frau Rosi im Krankenhaus Nachtschicht gemacht hat?“, fragte ein älterer Herr mit warmherziger Stimme.
„Ja, ich habe damals mit Rosi oft zur gleichen Zeit Dienst gehabt.“
„Gott sei Dank, dass ich Sie gefunden habe. Rosi hatte einen Schlaganfall und sitzt im Rollstuhl. Sie sucht nach einem mobilen Pflegedienst. Können Sie uns helfen?“
„Den Nachmittag habe ich schon verplant. Wenn es Ihnen recht ist, dann komme ich gegen Abend. Geben Sie mir bitte noch die Adresse.“
Herr Waldler gab die Daten durch und bedankte sich. „Rosi wird froh sein, wenn Sie kommen.“

Das schneebedeckte Haus der Eheleute Waldler lag etwas außerhalb der Stadt. Es war ein einstöckiges Gebäude im traditionellen Baustil. Aufgrund der abendlichen Dunkelheit und der geringen Außenbeleuchtung war nur wenig zu erkennen. Frau Auberle fand keine Türklingel, also klopfte sie an. Einen Moment später erhellte sich hinter dem Milchglasfensterchen der Haustür das Innere und Schritte näherten sich. Ein kahlköpfiger Mann mit wettergegerbtem Gesicht öffnete.
„Mein Name ist Auberle“, sagte Svenja. „Sie haben angerufen. Ich bin vom privaten Pflegedienst.“
„Grüß Gott, kommen Sie bitte herein. I bin der Franzl. Rosi wartet scho. I geh voraus.“

Die Diele roch nach Kamin und geräuchertem Speck. Uralte, handgeschnitzte Möbel, Wandteller und Bilder mit Bergmotiven säumten den verwinkelten Weg in den hinteren Teil des Hauses. Aus einem Zimmer schallte das durchdringende Schlagen einer großen Wanduhr. In einem anderen Raum hörte man ein viel zu laut gestelltes Radio, in dem gerade die Nachrichten begannen. Herr Waldler schlurfte in ausgetretenen Schlappen und blieb vor einer Tür stehen. Er klopfte an und ein nicht zu deutender Laut kam als Antwort. Als Frau Auberle hinter Herrn Waldler das Zimmer betrat, liefen der Mittsechzigerin im Rollstuhl die Tränen.
Svenja stellte ihre Tasche ab, nahm ihre ehemalige Kollegin in die Arme und flüsterte: „Meine gute Rosi, was machst du denn für Sachen? Gerade du hast doch immer so vernünftig und gesund gelebt."
Franzl brachte beiden Frauen Tee und ließ sie dann wieder allein. Rosi zog ein misslungenes Lächeln auf ihren schiefen Mund. Sie ergriff mit der mobilen rechten Hand einen Kugelschreiber und legte sich einen Schreibblock auf die zugedeckten Knie. Dann begann sie zu schreiben: "*Ich bin froh, dich zu sehen. Alles halb so schlimm mit mir. Franzl hat es viel mehr mitgenommen. Ich will wieder auf die Beine kommen, auch wenn der Trottel von Hausarzt nicht mehr daran glaubt. Du kennst mich.*" Sie sah Svenja in die Augen und die Jüngere lächelte zustimmend. Rosi schrieb weiter: "*Aber ich brauche deine Hilfe.*"
Svenja strich der pensionierten Kollegin liebevoll über die Wange und sagte: „Nichts lieber als das! Wir fangen am besten gleich an."
Rosi schüttelte den Kopf und schrieb: "*Nein, erst will ich erfahren, was du nach deiner Kündigung in der Klinik erlebt hast.*"
Svenja setzte sich neben Rosi, trank von ihrem Tee und

begann zu erzählen: „Wie du dich sicher erinnerst, hatte unser Stationsarzt Dr. Fröhlich mir damals eine Stelle in seiner neuen Praxis angeboten. Ich nahm an und kam vom Regen in die Traufe. Das Klima war zwar gut, doch bald hatte ich aufgrund permanenter Überstunden fast gar keine Freizeit mehr. Schon damals wurden Schwestern in der häuslichen Pflege gesucht. Ich bewarb mich als freie Mitarbeiterin und bekam sofort einen Vertrag. Heute kann ich selbst bestimmen, wie viel und wie lange ich arbeite. Es geht mir wirklich gut."
Rosi schrieb: *"Was ist aus euerer Ehekrise geworden?"*
„Alles Schnee von gestern. Max flog mit mir danach auf eine griechische Insel, die kaum ein Deutscher kennt. Sein ehemaliger Bundeswehrkumpan hat dort ein winziges Hotel mitten im Paradies. Dort fliegen wir jedes Jahr für drei Wochen hin. Ich bin heute froh, dass ich damals nicht alles hingeworfen habe. Heute lieben wir uns mehr als zuvor. Das ist vielleicht sogar dein Verdienst, meine Liebe", nahm Frau Auberle die Hand der Älteren in ihre beiden Hände. „Max und ich gehen auch gerne einmal im Monat in die Sauna. Ab und zu sogar in Verbindung mit einem Wochenende bei seiner Schwester Chris im Hotel Berger. Dort gibt es einen gepflegten Wellness-Bereich."
Rosi nickte und schrieb: *"Was ist aus deinen Kindern geworden?"*
„Tom ist sechsundzwanzig und lebt bequem im Hotel Mama. Er ist Mechaniker geworden. Max drängt den Jungen ständig, seine Meisterprüfung zu machen, damit er später die Werkstatt übernehmen könnte. Aber Tom ist ein Spätzünder. Motorradfahren, Skifahren, Judo und hier und dort eine kurze Liebschaft. Was mir Sorge macht, ist, dass er neuerdings in Kössen öfter zum Paragleiten geht. Ich glaube, es macht ihm Spaß, ständig meine Nerven zu testen. Der müsste die richtige Frau finden, die ihn antreibt. Es gab da mal eine Heidi, in die war er ganz verliebt. Für die hätte er sogar das Abitur

nachgemacht. Ich vermute, dass sie ihn verlassen hat, weil er ihr zu unreif war. Die Mädchen, die danach kamen, die benutzt er nur. Ich habe oft mit ihm geschimpft.“ Svenja nippte wieder an ihrem Tee. Dann fuhr sie fort: „Der Große ist achtundzwanzig und in schulischen Dingen das Gegenteil von seinem Bruder. Tim ging immer zielstrebig seinen Weg. Er ist heute Assistenzarzt in der Radiologie. Er hat seine erste Freundin Steffi geheiratet.“ Svenja schmunzelte. „Besser gesagt: Sie mussten! Ja, Rosi, seit drei Jahren bin ich Oma – Oma Svenja! Selbst in zehn Jahren werde ich mich an diesen Titel noch nicht gewöhnt haben. Aber Louise, mein Enkelkind, ist ein Schatz. Ich freue mich jedes Mal, wenn sie kommt.“
Rosi schrieb: *“Was macht deine schwierige Mutter, die Gräfin?“*
„Adelbert, ihr Mann, starb vor etwa zehn Jahren. Ihr Trauerspiel dauerte nicht lange, weil ihr keiner so richtig das Trauern abgenommen hatte. Sie reist heute viel mit ihrer gleichgesinnten Freundin Münzmann. Vor zehn Jahren hatten Carmen und ich uns etwas angenähert. Ich hatte gedacht, wir könnten uns künftig auf Augenhöhe begegnen. Aber wir sind zu verschieden. Sie richtet ihr Leben nur nach Äußerlichkeiten aus und ich pflege mit zunehmendem Alter mehr und mehr die inneren Werte.“
Die Dame im Rollstuhl genoss ihren Tee. Sie atmete den Duft tief ein und machte dann ein sehr zufriedenes Gesicht. Svenja beobachtete das mit Bewunderung. „Rosi, das ist es, was ich meine: Du wirst von einem großen Schicksalsschlag getroffen und freust dich trotzdem über eine schlichte Tasse Tee. Meine Mutter ist wesentlich älter als du, kerngesund, finanziell gut versorgt und tut so, als müsste sie das gesamte Leid der Welt auf ihren Schultern tragen. Da sich Krankheit erst durch Leiden definiert, habe ich ihr freundlich geraten, mal zu einem Fachmann oder einer Fachfrau zu gehen. Da ist Mutter völlig ausgerastet. Sie wirft mir vor, ich wolle sie in die Klapse bringen und entmündigen. Dann hat sie von mir über ihren Anwalt

ihre Patientenverfügung zurückgefordert und meinen Bruder Hauke dafür einsetzen lassen. Nun ist der Kontakt ganz abgebrochen. Aber das hatte ich ja schon nach meiner Eheschließung mit Max mit ihr durchgemacht."
Rosi wollte wissen, wie nun das Verhältnis zu Svenjas Bruder geworden ist.
„Hauke und ich verstehen uns immer noch gut. Da konnte Carmen keinen Keil zwischen treiben. Wir wollten ihn im Sommer in Bornsiel treffen, weil wir dann die Kate gebucht haben. Doch Hauke und Jenny fliegen in die USA. Ihre Tochter Lena studiert dort jetzt Anglistik und Geschichte. Mein Vater Carl ist Geschichtslehrer und sehr stolz auf seine Enkelin Lena."

∞

Tom hatte seine Silvesterbekanntschaft Ute morgens gegen 05:00 Uhr nach Hause gebracht. Da sie noch bei ihren Eltern wohnte und Tom bei sich zuhause auch niemand stören wollte, hatte es vor Utes Haustür nur noch heiße Küsse gegeben.
Tom hatte seinen restlichen Neujahrstag im Bett verbracht. Ute hatte bereits zweimal angerufen und Mutter Svenja vergeblich versucht, ihren Sohn zum Aufstehen zu bewegen. Danach war Heidi Buchner am Telefon gewesen, doch da hatte Mutter Auberle die Nase voll und wollte den Herrn Sohn nicht ein drittes Mal bitten.
Der nächste Tag, der 02. Januar 2009, war ein Freitag. Meister Max Auberle hatte seinem Gesellen Tom nicht freigegeben und so arbeitete der junge Mann den gesamten Tag mit mürrischer Miene an Kundenfahrzeugen. Er musste Batterien wechseln und aufladen, Winterreifen aufziehen, Scheibenwischer wechseln, Frostschutzmittel auffüllen und, und, und! Was ihn am meisten ärgerte war, dass seine Mutter das Gespräch von Heidi erst beim heutigen Mittagessen erwähnt hatte. Er versuchte bis zum Abend vergeblich Benedikts

Cousine bei Familie Mühlinger zu erreichen. Ihre alte Handynummer von damals funktionierte nämlich nicht mehr. Frau Mühlinger meinte, dass ihre Nichte schon mittags auf die Skipiste gewollt hätte und abends sicherlich in irgendeiner Disco zu finden wäre. Ihre erwachsene Nichte besaß ja während ihres kurzen Skiurlaubs in Reit in Winkl einen eigenen Schlüssel vom Haus. Aber am Samstag würde Heidi auf der Winklmoos-Alm Ski fahren.
Frustriert ging Tom in die gute Stube und beklagte sich bei seinen Eltern, dass er Heidi schon wieder verpasst hätte. Svenja fragte: „Meinst du, dass es richtig ist, diese Ute jetzt links liegen zu lassen und deiner Heidi wieder nachzulaufen? Rufe Ute wenigstens an und sage ihr aufrichtig, wo sie dran ist. Du spielst doch nur mit diesem Mädchen, oder?“
So viel Wahrheit auf einen Haufen konnte Tom nicht ertragen. Er verließ verärgert das Haus.
Svenja blickte zur geschlossenen Wohnungstür, schüttelte den Kopf und sagte: „Scheinbar reizen ihn nur die jungen Frauen, die nicht gleich springen, wenn er mit den Fingern schnipst. Woher hat er das?“
Max schenkte seiner Frau und sich einen Obstler ein und meinte: „Diese Heidi Buchner hat er damals wirklich geliebt. Er hatte mir aus Scham nie etwas dazu gestanden, doch ich weiß, dass er furchtbar unter der Trennung gelitten hat.“
„Max, mein Schatz, glaubst du etwa, unser Jüngster könnte mir etwas vorspielen? Er liebt sie heimlich immer noch. Er würde es uns aber nicht zugeben. Er hat die anderen Mädchen nie richtig geliebt. Es waren und sind nur Abenteuer, ein Ersatz für seine Heidi.“

Tom saß vor dem Haus in seinem Sportcoupé und rief per Handy Ute an. Als sie das Gespräch annahm, entschuldigte er sich für den späten Anruf und hustete deutlich. Angeblich hätte er eine dicke Erkältung und wolle Ute nicht anstecken. Er würde sich in ein paar Tagen wieder bei ihr melden. Dann wählte er nochmal den Anschluss der Familie Mühlinger, um

Heidi zu sprechen. Leider war sie immer noch nicht da und der Frau Mühlinger war die neue Handynummer ihrer Nichte unbekannt. Nur, weil seine sture Mutter Svenja ihn am Vortag nicht an das Telefon geholt hatte, war jetzt noch ein Abend verloren. Wenn dieser Tag auch nichts Erfreuliches gebracht hatte, dann doch die Erkenntnis: Er musste endlich zuhause ausziehen!

Tommys Wecker hatte am Samstagmorgen nicht gerappelt. Der Herr war erst sehr spät in seinem Zimmer aufgewacht und es ließ sich auch niemand finden, den man dafür hätte verantwortlich machen können. Tom rief bei Mühlinger an.

Wieder war die junge Dame schon zum Skifahren unterwegs. Wenigstens erfuhr er, dass Heidi mit dem Skibus zur Winklmoos-Alm fahren wollte. Von dort aus sollte es zum Skiparadies Steinplatte hinaufgehen. Wenigstens konnte Heidis Tante beschreiben, welche Skikleidung die Nichte trug.

Tom überlegte: Wenn er mit seinem Wagen dreißig Kilometer um den Berg herum nach Waidring in Tirol fahren würde, sparte er viel Zeit und könnte sie dort abpassen.

Er klappte die Sitzbank seines weißen VW-Sciroccos um und legte seine Skiausrüstung hinein. Wenigstens konnte er zum Abbau seines Ärgers nun das Gaspedal treten. Entsprechend schallten die Motorgeräusche von vorbeiziehenden Felswänden zurück. Die Touristen, die seine eilige Fahrt blockierten, hätte er am liebsten zur Seite gehupt.

Nach einer Viertelstunde passierte er die deutsch-österreichische Grenze und fuhr nach Waidring. Der Parkplatz der Kabinenbahn war fast voll besetzt. Tom kaufte sich eine Halbtageskarte für das Skiparadies und bestieg mit fünf anderen Skifahrern eine der vielen Gondeln. Das schöne Winterwetter bot einen wolkenfreien Himmel. Die Mittagssonne erwärmte die Luft auf -2°C. Die Gondel trug ihre Passagiere durch Waldschneisen zu den steilen Felswänden hinauf, die diesem Berg den Namen Steinplatte gegeben hatten. Unter ihnen wirkte der Ort immer kleiner. Der Zwiebelturm der Kirche leuchtete in der Sonne. Die unzähligen Autos und Reisebusse des

Parkplatzes sahen bald nur noch wie Spielzeuge aus. Im Süden ragten majestätisch die Loferer Steinberge auf. Mit weiterem Anstieg der Gondel konnte Tom den Pillersee von St. Ulrich und am Horizont die Tauernkette erkennen.
Tom stieg hinter der Bergstation in seine Skier, setzte seinen schwarzen Helm auf und zog die Handschuhe stramm. „Weiße Mütze, weiße Skischuhe, rot-weiß gestreifte Jacke und schwarze Hose", so hatte Frau Mühlinger Heidis Kleidung beschrieben. Er suchte mit einem Rundblick die Familienpiste ab und ließ die Skier langsam loslaufen. Unten angekommen, wanderte sein Blick über die besetzten Tische und Bänke vor der Stallen-Alm. Lustige Mützen mit Bommeln und Hörnern boten Kontrast zu den Skihelmen. Skischuhe polterten über den Holzboden der Terrasse.
Tom öffnete die Tür zum riesigen Gastraum. Stickige Luft, gemischt aus Gerüchen von Speisen, Glühwein und Parfums strömte ihm entgegen. Stimmengewirr und Musik konkurrierten mit ihrer Lautstärke. Es gab kaum eine Chance dort zwischen hunderten von Leuten ein Gesicht auszumachen. Tom ging wieder hinaus und fuhr zum nächsten Sessellift. Nach mehr als zwei Stunden hatte er alle Pisten besucht. Nun schwebte er wieder im Lift zum Gipfel. Plötzlich entdeckte er Heidi tief unter sich. Ihre schwarzen Haare lugten unter der weißen Mütze hervor und wehten im Wind. Er rief ihren Namen und winkte mit einem Skistock, doch sie bemerkte ihn nicht. Tom wäre am liebsten aus dem Lift gesprungen, doch aus dieser Höhe wäre das halsbrecherisch gewesen.
Er konnte es nicht erwarten, an der Bergstation auszusteigen. Kaum, dass er Schnee unter den Brettern hatte, sauste er los. Noch während der Fahrt zog er sich die Handschuhe stramm. Seine Skier berührten immer seltener das weiße Element. Tom flog mehr, als dass er fuhr. Links und rechts staubte der Schnee unter seinen scharfkantigen Brettern zur Seite. Der Wind schnitt eiskalt in sein Gesicht, doch die Skibrille hielt dicht. Schon von weitem erkannte er, dass Heidi nicht mehr auf dem Hang war, wo er sie gesehen hatte. Blitzschnell

musste er sich für die Familienabfahrt oder den Steilhang entscheiden. Da sie keine Anfängerin war, wählte Tom die steile Strecke.
Dort standen weiter unten Skischüler in einer Reihe und konzentrierten sich auf die Erklärungen ihres Skilehrers. Tom schoss mit hoher Geschwindigkeit auf eine vereiste Fläche und wurde in die Richtung der Gruppe abgelenkt. Trotz seiner guten Technik kratzten die Stahlkanten ächzend über das glitzernde Eis. Scheiße, keine Chance auszuweichen!, dachte er noch und raste über die gesamten Bretter der Skischüler. Wie Dominosteine kippten die Leute der Reihe nach um. Sie schwenkten verärgert die Stöcke und riefen ihm Verwünschungen hinterher. Dieses Malheur tat Tom aufrichtig leid. Als Sportler war er immer fair gewesen.
Hinter der nächsten Kurve sah er sie endlich. Heidi fuhr die steile Stelle nicht im Schuss, sondern sie kurvte die Piste respektvoll hinunter. Er musste seine extreme Geschwindigkeit deutlich verlangsamen, sonst würde er an ihr vorbeischießen. Der Fahrtwind schnitt ihm ins Gesicht. Tom versuchte zu wedeln, scharf zu kanten. Das reichte nicht. Egal, dann würde er eben fünfzig Meter unterhalb vor ihr zum Stehen kommen.
„Oh nein!“, schrie Tom.
Heidi fuhr plötzlich mit einem Schwung genau in seine Schussbahn. Sie stießen zusammen. Im Sturz drückte er ihren Kopf auf seine Brust, um ihr Gesicht zu schützen. Dann rollte das Pärchen noch mehrere Male um sich selbst und blieb im Tiefschnee liegen. Heidi lag direkt auf ihm. Er löste seine Umklammerung.
Sie hob ihren Kopf von seiner Brust und schaute ihm überrascht ins Gesicht: „Tommy? Bist du verrückt geworden? Willst du mich umbringen?“
„Sorry, tut mir sehr leid. Hast du dir wehgetan?“
„Ich zähle gerade meine Knochen durch.“
Wieder staubte Schnee auf und flog ihnen ins Gesicht. „Können wir Ihnen helfen?“, fragte ein Skilehrer, der mit seiner Gruppe neben dem verunfallten Pärchen anhielt.

Im gleichen Moment rief einer der Schüler: „Das ist doch die Pistensau, die unsere Gruppe umgerammt hat!“
Heidi begriff sofort und antwortete: „Da muss wohl eine Verwechselung vorliegen. Mein Verlobter hier ist ein miserabler Skiläufer. Der versucht schon seit einer Stunde, diesen Hang herunterzufahren. Leider legt er sich bei jeder neuen Kurve lang. Haben Sie in Ihrer Skischule noch einen Platz für einen völlig talentfreien Schüler?“
Die Gruppe sah sich schulterzuckend an und der Skilehrer meinte lachend: „Na, des hier sann die Fortgeschrittenen!“
Er gab ein Zeichen und wie eine Schlange rutschte die Gruppe hintereinander zu Tal.
Tom stand auf und klopfte sich den Schnee von der Kleidung. Dann suchte er seine und Heidis Skiausrüstung zusammen. Sie stiegen auf die Bretter.
Tom fragte: „Hattest du soeben “mein Verlobter“ gesagt?“
„Nein, ganz sicher nicht“, antwortete sie und fuhr lachend los.
Tom spürte eine wohltuende Gefühlswoge, wie er sie seit Jahren nicht mehr erlebt hatte. Er sah der in der Ferne kleiner werdenden Frau nach und nickte bedächtig: „Warte, jetzt kommt der talentfreie Skianfänger aber mal so richtig in Fahrt.“ Dann er schoss wie ein Pfeil hinter ihr her.
Bald darauf saßen sie zu zweit in einem Sessellift.
Tom quälte seit Silvester eine brennende Frage und diese musste hier und jetzt gestellt werden. Er blickte Heidi tief in die Augen. „Du bist wegen mir nach Reit im Winkl gekommen, nicht wahr?“
„Nein, ich bin zum Skifahren gekommen. Wofür hat man sonst eine Tante direkt am Skigebiet wohnen?“, sagte sie verschmitzt und blickte zur anderen Seite in die Bergwelt.
Toms Gefühle fuhren Achterbahn. Warum saß er mit ihr hier im Lift, wenn sie nur zum Wintersport gekommen war? Sie hatte ihn damals verlassen und damit sehr verletzt. Jetzt hatte er Ute für eine Frau versetzt, die ihn hier anscheinend nur als Unterhaltungsprogramm benutzen wollte.
Ohne weitere Worte kamen sie in der Bergstation an.

Tom ordnete Handschuhe und Stöcke. Dann sagte er: „Heidi, tut mir leid. Ich bin nicht gekommen, um mit dir Ski zu fahren. Ich will ehrlich sein. Mein Herz hatte mich hierher geführt. Aber ich habe nicht den Eindruck, dass du deswegen hier bist. Ich habe es selbst meiner Mutter nie gesagt. Deine Trennung von mir hatte mich tief verletzt. Dich noch mal zu treffen, war völlig idiotisch von mir. Ich habe Ute sogar wegen dieses Treffens belogen und versetzt." Er schaute sie fest an. „Also, Eisprinzessin, lebe wohl!" Dann ließ er die Ski laufen.

„Warte", rief sie ihm hinterher, „ich habe es doch gar nicht so gemeint!"

Tom hörte nur den Wind in seinen Ohren.

Sie versuchte ihm zu folgen, doch er fuhr nur im Schuss. Sie war eine gute Skiläuferin, aber er gab ihr keine Chance. Mit einem solchen Tempo war sie noch nie eine schwarze Abfahrt heruntergejagt. Selbstverständlich war sie nur wegen ihm nach Reit gekommen. Ihr Cousin Benedikt hatte ihr in einem Telefonat erzählt, dass sein Spezi meistens nur lockere Partnerschaften pflegte, weil er bisher nicht die richtige Frau gefunden hätte. Und sie? Sie hatte nie mehr einen Mann getroffen, der sie so oft zum Lachen gebracht und bewegt hatte, der so temperamentvoll und verwegen war wie einst dieser Tom Auberle. Als sie ihn dann Silvester auch noch gesehen hatte, jetzt als hochgewachsener und attraktiver Mann, da wäre sie ihm am liebsten gleich um den Hals gefallen.

Der Wind schnitt ihr in die Wangen. Der Schal zerrte flatternd an ihrem Hals. Diese Geschwindigkeit war Wahnsinn. Die Skier begannen zu flattern. Die Stahlkanten hatten kaum die Chance im Schnee zu greifen. Ihre Knie begannen zu zittern. Angst stieg in der jungen Frau auf.

Hinter der nächsten Kurve konnte sie Tom erkennen. Er stand an der Seite der Piste auf einer Schneewehe. Er hatte ihr den Rücken zugekehrt. Mit kratzenden Stahlkanten brachte sie ihre Skier im letzten Augenblick zum Stehen. Vor ihr tat sich ein fast senkrechter Abgrund auf. Ihre Knie wurden vor

Schreck weich, das Herz pochte wie wild und sie atmete so hektisch, dass sie kaum sprechen konnte.
„Thomas, ich bin wirklich wegen dir gekommen."
Er blickte finster in den Abgrund. Unterhalb der senkrechten Wand hatten sich die gewaltigen Schneemassen einer Lawine zwischen Felsen verteilt.
Heidi sagte: „Thomas, komm von der Kante weg. Wenn der Schnee abbricht und du darunter fällst, dann bist du tot. Bitte!"
„Ich weiß nicht, warum dich das interessieren sollte. Meine Gefühle sind dir doch sowieso völlig egal." Er schaute sie noch einmal an, dann ließ er sich in den Abgrund fallen.
Heidi schrie entsetzt auf …

∞

Jenny Petersen rief aus Bornsiel in Reit im Winkl an: „Svenja, entschuldige, dass ich mich jetzt erst melde, aber die Feiertage, die Besuche bei meinen Eltern in Essen und bei Carmen in Düsseldorf sind nur so vorbeigerauscht. Lena hat oft gemeckert. Sie ist achtzehn und ihre Pubertät scheint wohl noch nicht abgeschlossen zu sein. Zu Oma Carmen in Düsseldorf wollte sie auf gar keinen Fall. Hauke hat sie am Hauptbahnhof Essen in den Zug gesetzt, weil sie Silvester zuhause in Bornsiel sein wollte. Ich vermute, dass sie einen neuen Freund hat. Übrigens, der Hauptbahnhof in Essen wird komplett umgebaut. Essen soll nächstes Jahr Kulturhauptstadt werden."
Svenja fragte: „Wie geht es deinen Eltern?"
„Nun ja, die beiden sind Mitte siebzig. Papa lebt immer noch überwiegend in seinem Taubenschlag. Dort wird er eines Tages einen Schlag bekommen und glücklich tot umfallen. Mama hat bei unserem Besuch endlich mal wieder leckeren Grünkohl mit Mettwurst aufgetischt. Wenn es Grünkohl gibt, kommt mein Vater sogar freiwillig aus dem Taubenschlag."
„Wie war es bei Carmen?"
„Frag bloß nicht! Ich bin am zweiten Weihnachtstag nur

Hauke zuliebe mitgefahren. Carmens Freundin, die liebe Erika Münzmann, war zu Besuch. Carmens Nachbarn waren zum Wintersport gefahren und hatten deine Mutter gebeten, in deren Haus die Blumen zu gießen. Die liebe Gräfin hatte die Gelegenheit genutzt und Erika Münzmann vom Keller bis zum Dachgeschoss durch das gesamte Haus geführt. Bei mir haben sie sich dann das Maul über die geschmacklose Einrichtung zerrissen."

„Das kann ich mir gut vorstellen. Mutter zerreißt sich über jeden den Mund. Sie ist eine Meisterin der Intrigenspiele und Hetze. Sie redet andere schlecht, um selbst besser dazustehen. Ich bin mir sicher, dass sie eine Profilneurose hat und nur fachliche Psychotherapie positiven Einfluss auf sie hätte. Und was passiert, wenn man einer Narzisstin diesen ehrlich gemeinten Rat vorsichtig nahe legt? Dann wird man selbst als leibliche Tochter selektiert und steht für alle Zeit auf der Abschussliste. Aber lass uns das Thema wechseln. Was macht mein Bornsiel? Was gibt es dort Neues?"

„Bornsiel liegt um diese Zeit im Winterschlaf. Die See ist grau, der Himmel ist grau, der Wind ist frech. Einige Rentner nutzen ihre Ferienwohnungen und sitzen abends in der Fischerschenke. Übrigens, wenn ihr im Sommer in Kuddels Kate Urlaub machen wollt, dann brauche ich zeitnah die Termine. Ich habe bereits mehrere Anfragen von Feriengästen."

„Was macht mein Bruder Hauke?"

„Da unser Sport- und Freizeitgeschäft im Winter Flaute hat, arbeitet er stundenweise als Trainer in einem Fitness-Studio. Nun erzähl mir von deinen Jungen."

„Tim ist in der Uniklinik Essen als Assistenzarzt beschäftigt. Er ist ganz stolz auf seine Tochter Louise. Sobald die Kleine in den Kindergarten kommt, will Steffi wieder als Köchin arbeiten. Sie hatte ja in Achdorf bei Chris ihre Ausbildung gemacht."

„Und was macht euer Nesthäkchen Tom?", fragte Jenny und erwartete die neueste Katastrophenmeldung.

„Er versucht seine ehemalige Freundin Heidi zu treffen, in die war er als Junge ganz verliebt. So, wie ich sie kennengelernt hatte, könnte sie die Richtige für Tom sein. Sie bringt ihn vielleicht zur Vernunft."

∞

Heidi blickte im Skiparadies Steinplatte voller Angst an dem senkrechten Abgrund in die Tiefe.
Tom war einige Meter im freien Fall nach unten gesprungen, aber dann bekamen seine Skier Bodenkontakt. In unglaublicher Geschwindigkeit hüpfte er wie ein Gamsbock zwischen den Felsen von einer Schneewehe auf die nächste. Er schoss über eine neue Kante und fing sich einige Meter tiefer. Der Restschnee der Lawine staubte bei seinem Eintauchen wie eine weiße Wolke und hüllte den Skifahrer komplett ein. Heidi schlug sich die Hand vor den Mund. Hatte sich Tom jetzt dort selbst begraben? Nein … weiter unten schoss er aus der Wolke heraus, erreichte ein flacheres Schneefeld und verschwand im Tal nur noch als Punkt hinter Bäumen.
Der jungen Frau stiegen die Tränen in die Augen. War es Wut? War es Sorge? War es ihre Ohnmacht, nichts tun zu können? Ihre Gefühle überschlugen sich. Langsam dämmerte es ihr, dass er diesen Sprung nicht zum ersten Mal gemacht hatte. Er wollte ihr Angst einjagen! Wollte ihr imponieren! Doch er hätte sich den Hals brechen können. Im Groben kannte sie dieses Skigebiet und konnte sich vorstellen, wo ihn seine Abfahrt hingeführt hatte. Sie gab sich mit den Stöcken Schwung und sauste auf ihrer beschilderten Piste weiter. Nach einigen Minuten erreichte sie eine Liftstation. Viele fröhliche Urlauber wärmten sich an der Skibar mit Tee, heißer Schokolade, Glühwein und Obstlern auf. Aus den Außenlautsprechern schallten Après-Ski-Hits und heizten den Touristen musikalisch ein. Heidi blickte sich suchend um. Und da war er – Tom Auberle. Quicklebendig und unbeschadet saß er in der Sonne auf einem Holzbalken. Mit zusammengekniffenen Augen beobachtete er, wie die junge Frau auf ihn zu kam. Heidi

machte ein böses Gesicht. Sie rammte ihre Stöcke wütend in den harten Schneeboden und löste die Skibindungen. Mit den steifen Skischuhen stampfte sie auf Tom zu, stieß ihn grob nach hinten in den Schnee und warf sich auf ihn. Ihre Fäuste trommelten auf seine Brust: Heidis Stimme überschlug sich: „Du verdammter Idiot! Ich bin vor Angst um dich fast gestorben!“ Ihre Tränen tropften auf sein Gesicht. Er hielt ihre boxenden Fäuste an den Handgelenken fest. Je mehr sie sich aufregte, umso mehr musste Tom lachen. Als sie sich völlig verausgabt hatte, nahm er ihr Gesicht zwischen seine Hände und drückte seinen Mund auf ihre Lippen. Im ersten Moment zeigte Heidi Widerstand, dann gab sie nach. Ihre Küsse wurden immer leidenschaftlicher. Sie vergaßen, wo sie waren. Die Welt um sie herum löste sich auf.

Erst die Jubelrufe und der tobende Beifall an der Skibar holte beide in die Realität zurück.

Da Heidi diese Aufmerksamkeit unangenehm war, zogen beide ihre Skier an und bestiegen den Lift.

Tom hielt die junge Frau bei der Auffahrt im Arm. Endlich sprach er eine quälende Frage aus: „Was ist mit deinem Jurastudenten? Er müsste doch schon längst Anwalt sein?“

„Er hat die Kanzlei seines Vaters übernommen und ist sehr erfolgreich.“ Heidi blickte verlegen nach unten. Auf dem Schnee sah sie den Schatten ihres Sessellifts über die Piste gleiten.

„Und warum bist du mit diesem Erfolgsmenschen nicht mehr zusammen?“

„Weil es zu Ende ist. Ich bin gegangen, weil es nie zwischen uns gestimmt hat. Zu Anfang fand ich seine Gespräche außergewöhnlich reif und interessant. Es hatte mich beeindruckt, wie gebildet er war. Nun ja, er ist schließlich sechs Jahre älter als ich. Genau genommen gehört er zur Kategorie Mensch wie mein Vater. Er ist korrekt, erfolgreich, egoistisch und tot langweilig.“

„Und du warst dir sicher, dass ich nicht in festen Händen bin?“, bohrte Tom weiter.

„Dass du nicht lange alleine bleiben würdest, lag wohl auf der Hand. Aber Benedikt meinte, dass du die große Liebe immer noch suchen würdest. Was machst du eigentlich beruflich?"
„Ich arbeite im Autohaus meines Vaters als Mechatroniker-Geselle. Ich sollte nach dem Wunsch meiner Eltern auch den Meisterbrief machen, aber ich war bisher nicht so ehrgeizig wie dein Anwalt."
„Er ist nicht mein Anwalt!", sagte sie mit Nachdruck. „Es ist vorbei. Lass dieses Thema also bitte ruhen. Mich interessiert nur noch, was du machst. Thomas, du bist intelligent, hast viele Talente, mit denen du erreichen kannst, was du willst."
Sie blickte ihn mit diesem magischen Heidi-Blick an, den Tom Auberle nie vergessen hatte und der ihn immer noch in seinen Bann zog.
Sie schwiegen eine Weile. Dann fragte er: „Was machst du denn beruflich?"
Sie lachte schallend. „Ja, was denn bloß? Ich bin Bankangestellte, wie es mein Herr Papa erwartet hat."
Sie erreichten die Bergstation Kammerkör.
An der Skibar bestellte Heidi zwei Glühwein. Im Norden konnte man bei dieser klaren Luft sogar einen kleinen Teil des Chiemsees sehen. Unzählige Gipfel grüßten von weitem mit ihrer weißen Pracht. Im Westen ragte der "Wilde Kaiser" majestätisch heraus. Etwas südlicher war das "Kitzbühler Horn", an dem die berühmten Hahnenkamm-Skirennen stattfanden.
Der Glühwein duftete in den Bechern und zauberte ihnen rote Wangen ins Gesicht.
Heidi schaute auf die Uhr. „Oh mein Gott! Es ist gleich 16:00 Uhr. Das schaffen wir nie. Ich meine, den Skibus noch zu erreichen!"
„Ich muss sowieso mit der Gondel nach Waidring, da steht mein Wagen."
An der Bergstation sammelten sich die zum Teil erschöpften Skisportler. Einige Touristen hatten eine Alkoholfahne und waren angeheitert.
Die Kabinentür schloss sich und das Gefährt setzte sich über

dem gähnenden Abgrund in Bewegung. Tom stand hinter Heidi und nahm sie in die Arme. Er schaute über ihren Kopf hinweg. Sie lehnte sich zurück an seine Brust. Das Panorama war traumhaft. Hinter dem nächsten Stützpfeiler schaukelte die Gondel mächtig und einer der beschwipsten Fahrgäste lallte: „Das Seil, das reißt, wir stürzen ab und fallen in das Massengrab!“
Die meisten Fahrgäste blickten ihn böse an.
Als sie die Talstation erreichten, setzte bereits die Dämmerung ein. Tom schloss sein weißes Coupé auf und steckte die nassen Ski in einen dichten Skisack. Heidi hatte keine normalen Schuhe bei sich. Tom bot ihr seine Joggingschuhe an. Die waren ihr zwar viel zu groß, doch angenehmer als die steifen Skischuhe.
Sie fragte: „Was ist das für ein Wagen? So einen habe ich noch nie gesehen.“
Er klopfte auf die Kotflügelverbreiterungen und sagte stolz: „Die habe ich selbst gebaut, geschweißt und lackiert. Dieser alte VW-Scirocco ist von 1992 und hat eine 2,2-Liter-Maschine. Offiziell hat er 170 PS. Dank des alten Tom hat er aber deutlich mehr.“ Demonstrativ drückte er das Gaspedal durch, raste an mehreren Autos vorbei und erzählte: „Ich wollte mit dem Wagen vor sechs Jahren Tourenrennen fahren, aber meine liebe Mutter hatte ein solches Theater gemacht, dass ich es sein ließ.“ Er lachte Heidi an. „Ich glaube, sie hatte recht, ich übertreibe es nämlich manchmal ein bisschen.“
Die junge Frau lachte nun auch laut.
„Ein bisschen? Tommy, sei nicht so bescheiden! Du bist extrem!“ Hinter einem Reisebus fuhr Tom wieder langsam, da Heidi darauf bestand, nicht zu überholen.
„Ihr Mädchen seit alle Angsthasen“, spottete Tom. „Mit dieser Maschine ist das Überholen ein Witz!“
Hinter der nächsten Kurve machte die Polizei Geschwindigkeitsmessungen. Heidi grinste verschmitzt. „Na, bin ich nicht ein guter Schutzengel für dich?“
Als sie in Reit im Winkl am Autohaus Auberle anhielten, war

es stockdunkel. Heidi blickte unbehaglich zu den beleuchteten Wohnungsfenstern hinauf. „Tommy, ich traue mich nicht so recht. Nachdem ich dich damals verlassen habe, haben deine Eltern doch bestimmt eine sehr schlechte Meinung von mir.“
Er gab ihr einen Kuss. „Lass mich mal machen! Meine Eltern sind sehr fair.“

∞

Herr Auberle saß im Wohnzimmersessel und las die Zeitung:
"Die Bankenkrise hat nun alle Wirtschaftszweige erreicht. Die Bundeskanzlerin Angela Merkel will die Autoindustrie mit Abwrackprämien unterstützen. Ein steuerliches Finanzpaket soll die Talfahrt der Banken zum Stoppen bringen. Es wird in diesem Jahr die größte Wirtschaftskrise seit dem Zweiten Weltkrieg erwartet.
Der neu gewählte Präsident der USA, Barack Obama, äußerte sich zur Krise ..."
Max blickte verwundert auf, da plötzlich sein Sohn mit einer schwarzhaarigen Frau im Zimmer stand.
„Hi, Pa“, sagte Tom, „Heidi kennst du ja sicher noch.“
Etwas verunsichert gab die junge Frau Herrn Auberle die Hand.
Frau Auberle kam aus ihrer Küche und blickte die jungen Leute erstaunt an.
Tom lächelte schief und meinte: „Mama, wir sind jetzt wieder zusammen. Schön, nicht wahr?“
Herr Auberle zuckte mit den Schultern, blickte die junge Frau aber freundlich an.
Frau Auberle hingegen stemmte die Hände in die Hüften und sagte: „Mein Sohn, es ist nicht ganz so schön, wie du meinst. Heute Nachmittag hat nämlich deine Ute hier dreimal angerufen. Sie ist in großer Sorge, da du nach deiner Darstellung so schwer krank mit einer Grippe im Bett liegst.“ Sie sah ihn verärgert an. „Du hast mir damit nur zwei Möglichkeiten

gelassen. Entweder ich hätte Ute ehrlich gesagt, dass du sie belogen hast, oder ich musste für dich lügen. Es war das letzte Mal, dass ich so ein falsches Spiel mitmache. Merke dir das für die Zukunft und werde endlich erwachsen!“ Svenja ging auf Heidi zu und gab ihr die Hand. „Du bist willkommen, aber versteh mich bitte richtig, Thomas muss endlich lernen, sich für eine Richtung zu entscheiden. Man spielt nicht mit den Gefühlen anderer Menschen.“

„Ich habe mich bereits entschieden. Mir ist es sehr ernst mit Tom.“ Sie sah Frau Auberle bei diesen Worten fest in die Augen. „Ich möchte auch, dass er klare Verhältnisse schafft.“

Svenja sah ihren Sohn streng an. „Thomas, das Telefon steht in der Station. Aber du wirst dir die größte Mühe geben, die Sache mit Ute so schonend wie möglich zu regeln!“

„Wie, jetzt sofort? Jetzt soll ich da anrufen?“, schoss es aus Tom heraus – und er sah entsetzt von einem zum anderen.

Gnadenlos blickten ihn alle drei auffordernd an.

Tom ging zerknirscht mit dem schnurlosen Telefon in sein Zimmer.

Svenja servierte Glühwein.

Heidi saß Herrn und Frau Auberle mit mulmigen Gefühl gegenüber.

Max brach das Schweigen: „Wie geht es deinen Eltern? Ich kann mich noch gut an das Gespräch mit deiner Mutter in München erinnern. Eine sehr nette Frau.“

„Oh, Mama geht es gut. Sie hat sich vorzeitig pensionieren lassen. Mein Vater hatte eine Herzattacke. Er ist immer noch nicht einsatzfähig. Die Bankenkrise hat ihm wohl sehr zugesetzt. Unser Hausarzt meint, dass Papa besser in den Ruhestand gehen solle. Einen Re-Infarkt würde er nicht überstehen. Aber er wird für seine Bank lieber ins Gras beißen, als zuhause zu sitzen. Gott sei Dank hat er sich darauf eingelassen, eine Kur zu machen. Mama ist mitgefahren. Beide sind bis Ende Januar in der Schweiz.“

Nach einer Viertelstunde kam Tom zurück ins Wohnzimmer. Seine Wangen waren rot und die Schläfen pochten. Er stand

wie ein geprügelter Hund mitten im Raum und sprach kein Wort.
Svenja beobachtete ihn forschend und fragte: „Hast du alles mit Ute anständig geklärt?"
Tom nickte stumm.
Max konnte das nicht länger mit ansehen. Er stand auf und verschwand in der Küche. Bald darauf kam er mit zwei gefüllten Weißbiergläsern wieder herein und stieß mit seinem Sohn an. „Prosit, jetzt wechseln wir das Thema!"
Tom trank das Glas halb leer. Dann sah er seinen Vater an und fragte: „Pa, weißt du, wann die Meisterschule in diesem Jahr anfängt? Und würdest du mir von deinem Betrieb für die Unterrichtszeit frei geben?"
Max hob erstaunt die Brauen und die Frauen lächelten sich geheimnisvoll an …

Eine Stunde vor Mitternacht hielt ein weißer Scirocco vor dem Mühlinger-Haus. Die Scheinwerfer erloschen. Tom nahm seine Beifahrerin in den Arm und dann folgte ein langer Kuss. Er fragte: „Soll ich noch mit zu dir kommen?"
„Nein, Tommy, das kann ich nicht machen. Tante Maria weiß doch nicht, dass wir wieder zusammen sind. Das geht alles viel zu schnell. Außerdem bin ich todmüde." Dann hielt sie seine Hand fest, die sich frech unter ihrer Skijacke auf eine Expedition begeben wollte. „Thomas Auberle, wenn du möchtest, dass wir uns morgen wieder sehen, dann lässt du mich jetzt brav aussteigen. Hole mich morgen früh um 09:00 Uhr ab. Ich möchte gern wieder mit dir Skilaufen. Morgen Abend muss ich zurück nach München. Montag ist Arbeitstag!"
„Morgenabend bis du schon weg?", fragte er enttäuscht.
„Tommy, du fährst doch kein Moped mehr! Du hast doch dieses Auto. Meine Eltern sind bis Ende Januar in der Schweiz zur Kur. Wenn du mich besuchen willst, so haben wir das gesamte Haus für uns." Sie holte ihr Handy hervor. „Speicher dir mal meine mobile Nummer ab."

Tom gab die Daten in sein Telefon ein. Sie huschte bei dieser Gelegenheit durch die Autotür und lief winkend zum Haus. Natürlich musste Tom im Wendehammer der Stichstraße noch einmal den Wagen auf dem vereisten Asphalt schleudern lassen, um dann mit einem kurzen Hupen an der jungen Frau vorbeizuschießen.
Sie sah ihm nach, bis die roten Rücklichter hinter der nächsten Kurve verschwanden. Sie flüsterte: „Verrückter Kerl …“ Und doch spürte sie, dass ihre Gefühle für ihn stärker waren als je zuvor.
Tom war so aufgedreht, dass er keine Lust hatte, nach diesem ereignisreichen Samstag schon heim zu fahren. Wie gerufen meldete sich sein Handy.
„Hi Tom“, hörte er die tiefe Stimme von seinem Spezi Benedikt Mühlinger, „ich hatte vorhin mit Mutter telefoniert. Sie sagte, dass du dich mit Heidi treffen wolltest.“
„Ja, aber ich habe deine Cousine soeben bei deinen Eltern abgesetzt. Wo bist du jetzt?“
„Ich bin rein beruflich immer noch im Wirtshaus “Zum Löwen“.“
„Du machst sehr wahrscheinlich gerade ein Seminar für Wirtschaftspolitik, nicht wahr? Ich bin gleich da. Lass schon mal anzapfen.“ Tom wendete seinen Wagen.
Bald darauf betrat er die belebte Gastschänke und trat an den Tisch von Benedikt. Gleichzeitig winkte er der Bedienung zu. Mühlinger fragte: „Na, steuern wir beide auf eine gemeinsame Verwandtschaft zu?“
Die Kellnerin brachte Tom ein Weißbier.
Die Männer prosteten sich zu und Tom zog das Glas fast halb leer. Er wischte sich den Schaum vom Mund und meinte: „Dieses Mal hat es wohl richtig gefunkt. Du wirst es nicht glauben, Dicker, ich habe für dieses Jahr drei Projekte geplant.“
„Mach es nicht so spannend“, drängte Benedikt, der auch heute wieder wie ein Geschäftsmann mit Jackett und Krawatte auftrat.

„Ben, ich werde zur Meisterschule gehen, ich suche mir eine Wohnung und ich will Heidi heiraten.“

Benedikt gab einen lauten Pfiff von sich. „Respekt, das hat Heidi alles an einem Tag geschafft?“

„Wieso Heidi?“, fragte Tom erstaunt. „Das sind doch alles meine Entscheidungen!“ Sie stießen mit ihren Gläsern an.

Benedikt räusperte sich verlegen. „Nun kommen wir aber mal zu den weiteren verwandtschaftlichen Verbindungen zwischen uns beiden.“ Tom sah ihn fragend an und Mühlinger fuhr fort: „Hast du vergessen? Am Silvesterabend hast du mir versprochen, mir deine Cousine Mandy vorzustellen. Erzähle mir von ihr.“ Dieses Thema schien deutlich in dem jungen Unternehmer zu brennen.

Tom begann: „Mein Vater Max hat einen Stiefbruder namens Xaver Kugler. Der ist pensionierter Bundeswehrsoldat. Er war Panzerfahrer. Seine Figur ist etwa wie deine.“

„Tom, ich will nicht den Vater anbaggern, sondern die Tochter!“, wurde Benedikt ungeduldig.

„Ich wollte ja nur erklären, dass Mandys Gene genauso sind, wie die der Mühlingers. Ich habe sie aber seit zwei Jahren nicht mehr gesehen. Zuletzt waren ihre Haare schulterlang und blond. Das Gesicht ist hübsch. Mandy müsste jetzt sechsundzwanzig sein. Wenn ich meine Mutter richtig verstanden habe, dann ist Mandy Physiotherapeutin geworden und arbeitet irgendwo am Chiemsee.“

Benedikt zeigte der Kellnerin mit zwei erhobenen Fingern, dass sie Nachschub bringen solle. Dann fragte er: „Und wie soll der erste Kontakt stattfinden, ohne dass sich Mandy verkuppelt vorkommt?“

„Ganz einfach: Wenn du zum Beispiel einen Hexenschuss hast, dann musst du dich doch massieren lassen. Ich besorge dir die Adresse ihrer Arbeitsstelle und du lässt dir dort nur bei ihr persönlich einen Termin geben. Dann schwärmst du ihr vor, dass sie die heilsamsten Hände der Welt hat und möchtest dich mit einem exklusiven Essen in einem schicken Restaurant bei ihr bedanken. Hol‘ sie am besten mit dem noblen

SUV deines Vaters ab, denn so etwas macht Eindruck."
„Das klingt alles recht gut. Aber was kommt dann?"
„Mein Gott, wo bleibt deine Fantasie? Soll ich dir heute Abend etwa das ganze Drehbuch dazu schreiben?" Beide Männer tranken von ihrem neuen Bier. Toms Zunge wurde langsam schwerer, da er allgemein kaum Alkohol trank. „Ben, nach dem Essen könntest du zum Beispiel mit Mandy tanzen gehen. Wir haben Winter. Fahre mit ihr Ski oder so." Benedikt verzog bei diesen Gedanken das Gesicht. „Ben, wenn dir das nicht gefällt, dann gehe mit ihr ins Kino. Zeige ihr deine DVD-Sammlung. Mein Gott, ich kann für dich doch nicht alles vorausplanen."
„Du hast es bei den Frauen ja auch viel leichter." Mühlinger schaute seinen angeheiterten Freund ernst an. „Heidi ist dir damals regelrecht um den Hals gefallen. Und warum? Was hast du, was ich nicht habe?" Frustriert trank er sein Glas fast leer.
Tom nahm seinen breitschultrigen Freund in den Arm, sodass sich ihre Wangen berührten. „Heidi, mein lieber Benedikt, das ist keine Frau. Das ist ein Wesen aus einer anderen Welt. Bei ihr bin ich machtlos. Wenn sie sagen würde, dass ich vom Münchner Fernsehturm springen soll', ich würde es tun!"
Ben bestellte zwei Obstler. Dann sah er Tom ungläubig an: „Du würdest für sie tatsächlich vom Fernsehturm springen?"
„Klar, aber nur mit einem Paragleiter." Tom beendete seinen Satz mit einem Schluckauf.
„Kann ich mich darauf verlassen, dass du morgen in Erfahrung bringst, wo und wie ich Mandy finde?"
„Ja, morgen startet das Unternehmen "Hexenschuss" Das mach' ich morgen in der Früh als erstes. Dann hol' ich deine liebe Cousine zum Skifahren ab. Vielleicht bringe ich sie auch abends nach München. Ich meine, um mir auch ihre DVD-Sammlung anzusehen. Und nun feiern wir beide unsere künftige Verwandtschaft, okay?" Die Männer stießen mit ihren Gläsern an.

Tom wachte mit einem furchtbar schalen Geschmack im Mund auf. Unter seiner Schädeldecke arbeiteten scheinbar am heiligen Sonntagmorgen irgendwelche Presslufthämmer. Das Tageslicht schmerzte so sehr, dass er seine Augen nur zu Schlitzen öffnen konnte. Ganz langsam kam Leben in seine Gehirnwindungen. Mit einem Schlag fiel ihm ein, dass er sich mit Heidi treffen wollte. Er hangelte nach seinem altmodischen Wecker. Der kleine Zeiger stand schon fast auf vier. Tom fluchte und rannte zur Toilette. Danach eilte er in die Küche. Kein Mensch schien in der Wohnung zu sein. Sein Blick fiel auf einen Notizzettel auf dem Küchentisch: *"Hallo Tom, Papa und ich sind zum Skifahren. Bis heute Abend, Mama."*

Endlich fand er sein Handy in der Jacke an der Garderobe. Das Display zeigte fünf entgangene Anrufe. Eilig tippte er Heidis Handynummer.

Sie meldete sich: „Buchner, ja bitte?“ Er wollte sich soeben entschuldigen, doch sie fiel im gleich ins Wort: „Tom, du brauchst bei mir nicht mehr anzurufen. Ich habe den ganzen Tag auf dich gewartet. Ich habe dich mehrmals angerufen und du bist nicht drangegangen. Dann habe ich von Tante Maria erfahren, dass du mit Benedikt bis um fünf Uhr heute Morgen gesoffen hast. Wenn du deine Zeit lieber in der Wirtschaft verbringst als mit mir, dann kannst du mir künftig gestohlen bleiben. Ich bin bereits mit meinem Auto auf dem Weg nach München. Ich habe mich in dir geirrt. Melde dich bitte nie wieder!“ Sie beendete das Gespräch.

Tom wählte ihre Nummer noch mehrmals, doch seine Anrufe wurden abgelehnt. Als nächstes fiel sein Blick auf das blinkende Telefon in der Diele. Es war ein Gespräch auf dem Anrufbeantworter. Tom drückte den Startknopf: „Hallo? Heidi Buchner hier. Ich versuche Thomas zu erreichen. Er geht nicht an sein Handy. Ist irgendetwas passiert? Ich mache mir Sorgen!“

Tom wurde es eiskalt. Er zitterte. Kam das von dem verdammten Alkohol? Er schwor sich, nie wieder ein Glas

anzurühren. Dann rief der verkaterte, junge Mann Benedikt an und fragte: „Hi, Spezi, na, wie geht es dir?“
„Gut“, meinte Mühlinger mit belegter Stimme, „das Aufstehen war heute Morgen zwar nicht ganz leicht, aber ich bin trotzdem in die Firma gefahren. Der Chef arbeitet eben auch sonntags. Wie war es mit meiner Cousine oder ist sie noch bei dir?“
Tom schluckte schwer und meinte leise: „Alles dahin! Ich lag so im Koma, dass ich gerade erst aufgewacht bin. Deine liebe Mutter Maria musste ja unbedingt Heidi erzählen, dass wir beide heute Nacht im Wirtshaus abgestürzt sind. Deine Cousine ist jetzt beleidigt, weil ich sie versetzt habe. Sie will mich nicht mehr sehen.“
„Also hast du in der Sache Mandy auch noch nichts erreicht?“
„Mann, fang du jetzt auch noch an, mit mir zu meckern!“
„Ich habe nicht gemeckert, sondern eine Frage gestellt. Wegen Heidi wird dir schon etwas einfallen. Aber nun muss ich hier weitermachen. Der Schreibtisch liegt voll.“ Auch Benedikt beendete das Gespräch.
Tom ging in sein Zimmer und ließ sich frustriert auf das Bett fallen. Sein Blick traf die Wand. Dort hing ein Poster mit einer Rennmaschine, daneben ein Poster mit dem Schnitt durch einen Motor. Dann wanderte der Blick auf seine alte Kindergitarre. Sie hing seit Jahren unbeachtet an der Wand. Tommys Freundinnen hatten es ganz toll gefunden, dass er auch ein bisschen musikalisch war. Also machte sich dieses alte Ding alleine durch seine Anwesenheit nützlich.
Magisch angezogen stand Tom auf und nahm die Gitarre vom Haken. Sein Daumen strich über die alten Saiten. Es klang grauenvoll. Tom nahm sie mit ins Esszimmer, wo die Gitarre seiner Mutter an ihrem Ehrenplatz stand. Svenja spielte hin und wieder die alten Songs aus ihrer Jugendzeit. Deshalb war ihre Gitarre gestimmt. Tommy glich die Töne mit seinen Saiten ab und begann leise zu spielen.

Heidi erreichte gegen Abend in München ihr Elternhaus und

stellte den Wagen in die Garage. Als sie die Haustür öffnete, spürte sie gleich, dass die Heizung nicht lief. Sie stellte ihr Gepäck ab und betätigte die zentrale Temperatursteuerung. Im Wohnzimmer legte sie Holz in den offenen Kamin und entzündete dieses. Bereits das Knistern versprach angenehme Wärme. Heidi setzte sich samt ihrer Winterkleidung im Schneidersitz auf den dicken Teppich vor den Kamin und beobachtete, wie sich die Glut langsam entwickelte. Winzige Funken hüpften lustig umher und die ersten kleinen Flammen nagten an der trockenen Rinde. Dort, wo noch keine gute Verbrennung stattfand, waren die Flammen eher bläulich. Das Feuer wurde größer und nahm sich die kräftigeren Holzscheite vor.
Heidi streckte ihre kalten Hände zum Kamin aus. Nach einiger Zeit stand sie auf und brachte ihre Winterkleidung zur Garderobe. Im Treppenhaus war es immer noch unangenehm kalt. Sie machte sich in der Küche einen Glühwein heiß und nahm ihn mit in das mittlerweile behagliche Wohnzimmer. Nur wenige Lampen beleuchteten den großen Raum. Wieder setzte sie sich vor den Kamin und schaute verträumt in die Flammen. Bilder des vergangenen Wochenendes zogen in Gedanken an ihr vorbei. Sie sah das lachende Gesicht von Tom. Sie sah, wie kindlich und unbeschwert dieser junge Mann sein konnte. Thomas war ein talentierter Sportler, der extreme Dinge wagte. Er zeigte Courage, um anderen in Gefahr beizustehen. Er ließ sich nicht einschüchtern und hatte Biss und stand seinen Mann, wenn es darauf ankam. Doch er war auch so verletzlich. Sie erinnerte sich an sein enttäuschtes Gesicht, bevor er sich nur für sie diesen halsbrecherischen Abhang hinuntergestürzt hatte. Und sie erinnerte sich an seinen verliebten Blick. Dieser Mann hatte sie schon als Junge geliebt und er liebte sie immer noch.
War es richtig gewesen, ihn heute so hart zurückzuweisen? Wäre sie gestern Abend mit ihm zusammengeblieben, hätte er Benedikt erst gar nicht getroffen. Sie kannte doch ihren Cousin. Der Koloss vertrug doch viel mehr als Tom.

Je mehr Heidi an ihrer Entscheidung zweifelte, umso feuchter wurden ihre Augen. Sollte sie ihn nicht doch anrufen und sich verständnisvoll zeigen?
Das Feuer knisterte deutlich. Gleichzeitig hörte sie fern eine Melodie. Irgendjemand sang den Text: „Ein Stern, der deinen Namen trägt, den schenk' ich dir heut' Nacht …"
Heidi schaute zur Fensterfront der Terrasse. Das geringe Licht der wenigen Wohnzimmerleuchten reichte nicht weit in die Dunkelheit hinaus. Sie stellte ihren Glühweinbecher ab und ging neugierig zur Terrassentür. Sie öffnete diese ein Stück weit. Nun war der Gesang deutlicher zu hören.
„… Der alle Zeiten übersteht und über unsere Liebe wacht."
Heidi trat mutig in die Dunkelheit hinaus. Neben dem leeren Swimmingpool saß eine Person auf einer Steinbank. Heidi schaltete die Außenbeleuchtung ein. Tom Auberle verstummte und schaute sie an. Er trug einen alten Cowboyhut und sah mit seiner Kindergitarre zum Schießen aus. Heidi musste laut lachen. Er kam langsam auf sie zu und fragte: „Gibst du einem einsamen Minnesänger nochmal eine Chance?"
Sie nahm sein eiskaltes Gesicht zwischen ihre Hände, gab ihm einen Kuss. „Komm rein, die Kälte ist nicht gut für deine Gitarre."
Tom wärmte sich im Wohnzimmer mit einem Glühwein auf und drehte genussvoll seine Hände vor den lodernden Flammen. Heidi kuschelte sich an ihn, und er erzählte ihr von einigen Plänen, die in der letzten Nacht mit Benedikt geschmiedet worden waren.
„Tom, du findest es also richtig, diese Mandy mit Benedikt zu verkuppeln? Wenn das schief geht, hast du wieder Ärger. Musst du denn immer in alle Fettnäpfchen treten?"
Er gab ihr einen Kuss und sagte: „Überlege doch mal. Du und ich, wir haben doch keine Probleme, einen anderen Partner zu finden. Aber Benedikt? Ich weiß nicht, ob er überhaupt schon mal … Du weißt, was ich meine! Und bei Mandy wird es wohl nicht anders sein. Warum soll man da nicht ein bisschen

nachhelfen? Es ist doch ein gutes Werk. Es ist sogar völlig uneigennützig."
Sie schwieg nachdenklich.
Das Feuer hatte kaum noch Nahrung und die Glut wurde schwächer. Tom stand auf und legte Holzscheite nach. Wieder stiegen lustige Funken auf und neue Flammen leckten an der trockenen Rinde. Es zischte und knisterte. Das Holz verbreitete einen herrlichen Duft, der das gesamte Zimmer erfüllte. Tom setzte sich wieder neben Heidi auf den dicken Berber. Er strich mit seinen Fingern zärtlich durch ihr Haar. Sein Mund suchte ihre Lippen und sie umarmten sich.
Dann fragte sie: „Hattest du gerade gesagt, dass es für dich kein Problem sei, jederzeit eine andere zu finden?"
Er grinste frech.
Sie schupste Tom auf den Teppich und setzte sich rittlings über ihn. Ihre Hände drückten seine Schultern auf den Boden. Dann beugte sie ihr Gesicht über ihn und flüsterte: „Tom Auberle, denke nicht mal im Traum daran, eine andere anzuschauen. Außerdem findest du keine wie mich. Das ist dir doch klar?"
„Heidi Buchner, ich ergebe mich. Du hast gewonnen."
„Genau das wollte ich hören", sagte sie lachend und begann sein Hemd aufzuknöpfen.

∞

Montagmittag kamen Max und Tom fast gleichzeitig aus der Werkstatt und betraten die Wohnung. Es duftete appetitlich aus der Küche. Max fragte im Vorbeigehen: „Schatz, was gibt es leckeres?"
„Jägerschnitzel mit Pilzen", rief Svenja und deckte den Tisch. Tom kam als letzter in die Küche und nahm Platz. Svenja blickte ihn nachdenklich an. „Tommy, du siehst müde aus. Wie kommt's? Du hast doch gestern sicher bis zum Mittag geschlafen, oder nicht?"
„Ja, ja", antwortete er nur knapp und begann zu essen.

Svenja fragte weiter: „Ich habe heute Morgen gegen 07:00 Uhr vor unserem Haus dein Auto gehört. Dein Auspuff ist unverkennbar. Danach ging die Dusche."
„Was möchten die Herrschaften hören? Ja, ich bin erst früh nach Hause gekommen. Ja, ich habe geduscht, ja, ich habe nicht allzu viel geschlafen."
Max winkte lachend ab. „Svenja, lass gut sein. Tom ist alt genug. Ich würde mir auch eher Sorgen machen, wenn er plötzlich anders leben würde!"
Tom räusperte sich. „Mama, sag mal, wo arbeitet Mandy Kugler? Hat die mittlerweile einen Freund?"
„Oh, stehst du neuerdings auf etwas beleibtere junge Damen?", rutschte es Max heraus. Dann steckte er sich hungrig das nächste Fleischstück in den Mund.
Tom verzog das Gesicht. „So ein Quatsch! Ich interessiere mich nur allgemein dafür."
Svenja meinte: „Mandy ist gar nicht mehr so dick wie früher. Ich habe sie per Zufall in Rosenheim getroffen. Sie arbeitet dort in einem Fitnesszentrum als Physiotherapeutin. Sie erzählte mir, dass sie auch für die Sauna zuständig sei. Da ihr Bruder Kevin zuckerkrank wurde, hat sie erkannt, wohin eine falsche Ernährung führt. Andererseits ist sie jetzt auch medizinisch vorgebildet und muss wissen, was sie tut."
Tom fragte weiter: „Wie heißt dieses Fitnesszentrum?"
Svenja hörte auf zu kauen und sah ihren Sohn erstaunt an: „Wieso willst du das so genau wissen. Du hast dich nie für die Kugler-Kinder interessiert."
„Mein Gott, Mama, ein Bekannter von mir macht eine Party und sucht noch ein paar Mädels, die Single sind. Reicht dir diese Auskunft?"
„Ich glaube, es heißt Chiemgau-Therme oder so. Ich habe nicht darauf geachtet. Ich war doch nur mit einer Bekannten zum Einkaufen." Sie blickte ihrem Sohn forschend in die Augen. „Ich bin davon überzeugt, dass du wieder irgendetwas im Schilde führst."
Tom schüttelte den Kopf und aß schweigend weiter.

∞

„Grüß Gott, Chiemgau-Therme, was können wir für Sie tun?“, meldete sich eine sympathische Stimme am Telefon.
„Mein Name ist Mühlinger Benedikt. Ich möchte gerne einen Termin zur Massage bei Frau Kugler vereinbaren.“ Der junge Unternehmer hielt sein Handy in der verschwitzten Hand.
Die Frau am anderen Ende der Leitung schwieg einen Moment, dann fragte sie: „Ich bin Mandy Kugler, woher kennen Sie meinen Namen?“
„Sie wurden mir von meinem Freund Thomas Auberle als Physiotherapeutin empfohlen.“
„Das liegt bestimmt daran, weil ich seine Mutter hier in der Stadt getroffen habe. Haben Sie eine Verordnung vom Arzt?“
„Nein, ich komme privat.“
„Welcher Art sind Ihre Beschwerden denn?“
„Ich habe immer wieder Rückenschmerzen. Das kommt sicherlich daher, weil ich zu viel im Büro sitze.“
„Um 16:00 Uhr hätte ich einen Termin für Sie frei. Soll ich diesen eintragen?“
„Ja bitte und vielen Dank.“
Im Arbeitsanzug von Tom meldete sich das Handy. Er stand in der Grube der Werkstatt unter einem Fahrzeug und wischte sich notdürftig die ölverschmierten Finger an einem Lappen ab. Normalerweise wäre er nicht ans Handy gegangen, doch Heidi hätte in der Leitung sein können. Tom blickte auf das Display, verzog das Gesicht. „Ben, ich stehe in der Werkstatt in der Grube. Was ist denn so dringend?“
„Mandy hat mir für 16:00 Uhr einen Termin gegeben. Ich habe gesagt, dass ich so ein Hexendings habe. Was soll ich denn nun machen? Ich bin so rappelig, dass ich am liebsten absagen würde.“
„Mühlinger, du setzt dich in deinen dicken BMW und fährst gefälligst dahin!“, befahl Tom mit barschem Ton. „Wenn nicht, dann trete ich dir so ins Kreuz, dass du wirklich einen

Hexenschuss hast!“
Benedikt atmete tief durch und meinte kleinlaut: „Wer solche Freunde hat, braucht keine Feinde mehr!“ Dann drückte er die Auflegetaste.

Benedikt war nach Navigator gefahren und sah in Rosenheim über der Tür eines modernen Gebäudes das Schild mit der Aufschrift “Chiemgau-Therme“ und parkte ein. Trotz der winterlichen Frische wurde ihm heiß. Im Hauptgang kam ihm die Luft vor wie in einer Sauna. Zur rechten Seite ging es in die physiotherapeutische Abteilung. Eine Frau in den Vierzigern und eine deutlich jüngere saßen in der Anmeldung und lächelten den neuen Kunden freundlich an. Es roch nach ätherischen Ölen und frisch gekochtem Kaffee.
Benedikt legte seine großen Pranken auf die Theke und grüßte: „Hallo, mein Name ist Mühlinger, ich hatte angerufen!“
„Ich erinnere mich.“ Die Jüngere reichte ihm die Hand. „Ich bin Mandy Kugler. Wir müssen nur noch ein paar Daten von Ihnen eingeben, dann geht es los.“
Sie blickte auf den Bildschirm des Rechners. Ihre blonden Locken waren zu einem Pferdeschwanz gebunden. Das hübsche Gesicht gefiel Benedikt sofort. Im weißen Kittel wirkte Mandys Figur eher vollschlank.
Nachdem die Therapeutin die Daten des neuen Kunden gespeichert hatte, leitete sie ihn in einen Behandlungsraum. „Herr Mühlinger, kleiden Sie sich aus und machen Sie es sich bequem“, sagte sie, zeigte zu einer Massagebank und verschwand wieder.
Während Benedikt sein Jackett und weitere Kleidungstücke ablegte, blickte er sich in dem Raum um. An einer Wand hingen Gummibänder für Dehnübungen, Holzstäbe und ein Reifen. In einem Korb lagen verschieden große Bälle in bunten Farben. In der anderen Ecke stand ein Wagen mit einem Elektrogerät. Kabel traten dort aus und hatten an ihren Enden Metallplatten. Da sich Herr Mühlinger sicher war, dass dieses

Ding keine Stereoanlage sein konnte, betrachtete er es mit Argwohn. So stand der junge Unternehmer nun in Socken und Unterhose mitten im Raum – wie bestellt und nicht abgeholt. Mandy öffnete die Tür und sagte: „Sie können es sich auf der Liege doch schon bequem machen."
Benedikt wuchtete sich auf das weiße Laken.
Leise Musik kam aus verborgenen Lautsprechern. Die Luft roch nach Arnika-Öl. Unter Mandys Massagegriffen färbte sich Benedikts Rücken bald tief rot. Wohlige Wärme erfüllte seinen Körper und auch seine psychische Anspannung wich.
„Ist das so angenehm?", fragte Mandy und riss Benedikt aus seinen Gedanken.
„Das ist wunderbar, ganz wunderbar. Ich habe fast keine Schmerzen mehr. Frau Kugler, Sie müssen heilende Hände haben."
„Danke. Sind Sie verheiratet, Herr Mühlinger?"
„Nein, dazu hatte ich bis jetzt keine Gelegenheit. Ich musste das Holzgeschäft meines Vaters übernehmen. Wenn man nur arbeitet, kann man auch keine Menschen zum Ausgehen treffen. Ich weiß nicht, wie es Ihnen geht, aber irgendwie fehlt mir das. Daran muss ich dringend etwas ändern."
„Sie können ruhig Mandy zu mir sagen. Das tun alle hier, " meinte sie lächelnd und verteilte neues Öl auf dem breiten Rücken.
„Dann sagen Sie aber auch Benedikt zu mir. Übrigens kenne ich deinen Cousin Tom Auberle schon seit unserer Schulzeit."
„Mein Cousin hatte schon immer viel Sport getrieben und war schlank. Ich hingegen war früher einfach nur ein pummeliges Mädchen. Mein Bruder Kevin sah auch wie ein Kloß aus. Als er mit Anfang zwanzig Diabetes bekam, da habe auch ich meine Ernährung umgestellt. Mein Bruder fährt heute viel Mountain-Bike und muss kaum noch Insulin spritzen. Bewegung ist also das A und O. Ich selbst meldete mich in München, wo meine Eltern wohnen, in einem Fitnessstudio an. Das war bei meinem damaligen Aussehen eine große Überwindung. Mir gefiel der Beruf der Therapeuten, die mich

beraten haben und ich bewarb mich für eine Ausbildung. Also gab es nur noch Schule und Arbeit. Kein Kino. Skifahren kann ich gar nicht."
„Ich denke, wir beide haben so einige Dinge gemeinsam. Außer, dass ich an meiner Ernährung sicherlich auch viel ändern müsste. Vielleicht kannst du mir da einige gute Tipps geben. Wie wäre es, wenn wir das in einem guten Restaurant besprechen?"
Mandy schwieg eine Zeit lang und knetete die kräftigen Rücken- und Nackenmuskeln ihres Patienten. Die Minuten wurden für Mühlinger zu gefühlten Stunden. Als der junge Mann sich sicher war, dass er mit seiner direkten Art alles verdorben hatte, sagte sie: „Warum eigentlich nicht?. Möchtest du einen Termin für ein Essen vorschlagen?"
„Von mir aus können wir heute Abend schon essen gehen. Bis jetzt habe ich erst gefrühstückt."
Sie klatschte ihm schallend auf die Schulter: „So, wir sind mit der Behandlung fürs erste Mal fertig. Ich schlage dir vor, neben den Massagen auch Wärmeanwendungen zu nehmen. Wegen weiterer Behandlungstermine muss ich im Computer nachschauen. Was das Essen betrifft, so hätte ich heute ab 19:00 Uhr Zeit."
Benedikt stellte sich neben der Bank auf und begann sich anzukleiden. „19:00 Uhr passt bei mir sehr gut. Darf ich dich abholen? Ich such' uns auch ein gutes Restaurant aus."
„Okay, wenn ich die öligen Finger gewaschen habe, gebe ich dir meine Visitenkarte."

∞

Ein grauer Januarhimmel hing schwer über dem Ruhrgebiet, doch das Thermometer zeigte weit über null Grad. Die Hauptverkehrsader dieser pulsierenden und dicht besiedelten Region hieß Ruhrschnellweg und war vor einigen Jahrzehnten zur Autobahn A40 ausgebaut worden. Mit zunehmender Verkehrsdichte und den gewohnten Staus in den Stoßzeiten hieß

die A40 unter den Einheimischen nur noch “Ruhrschleichweg“. Von Dortmund bis Duisburg, wo die Ruhr in den Rhein mündet, reihten sich am Rand der hundert Kilometer langen Schnellstraße ein Haus an das andere. Die Städte wie Dortmund, Bochum, Gelsenkirchen, Essen, Mülheim, Oberhausen oder Duisburg waren von oben betrachtet zu einer Fünfmillionenstadt zusammengewachsen. Fördertürme und Kaminschlote waren mittlerweile aus dem Stadtbild verschwunden. Das Klischee, dass den Ruhrpottlern beim Niesen grundsätzlich ein Brikett aus der Nase fällt, gehörte nun der Vergangenheit an. Die einst so mächtige Kohle- und Stahlregion entwickelte sich immer mehr zu einem grünen Industriemuseum. Der Fahrzeuglärm der A40 wurde durch Einhausungen, Tunnelanlagen und Lärmschutzwände eingegrenzt.
Auf der rechten Fahrspur bildete die endlose LKW-Kolonne eine Einheit, eine verschworene Gemeinschaft von Berufskraftfahrern, die zueinanderstand und in der Not zusammenhielt. Man traf sich auf der gleichen CB-Funkwelle, tauschte Informationen, fragte nach der Familie und erzählte sich Witze. Alle Fahrer besaßen einen persönlichen Funkrufnamen.
„Hallo, ihr Trucker“, tönte eine tiefe Stimme im CB-Funk, „hier spricht Xaver, der Panzer! Achtung, Achtung, Achtung! Auf der A40, kurz hinter dem Bochumer Kreuz in Richtung Oberhausen, habe ich auf einer Brücke grüne Männchen mit einem Fotoshop gesichtet.“
Im Hintergrund klang Countrymusic.
„Hi, Panzer, hier ist der Pisten-Kalli. Danke für den Tipp. Ich werde mich vor dem Fotografieren noch einmal frisieren“, sagte eine andere tiefe Stimme über Funk. „Na, Dicker, kurvst du mal wieder im Ruhrpott herum und machst unsere Straßen unsicher? Was hast du geladen?“
„Hi, Kalli, ich habe eine Sammlung mit Unfallwagen hinten drauf. Die Ladung geht nach Holland. Die Flachlandtiroler verschachern die Dinger in die Dritte Welt. Was fährst du denn gerade?“

„Panzer, ich sehe die Schrottkisten, die du hinten drauf hast. Du bist nur zwei Wagen vor mir. Du wirst es nicht glauben“, sagte Pisten-Kalli, „ich habe zwanzigtausend Liter Schweinescheiße geladen!“
„Dann bist du die Sau, die so furchtbar vor mir stinkt!“, mischte sich eine hellere Stimme auf gleicher Welle ein.
„Wer hat denn da so ein empfindliches Näschen?“, fragte Kalli.
„Hier ist Beton-John“, meinte ein Trucker künstlich näselnd über Funk. „Ich kann dich sehen. Du Stinker bist drei Zugmaschinen vor mir.“
„Hier ist der Panzer“, meldete sich Xaver. „Grüß Gott, John. Lange kein Bier mehr mit dir gezischt! Was ziehst du gerade?“
„Hi, Dicker, ich habe ein halbes Fertighaus hinter mir. Von der Seite hat man einen direkten Einblick ins Badezimmer. Sogar der Pott ist schon installiert. Also, wenn jemand Druck auf der Rosette hat, einfach bei mir melden“, sagte John. „Übrigens, vor mir fährt ein Zug Veltins-Bier. Habe den Jungen schon angefunkt. Der meldet sich nicht. Spricht vielleicht kein Deutsch.“
Xaver Kugler hatte vor zehn Jahren seine erste Herzattacke und war von der Bundeswehr in die Frühpensionierung entlassen worden. Er hatte als junger Mann leidenschaftlich gern Panzer- und Spezialfahrzeuge gelenkt. Zum Schluss war er in der Versorgung und hatte riesige Transporter gefahren. Um seine Pension aufzubessern, hatte er sich in München bei der Speditionsfirma Eurowheels beworben und war sofort eingestellt worden. Schon bald darauf konnte Xaver seinen Sohn Kevin ebenfalls bei dieser Firma als Berufskraftfahrer unterbringen. Der ehemalige Panzerfahrer war fast sechzig und ständig auf Achse. Von Warschau bis Brüssel, von Hamburg bis Lissabon, hatte er mittlerweile alles gesehen. Er liebte die Truckerszene und ab und zu schaute er gern mal nach vollbusigen Schönheiten. Seine Zenzi kannte ihn nur noch als Wochenendbesucher, schien mit dieser Situation aber sehr

zufrieden zu sein. Seinen Sohn Kevin sprach er gelegentlich über Funk und Tochter Mandy traf er an Geburtstagen oder zu Weihnachten. Xaver erfreute sich seiner Freiheit.
Im Radio spielten sie gerade den alten Country-Song "Six days on the road". Kuglers riesige Hände klopften auf dem Lenkrad den Takt.
Er sah die dunkle Zufahrt des Tunnels, der unter dem Hauptbahnhof Essen durchführte. Die Deckenlampen flimmerten sonderbar vor seinen Augen. Ihm wurde plötzlich sehr warm und er öffnete den zweiten Kragenknopf seines Hemds. Xaver ließ auch noch das Seitenfenster herunter. Der Klang seiner großen Dieselmaschine schallte mächtig im Tunnel. Die Abgase rochen furchtbar. Also schloss er die Scheibe wieder. Krampfartige Schmerzen erfassten seinen gesamten Brustkorb. Der Puls raste. Das Atmen fiel ihm schwer. Xaver hielt das Lenkrad stahlhart in den Händen. Nein, eigentlich hielt er sich eher daran fest. Panisch hupten mehrere Autos links neben seinem Truck. Kugler lenkte den LKW in seine Spur zurück. Kurze Zeit später hupte es wieder hektisch neben ihm.
„Panzer, was machst du für'n Scheiß da vorne?", rief Kalli aufgeregt ins Funkmikrophon. „Hey Dicker, du kannst doch nicht die kleinen Autos von der Straße drängen, oder hast du einen in den Socken?"
Hinter der Tunnelausfahrt stach Kugler grelles Licht in die Augen. Diese begannen sofort zu tränen. Nur mühsam konnte er die Fahrbahn hinter dem Schleier im Blick behalten. Sein Autotransporter schlingerte über den weißen Mittelstreifen, dann wieder über den weißen Randstreifen.
„Kalli, wie weit ist die nächste Ausfahrt entfernt? Mir ist sauschlecht!", krächzte Xaver schwer atmend ins Mikro. Seine Stimme hörte sich verängstigt an. Dann folgte ein entsetzlicher Hustenanfall.
„Zwei oder drei Kilometer, denke ich. Was ist los, Dicker?", klang Charlies Stimme jetzt besorgt.
„Kalli, scheiße, ich schaffe es nicht mehr!", krächzte Xaver mit panikartiger Stimme. Sein Lastzug zog wieder

unkontrolliert über den Mittelstreifen.
Vier Autos hupten, Fahrer gestikulierten und fluchten. Endlich blieben sie hinter dem Truck und versuchten ihn nicht noch zu überholen.
Pisten-Kalli rief ins Mikro: „John und alle die mich hören, macht sofort die Bahn hinter uns dicht! Der Dicke ist in Schwierigkeiten!" Dann betätigte er das laut schallende Signalhorn, sodass sogar die Fahrer auf der Gegenspur erschreckt auf die Bremse traten. Kalli lenkte seinen Truck auf die linke Spur. John fuhr mit seinem rollenden Fertighaus so neben ihm, dass kein nachfolgendes Fahrzeug an den beiden Lastzügen vorbeikommen konnten. Der riesige Autotransporter wurde langsamer. Dann kratzte er an der rechten Leitplanke entlang, fuhr wieder zur Mitte und lenkte nochmals rechts in die Fahrbahnbegrenzung. Endlich blieb der Zug stehen.
Hupend und gestikulierend fuhren die nächsten beiden Pkw links an dem Truck vorbei und gaben glücklich Gas. Die anderen zwei Pkw-Fahrer, die sich noch zwischen den Lkw befanden, hielten hinter dem Unfallfahrzeug an und liefen besorgt zum Führerhaus. Kalli hatte währenddessen per Handy die Polizei und Feuerwehr informiert. John stellte sich mit seinem Fertighaus quer, um die Autobahn auf dieser Seite komplett zu sperren. Den eiligen Pkw-Fahrern war nicht zu trauen. Zu oft hatte der alte Trucker miterlebt, wie verträumte Idioten einfach in eine Unfallstelle gerast waren und auch noch Helfer verletzt hatten.
Als Kalli das Führerhaus von Xaver erreichte, hatten die beiden ersten Helfer die Tür des Lasters schon geöffnet.
„Der Fahrer ist nicht ansprechbar. Er hängt in seinem Sicherheitsgurt. Aber das ist ein sehr schwerer Kerl, den kriegen wir so leicht nicht herunter!", erklärte einer der Pkw-Fahrer aufgeregt.
Kalli sagte: „Der Notarztwagen und die Feuerwehr sind unterwegs. Ich habe der Polizei mitgeteilt, dass wir die Bahn gesperrt haben. Sie fahren also dort vorne herein." Er zeigte zu dem nahegelegenen Autobahnanschluss.

John stieg über die Beifahrertür ins Führerhaus zu Xaver, um die Feststellbremsen zu kontrollieren und den Motor auszuschalten.
„Hey Junge, was machst du denn für Sachen“, klatschte er seinem bewusstlosen Kollegen ins Gesicht, um ihn ansprechen zu können. Er tastete nach dem Puls, fand diesen aber nicht. Von weitem näherten sich mehrere Martinshörner.

∞

Um 18:45 Uhr parkte Mühlinger den SUV vor dem Mehrfamilienhaus ein, in dem Mandy Kugler wohnte. Er trug einen Wintermantel, der seine Statur noch kräftiger erscheinen ließ. Der Wetterumschwung hatte über Nacht alle Bäume und Gärten in weiß gehüllt. Kurz bevor der kleine Zeiger die Sieben erreichte, stieg Benedikt aus dem Wagen und klingelte an der Haustür. Als der Türöffner summte und das Flurlicht aufleuchtete, trat er ins Treppenhaus.
„Ich komme schon runter!“, rief Mandy und dann waren ihre Pumps auf den Stufen zu hören.
Endlich sah er die junge Frau. Ihre geföhnten Haare wirkten wie eine Löwenmähne und das Gesicht war geschminkt. Mandy trug schwarze Winterkleidung und eine knallrote Handtasche.
„Du siehst toll aus“, sagte Benedikt und beide lächelten sich an. „Häng' dich an meinem Arm ein, draußen ist es teilweise sehr glatt“, gab sich Mühlinger ganz als Kavalier. Er öffnete ihr die Beifahrertür und wuchtete sich dann hinter sein Lenkrad.
Ehrfürchtig glitten ihre Finger über das edle Leder. „Ist das dein Wagen?“
„Der Wagen gehört unserem Familienbetrieb.“ Mühlinger parkte aus und schloss sich dem Straßenverkehr an.
„Benedikt, das hier ist ein BMW X5, nicht wahr?“ Er nickte und sie fuhr fort: „Mein Vater hat auch immer gerne Geländewagen gefahren, aber es hatte bei ihm höchstens für einen

gebrauchten Nissan Patrol gereicht. Dieser Wagen hier kostet ja ein Vermögen."
„Mandy, worauf hast du Appetit? Bayrisch, griechisch, italienisch, chinesisch oder ganz etwas anderes?"
„Dann wähle ich die italienische Küche."
Mühlinger suchte während des Wartens vor einer roten Ampel im Navigator das nächste italienische Restaurant und ließ sich von der Computerstimme leiten.
Nach wenigen Kilometern leuchtete das Schild "Pizzeria Angelo" in der abendlichen Dunkelheit schon von weitem.
Die jungen Leute fanden in der Nebenstraße einen Parkplatz und betraten schon bald das belebte Restaurant. An der Tür wurden sie von appetitlichen Düften begrüßt. Aus Lautsprechern klang dezent die Stimme des italienischen Schmusesängers Eros Ramazzotti. Mühlinger half seiner Begleitung aus der Jacke. Sie trug eine Trachtenbluse.
Der Inhaber des Restaurants begrüßte die neuen Gäste persönlich und führte sie zu einem gemütlichen Zweiertisch. Er entzündete eine Kerze und fragte: „Was möchten Sie trinken?"
Mandy bestellte sich trockenen Rotwein und Wasser. Ein großes Bier wäre Benedikt jetzt am liebsten gewesen, doch das ließ er nicht durchblicken, sondern sagte: „Eine gute Idee, bringen Sie mir ebenfalls trockenen Rotwein und Wasser."
Angelo bedankte sich und reichte den jungen Leuten die Speisekarten. Ben entschied sich sehr schnell und meinte: „Also ich werde mir eine Tomatensuppe und eine große Pizza-Calzone bestellen. Das Dessert suche ich später aus. Hast du auch schon etwas leckeres gefunden?"
„Benedikt, weißt du, wie viele Weight Watchers Punkte so eine Pizza hat?" Er zuckte mit den Schultern und sie erklärte: „Wenn man sich bewusst ernähren will, dann sollte man darauf achten, wie viel Fett und Kohlenhydrate die Nahrungsmittel haben. Das ist aber sehr kompliziert, deshalb ist so ein Punktesystem wie das von Weight Watchers sehr hilfreich, denn dort hat jedes Lebensmittel seinen Punktwert. Gemüse und Obst haben nach meiner alten Tabelle fast gar keine

Punkte, also kannst du sehr viel davon essen. Fettarmes Fleisch wie Steaks oder Geflügel haben bei einer normalen Portion etwa vier Punkte. Ein Landjäger oder eine dicke Bockwurst haben aber schon jeweils zehn bis zwölf Punkte. Das heißt, statt einer Wurst könnte man etwa drei Steaks essen. Eine große Pizza hat ungefähr zwanzig Punkte. Stattdessen könntest du fünf Steaks bestellen." Sie lächelte ihn an. „Sorry, ich wollte dir damit aber nicht den Appetit auf die Pizza verderben."

„Das ist ja kaum zu glauben!", rief er. „Fünf Steaks könnte ich essen statt einer Pizza? Zehn Punkte hat ein einziger Landjäger? Davon esse ich abends beim Bier fünf bis sechs nebenbei." Er tippte demonstrativ auf seinen stattlichen Bauch. „Dann weiß ich jetzt, woher dieses Feinkostgewölbe kommt!" Benedikt schlug noch einmal die Speisekarte auf, fand die Angebote für Steaks und sagte begeistert: „Pfeffersteak gibt es hier. Ja mei, das gibt es sogar mit 300 g." Er schlug die Karte wieder zu.

Angelo trat an den Tisch und fragte: „Sie haben gewählt?"

Mandy bestellte: „Bitte eine Tomatensuppe und einen großen Fitness-Salatteller."

Angelo blickte Herrn Mühlinger fragend an und der sagte: „Bitte ein Pfeffersteak und nur Salat." Er hielt Mandy sein Glas entgegen und fragte: „Na, bin ich lernfähig?"

Sie stieß mit ihrem Glas an und nickte.

Er trank das Weinglas fast leer. Peinlich berührt meinte er: „Eigentlich bin ich Biertrinker und werde dem Wein gar nicht gerecht."

„Benedikt, du brauchst nicht mir zuliebe Wein trinken. Wenn dir ein Bier mehr zusagt, ist das okay. Irgendwie erinnerst du mich ein bisschen an meinen Vater Xaver."

„Ist das gut oder ist das schlecht?"

„Ist schon in Ordnung."

„Gehst du denn regelmäßig zu diesen Weight Watchers?", fragte er nach.

„Nein, nicht regelmäßig. Wenn man das System einmal

begriffen hat und sein Leben darauf eingestellt hat, muss man nicht mehr jede Woche zum Treffen gehen."
Die Bedienung brachte das Essen.
Gegen 21:00 Uhr war das kulinarische Mahl beendet und Benedikt stellte die spannende Frage: „Was machen wir mit dem restlichen Abend? Möchtest du tanzen oder in eine Bar?"
„Ich muss morgen wieder früh zur Arbeit, das wird mir zu spät. Lass uns in der Stadt noch ein bisschen bummeln, um die Beine zu vertreten."
Sie hängte sich an seinem Arm ein. Benedikt genoss das Gefühl, eine Frau an seiner Seite zu haben. In diesem Moment konnte er nicht begreifen, dass er noch vor kurzem einen Schaufensterbummel für das Dämlichste der Welt gehalten hatte.
Nach einer Viertelstunde sagte sie: „Es war ein langer Tag und ein sehr schöner Abend, aber jetzt bring mich bitte heim. Es wird auch zu kalt." Er legte einen Arm um ihre Schultern und sie gingen zum Parkplatz.

Der Geländewagen hielt wieder vor der Wohnanlage. Benedikt brachte seine Begleitung an die Haustür.
„Kommst du noch auf einen Schluck mit nach oben?", fragte Mandy liebevoll.
Benedikts Gefühle überschlugen sich. Freude und aufkeimende Schüchternheit rangen miteinander. Tom hatte ihm den Rat gegeben, in so einem Fall unbedingt den Humor einzusetzen. Also fragte er: „Wie viele Punkte hat ein Schluck denn? Kann ich mir den noch erlauben?"
„Wenn du Wasser trinkst, dann null Punkte!", meinte Mandy ganz trocken.
„Du bist die erste Frau, die ich kennenlerne, bei der man besser so wenig punktet wie möglich."
„Solch ein Kompliment hat mir noch niemand gemacht!"

∞

„Hey, Dicker, du kannst doch nicht die kleinen Autos von der Straße drängen, oder hast du einen in den Socken?“, hörte Xaver in seinem immer wiederkehrenden Traum Trucker Kalli rufen. Nun piepte auch noch etwas in permanentem Takt. War das das Warnsignal des Lasters, wenn dieser zurücksetzte?
„Herr Kugler, hören Sie mich?“, fragte eine Frauenstimme. Xaver öffnete die Augen. Über ihm war eine grelle Deckenlampe. Sonderbarerweise lag er in einem Krankenbett. Neben ihm stand eine Frau mit weißem Kittel.
Sie drückte seine Hand und sagte: „Hallo, Herr Kugler, Sie sind in der Uniklinik Essen. Ich bin Dr. Gazia.“
„Was ist geschehen? Was ist mit meinem Lastzug?“
„Sie haben Ihren Lastzug auf der Autobahn rechtzeitig anhalten können. Niemand wurde geschädigt. Das haben Sie ganz toll gemeistert, hat die Polizei gesagt.“
„Warum bin ich im Krankenhaus?“
„Sie hatten einen Herzinfarkt. Deshalb werden Sie hier in der Intensivstation noch etwas überwacht und bekommen Medikamente. Wie fühlen Sie sich?“
„Ich habe Durst, aber sonst geht es anscheinend gut. Ich muss die Spedition anrufen und wissen, was mit dem Lastzug ist. Der Transport muss pünktlich in Holland sein.“
„Jetzt kümmern wir uns zuerst mal um Sie. Übrigens ist Ihre Familie informiert worden. Gleich kommt Oberärztin Anna Petersen zu Ihnen. Sie ist wohl mit der Familie Ihres Bruders Max verwandt.“ Sie reichte ihm ein Glas Wasser.
Die Tür wurde geöffnet und eine Frau im Arztkittel kam herein. Sie trug eine rahmenlose Brille. Die blauen Augen funkelten scharfsinnig. Die Oberärztin nahm die riesige Hand des Patienten und lächelte ihn an. „Guten Tag, Xaver, na, was hast du denn dieses Mal angestellt?“
Der Koloss sah die Frau erstaunt an. Er schloss die Augen und öffnete sie wieder: „Kennen wir uns?“
Sie strich sich über die kurzen Haare und antwortete: „Ich sag mal, wir kennen uns ein bisschen. Als Max und Svenja in

Achdorf geheiratet haben, da sind wir uns begegnet. Damals war ich keine zehn Jahre alt. Ich bin Anna Petersen, die Halbschwester von Svenja Auberle."
Er nickte langsam.
Dr. Petersen fragte: „Du warst auf der Autobahn unterwegs. Woran kannst du dich noch erinnern?"
„Ich war mit meinem Laster unterwegs, alles Schrottfahrzeuge hinten drauf. Ich habe mit den Truckern Kalli und John gefunkt. Dann fuhr ich in einen Tunnel", er überlegte angestrengt, „dann wurde mir übel. Dann weiß ich nichts mehr ..."
„Das war doch eine ganze Menge", strich Anna ihm verständnisvoll über die Wange. Sie ließ sich von der Kollegin die Werte der Untersuchungen zeigen und las.
„Ist denn was Schlimmes passiert?", fragte Herr Kugler nervös.
„Keine Sorge, Xaver. Du hast deinen Lastzug brav zum Stehen gebracht. Niemand wurde an der Aktion beteiligt. Die Einzelheiten besprechen wir ein anderes Mal."
Dann wandte sie sich an die Intensivärztin Dr. Gazia: „Maria, schicke unseren Gast in die Radiologie. Der Chef kommt nachher auch noch vorbei. Bis dahin brauche ich die Auswertungen." Sie drückte wieder Xavers Hand: „So, mein Lieber, gleich geht es in die Röntgenabteilung. Wir wollen doch mal schauen, wie gesund du bist."
Eine Stunde später klingelte im Büro der Oberärztin das Telefon. Sie nahm das Gespräch an: „Petersen, ja bitte?"
„Radiologie, Schwester Monika am Apparat. Dr. Auberle möchte Sie sprechen."
Es klickte in der Leitung, dann meldete sich eine Männerstimme: „Hi, Anna, Tim hier. Ich hatte Xaver Kugler soeben in der Röhre. Euer Verdacht auf einen Hinterwandinfarkt hat sich bestätigt, aber das ist nicht alles."
„Timmy, mach es nicht so spannend. Was hast du noch gesehen?"
„Xaver hat ein Lungenkarzinom. Ihr solltet so rasch wie möglich eine Therapie ansetzen."

„Okay, ich werde gleich den Chef darüber informieren. Ich denke, ich sehe dich für diesen Fall heute noch bei der Teambesprechung."

„Anna, soll ich meine Familie Auberle und Kugler auch über Xavers Karzinom informieren?"

„Besser nicht, die Nachricht über Xavers Unfall wird schon genug Wellen schlagen. Ich werde Xaver auch erst darüber aufklären, wenn seine kardiologische Geschichte stabil ist. Bis später."

Im Büro des Autohauses Auberle klingelte das Telefon. Max nahm den Hörer auf.

„Grüß Gott, Papa, Tim hier. Ich habe eine schlechte Nachricht. Xaver hatte aufgrund eines Herzinfarkts mit seinem Lkw einen Unfall auf der A40. Aber es ist niemand zu Schaden gekommen und sein Gesundheitszustand ist momentan stabil. Er wird hier in der Uniklinik behandelt. Übrigens ist Anna Petersen von Düsseldorf zu uns gewechselt und nun leitende Oberärztin der Inneren Medizin. Da ist Xaver in besten Händen."

„Tim, kann ich irgendetwas für Xaver tun? Soll ich etwas organisieren?"

„So weit ich konnte, habe ich schon einiges unternommen. Ich habe als erstes Kevin Kugler auf dem Handy angerufen. Er hat es sehr locker aufgenommen. Ich wusste gar nicht, dass er für die gleiche Spedition wie sein Vater fährt. Eurowheels nennen die sich und sitzen in München. Kevin wird sich den Laster in Essen ansehen. Wenn er noch fahrtüchtig ist, soll er den Zug an sein Ziel nach Rotterdam bringen."

„Weiß Zenzi denn schon Bescheid?", erkundigte sich Max nach seiner Schwägerin.

„Die habe ich nicht angerufen, das soll Kevin mal schön selber machen, es ist schließlich seine Mutter! Ich habe versucht, Mandy in Rosenheim zu erreichen. Aber sie geht nicht ans Telefon. Pa, ich muss Schluss machen. Meine Patienten warten. Bestell Ma liebe Grüße", und schon klickte es in der Leitung.

Max gab einem Mitarbeiter Bescheid, dass er in der Wohnung erreichbar sei und schloss sein Büro ab. Dann ging er hinauf zu Svenja und berichtete ihr, was Tim erzählt hatte.
Svenja war entsetzt. „Oh mein Gott, der Unfall hätte ganz anders ausgehen können. Ich meine, wie viele andere Menschen hätte er in den Tod reißen können? Das war nicht sein erster Infarkt. Es war schon immer unverantwortlich, diesen Risikopatienten ans Lenkrad eines Lastzuges zu setzen. Ich habe das schon vor Jahren gesagt. Xavers Mutter Herta hätte mir dafür am liebsten die Augen ausgekratzt!"
„Xavers Mutter ruf ich dann besser an. Ich kenne schließlich ihre Theatralik von klein auf. Ruf du bitte Xavers Frau an."
„Dann hoffe ich mal, dass Zenzi die neue Botschaft durch ihren Sohn Kevin schon erhalten hat. Wenn nicht, Max, dann ziehe ich dir die Ohren lang!" Sie begann Kuglers Telefonnummer zu wählen. Wie vermutet, war Innozentia noch nichts informiert worden und fiel sogleich aus allen Wolken. Frau Kugler zündete sich eine Zigarette an und verschluckte sich bei dem ersten hastigen Lungenzug. Ein ohrenbetäubendes Hustengewitter ließ Svenjas Telefonhörer fast bersten. Endlich kam Innozentia wieder zu Atem und sagte krächzend: „Svenja, ich kenne mich mit medizinischen Dingen nicht aus. Sie machen mir Angst. Ich bekomme schon bei Krankenhausbesuchen Beklemmungen. Bitte begleite mich ins Ruhrgebiet. Egal, was das kosten wird – ich meine die Hotelübernachtung und so. Ich werde auch fahren."
Der Gedanke, mindestens zwei volle Tage mit der geschwätzigen Schwägerin verbringen zu müssen, ließ Svenja mit den Augen rollen. Doch dann gab sie sich einen Ruck. „Ich muss mit einer Kollegin telefonieren, ob die meine Patienten für wenigstens zwei Tage übernehmen kann. Wenn das klappt, dann begleite ich dich."
Die Frauen sprachen noch einige Minuten.
Max blickte seine Frau nach dem Telefonat fragend an und sie sagte: „Zenzi will mit ihrem Wagen fahren und mich ab München mitnehmen."

„Das kommt gar nicht in Frage“, protestierte Max. „Deren alte Karre ist mindestens siebzehn Jahre alt und ich möchte nicht wissen, wie abgefahren die Reifen sind. Ich gebe dir den Geländewagen mit. Wer weiß, wieviel Schnee jetzt noch kommt.“
Sie gab ihm einen Kuss und er drückte sie herzlich an sich.

Svenja hatte dank ihres guten Netzwerks in der privaten Pflege eine Vertretung für ihre Patienten gefunden. Sie machte sich am nächsten Morgen in aller Herrgottsfrühe auf den Weg nach München zur Wohnung ihrer Schwägerin. Die bayrische Hauptstadt pulsierte bereits voller Betriebsamkeit. Frau Auberle hatte Mühe, vor dem Haus der Kuglers einen Parkplatz zu finden. Als sich die Wohnungstür öffnete, stand Frau Kugler mit ihrem Gepäck abfahrbereit. Beißender Zigarettenrauch strömte Svenja entgegen und sie wich angewidert zurück. Im Augenwinkel sah sie in der Diele ein furchtbares Durcheinander. Neben der Garderobe lehnte der Staubsauger müde an einem übervollen Altglasbehälter.
Zenzi hatte anscheinend noch mehr Gewicht zugelegt und machte in ihrer voluminösen Winterjacke dem Namen Kugler alle Ehre. Sie blickte noch einmal in ihre Diele zurück und sagte: „Ich war gerade beim Aufräumen, doch ich bin nicht mehr fertig geworden.“
Xavers Sohn Kevin kam aus einem Zimmer und trug eine Sporttasche an der Schulter. Er nahm auch das Gepäck der Mutter und ging voraus zum Wagen. Svenja schloss auf und Kevin fragte: „Wenn es euch recht ist, dann fahr ich die sechshundert Kilometer bis zum Ruhrgebiet. Ich mach solche Strecken ja jeden Tag.“
Svenja nahm das Angebot dankend an.
Während der Reise berichtete Kevin über sein Leben als Trucker. Der Neunundzwanzigjährige hatte in seiner zehnjährigen Tätigkeit viele Städte Europas gesehen. Er hatte auch einige nette Mädchen kennengelernt, doch für eine Familie taugte dieser Job seiner Meinung nach nichts.

Svenja erzählte ihrer Schwägerin von Tim, der seinen Zivildienst in der Krankenpflege gemacht hatte und auch, dass er dadurch ins Ruhrgebiet gekommen war, dort sein Medizinstudium mit Nachtwachen in der Pflege finanziert hatte und nun Assistenzarzt geworden sei. Kevin hatte sich seine Country-CDs mitgenommen und während der Fahrt in den Player geschoben. Mit den Fingern klopfte er auf dem Lenkrad den Takt. Er genoss das Lenken dieses luxuriösen SUV aus dem Autohaus Auberle und konzentrierte sich auf den regen Autobahnverkehr. Schon bald hörte er das Geplauder der Frauen nicht mehr.
Die Schwägerinnen erzählten und erzählten und waren ganz erstaunt, wie rasch sie das Ruhrgebiet erreicht hatten.
Vor der Beschilderung der Stadt Essen fragte Kevin: „Wo möchten die Damen zuerst hin?“
Zenzi sagte: „Wir müssen deinen Vater im Krankenhaus besuchen, danach sehen wir weiter.“
„Gut, ich komme mit zu Xaver. Danach suche ich den Stellplatz vom Truck und sehe mir den Schaden an. Wenn er fahrtüchtig ist, dann bringe ich ihn noch heute nach Rotterdam.“
Svenja erklärte: „Tim hat uns ein Hotelzimmer in der Nähe des Krankenhauses gebucht. Es ist auch nicht weit von seiner Wohnung entfernt. Ich freue mich schon, mein Enkelkind Louise wiederzusehen.“
Kevin lenkte den SUV in die Zufahrt des Parkhauses der Universitätsklinik Essen. Das Gelände glich einer Kleinstadt. Unzählige mehrstöckige Häuser aus den verschiedensten Epochen beherbergten etwa zweitausend kranke Menschen. Alte Backsteingebäude wichen hochmodernen Bauten. Manche waren gerade in der Entstehung und der Baulärm reizte die Nerven der Kranken und Bediensteten. Svenja erkundigte sich beim Pförtner nach dem Gebäude für internistische Erkrankungen und dann machten sich die drei Besucher auf den Weg durch die Klinikschluchten. Elektrofahrzeuge transportierten fast geräuschlos irgendetwas von hier nach dort. Gerüche der Großküche zogen durch das Gelände. Patienten mit

Gipsbeinen und Unterarmgehstützen standen rauchend vor der Eingangstür der Chirurgie. Von weitem näherte sich ein Martinshorn.
Im Eingang des Fachbereichs für Herz- und Kreislauferkrankungen wiesen Hinweistafeln zu den Stationen.
Zenzi stand vor Aufregung der Schweiß auf der Stirn. Svenja war die Klinikluft vertraut und sie ging zielstrebig voraus.
Nach dem langen Fußmarsch standen sie endlich vor der Tür der Intensivstation und klingelten.
„Ja bitte?“, klang es leicht genervt aus einem Wandlautsprecher.
„Wir sind die Angehörigen von Herrn Xaver Kugler“, antwortete Svenja. Eine Angestellte mit dem Namensschild “Schwester Renate“ öffnete die Tür, machte ein grimmiges Gesicht und fragte: „Sie wollen doch nicht zu dritt hereinkommen? Das geht auf keinen Fall!“
Frau Auberle sagte gelassen: „Ich bin aus dem Alter raus, in dem ich lange diskutiere.“ Sie zeigte auf Zenzi und ihren Sohn. „Das sind die Angehörigen, die besuchen Herrn Kugler zuerst. Ich kann warten.“
Wortlos schloss sich vor Svenjas Nase wieder die Tür. Sie setzte sich im Wartebereich auf eine Bank und griff zu einer Illustrierten. Medizinisches Personal in weißen Kitteln eilten durch den Flur. Plötzlich drehte sich jemand herum und kam auf Frau Auberle zu. Vor Svenja stand ein hochgewachsener, junger Mann im weißen Kittel. Seine Augen funkelten und unter dem blonden Schnurrbart zog sich der Mund zu einem breiten Lächeln.
„Timmy!“, rief sie, sprang auf und nahm ihren Sohn mit feuchten Augen in die Arme.
Der junge Assistenzarzt herzte seine Mutter und schaute zu ihr herab. „Na, kleine Mama, hast du Sehnsucht nach deiner alten Heimat?“ Sie schluckte einen Moment lang und tupfte sich die Tränen ab. Tim fragte weiter: „Warum bist du nicht zu Xaver hineingegangen? Der dicke Onkel wartet doch schon auf euch.“

„Die Oberschwester Renate lässt korrekterweise pro Patient nur zwei Besucher herein. Kevin und Zenzi sind bereits drin."
Tim nahm seine Mutter an den Arm und öffnete die Stationstür. Als sie Xavers Zimmer betraten, blickte Schwester Renate Frau Auberle grimmig an.
Tim sagte: „Darf ich vorstellen, das ist meine Mutter. Sie ist übrigens auch Krankenschwester."
Kevin und Tim reichten sich fest die Hände und der junge Kugler sagte: „Ich habe soeben mit dem Abschleppdienst telefoniert, der den Truck sichergestellt hat. Der Chef dort meint, dass die Zugmaschine noch fahrtauglich sei. Also mach ich mich jetzt auf den Weg und sehe mir das an. Vielleicht kann ich den Zug dann heute noch nach Rotterdam bringen." Er klopfte seinem Vater auf die Schulter und eilte davon.
Xaver lag grinsend in seinem Krankenbett. Um ihn herum blinkten verschiedene Überwachungsgeräte. An dem Galgen über seinem Kopf baumelte eine Infusionsflasche. Er hatte seinen Humor immer noch nicht verloren und schilderte den Frauen seinen Unfall wie ein lustiges Abenteuer. Dann zog er Zenzis Kopf nah zu sich und flüsterte ihr etwas ins Ohr.
Entsetzt wich Frau Kugler zurück und sagte zu Tim: „Xaver hat immer noch nichts dazu gelernt. Er will Zigaretten von mir haben!"
Der Koloss verzog sein Gesicht und winkte ab.

∞

Der Minnesänger Tom Auberle hatte wieder in München einen Abend mit der Frau seines Herzens am offenen Kamin verbracht. Er fühlte sich wie im Paradies. Leider gab es da noch die Verpflichtung, morgens ab 08:00 Uhr im Autohaus Auberle als Mechatroniker zu arbeiten. Somit war die Nacht für Tom um 05:00 Uhr vorbei und er löste sich nur schweren Herzens aus der Umarmung seiner schlummernden Heidi. Die Herzdame durfte ein Stündchen länger schlafen als er, doch

dann würde auch die Bankangestellte ihren Pflichten nachkommen.
Tom fuhr noch vor dem morgendlichen Berufsverkehr aus der Landeshauptstadt und ließ den Ärger über den fehlenden Schlaf an seinem Gaspedal aus. Die Welt lag noch im nächtlichen Dunkel. Der Moderator im Radio war anscheinend bester Laune. Er hatte tröstende Worte für die Frühaufsteher und spielte erfrischende Songs aus den Charts. Jedes Scheinwerferpaar, das Tom entgegenkam, bewies, dass auch andere arme Socken sich aus den zärtlichen Umarmungen ihrer Prinzessinnen gerissen hatten.
Meister Max Auberle begrüßte gegen 08:00 Uhr fröhlich seine Mitarbeiter in der Werkstatt, machte hier und dort einen kleinen Scherz und ging dann in sein Büro. Er hatte sich in der Wohnung einsam gefühlt. Svenja hatte ihn zwar noch aus dem Ruhrgebiet angerufen, doch die Wohnung war menschenleer. Tom, der erwachsene Bengel, verbrachte seine Nächte neuerdings oft außerhalb. Vater und Sohn nahmen in der Mittagspause gemeinsam ein Fertiggericht ein. Beiden fehlte der warmherzige Service der verreisten Hausfee, doch echte Männer gaben so etwas nicht zu. Man sprach es wenigstens nicht aus. Max bot Tom ein Weißbier an, doch der lehnte erstaunlicherweise ab. Der Herr Papa sah die dunklen Ringe unter den Augen des Sohnes und schmunzelte geheimnisvoll.
Am späten Nachmittag machte Tom endlich Feierabend. Er ging in die Wohnung und wollte sich vor der Fahrt nach München in seinem Zimmer wenigstens eine halbe Stunde Schlaf gönnen. Kaum hatte er sein zweites Bein auf das Bett gelegt, da versank er in eine geheimnisvolle Traumwelt:
Der edle Ritter Tom trug im Traum eine glänzende Rüstung und ritt mit seinem stolzen Rappen über einen bewaldeten Hügel. Als sich der dunkle Forst öffnete, breitete sich vor ihm ein tiefes Tal aus. Der Ritter blickte im Schutz der Bäume auf eine Wasserburg. Die Festung war von dichtem Buchenwald umgeben und nur über eine Zugbrücke zugänglich. Auf Wehrmauern kontrollierten Wachen die Umgebung. Aus dem

Inneren der Burg erhoben sich gewaltige Türme. Im höchsten Turm hielt der gefürchtete Graf Buchner seine schöne Tochter Heidi vor den Augen der Männerwelt verborgen. Die Mär über die Schönheit der schwarzhaarigen Jungfer hatte viele tapfere Prinzen in dieses düstere Tal gelockt, doch keiner von ihnen war je lebendig zurückgekehrt.

Ritter Tom stieg von seinem Ross. Er band es an einer Buche fest, legte seinen Finger auf die Lippen und das kluge Pferd nickte. Es würde nicht scharren, noch wiehern oder schnauben. Dann trat der Ritter aus dem Schutz der Bäume hervor. Er entfaltete den magischen Stoff seines Flugdrachens und hängte sich ein. Mit Schwung überließ er sich der rauschenden Luft und schwebte wie ein Adler über das Tal. Als der Schatten des Drachen die Burgzinnen streifte, blickte ein Wachposten alarmiert zum Himmel empor. Er legte einen Pfeil auf die Sehne seines Bogens und schoss. Ritter Toms Rüstung wurde getroffen, doch er verlor nur sein Schwert. Dieses sauste herab und traf die Schulter des Schützen. Der schrie auf und stürzte von der Wehrmauer in den Wassergraben. Der fremde Ritter flog in Kreisen auf den höchsten Turm der Burg zu. Der Stoff des Drachen ließ die Luft so laut rauschen, dass das Burgfräulein Heidi neugierig auf ihren Balkon hinaustrat. Beim Anblick der fliegenden Gestalt, die halb Drache und halb Mensch zu sein schien, flüchtete die Jungfer vor Schreck zurück in ihre sichere Kemenate. Laut polternd landete der fremde Ritter auf den hölzernen Balkon. Er löste sich von dem riesigen Stoffdrachen und stellte diesen an die Außenwand. Dann trat er in Heidis Zimmer. Die Jungfer hatte sich mit einem Schürhaken des Kamins bewaffnet und rief: „Keinen Schritt weiter! Die Wachen meines Vaters sind schon unterwegs. Ich höre sie auf der Treppe im Turm!“

Ritter Tom zog seinen Helm vom Kopf und kniete sich vor der Jungfer

nieder. Er strahlte sie mit seinen blauen Augen an und sagte: „Schönste aller Prinzessinnen, ich bin gekommen, um Euch aus diesem dunklen Tal zu befreien. Mein Stoffdrache trägt

uns beide in eine sonnige Welt. Doch Eile ist geboten, da ich die Wachen ohne mein Schwert nicht aufhalten kann."
Jungfer Heidi warf den Schürhaken zum Kamin und lächelte den Ritter an. Er erhob sich und schloss die Jungfer in seine Arme. Sie bot ihm ihre Lippen, doch im gleichen Moment klingelte etwas in seiner Rüstung. Die Jungfer wich verwundert zurück. Dann wurde die Tür der Kemenate geöffnet und der finstere Buchner kam wutentbrannt herein. Er ließ eine Streitaxt auf Ritter Tom niedersausen. Der schrie auf und …
… und erwachte schweißgebadet in seinem Jugendzimmer auf dem Bett.
Das störende Klingeln verstummte immer noch nicht. Tom suchte und suchte. Dann fand er sein Handy endlich in einer Jackentasche.
„Hallo, Auberle, bist du endlich dran?", rief Benedikt Mühlinger ins Telefon.
„Mann, ich habe endlich mal geschlafen. Was gibt es denn?"
„Ich wollte dir erzählen, wie es mit Mandy und mir gelaufen ist. Es war ganz toll. Wir haben uns bestens verstanden. Sie hat mich sogar zum Kaffee in ihre Wohnung eingeladen. Dort haben wir Musik gehört, Fotos geschaut und weißt du, was wir dann gemacht haben?"
„Dann seid ihr in der Kiste gelandet, denke ich", murmelte Tom und gähnte laut.
„Nein, aber wir haben uns geküsst. Das ist für das erste Treffen doch wohl ein großer Schritt, oder nicht?"
„Ist ja umwerfend – Glückwunsch", sagte Tom und ließ sich wieder auf sein Bett fallen. Dabei traf sein Blick die Wanduhr. Sofort richtete er sich auf. „Ben, es ist gleich 20:00 Uhr und ich sollte schon längst in München in Heidis Kemenate sein. Wenn du nichts Wichtiges mehr hast, dann lass uns morgen telefonieren."
Tom drückte das Gespräch weg, doch sogleich klingelte das Handy erneut. Heidi war in der Leitung und fragte: „Alles okay bei dir? Du wolltest doch schon bei mir sein."
„Hi, die A8 ist wieder völlig verstopft, aber ich beeile mich."

„Man hört gar kein Fahrgeräusch, wo bist du denn?"
„Sorry, ich musste mal für Jungs und bin rausgefahren. Prinzessin, ich komm gleich und erzähle dir die Sage vom fliegenden Ritter Tom."
Er legte das Handy beiseite und eilte unter die Dusche.

Da der fliegende Ritter sich auf der Autobahn nicht an die vorgegebene Geschwindigkeit gehalten hatte, traf er noch vor 22:00 Uhr vor dem Haus der Buchners ein. Er schloss Heidi in die Arme und fragte: „Kann es sein, dass dein Vater jeden Moment nach Hause kommt?"
„Nein, ich habe vor einer Stunde noch mit Mama und Papa telefoniert. Den beiden geht es in der Schweiz sehr gut. Wieso fragst du?"
„Das erzähle ich dir nur vor dem Kamin."
Als Tom das Wohnzimmer betrat, bekam er große Augen. Heidi hatte Finger-Food aufgetischt. Trauben, Salzgebäck, Käse- und Wurststücke luden zum Picken ein. Sie setzten sich vor den knisternden Kamin und fütterten sich gegenseitig mit den leckeren Häppchen. Gleichzeitig erzählte Tom von seinem abenteuerlichen Traum und dem grausamen Ende.
Gerührt schloss Heidi ihn in die Arme und gab ihm einen langen Kuss. Langsam löste er sich von ihr und schlug nachdenklich die Augen nieder.
Sie strich ihm liebevoll über die Wange und fragte: „Was hat mein fliegender Ritter denn?"
„Heidi, so kann es nicht weitergehen", begann Tom. „Ich fahre fast täglich von Reit nach München. Hin und zurück sind das fast zweihundertfünfzig Kilometer. Ich möchte das beenden."
„Wie soll ich das verstehen? Was möchtest du beenden?"
„Unsere derzeitige Art von Freundschaft."
Sie sog an ihrer Unterlippe und blickte irritiert zu Boden.
Da nahm Tom ihre Hände und fragte: „Wollt Ihr, Prinzessin Heidi Buchner, diesen attraktiven Ritter Thomas Auberle zu Ihrem rechtmäßigen Ehemann nehmen, ihn lieben und

verwöhnen, in guten und in schlechten Tagen? Dann antwortet mit: Ja, ich will!"
Sie antwortete nicht sofort. Ihr nachdenklicher Blick richtete sich zum lodernden Kaminfeuer. Ein Schauer durchlief den jungen Mann und der Glücksritter bekam das Gefühl, dass er sich dieses Mal zu weit vorgewagt hatte.
Gerade als er sich entschuldigen wollte, da umarmte sie ihn stürmisch, biss ihm sanft ins Ohr und flüsterte: „Ja, mein fliegender Ritter, ich will!"

∞

Gegen Abend fuhr Tim seine Mutter Svenja und Tante Zenzi zu sich nach Hause. Der junge Assistenzarzt und seine Frau Steffi wohnten in Essen nahe der Klinik und dem Gruga-Park. Er schloss die Wohnungstür auf. Sofort lief die dreijährige Tochter in seine Arme.
„Louise, guck mal, ich hab dir die Oma aus Bayern mitgebracht", sagte der Papa.
Svenja drückte das Enkelkind herzlich an sich und Louise hatte ihr viel, viel zu berichten.
Nach dem Abendessen musste die Kleine ins Bett und die Oma erzählte ihr eine lustige Geschichte über Klabautermänner, schließlich war Louises Uropa Kuddel ein echter Seeräuber gewesen. Als die Oma Louise einen Kuss zur Nacht gab, fragte die Kleine: „Gehst du morgen mit mir in den Gruga-Park?"
„Ja sicher, wir besuchen morgen das Tropenhaus und fahren mit der Bimmelbahn durch den Park", sagte Svenja und legte Louise das neue Stoffmurmeltier in den Arm, das sie ihr aus Bayern mitgebracht hatte.

Gegen 21:00 Uhr klingelte es an der Tür.
Dr. Anna Petersen kam zu Besuch und wirkte sehr abgespannt. Svenja herzte ihre Halbschwester und Steffi servierte allen Espressi. Rasch kam das Gespräch wieder auf Xavers

Gesundheitszustand.
Zenzi sagte: „Mein Mann ist unbelehrbar. Er trinkt in der Freizeit zu viel und raucht viel zu viel. Selbst im Krankenbett hat er mich heute nach Zigaretten gefragt. Vielleicht gibt er ja Ruhe, wenn man ihn drei, vier Zigaretten pro Tag rauchen lässt."
Tim und Anna blickten sich kurz an.
Dann sagte die Oberärztin: „Es hat keinen Zweck, den Tatsachen nicht ins Auge zu blicken. Zenzi, da dir der Ernst der Situation nicht klar ist, muss ich leider deutlich werden. Xaver hat nicht nur einen Herzinfarkt, sondern auch Lungenkrebs. Jede weitere Zigarette kann sein Leben beenden."
Zenzi schlug sich die Hände vors Gesicht. Tränen schossen ihr in die Augen. Sie zog ein Taschentuch hervor und schnäuzte sich laut. Svenja drückte der Schwägerin beruhigend die Hand und Anna fuhr fort: „Sobald wir Xavers Herz stabilisiert haben, müssen wir mit den Fachkollegen über eine Chemotherapie beraten. Ich denke, dass wir ihm helfen können, aber auch er muss sich unbedingt an die medizinischen Anweisungen halten."
Zenzi fragte: „Weiß Xaver schon von seinem Krebs?"
„Nein, wir müssen mit solchen Informationen behutsam umgehen. Deshalb erzähle ihm bitte noch nichts darüber, bis wir ihn psychisch für stabil genug halten."
Eine halbe Stunde später fuhr Anna Petersen müde heim. Svenja und Zenzi verabschiedeten sich ebenfalls und suchten ihr Hotel auf.

∞

Die Junisonne strahlte von einem bayerisch blauen Himmel. Svenja schob Rosi Waldler im Rollstuhl auf die Terrasse und öffnete über ihr einen Sonnenschirm. Die Patientin hatte dank intensiver Krankengymnastik und Logopädie große Fortschritte gemacht. Sie konnte mittlerweile ein paar Schritte in Begleitung laufen. Der gelähmte Arm zeigte motorische

Fortschritte und die Sprache war fast wieder hergestellt. Herr Waldler servierte den Damen duftenden Kaffee und frisches Gebäck. Svenja hatte nur so viele Patienten angenommen, dass ihr nach der Pflege ihrer Kunden auch für persönliche Gespräche etwas Zeit blieb. Sie setzte sich neben Rosi in einen Gartenstuhl und so begannen die ehemaligen Kolleginnen zu plaudern.
Svenja berichtete über Xavers Unfall im Ruhrgebiet und dass dabei zufällig noch rechtzeitig sein Lungenkrebs entdeckt worden war. Die Chemotherapie vertrug er anscheinend gut und die Prognose für eine Genesung klang günstig.
Herr Waldler setzte sich zu den Damen und schenkte sich ebenfalls Kaffee ein. Dann zündete er sich einen Zigarillo an. Rosi sagte: „Franzl, Svenjas Schwager hat jetzt Lungenkrebs. Wann hörst du endlich auf zu rauchen? Nikotin verengt die Gefäße!“
„Wui, wui, und der Kaffee erweitert die Gefäße wieder“, gab Franzl zurück und blickte stur zu den fernen Bergspitzen hinauf.
Svenja berichtete weiter: „Max und Tom haben trotz dieser Wirtschafts- und Bankenkrise sehr viel zu tun. Die Regierung hat mit der Abwrackprämie für alte Fahrzeuge für einen Aufschwung in der Automobilbranche gesorgt. Max ist zufrieden. Tom fängt bald die Ausbildung zum Kfz-Meister an. Er wirkt seit einem halben Jahr wie ausgewechselt und ist vor zwei Monaten mit seiner Heidi zusammengezogen. Sie haben eine kleine Wohnung im Nachbarort. Heidi hat dort eine Anstellung bei der Sparkasse gefunden. Leider hat das arme Mädchen nun Streit mit ihrem Vater. Tom ist für den Herrn Bankdirektor nicht standesgemäß. Heidi macht nun den gleichen Mist durch wie Max und ich mit meiner Mutter damals.“
Svenja nahm einen großen Schluck Kaffee, als könnte sie das Problem damit herunterspülen und fuhr fort: „Dabei ist der Herr Bankdirektor sterbenskrank. Die Bankenkrise hatte bei ihm zu einen schweren Herzinfarkt geführt. Angesichts solcher Schicksalsschläge sollte er jetzt weiser sein und

wenigstens den jungen Leuten zu ihrem Glück verhelfen."
Im gleichen Moment klingelte Svenjas Handy und sie meldete sich. Ihr Gesicht wurde ernst. Sie stand auf und schritt über dem Plattenweg durch den Gemüsegarten zum hinteren Teil des Grundstücks, das von hohen Fichten begrenzt wurde.
Rosi schaute der Freundin besorgt hinterher.
Nach fünf Minuten kam Frau Auberle zurück und setzte sich wieder an den Tisch. Sie nahm einen Schluck Kaffee. „Jetzt ist es passiert. Gerade haben wir noch über Heidis Vater gesprochen, jetzt hatte Herr Buchner einen Re-Infarkt und konnte nicht mehr gerettet werden. Heidi macht sich Vorwürfe, dass sie durch ihr Verhalten eine Mitschuld am Tod des Vaters habe. Es ist immer das Gleiche: Erst sorgen diese Narzissten bei ihren engsten Angehörigen für viele Tränen und diese machen sich anschließend auch noch Selbstvorwürfe."

∞

Ein bewegender und trauriger Tag neigte sich dem Ende. Bankdirektor Buchners Beisetzung war von prominenten Persönlichkeiten aus der Finanzwelt und Politik, von Geschäftsfreunden und seiner kleinen Familie begleitet worden. Selbstverständlich hatte die Presse an Frau Buchner und Tochter Heidi viele Fragen und von stiller Trauer konnte keine Rede sein.
Nach dem offiziellen Teil lud Frau Buchner Eheleute Auberle und Tom zu sich nach Hause ein. Nun weilten alle fünf in schwarz gekleidet auf Buchners Terrasse und schwiegen nachdenklich. Tom stand im Anzug hinter seiner Freundin und hatte die Hände auf ihre Schultern gelegt. Die junge Frau war seit Tagen in depressiver Verstimmung, sprach kaum ein Wort und hatte sich in ihrer Sparkasse krank gemeldet.
Frau Buchner blickte ihre Tochter an. „Kind, das Leben geht weiter. Wenn du dich jeden Tag grämst, davon kommt Papa auch nicht wieder zurück."

Erneut schossen Heidi die Tränen in die Augen und sie lief ins Haus. Tom sog an seiner Unterlippe und wusste nicht, wie er seine Freundin trösten sollte. Fragend schaute er seine Eltern an.
Max zuckte ratlos mit den Schultern und schwieg.
Svenja legte ihre Hand auf Frau Buchners Unterarm und sagte: „Heidi ist nicht nur in tiefe Trauer versunken, sondern sie wird von großen Schuldgefühlen gequält."
Frau Buchner blickte Frau Auberle erstaunt an. „Welche Schuldgefühle sollte sie denn haben?"
„Heidi hatte mir am Telefon im Vertrauen erzählt, dass ihr Vater strickt gegen ihre Beziehung mit Thomas gewesen sei. Sie hatte sich jedoch gegen den Willen ihres Vaters durchgesetzt und ist mit Tom zusammengezogen. Sie glaubt nun, dass ihr Vater sich wegen ihr so gegrämt habe, dass dadurch der Herzinfarkt ausgelöst wurde."
Frau Buchner schüttelte den Kopf: „Aber das ist doch Unsinn. Alexander war seit Jahren herzkrank und litt unter extrem hohen Blutdruck. Er war für Börsengeschäfte verantwortlich, die bei der aktuellen Bankenkrise kaum noch zu retten waren. Das hat ihm extrem zugesetzt. Heidi hat mit Alexanders Herzinfarkt gar nichts zu tun. Sie hat aber seine Willensstärke und den sturen Kopf wie er."
„Dann sagen Sie Ihrer Tochter, dass sie keine Schuld hat. Nur Sie als Mutter können ihr diese Schuldgefühle nehmen."
Frau Buchner nickte nachdenklich. Dann erhob sie sich und ging ins Haus.
Tom nahm seine Mutter in den Arm und flüsterte: „Du findest immer die richtigen Worte."
Und Max ergänzte: „Deshalb habe ich sie ja auch geheiratet."

Frau Buchner und Heidi kamen nach einigen Minuten wieder auf die Terrasse. Sie nahm die Hand ihrer Tochter und nahm auch Toms Hand. Dann sagte sie: „Ihr beide gehört zusammen. Meinen Segen habt ihr."
Tom drückte seine Freundin an sich und sie lächelte seit

Tagen endlich wieder.
Als die Nacht hereinbrach, rollte der SUV der Familie Auberle über die Salzburger Autobahn Richtung Rosenheim. Tom lenkte und eine in Gedanken versunkene Heidi saß auf dem Beifahrersitz. Max hielt seine Frau auf der Rückbank im Arm. Svenjas Augen waren geschlossen.
„Ich möchte euch von meinen Zukunftsplänen erzählen“, brach Max das Schweigen. „Sobald Tom seine Meisterprüfung bestanden hat, werde ich ihn in die Leitung unseres Autohauses einarbeiten und mich bis zu meinem fünfundsechzigsten Geburtstag Zug um Zug aus dem Geschäft zurückziehen. Danach stehe ich nur noch für gute Ratschläge zur Verfügung. Ich werde mit Svenja bald in ein Haus im Grünen ziehen und ihr könntet die Wohnung über der Werkstatt nehmen.“
„Das ist ja interessant“, sagte Svenja. „Von diesen Gedanken weiß ich überhaupt nichts. Und ich werde nicht gefragt?“
„Nein, wirst du nicht!“ Max drückte sie an sich. „Du wirst brav mit mir in Griechenland bei Sokrates unter der Mittelmeersonne liegen und mich hin und wieder aus den Fluten retten. Ab und zu kommen wir dann nach Hause und schauen, ob unsere Enkelkinder schon größer geworden sind.“
Tom blickte in den Rückspiegel und fragte lachend: „Welche Enkelkinder? Außer der kleinen Louise von Timmy wird erst mal nichts in Aussicht gestellt. Das Geschäft geht vor.“
Heidi blickte ihn an. „Da wär ich mir an deiner Stelle nicht so sicher.“
„Wie, wie“, stotterte Tom, „wie soll ich das denn verstehen? Bist du etwa …“, sprach er den Satz nicht zu Ende. „Aber du hast doch bis jetzt nichts gesagt.“
„Ich wollte es dir ja sagen, aber direkt nachdem ich vom Frauenarzt die Bestätigung erhielt, ist Papa gestorben.“ Verunsichert fragte sie: „Bist du jetzt enttäuscht?“
Tom ergriff ihre Hand und drückte sie fest. „Nein, es ist großartig. Erst bekommen wir den Segen deiner Mutter, dann bekomme ich Aussicht auf die Firma und jetzt bekommen wir

noch Nachwuchs, juchhu!“ Er jubelte wie ein Schuljunge.
„Immer langsam, mein Freund“, sagte Max, „noch ist das meine Firma und bis ich fünfundsechzig bin, bleibt sie das auch.“
Svenja strich Heidi über die Schulter und gratulierte ihr zur Schwangerschaft. „Ich freue mich für euch und bin auch da, wenn es nötig sein soll.“
„Ich hoffe nur, dass du es mit dem vorlauten Bengel dort am Lenkrad lange genug aushältst“, warf nun Max noch ein.
„Den wird sich Heidi schon erziehen“, meinte Svenja. „Bei dir ist mir das ja auch gelungen!“

∞

Tom hatte seinen Spezi Benedikt im letzten Halbjahr kaum noch zu Gesicht bekommen. Mühlinger lebte nur noch für seine Freundin Mandy Kugler und die Holzfirma. Er hatte deutlich Gewicht verloren und wirkte eher kernig als korpulent. „Ein guter Hahn wird selten fett!“, hatte Tom ihm beim letzten Treffen vor vier Wochen im Gasthaus “Zum Löwen“ gedrückt. Aber auch der junge Auberle kehrte selten in der Wirtschaft ein. Er besuchte nur noch nach dem Training den Judo-Stammtisch, trank höchstens ein Bier und fuhr danach brav mit dem Auto zu seiner Heidi heim.
Mitten in einer geschäftlichen Verhandlung klingelte Benedikts Handy. „Mühlinger, ja bitte?“
„Hi, Ben, was treibst du gerade?“, fragte Tom während seiner Mittagspause.
„Auberle, fass dich kurz. Ich bin in einer wichtigen Besprechung!“
„Ben, ich werde Vater und heirate in Kürze. Was hältst du von einer Doppelhochzeit?“
„Thomas, ich kann gerade nicht!“
„Du sollst ja nicht jetzt heiraten. Lass uns das mit unseren Mädels bei einem schicken Abendessen besprechen, okay?“
„Ja, ich melde mich heute noch“, sagte Mühlinger und

beendete das Telefonat.

Benedikt und Mandy, Tom und Heidi hatten schon bald beschlossen, gemeinsam einen Polterabend in einer leergeräumten Lagerhalle der Holzfirma Mühlinger zu feiern. Das Gelände lag am Stadtrand und so würde der Lärm kaum jemanden stören.
Toms Sportverein, die Mitarbeiter des Autohauses, Heidis Kollegen von der Sparkasse, Benedikts Kameraden vom Schützenverein, die Mitarbeiter des Mühlinger Holzhandels, Mandys Kolleginnen, Freunde und Nachbarn fanden sich am Freitagabend ein. Die Familien Auberle, Buchner, Mühlinger, Kugler und Petersen saßen an einer langen Biertischreihe. Das Wetter war günstig. Die Augustsonne senkte sich im Westen und färbte die fernen Berggipfel rot. An den Stehtischen bildeten sich Menschentrauben. Immer wieder warfen neue Gäste Porzellan auf die freie Fläche des Geländes. Das laute Klirren mischte sich mit den stampfenden Bässen der Popmusik. Tom und Benedikt schippten unentwegt die Scherben in bereitgestellte Container. Ihnen stand der Schweiß auf der Stirn. Heidi, Mandy und ihre Freundinnen kümmerten sich währenddessen um die Gäste. Ein riesiger Truck mit einem Muldenauflieger setzte vor der Zufahrt des Grundstücks seinen Blinker. Benedikt sagte entsetzt: „Der ist nicht von meiner Firma, der will hier irgendwelchen Scheiß abladen!"
Tom kniff die Augen zu Schlitzen und rief: „Das ist Kevin Kugler! Der Wahnsinnige bringt es fertig und kippt uns den ganzen Hof voll!"
Alle Gäste drehten sich herum und schauten zu der dröhnenden Zugmaschine, die sich ganz langsam auf sie zubewegte. „Das lasse ich nicht zu!", rief Tom und rannte auf den Truck zu. Er stellte sich mit ausgebreiteten Armen davor. „Bleib sofort stehen! Ich hole dich sonst aus deiner Kabine! Hörst du?"
Doch die Zugmaschine bewegte sich im Schritttempo weiter. Tom stieg auf die Stoßstange und hielt sich mit einer Hand an einem Scheibenwischer fest. Mit der anderen klatschte er auf

die Windschutzscheibe.
Heidi stand hilflos einige Meter weiter und machte sich größte Sorgen um Tom.
Unbeirrt rollte die Zugmaschine nach vorne. Jetzt sah man auch, dass Kevin frech grinste. Kurz vor den randvollen Containern mit den Porzellanscherben hielt das riesige Fahrzeug an. Die Bremsen zischten. Benedikt kletterte an der Seite der Kabine hoch und versuchte die Fahrertür zu öffnen, doch die war abgeschlossen. Nun bewegte sich die Ladefläche unter lautem Quietschen zu einer Seite nach oben. Immer weiter und weiter kippte die gewaltige Mulde. Die Gäste hielten respektvoll Abstand. Alle erwarteten, dass sich jeden Moment eine riesige Ladung auf den freien Platz ergießen würde. Als die Mulde fast senkrecht auf der Seite stand, gab es ein kurzes Gepolter. Ein großer Tonblumentopf rollte heraus und zerschellte auf dem Boden.
Die über zweihundert Gäste lachten schallend und klatschten. Der Motor des Trucks verstummte und die Fahrertür öffnete sich. Kevin kam heruntergeklettert. Der breitschultrige Mann hielt zwei Blumensträuße in der Hand. Er ging auf Heidi und Mandy zu und fragte: „Na, ihr beiden Schönheiten, ist euch ein bisschen mulmig geworden?“ Er überreichte die Blumen und gab Heidi und seiner Schwester Mandy einen Kuss.
Die Bedienung brachte frisches Bier und die Gastgeber prosteten der fröhlichen Gesellschaft zu.
Als im Osten ein Silberstreifen die Nacht vertrieb, wankten die letzten Poltergäste nach Hause.

Heidi und Mandy hatten sich gewünscht, dass ihre kirchlichen Trauungen in Achdorf stattfinden sollten. So konnten alle Gäste im Hotel Berger bei Christina wohnen und feiern.
Der liebe Gott hatte für diesen besonderen Tag eine strahlende Sonne an den blauen Himmel gehängt. Das Zwiebeltürmchen der Dorfkirche funkelte und die weißen Mauern leuchteten. Die bleiverglasten Fenster zauberten Lichtspiele in das Innere des Gotteshauses und schafften eine himmlische Atmosphäre.

Die Achdorfer hatten sich vor dem Portal versammelt und begrüßten jubelnd das junge Glück. Kleinen Mädchen waren wie Bräute in schicke Kleidchen gestopft worden und ihre Mütter trugen stolz die neuste Garderobe.
Die Glocken begannen zu läuten. Xaver führte als Brautvater stolz seine Tochter Mandy zum Altar. Er hatte aufgrund der laufenden Chemotherapie seine Haare verloren und nun glänzte das kahle Haupt vor Schweiß. Auch Frau Buchner geleitete als Brautmutter ihre Tochter Heidi durch den Hauptgang. Ihnen folgten die Bräutigame mit ihren Eltern. Es war die erste Doppelhochzeit in diesem Ort und die Kirche war seit langem nicht mehr so voll gewesen.
Chris und ihr Hotelteam hatten die große Gästestube wunderbar dekoriert. Mehr und mehr Gäste trafen nach der kirchlichen Trauung im Hotel ein. Die älteren Herrschaften, wie Hermann und Herta Auberle, Carl und Henrike Petersen saßen mit den Brauteltern an einem Tisch. Dr. Tim Auberle und Dr. Anna Petersen verloren sich bereits wieder in medizinische Gespräche. Steffi, Mandy und Heidi diskutierten über den neuesten Diät- und Fitness-Trend. Die Männer kamen nach dem Kaffeetrinken zu ihren Bierchen und schwelgten schon bald in Erinnerungen.
„Max, erinnerst du dich noch an Sexy Lissy?“, fragte Xaver verschmitzt. Dabei stieß der Blick der reifen Männer auf die Freundin von Kevin Kugler, die dieser der Familie zum ersten Mal präsentierte. Chantal war Mitte zwanzig und hatte ihr blondes Haar wie eine Palme hochgesteckt. Die Augen waren auffällig geschminkt und die Lippen leuchtend rot angemalt. Unter ihrer Nase baumelte ein schmucker Ring. Ihr Dekolleté war so tief ausgeschnitten, dass ein Rosen-Tattoo oberhalb der rechten Brust sichtbar wurde. Das Kleid hatte seitlich einen Schlitz bis zur Hüfte. Der fiel besonders auf, wenn Chantal die Beine übereinander schlug.
Tom fragte sich, ob ein Tanga so hoch überhaupt ansetzen konnte, oder ob dieser heiße Feger überhaupt ein Höschen trug. Heidi hatte den interessierten Blick ihres frisch

gebackenen Ehemannes gesehen und konnte in seiner Mimik dessen Gedanken lesen. Sie rief ihm zu: „Thomas, verblitze dir nicht die Augen!“
Svenja hatte Xavers Gespräch mit Max zum Teil gehört und konnte sich auch noch gut an Sexy Lissy erinnern. Sie sah schmunzelnd von ihrem Sohn zu Max, dann wieder zu dem blonden Feger und murmelte: „Diese Sorte Frauen wächst auch immer wieder nach. Es scheint sich überhaupt von Generation zu Generation vieles zu wiederholen.“ Dann rief sie ihre Enkelin: „Louise, komm, die Oma geht mit dir nach draußen zum Teich. Wir schauen mal nach den Enten.“
Begeistert griff die Kleine die Hand der Großmutter und zog sie zur Tür.

∞

Gräfin Rheineck war Mitte siebzig und an diesem Tag ganz in schwarz gekleidet. Sie saß auf einer Friedhofsbank. Die knochige Kastanie, deren gewaltiger Stamm sich hinter der Bank erhob, bildete über der alten Dame ein schattiges Dach. Die Sonne hatte auch in diesem Spätsommer noch Kraft. Viele Eicheln rollten bereits um die Parkbank herum und wurden für die älteren Besucher zu einer tückischen Gefahr. Der Boden roch modrig. In den Büschen webten Spinnen ihre Netze. Es sollte nicht mehr lange dauern, bis der Herbst die Blätter der Bäume bunt färben würde.
Die Gräfin blickte vor sich auf das Grab ihrer Eltern Fritz und Josefine Wieland. Daneben ruhte der gute Adelbert Graf Rheineck, der Carmen am Ende so viele Sorgen bereitet hatte. Zwei Reihen weiter überragte ein Hügel aus frischen Blumenkränzen die anderen Gräber. Weiße Schleifen winkten wie zum Abschied im Wind. Dort war Carmens Freundin Heidemarie Münzman heute beigesetzt worden. Auf einer Schleife stand in großen Lettern: “*In stillem Gedenken - Gräfin Rheineck*“. Carmens Augen wanderten nachdenklich zu den Nachbargräbern, die alle ordnungsgemäß gepflegt

wurden. Die Heckenumrandungen waren geschnitten, die Böden geharkt, die Bodendecker gestutzt und die Grableuchten poliert. Alle Grabsteine zeugten von Menschen, die zwischen zwei Jahreszahlen gelebt hatten, und deren in Stein gemeißelte Namen die Zeit nach dem Tod überdauern sollten. Auch auf anderen Bänken saßen ältere, einsame Menschen, die es sich zur Aufgabe gemacht hatten, darauf zu achten, dass die traditionelle Grabpflege von den Hinterbliebenen eingehalten wurde. Sie achteten ebenfalls darauf, wie oft die Hinterbliebenen die Gräber besuchten. Besonders, wenn jemand frisch verwitwet war, kontrollierten die anderen Witwen, ab wann der tägliche Grabbesuch unregelmäßig wurde. Auch auf dem Gottesacker ging es um das Sehen und das Gesehen werden. Einige Witwen trafen sich gerne neben dem Friedhof im Café Himmelreich und tauschten ihre täglichen Beobachtungen aus.

Das Gesellschaftsspiel "Sehen und Gesehen werden" hatte die Gräfin im Laufe ihres Lebens perfektioniert. Einst hatte sie beim Friseur in einer Zeitschrift gelesen, dass es bei der Persönlichkeit eines Menschen im Wesentlichen um drei Bilder geht: Das Selbstbild, das Idealbild und das Fremdbild. Carmen hatte ihrer Meinung nach seit ihrer Jugend nie Rücksicht auf sich selbst genommen. Sie hatte nur an ihrem Idealbild gearbeitet, damit die Gesellschaft auch ein perfektes Fremdbild von ihr haben sollte. Und das war ihr doch offensichtlich gelungen. Unzählige fremde Menschen hatten Gräfin Rheineck an den Festtafeln und Ehrenplätzen, im Theater, der Philharmonie und Oper hofiert. Ja, sie hatte an der Seite von Adelbert Graf Rheineck in der gesellschaftlichen Anerkennung regelrecht gebadet.

Doch wo war der Respekt ihrer eigenen Angehörigem, ihrer Familie geblieben? Ihre Tochter Svenja hatte eines Tages gewagt, der Mutter zu sagen, dass diese mehr auf innere als auf äußere Werte achtgeben sollte. Seit wann mussten sich Ältere von Jüngeren belehren lassen? Svenja war bei ihrem letzten Telefonat sogar noch weiter gegangen. Sie hatte ihrer Mutter

vorgeworfen, dass diese ständig versuchen würde, anderen Menschen ihre Art und ihren Willen aufzuzwingen. Als das Kind ihrer Mutter dann noch eine Profilneurose andichten wollte, hatte die Gräfin diese Frechheit nicht mehr hingenommen und die Kontaktdaten zur Tochter im Handy und Festnetz endgültig gelöscht.
Dann hatte Hauke bei der Gräfin angerufen und sie hatte sich zurecht darüber beklagt, dass der liebe Herr Sohn sich kaum melden würde. Dass dieser sich nicht wundern müsse, wenn die Mutter eines Tages tot im Haus gefunden würde. Da hatte der unverschämte Junge doch abrupt das Gespräch beendet und den Hörer aufgelegt!
Konsequent hatte die Gräfin auch Haukes Kontaktdaten gelöscht. Sie würde niemals vor anderen auf die Knie gehen! Niemals …
Carmen tauchte aus ihren dunklen Gedanken auf. Die Sonne war mittlerweile untergegangen und graue Wolken verwischten den letzten blauen Fleck am Himmel. Die Dämmerung ließ die uralten Friedhofsbäume jetzt gespenstisch erscheinen. Die anderen Friedhofsbänke waren mittlerweile verwaist. Carmen schien die Letzte auf dieser Bühne zu sein.
Sie blickte zum Grabhügel von Frau Münzmann. Die bunten Blumen, die vor einigen Stunden noch in der Sonne geleuchtet hatten, nahmen bei diesem Licht eine graue Färbung an. Ein kühler Windstoß wehte intensiven Blumenduft herüber. Carmen fröstelte. War es der kühle Wind, war es die Einsamkeit, die ihr diese Welt so kalt erscheinen ließ? Ihre Augen wurden feucht. Waren das Tränen der Trauer? Liefen nun Tränen der inneren Wut, weil sich niemand mehr an seine Rolle hielt, die zu Carmens Weltbühne gehörte?
Sie putzte sich die Nase. Ihr Blick richtete sich verbittert zum Himmel. Sie flüsterte: „Und du dort oben – falls es dich geben sollte – wann hast du mal etwas für mich getan? Wann hast du dich mal um mich gekümmert? Ich habe sogar noch heute zehn Euro in den Opferstock geworfen. Alle haben das gesehen! Ja, alle! Du auch?“

Die alte Dame spürte einen heftigen Schmerz in der Brust und ihr wurde schwarz vor Augen. Der Wind wehte den Vorhang der Nacht vor das Bühnenbild der Gräfin Rheineck und sein Hauch war eiskalt.

∞

Die kleine Meerjungfrau Louise saß quietschvergnügt in ihrem geliebten Planschbecken. Zwischen knochigen Bäumen senkte sich rasch die Abendsonne. Direkt über dem Meer wurde der Feuerball glutrot. Am Horizont breiteten sich Flammenzungen aus. Unzählige Wellen spiegelten das zauberhafte Licht. Ein Segelboot bewegte sich auf die versinkende Sonne zu. Die romantische Szene wechselte viel zu schnell und erinnerte nur noch an ein verblasstes Schwarzweiß-Foto.
Ururopa Kuddels Kate lag günstig auf einer Anhöhe hinter dem Deich, sodass die bildschönen Sonnenuntergänge jeden Besucher fesselten.
Die kleine Wassernixe planschte fleißig weiter, obwohl Oma Svenja sie schon das zweite Mal ins Haus gerufen hatte: „Louise, komm endlich herein. Du erkältest dich. Zwischen deinen Zehen sind schon Schwimmhäute gewachsen!“
Das braunhaarige Mädchen war so schwerhörig, wie es sich seit Generationen für Kinder gehörte. Es hob äußerst gelenkig einen Fuß fast bis zu ihrer Nase und kontrollierte, ob die Oma recht hatte. Louise rief: „Stimmt gar nicht. Ich habe nachgeguckt. Da sind keine Schwimmhäute!“
Auf der Bank neben dem Hauseingang saß der fast achtzigjährige Carl Petersen und blickte über seine Lesebrille zur untergehenden Sonne. Er hielt eine Tageszeitung in den Händen. Sein volles Haar war schneeweiß. Carl hatte sich einen Schnurrbart stehen lassen, mit dem er sehr verwegen aussah. Tim Auberle trat aus der Tür. Der junge Assistenzarzt trug schon seit Jahren einen Oberlippenbart und damit sah er seinem Großvater Carl Petersen ähnlich. Er rief: „Louise, die

Oma Svenja hat dich schon mehrmals gerufen!“ Der Papa ging mit einem Badehandtuch auf die Wassernixe zu und zog sie an Land. Dann rubbelte er das kleine Mädchen trocken und setzte es sich auf die Schultern. „Wenn du ganz artig gegessen hast, erzählt dir der Uropa Carl gleich noch eine schöne Geschichte“, versprach Tim seiner Tochter und schaute den alten Herrn verschmitzt an. Bald hörte man die Nixe mit Oma Svenja, Uroma Riki und Mama Steffi in der Küche debattieren.
Carl schaute zum Meer. Wolken zogen am Horizont auf, doch er wusste, dass diese kein schlechtes Wetter bringen würden. Er war hier aufgewachsen. Sein Vater Kuddel, der Seebär, hatte die Zeichen des Meeres, des Himmels und des Wetters sehr genau deuten können. Carl hatte viel von ihm gelernt. Kuddel und er hatten sich als Erwachsene nie viel zu sagen, aber sie hatten Respekt voreinander gehabt. Das war in allen Generationen zwischen Vätern und Söhnen nicht selten.
Der Wind frischte auf und wehte über das Reetdach, das sich über zwei Etagen fast bis zum Boden des Hauses erstreckte. An der Giebelseite hatte Hauke den Balkon erneuern lassen. Die braunroten Ziegel hatten den gesamten Tag die Energie der Sonne resorbiert und wärmten nun den Rücken des alten Herrn auf der Bank.
Carl blickte wieder in seine Zeitung und las: “Deutsche Soldaten bombardierten in Afghanistan mehrere Tankfahrzeuge, die von den Taliban entführt worden waren. Lesen Sie die Stellungnahmen der Bundeskanzlerin Angela Merkel und des deutschen Außenministers Frank-Walter Steinmeier.“
In den folgenden Artikeln wurden die Konflikte mit den Islamisten aufgelistet. Die Zerstörung der Twin-Tower in New York und andere Attentate. Der Irakkrieg hatte mittlerweile im Nahen Osten einen Flächenbrand entfacht, der große Flüchtlingsströme in Bewegung setzte …
„Papa, du verdirbst dir bei dem geringen Licht die Augen“, sagte Tochter Svenja. „Komm bitte zum Abendessen.“ Sie griff ihm stützend unter den Arm.

Hoch über dem Fischteich kreiste eine Möwe. Der Kater des Nachbarn schlich auf leisen Pfoten und kontrollierte in den Gärten die Mauselöcher. Carl schritt um sein Elternhaus und schaute nach dem Rechten, wie es auch Kuddel jeden Abend getan hatte. Er strich liebevoll über das alte Reetdach und nickte zufrieden. Diese Dächer hielten länger als manches Menschenleben. Dann betrat er die behaglich warme Diele.
Nach dem Abendessen saß die Familie in der Stube zusammen. Riki und Svenja spielten auf ihren Gitarren und sangen dazu. Steffi saß in Heidemaries ehemaligem Ohrensessel und strickte mit fünf Nadeln kleine Socken für Louise. Tim, Max und Carl spielten Skat.
Louise hörte plötzlich die alte Pendeluhr schlagen und rief: „Jetzt muss der Uropa mir eine Nachtgeschichte vorlesen!“ Sie griff auffordernd zur Hand des alten Herrn.
Carl legte seine Karten auf den Tisch, erhob sich und setzte sich in den Ohrensessel von Kuddel. „Was für eine Geschichte möchte meine kleine Meerjungfrau denn heute hören?“
„Opa, lies etwas über die Wassernixe.“
Carl hielt ein Märchenbuch in der Hand. Seine Lesebrille saß gefährlich weit vorne auf der Nasenspitze. Vor ihm kniete die kleine Louise im Schlafanzug auf dem Teppich und schaute den Urgroßvater erwartungsvoll an. Sie hielt einen kuscheligen Stoffseehund im Arm, der anscheinend ebenfalls lauschte. Carls Blick fiel auf ein Wandbild, auf dem der Seemann Kuddel Petersen in seinen besten Jahren zu sehen war. Der trug Seemannskleidung und seine Schirmmütze. Tim kam aus der Diele. Er hielt schmunzelnd Kuddels alte Kapitänsmütze in der Hand und setzte diese seinem Großvater Carl auf den Kopf. Der klappte das Märchenbuch zu und legte es beiseite. Was kam denn jetzt?
Die Luft knisterte vor Spannung. Wie einst sein Vater zog sich Carl die Schirmmütze tiefer ins Gesicht, faltete die Hände vor dem Bauch und begann zu erzählen: „Es war vor etwa hundert Jahren. Da träumte der kleine Kuddel davon, ein

großer Seefahrer zu werden. Er wollte viele fremde Ufer kennenlernen. So spielte er am Fischteich mit einem Schiffchen, das sein Vater ihm aus Holz geschnitzt hatte. Plötzlich machte es plumps und der kleine Kuddel fiel kopfüber in den Teich. Die Fische machten überrascht ihre Mäuler auf und zu. Da der kleine Junge noch nicht schwimmen konnte, sank er auf den Grund des Fischteichs. Dort wohnte in einem Schilfhäuschen die kleine Wassernixe Arielle. Sie freute sich, dass sie nach vielen Jahrhunderten endlich jemanden zum Spielen bekam. Überdies vergaß Kuddel die Zeit. Doch als kein Licht mehr in den Teich kam, wusste er, dass es draußen dunkel geworden sein musste. Seine Eltern waren bestimmt schon in großer Sorge. Also bat Kuddel die kleine Nixe, ihm zu helfen, dass er wieder aus dem Teich herauskam. Da die kleine Meerjungfrau befürchtete, dass Kuddels Eltern ihn dann nie mehr am Teich spielen lassen würden, stellte sie eine Bedingung: „Ich möchte nie wieder alleine sein. Deshalb helfe ich dir nur, wenn du mich mit in deine Welt nimmst. Ich werde dir auch nicht zur Last fallen. Ich werde mich stumm auf deinen Unterarm setzen und von dort aus alles erleben, was auch du erlebst."
Kuddel versprach es. Die Nixe brachte ihn an die Wasseroberfläche, wo die Petersens schon den ganzen Garten nach ihrem kleinen Sohn abgesucht hatten. Als Kuddel aus dem Teich stieg, war die Freude riesengroß. Doch auf seinem Unterarm trug er seit dieser Zeit das Bild einer Meerjungfrau. Kuddel wurde älter und fuhr zur See. Die kleine Meerjungfrau saß immer auf seinem Unterarm und schaute mit ihm in die Welt. Als Kuddel am Skagerrak während eines Sturm Schiffbruch erlitt und schon einige Zeit unter Wasser war, da verwandelte sich die kleine Nixe in eine sportliche Meerjungfrau, die sich geschickt in ihrem Element bewegte. Sie griff den ertrinkenden Kuddel am Kragen und schleppte ihn bis ins flache Wasser. So hatte Arielle ihren Kuddel wieder mal gerettet. Danach erlebten die beiden noch viele Abenteuer. Aber davon erzähle ich ein anderes Mal."

Louise gab dem Uropa einen Kuss, ebenso Oma Svenja und Opa Max. Dann kletterte sie auf Papa Tims Rücken und beide folgten Mama Steffi ins Kinderzimmer im Dachgeschoss.
Carl schob Kuddels Mütze höher und sagte: „Lasst uns die Tradition wahren und nun einen Möwenschiet genießen.“
Zustimmend klatschten alle in die Hände …

Epilog:

Im Jahr 2019

Kleine Schleierwolken zogen über den bayrischen Sommerhimmel. In der Spitzkehre der steilen Bergstraße hielt ein SUV an. Von hier hatte man einen guten Blick in das natürliche Tal der Ache. Wildromantisch rauschte der Bach zwischen Kiefern, Sträuchern und Gräsern zu Tal. Rundgeschliffenes Gestein verengte an vielen Stellen den Durchfluss und ließ das Wasser weiß schäumen.
„Hier ist die Zeit stehengeblieben“, sagte Max und lächelte seine Frau an. Auch sie schaute wie gebannt ins Tal. Die Zweiundsechzigjährige hatte kurzes, blondes Haar, das nur an den Schläfen grau wurde. Sie trug ein aufwendig gearbeitetes Dirndl, das der heutigen Geburtstagsfeier angemessen war. Christinas Lebensgefährtin Doris zählte heute siebzig Jahre.
Max fragte: „Erinnerst du dich noch, als du mit mir in Christinas VW-Porsche zum ersten Mal hierauf gefahren bist? Sepp kam uns mit seinem Trecker entgegen und versperrte den Weg.“
„Das fragst du mich fast jedes Mal, wenn wir diese Stelle passieren“, sagte Svenja. „Werde mir mit sechsundsechzig nicht schon dement.“ Sie schmunzelte verschmitzt.
Max fuhr weiter. Oberhalb der Bergstraße erreichten sie die alte Kapelle und der Wagen hielt erneut. Vor ihnen lag die Hotel Berger-Anlage. Ein drittes Gästehaus war hinzugekommen.
„Deine Schwester ist eine brillante Geschäftsfrau. Sie hat enorm viel investiert und der Erfolg gibt ihr recht.“
„Mag sein. Onkel Sepp wäre in diesem Jahr hundert geworden. Ihm hätte das alles nicht mehr gefallen, das wäre ihm alles viel zu groß. Seitdem das Hotel drei Sterne hat, kommt auch ein anderes Publikum. Menschen, unter denen sich Anna und Sepp nicht mehr wohl gefühlt hätten.“
„Das denke ich auch. Aber die Welt steht nicht still – auch nicht in Achdorf.“
Max parkte den Wagen neben dem alten Haupthaus ein. Dann nahm er einen großen Blumenstrauß aus dem Heck und Svenja griff zu einem Geschenkpaket.

In der Diele gab es vor der Rezeption ein großes Hallo. Doris und Chris herzten ihre neuen Gäste und nahmen die Geschenke entgegen.
Max fragte: „Wen habt ihr alles zum Geburtstag eingeladen?“
Doris sagte: „Ich habe mir gewünscht, in kleinstem Kreis zu feiern. Es kommen außer euch nur ein paar Freunde. Außerdem läuft jetzt mitten in der Saison der Gastbetrieb weiter.“
„Welches Zimmer habt ihr für uns vorgesehen? Ich möchte gleich das Gepäck reinbringen.“
„Ihr werdet begeistert sein. Im neuen Gästehaus bekommt ihr ein Eckzimmer. Von dessen Balkon und Fenstern ist das gesamte Bergpanorama von Süd bis West zu überblicken.“
Svenja nahm die Schlüssel entgegen: „Das ist lieb von euch. Ich mach mich dann mal frisch fürs Kaffeetrinken.“
Eine Angestellte trat nervös hinzu und Christina fragte: „Alles in Ordnung?“
„Nein, die große Kaffeemaschine hat wieder ein Problem. Ich glaube, sie hat einen Wackelkontakt. Was sollen wir machen? Am Samstag bekommt man so schlecht einen Elektriker.“
Max sagte: „Wenn es den Damen recht ist, dann kann ein pensionierter Mechatroniker danach sehen.“
Chris schüttelte den Kopf: „Nein, mein Bruderherz, ihr seid hier zu Gast und nicht zum Arbeiten.“
Svenja erwiderte: „Lass ihn ruhig machen. Dein Bruder ist froh, wenn er was zu basteln hat. Ich nehme schon mal meinen Beauty-Case und eine Tasche aus dem Wagen.“
Sie drückte Max einen Kuss auf die Wange und machte sich auf den Weg zum Gästehaus.

Das neue Gebäude war dem traditionellen Baustil angepasst. Svenja betrat den Eingang und bewunderte die geschmackvollen Verzierungen der massiven Holztüren. Sie schaute in einen gemütlichen Aufenthaltsraum mit Tischen und einem Kachelofen. Mehrere Gäste schauten kurz zu ihr, dann unterhielten sie sich weiter. Doch eine Dame stand auf und ging auf Svenja zu. Sie war anscheinend im gleichen Alter.

Sie fragte: „Entschuldigung, haben Sie früher mal in Düsseldorf gewohnt?“
Svenja musterte ihr Gegenüber und nickte: „Ja, als Kind und Jugendliche. Wie kommen Sie darauf?“
„Ich bin Silke Kleinkötter und kannte in der Nachbarwohnung und der Schule in Neuss eine Svenja Petersen. Sie sehen ihr ähnlich. Besser gesagt, Sie sehen Svenjas Mutter Carmen ähnlich.“
„Ja, ich bin Svenja Petersen und heiße seit meiner Hochzeit Auberle. Silke Kleinkötter? Das ist ja eine Überraschung! Wir haben uns seit der Schule nicht mehr gesehen.“
Beide Frauen umarmten sich.
„Ich bin mit meinem Mann Max hier. Unsere Schwägerin Doris Auberle hat Geburtstag und uns eingeladen. Was machst du hier?“
„Ich bin in Urlaub. Meine Lebensgefährtin ist hier in der Nähe zur Kur.“
Da nun andere Gäste immer wieder neugierig herüberschauten, fragte Silke: „Magst du mit mir draußen ein paar Schritte laufen? Dann können wir uns ungestört über alte Zeiten unterhalten.“
Svenja brachte ihr Gepäck ins Zimmer. Dann machten sich beide Damen auf den Weg Richtung Kapelle. Dort setzten sie sich auf eine schattige Bank und blickten zum herrlichen Bergpanorama.
Silke fragte: „Wie ist es deiner Mutter Carmen ergangen? Vor etwa zehn Jahren gab es in unserer Siedlung das Gerücht, dass man sie bewusstlos auf dem Friedhof gefunden hätte.“
„Das war eine Tragödie. Carmen ist an einem Morgen auf dem Friedhof von einem Rentner gefunden worden. Sie wurde mit einem Schlaganfall in die Klinik eingeliefert. Sie war lange verwirrt und konnte nicht sprechen. Die Polizei hatte dank ihrer Daten im Portmonee die Adresse ausfindig gemacht, doch bis mein Bruder Hauke und ich informiert wurden waren bereits viele Tage vergangen. Die stolze Frau Gräfin hatte in ihrem Handy seine und meine Kontaktdaten

gelöscht. Ihr Rechtsanwalt hatte sich letztendlich bei Hauke in Ostfriesland gemeldet. Carmen hatte ihre Patientenverfügung und Vollmachten auf den Namen meines Bruders ausgestellt. Es stand auch fest, in welches Pflegeheim sie im Fall des Falles kommen sollte. Die Gräfin hatte sich im Vorfeld eine sehr teure Altersresidenz am Rhein ausgewählt. Nachdem die Ersparnisse aufgebraucht waren, hat Hauke ihr Haus in Düsseldorf verkauft, um damit weiter die hohen Kosten der Residenz decken zu können."
„Hast du Kontakt zu deiner Mutter?"
„Ja und nein – sie hat ihre Sprache nie mehr richtig zurückgewonnen. Die Logopädin hatte mir hinter vorgehaltener Hand erzählt, wie extrem stur und schwierig Carmen ist. Sie lässt sich alles hinterhertragen und wirkt trotzdem unzufrieden. Da aufgrund ihrer Sprachstörungen das Telefonieren kaum möglich ist, schreibe ich ihr hin und wieder per Post etwas über meine Familie. Da sie nur linksseitig leichte Lähmungserscheinungen hat, könnte sie mit rechts schreiben, doch von ihr kommt nichts zurück. Interessanterweise lebt in der Residenz auch ein etwa neunzigjähriger Mann namens Siegfried Schön, wegen dem sich meine Mutter vor einem halben Jahrhundert hatte scheiden lassen. Hauke sagte mir, dass die beiden manchmal Mühle spielen. Er meint in seiner typischen Ironie, dass diese Affäre beide in die Zwickmühle ihres Lebens geführt hätte."
„Meine Mutter Else ist schon vor fast zehn Jahren an einer langwierigen Erkrankung gestorben. Ich lebe mit meiner Partnerin immer noch im alten Elternhaus. Wir wollten zwar irgendwann ein Kind adoptieren, doch dann haben wir den Zeitpunkt verpasst. Du hast sicherlich Kinder und Enkel, nicht wahr?"
„Max und ich haben zwei Jungen – Tim und Tom. Tims Tochter Louise wird dreizehn und kommt jetzt langsam in die Pubertät. Sie sieht mir ähnlich und erinnert mich an die Zeit, als ich in Winterberg zum ersten Mal mit Max Ski gefahren bin. Tom hat zwei Jungen. Einer davon soll ADHS haben, weil er

ein Zappelphilipp ist. Ich halte solche Diagnosen oft für völlig überzogen. Tom war so temperamentvoll und oft unkonzentriert, dass er ständig an meinen Nerven gesägt hat. Das hatte sich durch die Schule gezogen und bis er geheiratet hat. Heute spielt er den strengen Papa. Im Gegenzug erzähle ich dann seinen Jungs, welchen Blödsinn er damals ständig gebaut hat.“
Von weitem winkte Max den Damen zu und Svenja winkte zurück. Dann sagte sie: „Wir wollen nun Kaffeetrinken. Ich möchte, dass du dich dazusetzt. Im Grunde gehört du doch zu meiner Familie … Und es gibt nach fünf Jahrzehnten so vieles zu erzählen.“

Danksagung

Ich danke …
… Heike Glaser, die vielen Dialogen der friesischen und bayerischen Protagonisten ihren Dialekt gegeben hat.
… meiner Frau Gabriele, die mir mit manchen Ratschlägen zur Seite stand.
… dem Team des Edition Paashaas Verlags wie immer für die geduldige und herzliche Zusammenarbeit.

Über den Autor

Dieter Kleffner wurde 1957 in der Stadt Essen in NRW geboren und bereits im Säuglingsalter an beiden Augen operiert. Seine anfängliche Sehbehinderung mündete im Erwachsenenalter in völliger Erblindung. Er arbeitete über dreißig Jahre in der klinischen Physiotherapie, wohnt in Hattingen, ist verheiratet und hat zwei erwachsene Kinder.

Autorentätigkeiten:
Mithilfe eines Computerprogramms für Blinde verfasst Dieter Kleffner seit Jahren literarische Texte, die in Anthologien, Buchprojekten, in Zeitungen und als Hörbücher bei Blindenhörbüchereien veröffentlicht wurden.
Er ist aktives Mitglied im literarischen Arbeitskreis BLAutor, einem Zusammenschluss sehbehinderter und blinder Poeten und Schriftsteller.
Er erhielt den Planet Award – Autor des Jahres 2018 – im Künstler Radioplanet Berlin

Zusätzliche Informationen zu Büchern, Presseberichten, Radio- und Web-TV-Interviews gibt es unter

www.dieterkleffner.de
www.verlag-epv.de
www.blautor.de

Außerdem von ihm im Edition Paashaas Verlag erschienen:

- Im Testprogramm des Schicksals
  (Autobiografie / 2. Auflage 2017)
- Ein Tag für Blinde, Lahme und Verrückte
  (Gesellschaftsroman / 2. Auflage 2017)
- Schlaflose Kissen und schlechte Gewissen
  (3 Kriminalgeschichten / 2. Auflage 2017)
- Der Stalker von nebenan
  (Thriller / 2016)
- Autorenstolz
  (Dieses Buch erhielt den Planet Award: „Bester Thriller des Jahres 2018“ in Radio Planet Berlin)
- Blind - Freundschaft mit der Dunkelheit
  (Ein informatives und unterhaltsames Sachbuch rund um das Thema Sehbehinderung /2019)
- Selbstgerecht und selbst gerächt
  (4 Thriller / Jan. 2020)
- Gedichte, die Bände sprechen
  (Dieses Buch erhielt den Planet Award Platz 2: „Beste Lyrik des Jahres 2020“ im Radio Planet Berlin.
- Jagd auf das Chamäleon
  (Thriller - Nov. 2020)
- Hochmut, Hass und Liebe – die erste Generation
  (2021)

Weitere Informationen zu Büchern und Autoren
finden Sie auf www.verlag-epv.de